KB253978

아서 클라크 단편 전집 1937-1950

아서 클라크 단편 전집 1937-1950

The Collected Stories of Arthur C. Clarke

아서 C. 클라크

심봉주 옮김

황금가지

1937-1950

목차 일러두기

원서의 순서대로 나열되었으며, 몇 편은 원서에 발표 년월이 표기되지 않아 위키피디아를 참조하여 기입하였습니다.

결코 지칠 줄 모르는 서지학자 데이비드 N. 사무엘슨(『아서 C. 클라크 1차 2차 참고문헌』 G.K. 홀 출판사)에 따르면, 나는 1932년 《휴이시》 가을호부터 소설을 쓰기 시작했다고 한다. 그때 나는 학교 잡지의 편집 위원이었는데, E.B. 미트퍼드 영어 담당인 E. B. 미트퍼드 선생님이 편집부 담당 교사였다. 훗날 나는 단편집 『90억 개의 이름을 가진 신』을 그에게 헌정했다. 편집 위원으로서 나의 역할은 이국적인 환경에서 일을 하고 있는 나이 많은 사람처럼 가장해서 편지를 쓰는 것이었는데, 그 작업은 분명 과학 소설적 영감을 주는 것이었다.

그런데 도대체 과학 소설이란 무엇이란 말인가?

과학 소설의 정의를 내리려면 적어도 박사 논문에 해당하는 장문의 글을 써야만 할 것이다. 반면 나는 "과학 소설이란 내가 손을 들어 '이것이 바로 과학 소설이다.'라고 가리키는 것이다."라고 말한 데이먼 나이트의 고견에 전적으로 동의하는 바이다.

이미 과학 소설과 판타지 소설을 구분하기 위해서 너무도 많은 피땀을 흘린 상태다. 그래서 나는 기능적인 정의를 하나 제안했다. 과학 소설은 일어날 수 있는 그 어떤 것을 다루는 것인데, 우리 대부분은 그 일이 일어나지 않기를 바란다. 판타지 소설이란 일어날 수 없는 것을 다루지만, 종종 우리들은 그런 일이 일어나기를 바란다.

과학 소설을 쓰는 사람들은 소위 본격 소설(이 진정한 우주의 아주 작은 부분에만 관심을 가지고 있는)이라고 불리는 것을 쓰는 사람들은 걱정하지 않아도 되는 여러 문제들과 마주하게 된다. 본격 소설 작가들은 배경을 설명하기 위해서 많은 지면을 할애하지 않아도 될 뿐 아니라, 가끔 한 문장만 가지고서도 배경 설명을 끝낼 수 있다. "안개가 내린 밤 베이커 가에서"라는 문장을 읽는 바로 그 순간 독자들은 그곳에 가 있다. 온전히 이질적인 배경을 창출해야 하는 과학 소설가들은 이 작업을 하기 위해 엄청난 지면을 할애해야 하는 것이다. 그 대표적인 예가 프랭크 허버트의 역작 『듄』 시리즈이다.

그러니 뛰어난 과학 소설들 중 많은 작품이 단편으로 쓰였다는 것이 놀랍지 않은가. 나는 지금도 스탠리 와인바움의 「화성의 오디세이」가 「원더 스토리즈」 1934년 7월호에 실렸을 때의 충격을 기억하고 있다. 눈을 감으면 프랭크 폴이 그린 독특한 표지가 떠오른다. 다 읽자마자 곧바로 다시 앞으로 돌아가 한 번 더 읽어버린 소설은 그 이전에도 그 이후에도 없다…….

아마도 단편 소설이 과학 소설이라는 장르 전체에서 차지하는 위치는 소네트(14행시)가 서사시 전체에서 차지하는 위치와 같다고 할 수 있을 것이다. 이제 우리가 도전해야 할 것은 가능한 짧은 것에서 완벽함을 창출하는 것이다.

그렇다면 단편 소설은 길이가 얼마나 되어야 하는가? 이런 질문을 나에게 한다니 참 유감스러운 일이다…….

이 책에서 독자들은 31개의 단어로 이루어진 가장 짧은 소설을 보게 될 것이다. 가장 긴 것은 1만 8000개의 단어로 이루어져 있다. 이를 뛰어 넘어 우리는 지각하지 못하는 사이에 장편소설로 통합될 수 있는 중편소설(끔찍한 말이긴 하지만)의 영역으로 들어갔다.

이 이야기들이 씌어지는 동안, 세상은 인류 전체 역사 중에서 가장 커다란 변화를 겪었다는 사실을 기억해 주길 바란다. 그래서 본의 아니게 시대에 뒤떨어진 내용이 담겨 있는 경우가 생겼다. 하지만 나는 이를 개정하고자 하는 유혹을 뿌리쳤다. 이 문제에 대해 견해를 얘기해 본다면, 이 작품들 중 약 3분의 1은 대부분의 사람들이 '우주 비행'이란 게 허무맹랑한 이야기라고 생각하던 시절에 씌어졌으며, 고작 후반부 십여 편이 인류가 달을 밟은 이후로 씌어진 작품이다.

멋지지만 현실에서 존재할 수 없는 것들뿐만이 아니라 실현 가능한 미래를 그림으로써 과학 소설가들은 인류 공동체에 훌륭한 기여를 하였다. 그들은 독자들의 정신적 유연함과 시대 변화에 적응하고 심지어 그러한 변화를 환영하는 자세, 즉 한 마디로 말해서 적응성을 진작시켜 주었다. 아마도 이 시대에 이보다 더 중요한 기여는 없을 것이다. 공룡은 환경의 변화에 적응할 수 없었기 때문에 사라졌다. 만약 우주선, 컴퓨터, 그리고 핵무기가 존재하는 환경에 인류가 적응하지 못한다면 우리도 사라지게 될 것이다.

그러므로 과학 소설이 도피적이라고 비난하는 것보다 더 바보스러운 짓은 없을 것이다. 이런 비난은 사실 여러 판타지 문학 쪽을 향한다고 할 수 있지만, 그렇다고 하면 또 어떤가? 어떤 형태의 것이든 도피가 필요한 시대(20세기에 이미 무수한 사례를 볼 수 있었다.)가 있었고, 도피처를 제공해 주는 어떤 형태의 예술도 경멸받아서는 안 되는 것이다. C.S. 루이스(훌륭한 과학 소설과 판타지 소설을 창조해 낸 작가)가 한때 이런 말을 해주었다. "현실도피에 가장 반대한 사람들은 누구인가? 바로 간수들이다."

C.P. 스노는 그의 유명한 에세이 『과학과 정부』에서 "예지능력"이 지극히 중요하다는 것을 강조하며 글을 끝맺은 적이 있다. 그는 인류가 종종 예지력 없이 지혜만 소유해 왔다는 것을 지적했다.

과학 소설은 불균형을 시정하기 위해 많은 일을 해 왔다. 비록 작가들이 항상 지혜를 가지고 있는 것은 아니지만, 최고의 작가들은 예지력을 확실히 가지고 있다. 그리고 이것은 신들에게서 받은 최고의 선물인 것이다.

지난 70년간 써 왔던 거의 모든 단편들을 수집하고 실제로 그 위치를 추적해 준 맬컴 에드워즈와 모린 킨케이드 스펠러에게 많은 빚을 지고 있음을 밝힌다.

아서 C. 클라크
스리랑카 콜롬보에서

2000년 7월

유선 전송 | Travel by Wire! |

1937년 12월 《아마추어 과학 소설(Amateur Science Fiction Stories)》에 최초 수록
『아서 C. 클라크 걸작선 1937~1955(Collected in The Best of Arthur C. Clarke)』에 수록

과학 소설은 언제나 막대한 양의 아마추어 글쓰기를 촉진시켜 왔고, 광적인 팬들에 의해서 말 그대로 수천의 필사본(때로는 정식) 잡지가 만들어지기도 하였다. 내 첫 이야기들은 이런 몇몇 잡지들에 실리기도 하였다. 이 이야기들이 그다지 중요한 것들은 아닐지라도 나의 후기 작품들을 평가하는 절대적 기준으로 작용할 수도 있다. 「유선 전송」은 책으로 출판된 나의 첫 번째 작품이다.

당신들은 우리가 무선 전송기를 완성하기 위해 감내해야 했던 고통과 수고를 상상도 할 수 없을 것이다. 물론 아직까지도 완벽하지 않다는 점은 인정한다. 30년 전 텔레비전을 만들던 때와 마찬가지로 가장 어려웠던 문제는 해상도를 개선하는 일이었다. 우리는 그 작은 문제 하나를 해결하느라 5년 이상을 보내야 했다. 과학박물관에서 볼 수 있겠지만 우리가 처음으로 전송한 물체는 육면체 모양의 나무토막이었다. 재조립은 성공적이었다. 전송된 나무토막이 완전한 하나의 육면체라기보다는 수백만 개의 동그란 물체로 이루어졌다는 사실만 뺀다면 말이다. 사실상 그건 초기 텔레비전 화면을 고체로 만들어 놓은 것처럼 생겼다. 이유인즉슨 스캐너가 물체를 분자나 전자 단위가 아닌 적당한 크기의 덩어리 단위로 처리했기 때문이었다.

그런 점이 문제가 되지 않는 물체도 있었지만, 인간은 말할 것도 없거니와 예술 작품을 보내려고 한다면 전송 과정을 심각하게 보완해

야 했다. 우리는 델타선 스캐너를 물체의 상하, 좌우, 앞뒤에 모두 적용함으로써 이 문제를 해결했다. 지금 와서 하는 얘기지만, 이 여섯 면을 서로 일치시키는 건 멋진 작업이었다. 일을 마쳤을 때 우리는 전송된 물질의 성분 하나하나가 초미세현미경으로 봐야 할 정도로 작다는 사실을 확인했고, 그 정도면 웬만한 목적에는 적합했다.

그러고 난 뒤, 우리는 37층에서 생물학자들이 없는 틈을 타 기니피그 한 마리를 빌렸고, 전송기에 넣었다. 죽었다는 사실만 제외하면 기니피그는 완벽한 상태로 전송됐다. 그래서 우리는 기니피그를 돌려주면서 시체를 해부해 봐야겠다고 정중하게 요청했다. 그들은 몇 개월간 유리병에 배양해 온 특별한 세균의 유일한 표본을 그 불행한 동물에 접종했다는 말을 늘어놓으면서 다소 분개하는 모습을 보였다. 결국 너무나 화가 난 나머지 그들은 우리 요구를 쌀쌀맞게 거절했다.

단순한 생물학자들이 보여 준 그런 식의 불복종은 당연히 통탄할 만한 것으로 우리는 즉시 그들의 연구실에 고주파장을 발생시켜 몇 분간 고열에 시달리게 했다. 덕분에 반 시간 만에 그 동물은 완벽한 상태였지만 충격으로 인해 죽었다는 부검 결과가 나왔다. 만약 실험을 재개하고 싶다면 대상의 눈을 가려야 한다는 단서 조항과 함께. 이와 동시에 차고에서 세차를 담당하고 있는 '주정뱅이 기술공'의 약탈로부터 아파트를 보호하기 위해 37층에 다이얼 자물쇠가 새로 설치됐다는 소식도 들을 수 있었다. 이것을 듣고 그냥 지나칠 수 없어 즉시 엑스레이를 사용하여 자물쇠 번호를 알아낸 후 생물학자들에게 비밀 번호를 넌지시 말해 주었더니 그들은 완전히 기겁을 하는 눈치였다.

우리와 한편이 되면 많은 혜택을 받을 수 있지만 그 중 최고의 혜택은 타인을 마음대로 할 수 있다는 것이다. 위층에 사는 화학자들이 그나마 유일한 라이벌이었지만, 우리는 서서히 우위에 올라섰다. 지금도 그 자들이 천장에 난 조그만 구멍을 통해 지독한 유기물을 우리 실험실에 밀어 넣었던 때가 떠오른다. 우리는 대략 한 달 동안 방독면을 쓰고 작업을 해야 했지만, 바로 복수를 해 줬다. 화학자들이 퇴근한 뒤 매일 밤마다 연구실에 방사선을 쏘여 그들이 만들어 놓은 아름다운 침전물을 변질시켰던 것이다. 노교수 허드슨은 거의 끝장날 지경에 이른 어느 날 저녁 마침내 항복을 선언했다. 그건 그렇고, 다시 우리 이야기로 돌아가자면……

다시 기니피그 한 마리를 얻어 클로로폼으로 마취를 시킨 후, 전송기를 사용하여 전송해 봤다. 전송 후 살아난 기니피그를 보고 우리 모두는 기쁨의 환호성을 질렀다. 우리는 즉시 그 기니피그를 죽여 후손에게 남길 박제로 만들었다. 박물관에 가면 다른 장치와 함께 있는 박제를 볼 수 있을 것이다.

우리는 사람들을 전송하고 싶었지만, 이 정도로는 턱도 없었다. 개개인에 맞추어 기계를 따로 작동시켜야 하는 번거로움이 있었다. 그러나 전송 시간을 1만 분의 1초 줄이자 충격을 줄일 수 있었고, 다른 기니피그를 가지고 실험을 한 결과, 아무런 문제 없이 전송할 수 있었다. 물론 이 기니피그도 박제로 만들었다.

이제 우리 중 누군가가 이 장치를 직접 사용해 봐야 할 때가 왔음이 명백해졌지만, 만약 뭐라도 잘못되면 인류에게 커다란 손실이 아닐 수 없다는 판단 아래 그리스 어나 그밖에 다른 바보 같은 것들을 가르치며 살고 있는 197층의 킹스턴 교수라는 훌륭한 희생물을 찾아냈다. 일단 『호메로스』 복사본으로 그를 전송기까지 유인한 다음, 스위치를 켜자 그는 완전한 상태로 수신기에 전송되었다. 그도 역시 박제로 만들고 싶었지만 뜻대로 되지는 않았다.

이후 우리들은 차례로 전송기에 올라탔고, 아무런 고통이 없다는 것을 알아내고는 시장에 기계를 선보이기로 결심했다. 우리가 언론 앞에서 처음으로 장난감을 전송시켰을 때 느꼈던 흥분을 이해해 주기 바란다. 물론 속임수가 아니라는 것을 주기 위해서 많은 일을 해야 했고, 그들은 스스로 전송기를 타 보고서야 믿었다. 하지만 로스캐슬 경만은 어떻게 할 수가 없었다. 어떻게든 전송기로 끌고 와 봤자 퓨즈를 부숴 버릴 인간이었다.

여하튼 실험은 매우 성공적이어서 회사를 차리는 데는 아무런 지장이 없었다. 우리는 마지못한 듯 연구 재단에 작별을 고했고, 남은 과학자들에게는 받은 건 없지만 언젠가는 수백만 달러를 보내주겠다며 선심을 썼다. 이후 우리들은 전송기와 수신기를 상업적 용도에 맞게 설계하는 작업에 착수했다.

최초의 전송 서비스는 1962년 5월 10일에 개시했다. 이 행사는 런던에서 열렸는데, 수신기가 있는 파리에는 엄청난 관중이 최초의 승객을 맞이하러 나와 있었다. 아마도 그 자들은 승객이 나타나지 않기를 바랐을 것이다. 수많은 관중들의 환호 속에서 프랑스 수상이 (아무 데도 연결되지 않은) 버튼을 눌렀고, 동시에 기술자가 (진짜) 버튼을 누르자, 커다란 대영제국기가 시야에서 사라졌다가 다시 파리에서 모습을 드러냈다. 이로 인해 대다수의 프랑스 애국자들은 배가 좀 아팠을 것이다.

그 뒤로는 밀려드는 승객으로 인해서 세관이 마비가 될 정도였다. 우리는 개인당 2파운드의 운임을 받았기 때문에 사업은 순식간에 커다란 성공을 이룰 수 있었다. 사용한 전력이 100분의 1페니 정도임을 감안한다면 가격은 적당했다고 생각한다.

우리는 곧바로 유럽의 다른 대도시에도 사업을 확장했는데, 이번에는 무선이 아니라 유선이었다. 해협 아래로 1.5킬로미터당 500파운드가 드는 다축성전선을 깐다는 것은 두척 힘든 일이었지만, 유선으로 하는 편이 훨씬 안전했다. 다음에는 우체국과 협정을 맺어 국내 주요 도시 전송 사업을 시작했다. 1963년에 어느 곳에서나 들을 수 있었던 문구('전화로 전송하세요.', '더 빠른 것을 원한다면 유선으로.')는 누구나 기억할 것이다. 곧 모든 사람들이 우리의 회선을 사용하기 시작했고, 우리는 하루에 수천 톤의 화물을 취급해야만 했다.

당연히 사고도 발생했지만, 우리는 교통부가 할 수 없는 일을 하고 있다는 사실과 교통사고 사망자 수를 한 해에 만 명으로 줄였다는 사실을 지적해 줬다. 600만 명 중에 한 명꼴로 고객이 사라지기는 했지만 시작치고는 꽤 괜찮은 편이었고, 지금은 훨씬 더 그 수가 줄어들었다. 물론 이 중에 피해자 가족과 보험회사에 통보하지 않은 경우도 꽤 있었다.

일상적인 불만 가운데 하나는 전선과 함께 땅 속에 묻히는 것이었다. 이런 일이 발생하면 우리의 가련한 승객은 아무것도 아닌 존재로 흩어져 버리고 말았다. 아마도 이런 고객의 분자들은 지구 전체에 일정한 비율로 흩어지는 듯했다. 특히 전송 도중에 기계가 고장이 나서 생긴 끔찍한 사건도 기억이 난다. 그 결과를 추측하기란 어렵지 않을 것이다. 가장 끔찍했던 사건은 두 회선이 교차하는 바람에 합선되면서 일어난 일이었을 것이다.

물론 모든 사건이 이처럼 끔찍하지는 않았다. 때로는 회로의 저항이 높아져 전송 도중 승객의 몸무게가 35킬로그램 정도까지도 빠지는 일이 일어나기도 했다. 이로 인하여 우리는 1000파운드를 보상해 주고 잃어버린 몸무게를 회복할 때까지 계속 식사를 제공해야 했다. 다행히도 우리는 이 일로 돈을 벌 수 있었는데, 원하는 만큼 살을 빼고 싶어 하는 뚱뚱한 사람들이 우리를 찾아왔기 때문이었다. 우리는 수많은 귀부인들을 위해 저항 코일을 통과해 전송해 주는 특수 장치를 만들어 들어간 자리에서 다시 재조합되게 해 주었다. 그렇게 문제를 해결해 주었다.

"부인, 정말 빠르면서도 고통은 하나도 없답니다. 원하신다면 65킬로그램 정도를 즉시 빼 드리지요. 혹 90킬로그램을 원하십니까?"

간섭이나 유도전류도 꽤나 골칫거리였다. 당연하게도, 우리 장치가 수신하는 다양한 전기적 교란은 전송 중인 물체에도 영향을 미쳤다. 결과적으로 많은 사람들이 지구상에서는 결코 볼 수 없고, 어쩌면 화성이나 금성에서는 혹 볼 수 있을지도 모르는 형태로 전송되어 나왔다. 대개 성형수술로 원상태를 회복할 수 있었지만, 어떤 것들은 보지 않고는 믿을 수 없는 것들도 있었다.

다행스럽게도 이런 난점은 마이크로빔을 사용해 대부분 극복할 수 있었지만, 가끔씩 사고가 발생하는 것은 어쩔 수 없다. 지난 해 텔레비전 스타인 리타 코르도바가 아름다움이 손상되었다는 억지 주장을 하면서 100만 파운드를 요구하는 소송을 제기했던 것을 기억할 것이다. 코르도바는 전송 도중에 자신의 눈 한쪽이 움직였다고 말했지만, 나는 물론이고, 충분히 얼굴을 관찰한 배심원단까지도 아무런 차이를 발견할 수 없었다. 우리 책임 전기 기사가 증인석에 서서, 만약 전송상에 어떤 문제가 발생했다면 거울 속에 비친 자신의 모습을 알아볼 수 없었을 것이라고 갑작스럽게 증언을 하는 바람에 양측 변호인단이 크게 놀랐고, 그녀는 발작까지 일으키고 말았다.

많은 사람들이 언제 화성이나 금성에 전송 사업을 시작하냐고 물어보곤 한다. 곧 업무가 시작되리라는 사실에는 의심의 여지가 없지만, 문제는 그리 만만한 것이 아니다. 우주 공간에는 도처에 반사층이 존재할뿐더러, 태양에서 나오는 잡음이 너무 많다. 극초단파조차도 10만 킬로미터 상공에 있는 애플턴 Q층에서 막혀 버린다. 이를 뚫기 전까지 행성간 항공사 주식은 괜찮을 것이다.

이제 거의 밤 10시라 떠나야 할 시간이다. 자정 전에는 뉴욕에 도착해야 한다. 무슨 소리냐고? 아, 나는 비행기를 타고 간다. 나는 유선 전송기를 이용하지 않는다. 알다시피 나는 발명에 지대한 공을 세웠을 뿐이다.

나는 로켓이 더 좋다! 그럼 좋은 밤 되길 빌며!

우리는 그렇게 화성에 갔다 |How We Went to Mars|

1938년 3월《아마추어 과학 소설》에 최초 수록
이전에 책으로 출판된 적 없음

이 이야기는 더글러스 W. F. 메이어가 편집한《아마추어 과학 소설》의 세 번째 호와 마지막 호에 처음으로 수록되었다.

(주의. 이 이야기에 등장하는 모든 인물들은 전적으로 허구이며 단지 작가의 잠재의식 속에만 존재한다. 정신분석학자들은 뒷구멍으로나 들어오길 바란다.)

1952년 겨울 '건초 더미에서 코골기'라는 로켓 모임의 회원들에게 발생했던 믿을 수 없는 사건에 대하여 글을 쓰려고 펜을 들었다. 지금도 그 일을 생각하면 엄청난 공포에 사로잡혀 버리고 만다. 후세 사람들이 현명한 판단을 내려 주리라 믿지만, 내가 회장으로, 비서로, 그리고 회계로 활동하고 있는 이 모임의 회원들은 질투심에 가득 찬 라이벌들이 우리 모임의 성실성, 건전성, 그리고 심지어 온건함에 대해 쏟아내는 비난(아니 차라리 비방이라고 하는 편이 나을 성싶다.)에 대해 꼭 한마디 해 줘야 한다고 생각하고 있다.

이와 관련하여, 나는 스위벨 교수가《일간 헛소리》에 게재한 글, 그리고 스프로켓 박사가《주간 얼간이》에 발표한 글에서 우리 모임의 성공에 대하여 어떤 논평을 하고 있는지 잠시 언급하고 싶지만, 지면이 허락하지 않는 관계로 그냥 지나가고자 한다. 어떤 경우든 지적인 독자라면 이들의 헛소리에 속지 않기를 바랄 뿐이다.

　의심의 여지 없이, 지금은 '영국 왕립 로켓 협회'라고 널리 알려진 '왕립 영국 로켓 협회'가 1941년 세상을 떠들썩하게 했던 사건을 여러분은 기억해 낼 수 있을 것이다. 이 사건으로 인해 사람들은 로켓에 지대한 관심을 가지게 되지 않았던가. 이 사건은 역사상 가장 성공적으로 성층권 탐험을 마친 5톤이나 되는 로켓이 의사당에 있던 그 미치광이 호라시오 경(의원이자 바스 훈장을 받은 고위 사제인)의 머리 위에 떨어지면서 시작되었다. 그렇지만 엄청난 가격으로 달의 토지를 팔아넘기는 데 성공한 영국 로켓 협회에서 해트릭 패스트 훈작에게 변호를 부탁한 결과 사건을 무마할 수 있었다고들 한다. 1940년의 로켓 추진 제한 법안에 대해 영국 로켓 협회가 제기한 소송도 협회 측의 분명한 승리였다. 시연용으로 가져 온 로켓이 폭발하면서 반대파 전원과 템플 바(런던 서쪽 경계에 있던 구조물로 죄인의 머리를 매달아 두곤 하던 곳 ― 옮긴이) 대부분이 사라졌던 탓도 있지만. 우연히도 이 재앙이 발생한 시각, 법원에는 영국 로켓 협회 회원이 한 사람도 없었다는 사실은 최근 들어서야 밝혀졌다. 참으로 기이한 우연의 일치다. 게다가 생존자 두 명이 증언하기를 협회 회장인 헥터 헵테인이 폭발 몇 분 전에 매우 가까운 거리에서 로켓을 스쳐지나가더니 밖으로 서둘러 나갔다고 했다. 이에 대한 조사가 시작되었지만, 헥터는 이미 러시아로 떠난 뒤였다. 그에 말에 따르면 "자본가들이 세운 회사의 방해를 피해, 과학자와 노동자가 모두 친애하는 동무들로부터 적절한 보상을 받는 나라에서 일을 계속하기 위해서."라고 했다. 이야기가 옆길로 새고 말았다.

　영국에서 기술적 진전이 있게 된 건 1940년 법안이 철회되면서부터였다. '소비에트 연방의 자산. 옴스크로 반환 요망'이라는 딱지가 붙은 로켓—헵테인이 만든 게 분명했다—이 서레이에서 발견돼 로켓 개발이 새로운 자극을 받았을 때였다. 옴스크에서 영국까지 날아왔다는 건 대단한 (이해할 수 없을 정도는 아니지만) 성과였고, 이 로켓이 리클버로 로켓 협회 회원들이 비행기에서 떨어뜨리고 간 것이라는 사실은 몇 년이 지나서야 밝혀졌다. 그 작자들은 당시에도 홍보의 명수였다.

1945년까지만 해도 영국에만 20여 개의 협회가 있었고, 이들 각자는 넓은 지역에 걸쳐서 신속하게 파괴력을 뻗치고 있었다. 비록 1949년에 설립되기는 하였지만, 우리 협회는 국교회 한 곳, 감리교회 두 곳, 극장 다섯 곳, 신탁 회사 열일곱 곳, 그리고 수많은 가정집들과 외딴 산간 오지에서도 폭넓은 신망을 얻었다. 그러나 아무 사심 없는 사람이라면 달의 투스 분화구가 붕괴한 사건이 우리 협회의 작품이라는 것을 의심하지 않을 것이다. 비록 프랑스, 독일, 미국, 러시아, 스페인, 이탈리아, 일본, 스위스, 그리고 덴마크의 협회가 모두 우리에게 현상이 일어나기 며칠 전에 달을 향해 로켓을 발사했다고 주장하기는 했지만 말이다.

처음에 우리는 대형 로켓을 상당한 고도까지 쏘아올렸다는 데 만족하고 있었다. 로켓에는 기압과 온도를 기록하는 장치가 있었고, 우리 변호사들은 낙하 지점에 대한 정보를 명확히 파악해 보고했다. 작업은 매우 순조롭게 진행되고 있었다. 하지만 우리 보험 회사의 부당한 변심 때문에 우리는 어쩔 수 없이 대형 유인 우주선 계획을 시작해야 했다. 당시 우리는 이미 강력한 연료를 확보한 상태였다. 자세한 이야기는 여기서 할 수 없지만, 우리와 함께하던 천재화학자 배드스토프 박사가 적어도 16개 이상의 4중 탄소 결합을 만들어냈다는 정도로만 말해 두자. 이 새로운 연료는 너무도 강력해서 처음에 우리 회원들 사이에도 논란이 많았지만, 점진적인 연구를 통해 100번의 시도 중 97.5번이라는 확률로 폭발이 일어날 정도로 안정화를 찾았다. 이는 스프로켓 박사의 3차원 3원자 중수소(100번의 시도 중 20번 정도 성공)와 스위벨 교수의 질소 플루오르화물(폭발력이 있다고 할 수도 없을 정도)에 비하면 엄청나게 뛰어났다.

길이가 30미터인 로켓은 크리스틸룩스 유리창이 달린 네오베이클라이트 몸통 2단계로 구성돼 있었는데, 우리가 쓰는 새 연료 덕택에 몸통의 공간을 충분히 확보할 수 있었다. 만약 비용을 우리가 부담하려고 했다면 엄청난 돈을 지불해야만 했을 것이다. 로켓의 모터는 최근 개발된 붕소-실리콘 합성물질로 만든 것으로 몇 분 동안 작동이 가능했다. 이제껏 고안된 다른 우주선과 재료라는 면에서 특별히 다를 것은 없었다. 다만 실제로 만들어졌다는 점이 달랐다. 처음 만든 이 로켓을 타고 우주로 나갈 계획은 없었지만, 내가 관여했던 일이 예기치 못한 방향으로 흘러 계획을 수정해야 했다.

1952년 4월, 예비 비행을 위한 모든 준비가 완료되었다. 나는 선수식의 전통에 따라 우주선의 이물에서 진공 플라스크를, '은하의 자랑'이라는 성스러운 이름으로 축복을 내렸다. 그리고 우리 다섯(25명의 위원 중에서 생존한 5명과 나를 포함한 수)은 선실에 들어가 조심스럽게 문을 닫고 씹던 껌으로 균열이 생긴 곳을 모조리 막았다.

우주선은 풍선 모양의 운송대에 실려 여러 사람의 잔디밭과 정원을 가로질러 약 3킬로미터를 직선으로 움직였다. 우리의 목표는 수백 킬로미터 정도 위로 날아 올라갔다가 안전하게 지상으로 돌아오는 것이었다. 우리의 재산과 생명을 제외하고 타인의 재산과 생명에 대해서는 그다지 신경 쓰지 않고 할 수 있는 한 최대한 안전하게 착륙할 작정이었다.

나는 조종석에 자리를 잡았고 다른 사람들은 이륙 시의 충격으로부터 자신을 보호해 주리라고 기대를 받고 있는 완충 장치인 해먹에 누웠다. 어떤 우주선에나 해먹은 있었고, 우리도 별다른 방법을 생각하지는 못했다. 나는 공식 사진기자인 이반 슈니첼이 만족한 뒤에도 몇 번이나 더 단호한 표정을 지어 보이고는 출발 버튼을 눌렀다. 그러자 놀랍게도 우주선이 움직이기 시작했다.

이륙하는 과정에서 우주선은 야채밭 담장을 뚫고 지나가 밭을 온통 새로 갈아 놓은 것처럼 헤집어 놓았다. 다음에는 커다란 잔디밭이 있었는데, 온실 몇 개에 불이 붙은 것 말고는 상대적으로 무사히 지나쳤다. 그러고는 제대로 된 장애물이라고 할 수 있는 건물 몇 개에 다가가고 있었는데, 아직 로켓이 떠오르지 않아 나는 출력을 최대로 올렸다. 우주선은 굉음을 일으키며 공중으로 떠올랐고, 동료들의 신음 소리 속에서 나도 정신을 잃었다.

정신을 차렸을 때, 우주에 있음을 깨달았고 혹 다시 지구로 곤두박질을 치는 것은 아닌가 하고 놀라서 벌떡 일어섰다. 그러나 무중력 상태라는 사실을 잊고 있었기 때문에, 천장에 머리를 부딪치고는 다시 정신을 잃었다.

정신을 차렸을 때, 나는 조심스럽게 창문으로 다가가 우주선이 천천히 떠가고 있다는 사실을 발견하고 안도했다. 그러나 이런 생각은 그다지 오래가지 않았다. 지구가 우리 시야에서 사라져 버린 것이다! 나는 즉시 우리가 상당히 오랜 시간 동안 의식을 잃고 있었다는 사실을 깨달았다. 동료들 중에서 그다지 건강하지 않은 사람들은 여전히 코마 상태에 빠져 있거나 가끔 깨어났다가 다시 코마에 빠지거나 했다. 선실의 뒷부분에 있던 해먹이 충격을 충분히 흡수하지 못해 그곳에 누워 있던 사람들은 부상을 많이 입어야만 했다.

우선 로켓을 점검했는데, 내가 보기에는 완벽하게 작동하고 있었다. 일을 다 마치고 나서는 동료들을 깨우러 갔는데, 나는 망설임 없이 목에 약간의 액체 공기를 쏟아 넣어 주었다. 다들 의식을 되찾자(또는 상황을 감안할 때 그럭저럭 제정신이 들었다는 생각이 들자) 모두에게 대략적으로 상황을 설명했고, 냉정을 찾아야 할 필요성에 대해서 설명했다. 이어진 발작이 가라앉은 뒤에 나는 우주복을 입고 외부로 나가 우주선을 조사할 지원자를 찾았다. 유감스럽게도 내가 직접 나가야만 했다.

운 좋게도 우주선의 외양에는 별 문제가 없어 보였지만, 방향제어판에 '불법침입자 엄벌'이라는 알림판과 나뭇가지 몇 개가 박혀 있었다. 이것들을 모두 떼어서 버렸는데, 불행하게도 이것들이 우주선 주위의 궤도 안에 들어와 한 바퀴를 돌아서는 내 머리를 강타했다.

이 충격으로 나는 우주선에서 떨어져 나와 우주 공간을 떠도는 신세가 되었다. 공포에 휩싸였지만 의식을 잃지는 않아서 그 즉시 우주선으로 돌아갈 방도를 찾기 시작했다. 우주복의 외부에 있는 주머니에서 안전핀 한 개, 전차표 두 장, 양쪽 다 앞면인 동전 한 개, 궤도 계산을 끄적거려 높은 축구 도박 쿠폰 한 장, 그리고 러시아 발레 초대권 한 장을 발견했다. 난 이것들을 세심하게 조사한 결과 마지못해 아무짝에 쓸모없는 물건이라는 결론을 내렸다.

신속하게 계산해 본 결과, 내가 비록 동전을 던진다고 해도 우주선으로 되돌아갈 수 있을 정도의 운동량은 나오지 않았다. 티켓들을 던져 보았지만, 그냥 의미 없는 동작에 불과했다. 티켓 다음에는 안전핀을 던질 차례였다. 아마도 이걸 던지면 시속 0.000001밀리미터의 속도를 얻을 수 있었겠지만, 아무것도 하지 않는 것보다는 나았다. 그렇지만 그때 근사한 생각이 떠올랐다. 나는 조심스럽게 안전핀을 이용해 우주복에 구멍을 냈다. 그러자 구멍을 빠져나가는 공기가 나를 우주선을 향해 날려 주었다. 그다지 빨리는 아니지만 나는 우주복이 완전히 쓸모없어지기 직전에 에어록으로 들어갈 수 있었다.

동료들이 주위로 몰려들어 새로운 소식을 기다렸지만, 그다지 해 줄 만한 이야기는 없었다. 우선 우리의 현재 위치를 파악하는 일이 시간이 걸릴 듯해서 나는 즉시 이 중요한 작업에 착수했다.

10분 동안 천체를 관측하고 5시간 동안 특별히 윤활유를 잘 발라 둔 다용도 슬라이드 자로 계산한 결과, 나는 모두 안심할 수 있는 결과를 발표할 수 있었다. 우리는 지구에서 9,072,000킬로미터 떨어져 있으며, 황도에서 584,000킬로미터 위에 있고, 적경(赤經) 23시 15분 37.07초로 이동하고 있으며, 적위(赤緯) 153도 17분 36초로 이동하고 있었다. 그 전까지만 해도 우리는 적경 12시 19분 7.3초, 적위 169도 15분 17초를 향해, 또는 최악의 경우 적경 5시 32분 59.9초, 적위 0도 0분 0초를 향해 움직이고 있지는 않나 두려움에 떨고 있었다.

적어도 우리가 관측했을 때는 그랬다. 하지만 그 동안에 우리가 또 움직였기 때문에 우리 위치를 알아내려면 처음부터 다시 계산해야 했다. 몇 번의 시도 끝에 우리는 두 시간 전에 있던 위치를 알아내는 데 성공했다. 하지만 아무리 노력해도 계산에 드는 시간을 그보다 더 줄일 수는 없었다. 그냥 이대로 만족할 수밖에 없었다.

지구는 우리와 태양 사이에 있었다. 그래서 보이지 않았던 것이다. 우주선이 화성을 향해 움직이고 있었기 때문에, 나는 항로를 그대로 유지해 화성에 착륙하자고 제안했다. 사실 우리가 손 쓸 수 있는 일이 있었다고는 생각하지 않는다. 그래서 이틀 동안 우리는 그 붉은 행성을 향해 항해해 나갔고, 동료들은 도미노를 하거나, 포커 게임을 하거나, 혹은 3차원 당구(물론 이 게임은 무중력 상태에서만 가능하다.)를 치면서 지루함을 덜었다. 그러나 나는 우주선의 위치를 끊임없이 파악해야 했기 때문에, 이런 것을 하면서 보낼 시간이 없었다. 여하튼 첫째 날 완전히 잃어버린 신뢰를 동료들에게서 다시 찾아올 수는 없었다.

화성은 조금씩 점점 더 커져 갔고, 가까이 다가가면 갈수록 그 신비스러운 붉은 행성에 착륙했을 때 무엇을 찾아야 하는가에 관한 추측이 난무해졌다.

"한 가지는 확실할 거야."

다들 창문을 통해 이제 몇 백만 킬로미터 떨어져 있는 행성을 보던 와중에 회계 담당 아이작 구즈바움이 내게 말했다.

"흔히 많은 과학 소설에서 볼 수 있는 것처럼, 완벽한 영어를 구사하며 우리에게 도시의 자유로움을 선사해 주고, 옷자락을 흩날리는 긴 수염의 장로들을 만나 볼 수는 없겠지. 내년 적자분을 여기에 걸 수도 있어."

마침내 우리는 속도를 줄여 곡선을 그리며 내려갔다. 그 모습은 1차, 2차, 3차 미분계수들이 조화를 이루고 있는 대수나선이었는데, 난곡선이라면 자신 있었다. 가능한 한 솔리스 라쿠스(화성의 눈 — 옮긴이)에 가장 가까운 적도 근처에 착륙을 했다. 우주선은 사막을 몇 킬로미터 미끄러져 나갔고, 분사구가 지나간 땅에는 수정이 녹아 붙은 흔적이 남아 있었다. 우주선은 모래 언덕에 코를 박고 멈춰 섰다.

우리는 먼저 공기의 성분을 조사했다. (구즈바움만 제외하고는) 만장일치로 구즈바움이 에어록으로 들어가 화성의 대기 표본을 채취하기로 결정했다. 다행스럽게도 대기는 인간이 호흡하기에 적당해서 우리 모두는 에어록에서 아이작과 합류했다. 이후 나는 근엄하게 화성의 대지로 내려섰고 — 역사상 최초의 인물이 되었다 — 반면에 이반 스키니젤은 역사를 위해 나의 모습을 기록했다. 사실 나중에 알게 된 일이지만 스키니젤은 카메라에 필름을 넣는 것을 잊어버렸다. 아마 그렇지 않아도 상황은 비슷했을 것이다. 왜냐하면 나는 명확한 것을 좋아하는 관계로 다음과 같은 사실도 인정하지 않을 수 없기 때문이다. 내가 땅에 내려서자마자 땅이 무너져 내렸고, 모래 구덩이 속으로 곤두박질치는 바람에 동료들이 나를 구출하느라 상당한 어려움을 겪었다.

이런 불행에도 불구하고 우리는 마침내 모래 언덕을 기어 올라가 주변을 조사했다. 그것은 단지 끝없이 이어진 모래산으로 이루어진 지루한 광경이었다. 이제 무엇을 할 것인가에 대해 논쟁하는데, 갑자기 하늘에서 높은 음조의 날카로운 소리가 들리고, 놀랍게도 담배 모양의 금속 비행선이 몇 미터 전방에 내려앉았다. 그리고 문이 열렸다.

"저들의 눈에서 흰자위가 보이면 사격할 것!"

그다지 재미있지 않은 익살꾼 에릭 워블윗이 말했지만, 이번 농담은 다른 때와는 달리 좀 더 강압적으로 느껴졌다. 사실 그 우주선에서 어떤 존재가 나올지 기다리면서 우리들은 모두 긴장하고 있었다.

그들은 긴 턱수염을 하고서 흩날리는 하얀 옷을 입은 세 노인이었다. 등 뒤에서 아이작이 쓰러지면서 둔탁한 소리를 내는 것이 들렸다. 나에게 말을 걸었던 그 무리의 지도자는 스콘크타디에서 배운 게 분명한 약간의 부분만 빼고는 완벽한 BBC식 영어를 구사하고 있었다.

"지구에서 오신 방문객들이여, 환영합니다. 이곳이 허가된 착륙 지점이 아니라는 것이 유감스럽긴 하지만, 당분간은 허락하도록 하지요. 우리들의 도시 스즈그트프클로 여러분을 안내하기 위해서 여기 왔답니다."

나는 다소 당황스럽긴 했지만 대답을 했다.

"고맙습니다. 수고해 주신 여러분에게 우리 모두 고마워하고 있습니다. 여기는 즈스그트프클에서 멀리 떨어져 있습니까?"

그 화성인은 약간 움츠리더니 단호히 말했다.

"스즈그트프클."

"아, 그렇다면, 스즈그트폴크."

나는 포기하듯이 말했다. 다른 두 명의 화성인은 괴로워하는 것 같았고, 손에는 들고 다니는 막대기 비슷한 도구를 꽉 쥐고 있었다. (나중에 알고 보니 그냥 지팡이였다.) 지도자는 날 포기했다.

“관둡시다.” 그가 말했다. “스즈그트프클은 여기서 직선거리로 약 80킬로미터 떨어져 있습니다. 화성에 까마귀는 없지만 말이오. (영어로 직선거리라는 표현은 까마귀가 나는 거리라는 뜻이어서 지도자가 까마귀 이야기를 한 것이다 ─ 옮긴이) 뭐 아주 자세히 조사해 본 건 아니지만. 우릴 따라 날아올 수 있겠소?”

“할 수 있죠. 비록 하지 않는 편이 나을 듯하지만…… 만일 당신들의 도시, 즈스그…… 하는 곳이 믿을 만한 회사에 보험을 들어 놓지 않았다면 말이죠. 아니면, 우리를 데려갈 수는 없나요? 아마도 견인 광선 같은 게 있을 것 같은데요.”

화성인들이 놀라는 눈치였다.

“그렇습니다만…… 그걸 어떻게?”

나는 공손하게 대답했다.

“그냥 추측해 봤을 뿐입니다. 그렇다면 저희는 우주선으로 돌아가 있겠습니다. 나머지는 여러분이 알아서 해 주세요.”

우리는 쓰러진 구즈바움을 데리고 우주선으로 돌아왔고, 몇 분이 지나자 화성인들의 우주선을 따라 사막 위로 속도를 내며 날아갔다. 지평선 너머에 웅대한 도시의 원형 탑들이 나타나기 시작했고, 얼마 지나지 않아 사람들로 가득 찬 거대한 광장에 착륙했다.

순식간에 우리는 카메라와 마이크, 혹은 그런 비슷한 화성의 물건에 둘러싸였다. 지도자가 몇 마디를 하고는 나에게 신호를 보냈다. 놀라운 예지력으로 지구를 떠나기 전 준비해 둔 연설이 있었기에, 주머니에서 연설문을 꺼내 화성인들을 향해 읽어 내려갔다. 강의록을 읽고 있었다는 사실을 깨달았을 때는 이미 모든 연설이 끝난 직후였다.

내가 읽은 「영국 공상 과학 소설 작가들: 금지와 치유?」는 몇 달 전에 공상 과학 소설 작가 수업 시간에 강의한 내용으로서, 이로 인하여 나는 이미 명예 훼손으로 6건의 고소를 당한 상태였다. 불행한 사태였지만, 반응으로 미루어 보건대 화성인들이 재미있게 생각했다는 점은 확실했다. 이상하게도 화성인들의 갈채는 지구인의 야유와 무척이나 닮아 있었다.

도시 중심부에 세워진 거대한 건물로 이어지는 움직이는 도로에 (어렵게) 올라탈 수 있었다. 건물 안에는 풍성한 음식이 우리를 기다리고 있었다. 우리는 끝내 음식의 재료를 확인할 수 없었고, 그냥 차라리 합성 물질이기를 바랐다.

만찬이 끝나자 그들은 우리에게 도시의 어느 곳에 가보고 싶으냐고 물었다. 결정은 전적으로 우리에게 달린 듯해서, 우리는 버라이어티 쇼란 게 무엇인지 최선을 다해 설명했다. 하지만 화성인들은 도무지 이해하지 못했고, 우리가 우려했던 대로 발전소나 공장 따위를 보여 주겠다고 우겼다. 이쯤에서 나는 흔대 과학소설에 나오는 지식이 대단히 가치 있다는 사실을 밝혀야겠다. 왜냐하면 화성인들이 우리를 놀라게 하려고 보여준 것들은 죄다 이미 오래 전에 다 들어 본 것들이었기 때문이다. 예를 들어, 우리는 원자력 발전기가 지구의 작가들이 묘사했던 것과 별다를 것도 없다고 퉁명스럽게 논평했고(물론 보안을 지키느라 조심했다.), 오래 전부터 지구의 정치가와 경제인이 부정해 온 자연 법칙을 극복하지 못하는 그들의 무능력에 놀라움을 표현하기도 했다. 사실―이런 말을 하는 게 자랑스럽다―화성인들은 우리보다 특별히 나을 게 없었다. 관광이 끝날 무렵 나는 지도자에게 흰개미의 습성에 대해서 강의했고, 등 뒤에서는 구즈바움(다행히 이제는 제정신을 차린)이 화성의 시장 체제가 너무 낮은 이자율 정책을 시행한다고 비난하는 것을 들을 수 있었다.

견학이 끝나자 화성인들은 더 이상 우리를 귀찮게 하지 않았고, 우리는 방 안에서 포커나 화성에서 알게 된 몇 가지 신기한 게임을 하며 시간을 보냈다. 그 중에는 '4차원 체스'라고만 부를 수 있을 법한 수학 게임도 있었는데, 불행히도 규칙이 너무 복잡해서 나를 빼고는 아무도 이해하지 못했다. 하는 수 없이 난 나를 상대로 혼자 게임을 해야 했다. 하지만 어떻게 해도 내가 패하고 만다는 사실이 참 유감스럽다.

화성 탐사에 대해서는 할 이야기가 더 많고, 시간이 지나면 털어놓을 계획이다.

내가 쓴 책『뚜껑 열린 화성』은 '블로토 와인드업'사에서 21일을 전후해서 출판될 것이다. 내가 지금 말할 수 있는 것은 화성인들은 우리를 무척 즐겁게 해 주었다는 것이며, 우리는 그들에게 인간이라는 종족에 대한 우호적인 인상을 심어 주었다는 것이다. 그러나 우리 뒤를 이어 방문할 원정대에 실망하지 않도록 우리가 다소 예외적인 표본이라는 사실만큼은 확실히 알려 줘야 했다.

대접을 너무나 잘 받은 나머지 우리 중 한 명은 돌아갈 시간일 됐을 때 화성에 머물기로 결심하기도 했다. 여기서 자세히 파고들기는 좀 뭣한데, 지구에 아내와 아이들이 있기 때문이다. 이 문제에 관해서는 나의 책에서 좀 더 자세히 이야기 하겠다.

지구와 화성이 빠른 속도로 멀어지고 있어서 불행히도 우리는 일주

일만에 화성을 떠나야 했다. 우리의 화성 친구들은 친절하게도 우주선의 연료를 공급해 주었고 우리의 방문을 기억할 만한 많은 기념품들도 주었는데 그 중 일부는 무척 값비싼 것이었다. (이 기념품을 지구에 준 거냐, 우리에게 준 거냐 하는 문제는 아직 논쟁거리다. 하지만 난 불평하는 동료들에게 원래 가진 사람이 임자인 법이며 더욱이 그게 고매한 내 동료들 손에 있을 때는 빼앗을 길이 없을 거라는 점을 지적해 주었다.)

귀환은 별 탈 없이 순조로웠으며, 연료를 잘 아껴 쓴 덕에 우리가 원하는 장소에 원하는 방식으로 착륙할 수 있었다. 우리는 세상의 이목이 집중될 장소를 골랐고, 우리의 탐사 성공이 가져다줄 그 위대한 성과를 모든 사람이 절실히 느끼도록 했다.

하이드파크로에 내려앉은 것이나 서펀타인(하이드파크의 S자형 연못—옮긴이)에 일어난 수증기에 관해서는 다른 곳에서 많이 다뤘고, 다음 날 《타임스》에 실린 7센티미터 굵기의 헤드라인은 역사적으로 우리가 어떤 성공을 했는지를 보여 주는 충분한 증거였다. 우리 비행이 성공적으로 끝난 바인 가의 경찰서 감방에 있는 나의 모습이 방송을 탔던 것을 누구나 기억할 것이며, 이에 대해서 내가 더 언급할 필요는 없다고 생각한다. 무엇보다 내 변호사가 당황할지도 모르기 때문이다.

우리는 인류의 전체 지식에 작지만 기여했다는 사실과 우리 사회라는 은행의 잔고에 커다란 보탬이 되었다는 사실에 만족하고 있다. 더 이상 바랄 게 뭐가 있겠는가?

지구에서 퇴각하라 | Retreat from Earth |

1938년 3월《아마추어 과학 소설》에 최초 수록
『아서 C. 클라크 걸작선 1937~1955』에 수록

이 놀라운 생물에 대한 나의 관심은 아마도 폴 에른스트의 《믿을 수 없는 이야기들(Astounding Stories)》(1932년 6월)에 나오는 「흰개미의 습격(The Raid on the Termites)」에서 시작됐을 것이다.

수백만 년 전, 인간이 먼 미래에나 나올 법한 존재였던 시절, 지구 역사상 세 번째로 도착한 우주선이 겹겹이 쌓인 구름을 뚫고 현재 아프리카라고 알려진 곳으로 내려왔다. 상상조차 할 수 없는 우주의 심연을 횡단해 온 우주선에 탄 생명체는 자신들의 지친 종족들이 살기에 적당한 세상을 찾고 있었다. 그러나 지구에는 위대하지만 사라져 가는 종족이 먼저 자리잡고 있었고, 이 두 종족은 진정한 의미에서 문명화를 이루었기 때문에 전쟁을 일으키지 않고 상호 합의에 이르렀다. 당시 지구를 지배하고 있던 종족은 한때 명왕성 궤도 안에 있는 모든 곳을 지배했던 경험이 있었기 때문에 항상 미래를 계획하고 종국에 가서는 자신들이 소멸한 이후에 지구에 올 종족을 위해서도 준비를 해 두었다.

그래서 지구를 지배한 마지막 종족이 영원한 안식에 이른 지 400만 년이 지난 후, 한때 위대한 종족의 건축가들이 구름에 닿을 정도로 높이 건물을 세웠던 도시에 인간이 자신들의 도시를 만들기 시작했다. 인간이 나타나기 훨씬 전, 이 외계인들은 오랜 세기 동안 결코 게으르지 않았으며, 맹목적이며 멋진 노예로 가득 찬 도시로 행성의 절반을 뒤덮었다. 비록 그 노예들이 끊임없이 문제를 일으켰던 탓에 인간도 이 도시들의 존재를 알고 있기는 했다. 그러나 열대 지방의 인간들은 자기의 문명보다 더 오래된 외계 문명이 상실한 거주지를 되찾을 목적으로 우주의 심연을 가로질러 침략해 올 그 날을 위해 치밀한 준비를 하고 있음을 결코 알지 못했다.

위원장이 근엄하게 말했다.

"여러분, 제3행성을 식민지화하려는 우리의 계획에 심각한 차질이 생겼습니다. 여러분 모두 아시는 바와 같이, 우리는 완전한 통제권을 행사할 그날을 위해 이 행성의 거주자들 모르게 여러 해 동안 작업해 왔습니다. 어떤 저항도 예견되지 않았는데, 이는 제3행성의 인류가 아주 낮은 발전 단계에 있고, 우리에게 해가 될 어떤 무기도 소유하고 있지 않기 때문입니다. 게다가 무수히 많은 정치 집단과 국가들로 인하여 끊임없는 전쟁에 휘말려 있기 때문에 우리 계획에 커다란 도움이 될 만한 단결심의 부재를 보였습니다.

제3행성과 거주 종족에 관해 가능한 모든 지식을 획득하기 위하여 수백 명의, 특히 중요한 도시에서는 더 많은 수의 정보원들이 작업을 해 왔습니다. 우리 요원들은 훌륭하게 임무를 완수하고 있으며, 그들이 보내는 정기 보고서를 통해 우리는 이 신기한 세상에 대한 상세한 지식을 획득할 수 있었습니다. 사실 몇 세트 전까지만 해도 제3행성에 관해 모든 것을 알고 있다고 말할 수 있었습니다만, 이제 그것이 얼마나 커다란 실수였는지 알게 되었습니다.

　이전에도 수 차례 언급했듯이, 영국이라고 알려진 국가의 수석 조사원은 위대한 보락의 손자, 세르박 세톤이라는 영리한 어린 학생이었습니다. 그는 순진한 종족처럼 보이는 영국인들 속에서 멋지게 실력을 발휘하여 바로 상류 사회로 편입되었습니다. 그리고 소위 위대한 학문을 배우기 위하여 시간을 보냈지만, 이내 정나미가 떨어져 그곳과 결별했습니다. 비록 실제 목적과는 아무런 관련이 없었지만, 이 활기 넘치는 젊은이는 제3행성의 야생 동물을 연구했고, 이 행성의 광활한 대지 위를 자유롭게 거니는 신기하면서도 흥미로운 생물들이 너무도 많다는 사실에 놀라움을 보였습니다. 몇몇은 인간에게 실제로 위험한 존재였지만, 그는 거의 대부분을 정복해 냈고 어떤 종은 멸종시키기도 하였습니다. 아마도 우리의 계획 전체를 바꿔야 할지도 모르는 발견은 세르박이 이런 야수들을 연구하면서 이루어졌습니다. 일단 세르박의 보고를 들도록 합시다.”

　의장은 스위치를 켰고, 보이지 않는 스피커에서 세르박 세톤의 목소리가 위대한 화성인들의 수뇌부들이 모인 국회에 퍼져 나가기 시작했다.

　“이 보고서의 가장 핵심적인 내용에 대해 말씀드리겠습니다. 단지 과학적인 이유로 저는 여러 차례 이 행성의 야생 동물들을 연구해 왔습니다. 제3행성의 동물들은 네 그룹으로 나뉠 수 있습니다. 포유류, 어류, 파충류, 그리고 곤충과 많은 다른 소수 그룹들. 우리 행성에도 앞의 세 종을 대표하는 많은 생물들이 있었습니다. 비록 지금은 현존하지 않지만 말입니다. 그런데 제가 아는 한 우리 행성에는 역사상 한 번도 곤충이 존재한 적이 없었습니다. 결과적으로 처음부터 이들은 저의 관심을 끌었고, 저는 이들의 습관과 구조를 자세히 연구했습니다.

여러분은 한 번도 본 적이 없는 이 생물의 생김새를 상상하기가 상당히 어려울 것입니다. 이들은 수백만 가지의 형태로 존재하며 이 모두를 분류하려면 몇 세기가 걸릴 것입니다. 대부분은 많은 관절과 무장이 잘된 몸을 가진 작은 생물입니다. 이들은 너무도 작아서 길이가 0.5쩸 정도이며 종종 날개를 가지고 있습니다. 대부분은 알을 낳고 성충이 되기 전에 여러 번 변태를 거칩니다. 이 보고서와 함께 여러 장의 사진과 필름을 보내 제가 말로 다 설명할 수 없는 무수한 변화들에 대하여 이해를 돕도록 하겠습니다. 이 생물들에 대해 제가 가지고 있는 대부분의 정보는 곤충 관찰에 삶의 대부분을 헌신한 수천 명의 끈기 있는 학생들이 작성한 문헌으로부터 온 것입니다. 제3행성의 거주자들은 자신들과 세상을 공유하면서 살아가는 이 생물에 많은 관심을 보이고 있으며, 이런 것을 통해 볼 때, 이 인간들은 우리 행성의 과학자들 중 일부가 믿고 있는 것보다 훨씬 지적인 생명체가 아닌가 하고 생각하게 됩니다.”

이 말이 끝난 후 청중들 사이에 미소가 번져 나갔는데, 세톤 가문은 항상 급진적이면서도 이단적인 관점을 보여 주는 것으로 유명했기 때문이다.

“연구 과정에서 이 행성의 열대 지역에 사는 특이한 생명체에 대한 설명을 우연히 접하게 되었습니다. 이들은 ‘흰개미’ 혹은 ‘백의(白蟻)’라고 불리며, 거대하면서도 완벽하게 조직된 공동체로서 삶을 살아갑니다. 그들은 도시도 짓는데, 도시는 거대한 언덕과 벌집 모양의 통로, 그리고 매우 단단한 물질들로 이루어져 있습니다. 금속이나 유리 같은 물질에 구멍을 낼 정도로 천재적인 공학 기술을 보여 주며, 원한다면 인류의 모든 창조물들을 파괴할 수도 있습니다. 그들은 셀룰로오스나 나무를 먹어 치웁니다. 이런 물질들은 인간이 광범위하게 사용하고 있으므로, 인간들은 자신들의 재산을 먹어 치우는 개미들과 끊임없는 전쟁을 벌이고 있습니다. 인간에게는 다행스럽게도 흰개미들에게는 치명적인 적이 있는데, 바로 개미입니다. 매우 유사한 생물이죠. 이 두 종은 서로 지리적인 이점을 놓고 전쟁을 벌이며, 아직도 그 승패를 가리지 못하고 있습니다.

비록 앞을 볼 수는 없어도, 흰개미들은 빛을 견뎌 내지 못합니다. 그래서 도시 밖으로 나갈 때는 개활지를 건너기 위하여 항상 터널이나 시멘트 관을 만들어 자신들을 보호합니다. 그들은 훌륭한 공학자이자 건축가이며, 어떤 일상적인 방해물도 그들의 의도를 꺾을 수 없습니다. 그러나 그들의 가장 뛰어난 업적은 생물학에 있습니다. 그들은 같은 알에서 수십 종의 특화된 생명체를 만들어 낼 수 있습니다. 그러므로 강력한 앞발을 가진 전사들을 길러 낼 수도 있으며, 적을 향해 독을 뿜어내는 전사, 거대하게 팽창하는 복부를 이용하여 음식 저장고 역할을 하는 일꾼, 그리고 수없이 많은 놀라운 변종들을 만들어 낼 수 있습니다. 제가 보낸 보고서에 있는 것처럼 제3행성의 자연학자들에게 알려진 정도의 설명들은 여러분도 모두 보실 수 있을 것입니다.

그들이 이룩한 업적을 읽으면 읽을수록, 그들의 사회 체제의 완벽성에 깊은 인상을 받게 됩니다. 이전의 많은 학생들이 그랬듯이 저 역시 흰개미집은 방대한 기계에 비유할 수 있다는 생각이 듭니다. 희개미집은 금속이 아닌 프로토플라즈마로 만들어졌으며, 각각의 흰개미는 바퀴와 톱니바퀴로서 수행해야 할 임무가 이미 정해져 있는 상태라고 말할 수 있습니다. 이런 비유가 정말로 적절하다는 건 얼마 지나지 않아서 알 수 있었습니다.

흰개미집에는 무질서도 쓰레기도 없으며, 모든 곳이 신비스러울 뿐입니다. 이 문제에 대해 고려해 본 결과, 과학적인 관점에서만 보자면 흰개미들은 인간들보다도 훨씬 더 많은 관심을 기울여야 하는 대상이라고 할 수 있습니다. 무엇보다도 인간은 흔히들 이야기하는 것처럼 우리와 그다지 다르지 않지만, 이 곤충들은 모든 면에서 우리와는 이질적이라고 할 수 있습니다. 그들은 국익을 위해 일하고 살고 죽습니다. 그들에게 개개인은 아무런 의미도 없습니다. 반면 우리나 인간들에게 국가란 오로지 개인을 위해서 존재할 뿐입니다. 누가 어느 것이 옳다고 말할 수 있습니까?

이 문제들에 집중하게 된 저는 마침내 제3행성의 자연학자들은 결코 꿈도 꿀 수 없는 장비로 이 작은 생명체를 연구하기로 결심했습니다. 그래서 저는 제3행성에서 가장 큰 바다인 태평양의 한 무인도를 골랐습니다. 흰개미 언덕이 빽빽하게 들어찬 곳이죠. 그 곳에 연구실로 쓸 작은 금속 건물을 하나 지었습니다. 흰개미가 지닌 파괴력에 강한 인상을 받았기 때문에, 우주선이 착륙할 충분한 공간을 확보한 상태에서 건물 주위에 커다란 해자를 두르고 바닷물이 흘러 들어오도록 했습니다. 10제트 정도의 물이면 흰개미들이 해로운 짓을 못하도록 막을 수 있다고 생각했습니다. 지금 생각하면 얼마나 바보 같은지.

영국을 떠나본 게 많지 않아서 준비를 하는 데 몇 주가 걸렸습니다. 제 작은 우주 요트를 타고 런던에서 흰개미 섬으로 항해하는 데는 반 섹터밖에 안 걸려 다행히도 시간을 많이 소비하지 않았습니다. 연구소에는 제가 생각하기에 유용한 도구들은 모두 갖춰 두었고, 그다지 쓸모없어 보이는 것들도 나중에 필요할지 몰라 갖춰 놓았습니다. 가장 중요한 도구는 흰개미집 벽을 뚫고서 육안으로는 볼 수 없는 비밀들을 파헤치는 고성능 감마선 영상 송수신 장치였습니다. 이에 못지 않게 중요한 것은 새로운 형태의 지적 생명체나 일반적인 방식으로 조사할 수 없는 행성을 탐사할 때 사용하는 민감한 지력 측정계였습니다. 비록 흰개미가 완전히 외계 지적 생명체로서 아주 미약한 특성만을 가지고 있을지라도, 그들의 지적 사고 과정을 탐지해 낼 수 있었을 것입니다.

처음에는 진행 속도가 다소 느렸습니다. 영상 송수신 장치를 가지고 가장 가까운 곳에 있는 흰개미집을 관찰했고, 여기저기서 먹이와 건물을 지을 자재를 집으로 옮기는 통로를 따라서 일꾼을 쫓아다니는 일들은 정말이지 매력적이었습니다. 거대하게 부푼 몸을 한 여왕개미가 왕궁 신생아실에서 끊임없이 알을 낳고 있었는데, 해를 거듭하며 몇 초 간격으로 연이어 알을 낳는 것이었습니다. 비록 여왕은 식민 활동의 중심에 있었지만, 지력 측정계 침을 가져다 대 본 결과 거의 움직이지 않았습니다. 제 몸의 세포조차 이보다는 더 나은 반응을 보일 것입니다. 그 흉측스러운 여왕개미는 뇌가 없는 기계 장치라고 할 수 있습니다. 왜냐하면 프로토플라즈마로 만들어져 있기 때문입니다. 그리고 일꾼들조차 우리가 유용한 로봇을 다루는 식으로 여왕을 돌보고 있었습니다.

　여러 이유로 그 여왕개미가 이 식민지의 지배자라고는 할 수 없었지만, 지력 측정계나 영상 송수신 장치를 사용하여 탐사를 시작한 뒤에도 무리의 다른 녀석들을 지시하고 감독하는 어떤 슈퍼 흰개미나 생명체도 발견할 수 없었습니다. 이 사실에 제3행성 과학자들은 그다지 놀라움을 표하는 것 같지 않았습니다. 왜냐하면 이들은 흰개미들이 단지 본능에만 지배받는다고 생각하고 있었기 때문입니다. 그러나 제가 가져간 도구를 통해서 자동 반사계를 구성하는 신경 자극들을 탐사했는데, 아무것도 발견할 수 없었습니다. 증폭 장치를 최대로 올려 보고 구식이기는 하지만 아주 유용한 '헤드폰'을 쓰고 한 시간 가량 측정해 봤습니다. 때때로 우리가 결코 해석할 수 없었던 미세한 소리를 내기도 했지만, 일반적으로 그들이 내는 유일한 소리란 집단으로 뭉친 지성이 제 장비에 반응해 일으키는 소리로, 먼 해변의 파도처럼 나직한 소리였습니다.

　슬슬 의욕이 사라지고 있을 때, 과학에서 종종 볼 수 있는 사건이 일어났습니다. 별 효과가 없었던 조사를 마치고 장비를 제거하던 중에 우연히 작은 원형 안테나를 건드려 지면을 향하게 한 겁니다. 그러자 놀랍게도 바늘이 격렬하게 흔들리기 시작했습니다. 평소 하듯이 안테나를 좌우로 움직여 본 결과 이 놀라운 소리의 근원지가 바로 발밑임을 깨달았지만, 그 거리가 어느 정도인지는 추측조차 할 수 없었습니다. 헤드폰에서는 끊임없이 윙윙거리는 소리가 나기 시작했고, 중간 중간 갑작스럽게 소리가 끊어지기도 했습니다. 마치 어떤 전자 장치가 작동하는 것 같았습니다. 게다가 10만 테라헤르츠라는 주파수는 그 누구도 상상하지 못하는 수치였지요. 다들 추측하시겠지만, 아주 곤란하게도 전 즉시 영국으로 돌아와야만 했고, 그 당시에는 다른 어떤 것도 할 수 없었습니다.

흰개미 섬으로 돌아오기 2주 전에는 제 우주요트에 이상이 생겨서 분해해서 검사해야만 했습니다. 꽤나 다채로운 이력이 있다고 알고 있는 이 요트에는 광선 스크린이 달려 있었습니다. 게다가 법을 준수하는 함정에 있기에는 너무도 훌륭한 광선 스크린이었지요. 제가 보기에는 예전에 의회의 순양함에 도전했던 적이 분명히 있었던 것 같습니다. 저는 복잡한 자동 중계 회로를 수리하는 일에는 별 흥미가 없었지만, 마침내 이를 끝마치고는 최고 속력으로 태평양으로 날아갔습니다. 속도가 너무도 빨라 선수파(船首波)가 한 줄로 이어진 폭발처럼 보였을 겁니다. 불행히도 전 바로 속도를 줄여야 했습니다. 그 섬에 맞춰 놓았던 방향 지시빔이 더 이상 작동하지 않았기 때문이었습니다. 퓨즈가 녹아 버린 모양이어서 평범한 방식으로 직접 관측하고 방향을 잡았습니다. 귀찮은 사고였지만 놀랄 만한 일은 아니었고, 얼마 뒤 전 아무런 위험도 감지하지 못하고 흰개미 섬으로 나선을 그리며 내려갔습니다.

작은 해자 안에 착륙하고 연구실 문으로 갔습니다. 그런데 비밀 번호를 말하자 금속 문이 열리면서 무시무시한 양의 수증기가 방에서 뿜어져 나왔습니다. 전 그 수증기 때문에 거의 정신을 잃어버릴 지경까지 이르렀고 무슨 일이 발생했는지 완전히 깨닫기까지 오랜 시간이 걸렸습니다. 정신을 차리자, 인간에게는 치명적이지만 우리에게는 상당히 오랜 시간이 흐른 후에야 영향을 미치는 시안화수소의 냄새를 맡을 수 있었습니다.

처음에는 연구실에 어떤 사고가 있었구나 하고 생각했는데, 연구실에 그 정도의 가스가 뿜어져 나올 만한 화학 물질이 없었다는 게 떠올랐습니다. 도대체 무엇이 그런 사고를 유발했을까요?

연구실로 몸을 돌렸을 때, 다시 한 번 충격을 받았습니다. 흘긋 쳐다보기만 했는데도 연구실이 완전히 파괴되어 버린 것을 금방 알아챌 수 있었습니다. 기계 장치는 하나도 성한 것이 없었습니다. 이와 같은 파괴를 일으킨 원인은 분명 전력 공급원인 작은 원자력 전동기의 폭발이었습니다. 그런데 도대체 이유는? 원자력 전동기는 특별한 이유 없이는 폭발하지 않습니다. 만약 폭발이 일어난다면 이것은 심각한 문제입니다. 저는 방을 면밀히 조사해 본 결과 복도에서 방으로 이어진 수많은 작은 구멍을 발견했습니다. 이런 구멍은 흰개미가 이동할 때 만드는 것입니다. 비록 믿을 수 없는 일이었지만 나의 의심은 명백해지기 시작했습니다. 이 생물이 방을 독가스로 가득 채운다는 게 터무니없는 이야기는 아닙니다. 그러나 흰개미가 원자력 전동기를 이해했다고 상상하는 것은 너무 지나치다고 생각합니다. 수수께끼를 풀기 위해 전동기의 조각들을 찾아 나서기 시작했고, 당황스럽게도 동기화 코일이 합선된 것을 발견하게 되었습니다. 산산조각난 오스뮴 토로이드에는 전동기를 폭파하기 위해 희생한 흰개미의 턱이 여전히 붙어 있었습니다.

오랫동안 우주선에 앉아 이 놀라운 일에 대하여 생각해 보았습니다. 이전에 제가 섬에 있었을 때 잠시 동안 포착했던 지적 생물체가 일으킨 파괴가 분명하다고 생각했지요. 만약 흰개미 무리의 우두머리가 이 일을 했다면(그리고 사실 다른 생물체의 소행이라고는 생각할 수 없는 상황이었으므로), 도대체 어떻게 이 기계 장치를 폭파할 수 있는 유일한 방법과 전자력 원동기에 대해 알아냈는지 의문입니다. 여러 정황을 살펴보면, 제가 이들의 비밀을 너무 깊게 캐고 들어가자 저와 제 연구를 없애 버리기로 결정한 것 같습니다. 비록 최초의 시도는 실패로 돌아갔지만, 아마 다음에는 조금 더 심각한 피해를 입힐 것 같습니다. 아직 우주선의 강철 같은 벽을 뚫고서 저에게 해를 입히리라고 생각지 않지만 말입니다.

비록 제가 가지고 있는 지력 측정계나 영상 송수신 장치가 파괴되기는 했지만, 쉽게 굴복하지는 않겠다고 결심하고, 우주선에 남아 있는 영상 송수신 장치로 추적을 시작했습니다. 비록 이런 목적으로 만들어진 것은 아니었지만 쓸모가 있었습니다. 필수 장비인 지력 측정계가 없었기 때문에, 제가 탐색하고자 했던 대상을 발견하기 위해서는 시간이 더 필요했습니다. 넓은 범위를 조사해야만 했거든요. 여러 지층에 초점을 맞춰 조사했고, 의심이 가는 바위가 있으면 어떤 것이든 조사했습니다. 약 60미터 정도를 탐사하고 있을 때, 저 멀리 땅 속에서 미세하게 움직이는 커다란 둥근 돌 같은 검은 덩어리를 발견할 수 있었습니다. 조금 더 가까이 살펴보니 놀랍게도 둥근 돌이 아니라 직경이 약 6미터 정도 되는 완전한 금속 구였습니다. 마침내 탐색이 끝났던 겁니다. 금속 표면에 천천히 빔을 발사하자 금속 구의 형태가 점차 사라지고, 거대 흰개미굴이 화면에 나타났습니다.

사지가 퇴화한 거대한 뇌의 모습을 한 놀라운 생물체가 있기를 기대하고 있었지만, 한눈에 아무것도 없다는 사실을 알 수 있었습니다.

벽 사이에는 금속으로 밀봉된 공간이 있었고, 그 곳은 기계로 이루어진 복잡한 미로가 펼쳐져 있었습니다. 기계는 대부분 아주 정교하고 상상할 수 없을 정보로 복잡했으며 번개 같은 속도로 작동했습니다. 이 놀라운 전기 공학과 비교한다면, 우리의 위대한 영상 송수신 장치는 어린아이나 야만인의 물건이라고 할 수 있을 것입니다. 저는 수많은 중계기와 끊임없이 깜빡이는 지시 밸브, 그리고 우리 장치와는 완전히 다른 형태의 기계 사이에서 회전하고 있는 캠을 볼 수 있었습니다. 이 장치를 고안한 생물체에게 우리 원자력 전동기는 장난감에 불과할 것입니다.

한동안 저는 이 놀라운 광경을 경이롭게 바라보았는데, 갑자기, 그리고 믿을 수 없게도, 어떤 장막이 확 펼쳐지더니 화면은 형체 없는 색의 향연으로 바뀌었습니다.

이것은 우리 영상 송수신 장치로는 파악할 수 없고, 우리는 만들어낼 수 없는 기술인 게 틀림없었습니다. 이 기이한 생물의 힘은 제가 상상한 것보다 훨씬 거대했으며, 이런 사실을 알자 이제 내가 우주선 안에 있다고 해도 안전하다고 여길 수 없었습니다. 솔직히 이 흰개미 섬에서 가능한 한 멀리 떨어지고 싶다는 마음이 크게 일어났습니다. 떠나야겠다는 충동이 너무 강해진 나머지 저는 곧 크게 타원을 그리며 성층권으로 올라가 태평양 상공을 벗어나 영국으로 가고 말았습니다.

맞습니다. 저희 할아버지인 보락은 결코 이따위로 행동하지 않았을 거라며 저를 비겁자라고 비난하거나 비웃을지도 모르겠습니다. 그러나 들어 보십시오.

저는 섬에서 160킬로미터 정도 높이 솟구쳐 올라 시속 3200킬로미터로 운행할 준비를 하고 있었습니다. 순간 중계기가 파괴되고 모터가 과부하가 걸린 것처럼 목구멍 끓는 소리를 냈습니다. 계기판을 보자 상황을 파악할 수 있었습니다. 유도빔의 충격으로 광선 스크린이 빛을 내고 있었습니다. 그러나 유도빔의 전력이 상대적으로 높지 않아서, 스크린은 커다란 문제없이 열을 잘 발산했습니다. 비록 바로 옆에 있었다면 커다란 피해를 입었을지도 모르지만 말입니다. 그럼에도 저는 잠시 불쾌한 감정에 휩싸였다가 문득 이제는 구식이 된 전자 전쟁 시대의 기법을 떠올리고 제가 가지고 있던 측지식 발전기의 자장을 최대한 올려 유도빔을 향해 쏘았습니다. 때마침 저는 영상 송수신 장치를 작동시켜 태평양 아래 불타고 있는 흰개미 섬을 볼 수 있었습니다…….

그래서 문제 하나는 풀렸지만, 저는 더 커다란 문제들과 함께 영국으로 돌아왔습니다. 제가 본 기계로 추정되는 흰개미의 두뇌가 어떻게 인간에게 노출되지 않았을까요? 흰개미는 종종 사람이 사는 집을 파괴했지만, 제가 아는 한 결코 한 번도 보복을 받은 적이 없습니다. 그런데 아무런 피해를 입히지 않은 저를 공격하는 것 같았습니다! 아마도 어떤 미지의 수단을 통해 제가 인간이 아니며 그들의 힘을 위협할 만한 적임을 파악하고 있었던 것 같습니다. 혹은 여태까지 심각하게 생각해 보지는 않았지만, 그들은 제3행성을 저희 같은 침략자로부터 보호하는 수호자인지도 모르겠습니다.

그래도 이해할 수 없는 모순이 남아 있습니다. 비록 우리가 가진 지식이 전부는 아니겠지만, 우리는 상당량의 지식을 축적하고 있습니다. 그러나 다른 한편으로 힘들이지 않고 순식간에 해치울 수 있는 우두머리 밑에서 변변치 않은 무기를 들고 끊임없이 전쟁을 하는 다소 맹목적이면서도 어찌할 수 없는 곤충도 있습니다. 이런 맹목적인 시스템 뒤에 틀림없이 목적이 있기는 하겠지만, 제가 파악할 수 있는 수준은 아닙니다. 제가 파악할 수 있는 한도 내어서 이치에 맞게 설명해 보자면, 대부분 흰개미의 뇌는 자신의 종족이 하고 싶어 하는 것을 하게끔 풀어 놓는 것에 만족감을 느끼며 가끔 그들을 보호하기 위해서 능동적으로 행동하는 것 같습니다. 크게 방해만 받지 않으면, 흰개미는 인간이 하고자 하는 것을 하게끔 놔두는 데 만족감을 느끼는 것 같습니다. 인간과 인간의 일에 우호적인 관심을 가지고 있는 듯합니다.

저희에게는 다행스러운 일인데, 거대 흰개미는 불사신이라고 할 수 없습니다. 그것은 저와 관련된 문제에서 두 번이나 오판을 했고, 두 번째 오판은 자신의 실존에 커다란 영향을 미쳤습니다. 물론 생명까지 잃었다는 말은 아닙니다. 저는 수십억의 지구인을 지배하고 있는 이 생명체를 극복할 수 있다고 여전히 확신하는 바입니다. 저는 방금 아프리카에서 귀환했는데, 역시 이곳에서도 흰개미들은 잘 조직돼 있었습니다. 이 여행에서 저는 우주선을 떠나지 않았고, 물론 지상에도 내려가지 않았습니다. 이미 모든 흰개미 종족이 저를 적대하고 있다고 생각하기 때문에 위험을 감수하지 않았습니다. 저는 잘 무장된 순양함과 뛰어난 생물학 전문가를 보유하기 전에는 흰개미를 현재 상태로 놓아둘 생각입니다. 그때까지도 제가 안전할지는 장담 못하겠습니다. 왜냐하면 제3행성에 제가 아직 만나지 못한 강력한 지적 생명체가 더 있을 수도 있기 때문입니다. 이는 저희가 감내해야 하는 위험

입니다. 왜냐하면 이 존재를 제거하지 않는다면 제3행성은 저희 종족
이 살기에 안전한 장소가 아니기 때문입니다."

의장은 녹음기를 끄고 의원들을 향해 뒤돌아섰다.

"이상 세톤의 보고를 들었습니다. 사안의 중대성을 파악하고 제3행
성에 중무장한 순양함을 보냈습니다. 순양함이 도착하는 즉시 세톤은
승선해 태평양으로 출격했습니다. 이것은 이미 2일 전의 일입니다.
이후 세톤이나 순양함 어느 쪽으로부터도 연락을 받지 못했지만, 이
것만큼은 알고 있습니다. 순양함이 영국을 떠난 지 한 시간 후에 화면
을 통하여 섬광을 볼 수 있었고, 곧바로 다른 여러 가지 교란이, 그러
니까 우주선(線), 초우주선, 유도전류, 거대 장파(長波), 저양자 방사
능 등 우리가 한 번도 전투에 사용한 적이 없는 것들이 물밀 듯이 밀
려들어오기 시작했습니다. 이 현상은 거의 3분 동안 계속되었고, 순
간적으로 거대 에너지의 폭발이 일어났으며, 그것이 끝이었습니다.
이 마지막 폭발은 최소한 원자력 발전소 전체가 폭발해야만 생기 수
있는 것으로 틀림없이 제3행성의 중심핵에 커다란 충격을 주었을 것
입니다.

저는 여러분에게 이 사건을 설명하고 이 문제에 대한 투표를 하기
위하여 이 모임을 소집했습니다. 제3행성에 관한 계획을 철회하는 것
이 타당할까요, 아니면 가장 강력한 대형 전함을 제3행성에 배치할까
요? 이런 경우에는 대형 전함 한 척이면 전체 함대나 마찬가지일 겁
니다. 더욱 안전하기도 하고요. 혹시……. 아닙니다. 전 주랜더 호를
파괴할 정도의 힘을 상상하지 못하겠습니다. 일반적인 방식으로 투표
를 거행하도록 할까요? 제3행성을 식민화시키지 못한다면 계획에 커

다란 차질이 발생할 것입니다. 그러나 태양계 내에서 지구가 가장 적당한 장소이기는 하나 유일한 장소는 아니라는 점을 감안해 주시길 바랍니다."

찰칵 하는 나직한 소리가 났고, 의원들이 색색의 버튼을 누르자 미세하게 모터 돌아가는 소리가 났다. 곧 화면에 찬성 967, 반대 233이라는 숫자가 나타났다.

"좋습니다. 곧 주랜더 호가 제3행성을 향해 출발할 것입니다. 이번에는 영상 송수신 장치를 통하여 주랜더 호의 움직임을 살펴볼 것이며, 만약 일이 잘못된다면 우리는 적이 어떤 무기를 사용하는지 파악하게 될 것입니다."

몇 시간 뒤 화성 함대의 거대한 전함이 태평양의 까마득히 작은 한 섬을 향하여 지구 대기권으로 진입하고 있었다. 함장은 위험을 감수할 생각이 없었기 때문에 곧바로 토네이도 중심부로 뛰어들었다. 성층권의 바람은 광선 스크린에 의해서 사라졌다.

그러나 동쪽 지평선 너머의 조그만 섬에서는 흰개미들이 다가올 침략에 대비하고 있었으며, 수많은 곤충들이 기이한 장치들을 설치하고 있었다. 화성 전함의 함장은 영상 송수신 장치를 통하여 360킬로미터 떨어진 곳에서 섬을 내려다보았다. 웅장한 광선 발생기를 가동하기 위해서 함장이 손을 뻗쳤다. 그러나 그가 아무리 재빠르게 움직였다고 할지라도 흰개미의 반응 속도는 그보다 훨씬 더 빨랐다. 어떤 경우건 결과는 항상 같게 되어 있었던 것이다.

거대한 구형의 보호막은 적의 직격을 맞고도 불꽃 하나 깜빡이지 않았다. 흰개미의 가느다란 열섬이 고작 수십 마력의 힘으로 움직이는 반면 화성 전함의 보호막은 그보다 수십 억 배나 강력했다. 흰개미가 만든 미약한 열선은 전함의 보호막을 뚫고 지나가지도 않았다. 하지만 초공간을 통해 전함의 가장 치명적인 부분에 상처를 입혔다. 화성인들은 흰개미들이 어떻게 방어 체계를 뚫고 들어와 공격하는 건지 파악하지도 못했다. 화성인의 보호막은 흰개미에게는 속이 빈 반지처럼 아무런 장애가 되지 않았기 때문이다.

먼 외계에서 온 존재인 흰개미의 지도자는 지구의 옛 주인들과 맺었던 계약을 충실히 이행해 인류의 조상이 오래 전에 예견했던 위험으로부터 인류를 구했다.

그러나 이를 지켜보던 의원들은 전함의 스크린들이 한순간 강렬한 폭발을 일으키면서 빚어내는 우레와 같은 화염과 귀청이 떨어질 듯한 커다란 폭발음만을 보고 들을 수 있었다. 하늘에서는 수천 킬로미터에 걸쳐 달궈진 하얀 금속 파편들이 쏟아져 내리고 있었다.

의장은 천천히 평의회를 향해서 뒤돌아서서 낮고 경직된 목소리로 말했다.

"제2행성으로 목표를 바꾸는 것이 나을 듯하군요."

백일몽 |Reverie|

1939년 《뉴월즈(New Worlds)》가을호에 처음으로 수록
이전에 책의 형태로 출판된 적 없음.

"과학 소설의 아이디어는 모두 소진되었다."

편집자, 작가, 그리고 팬들(적어도 이 중 하나 정도는 똑바로 알고 있어야 할 터이지만)로부터 우리는 무수히 이런 신음을 들어와야 했다. 비록 이 말이 사실이라고 할지라도(그렇지도 않지만), 이것은 아무런 의미도 가지지 못한다. 일반적으로, 혹은 통속적으로 말하는 소설이라는 것의 소재가 얼마나 오래 전에 소진되었다고 생각하는가? 구석기 후반 정도라고 말할 수도 있다. 그렇지만 근래에 걸작들이 쏟아져 나왔던 것을 감안한다면 이런 말은 아무런 의미도 없다.

아니다. 이미 지구상에 존재하는 소재만 가지고도 우리는 무수한 이야기와 다양한 인물들, 그리고 가치 있는 읽을거리를 제공할 수 있다. 새로운 생각, 사고의 변주, 번뜩이는 신선함에 대한 압박은 지나치다. 이런 것들은 모두 그 자체로 효과가 있고 기이하면서도 재미있는 판타지 소설을 만들어 내 왔다. 그렇지만 중요한 것은 평범한 소재

를 자신만의 독특한 스타일로 특화시키는 능력이다. 이런 연유로 나는 와인바움에 필적할 작가는 존재할지 몰라도 그를 능가하는 작가는 결코 존재하지 않는다고 말하고 싶다. 비록 그를 비판하는 평자가 많기는 하지만 말이다.

문학적인 가치뿐만이 아니라 아이디어까지도 참신한 작품이 있다면 그것은 좋은 일이다. 비관론자들에도 불구하고 아직도 과학 소설엔 미지의 소재가 무수히 남아 있다. 요즘같이 우울한 시대에도 몇 편의 참신한 작품들은 우리들에게 빛을 선사해 주고 있다. 「스핑크스의 미소」와 같은 작품이 그 예이다. 과거로 거슬러 올라가면 「인간 흰개미」도 그 좋은 예에 속한다. 그 작품은 「사악한 장벽」이 출판되기 이전에 나온 작품 중에서 최고라고 평가할 수 있다.

과학이 진보하면 할수록, 그리고 믿기지는 않지만 2 곱하기 2는 4가 되지 않는 그런 세상을 수학자들이 발견하면 할수록 새로운 생각들은 누구에게서나 나올 수 있게 될 것이다. 그가 여권을 손에 들고 가능성의 국경을 탐사하기만 한다면 말이다. 거기에는 아무런 규제도 없다. 여행 도중 새로운 지역에서 만나는 그 어떤 것도 마음껏 당신의 세계로 가지고 올 수 있다. 그렇지만 불가능의 세계에 존재하는 그 놀라운 생각은 너무도 여리고 약해 빠져 운반하는 도중 쉽게 깨져 버리고 만다.

그 어떤 것도 새로운 것은 없다. 다만 모든 것은 이전에 존재했던 것과 어떤 면에서 다른 형태를 띨 뿐이다. 누구나 살아가는 동안 적어도 한 번은, 심지어 우리들 중 가장 바보 같은 사람조차 즐거움이나 두려움에 휩싸여 생각에 잠겨 있다가 문득 엄청나게 독창적이거나 섬뜩한 생각을 떠올린 뒤 그게 자기가 아니라 상상할 수 없을 정도로 뛰어난 외부의 어떤 존재의 작품처럼 느껴지는 경험을 하곤 한다. 그런 생각은 너무도 빨리 의식을 스치그 지나가기 때문에 알아채기 전에 사라져 버린다. 그렇지만 거대한 태양의 덫에 걸린 혜성처럼 때로는 위대한 철학, 문학, 그리고 음악 작품으로 재탄생된다. 이렇게 순간적이면서 단편적인 주제를 바탕으로 시벨리우스의 교향곡이 태어났다. 아마도 상대성 이론이나 우주의 정복과 함께 서기 2000년 이전에 이루어진 위대한 세기의 업적으로 평가받을 것이다.

심지어 논리라는 제한된 틀 안에서도 예술가들은 소재가 부족하다고 투덜댈 필요가 없다. 비록 사람들이 편을 비웃기도 하지만, 우리는 그의 위대한 창조력을 존중해야만 한다. 좀 더 오래 명성을 유지한 작가 중에 스테플든이 있다. 그는 한 세대 동안 과학 소설가들이 유용하게 쓸 수 있는 양의 주제들을 제시했다. 왜 다른 사람들이 그처럼 할 수 없다고 생각하는가? 판타지 소설의 근간이 되는 주제 중 소진된 것은 아무것도 없다. 도대체 어떤 작품이 끊임없이 단절과 진보를 계속하며 진화를 거듭하는 불멸의 진정한 의미와 어쩔 수 없이 파괴되어 버리고 마는 젊음의 진정한 의미를 보여주기 위해 대담한 시도를 했다고 말할 수 있는가? 오직 켈러만이 특별한 재주가 아닌 연민으로 그것을 해 왔다. 또한 누가 충분한 과학적 근거를 가지고 부활의 가능성에 대해서 용기 있게 말을 해 왔다고 할 수 있겠는가? 이를 소설로 쓴다면 얼마나 훌륭한 소설이 나오겠는가?

우리가 하는 아주 평범한 일 속에는 무한한 가능성이 놓여 있다. 그야말로 많은 일이 일어날 수도 있는 것이다! 물론 그렇지 않을 수도 있지만 앞으로의 일을 어찌 알랴. 전화로 이야기하던 사람이 갑자기 방 안으로 걸어 들어와 다정하게 대화를 나눈다면 얼마나 놀라운 일이겠는가? 자기 전에 마지막으로 전등을 끄려고 했는데 전등이 켜진 적조차 없다면 얼마나 놀랍겠는가? 잠에서 깨어났는데 여전히 자고 있는 당신의 모습을 보는 것은 또 얼마나 충격적이겠는가! 거리에서 자기 자신을 만나는 것처럼 놀라운 일일 것이다. 나는 종종 극단적인 유아론에 빠진 사람이 자신의 의식 외부에는 아무것도 존재하지 않는다고 생각하면 어떤 일이 일어날지 궁금해지곤 한다. 이 이론을 현실 세계에 적용하려는 시도는 무척 흥미로운 일이 될 것이다. 우리가 가진 힘 중에서 이 이론에 꼭 들어맞는 것이 있을지 의심스럽다. 만약 그가 우리의 존재에 대해서 생각을 하지 않으면 우리의 존재는 완전히 엉망진창이 되어 버리고 말 것이기 때문이다.

대충 셈을 해봐도 독창성을 가진 판타지 작가는 수십 명이 넘게 존재했다. 오늘날 나는 단 두 명의 작가만을 생각할 수 있다. 물론 무명의 작가들이 빛을 보게 될 것이다. 다른 많은 것들처럼 오늘날 과학 소설이 가진 문제점은 기이한 것을 좇는 과정에서 명백한 것들을 놓치고 있다는 것이다. 우리에게 필요한 건 더 많은 상상력이나 더 적은 상상력이 아니다. 상상력 그 자체다.

각성 |The Awakening|

1942년 2월 《제니스(Zenith)》에 최초 수록(1952년 1월 《퓨처(Future)》에 수정본 수록)
『아서 C. 클라크 걸작선(1937~1955)』에 수록

맨체스터에 사는 팬 해리 터너와 마리안 이디의 팬잡지 《제니스》에 최초로 실렸다가 1952년 출판을 목적으로 수정하여 《퓨처》에 실렸다.

지배자는 자신이 꿈을 꾸게 될지 궁금했다. 꿈은 그가 유일하게 두려워하는 것이었는데, 잠든 동안 꿈이 그의 정신을 갈기갈기 찢어 놓곤 하기 때문이었다. 그는 이제 100년간 잠을 자야 했다.

몇 달 전에 박사가 놀라서 했던 말이 생각났다.

"각하, 심장이 멈추고 있습니다. 기껏해야 1년 정도 사실 수 있을 것 같습니다."

그는 죽음이 두렵지 않았지만, 자기 일이 채 반도 끝나지 않은 상태에서 모든 신경을 자신의 죽음에 맞춰야 한다고 생각하자 분노에 사로잡혔다.

"할 수 있는 일이 아무것도 없단 말인가?"

"아닙니다, 각하. 저희는 100년 동안 인공 심장을 만들어 왔습니다. 아마도 다음 세기에는 이 연구가 끝나 있을 것입니다."

그가 차갑게 대답했다.

"좋아! 그렇다면 한 세기를 기다리겠다. 내 몸이 방해받지 않고 누워 있을 건물을 만들도록. 이후 얼리거나 아니면 다른 방법을 써서 잠들게 하도록. 이 정도는 할 수 있겠지."

그는 에베레스트 산 설경 사이의 비밀 장소에 있는 무덤을 살펴보았다. 단지 선택받은 일부만이 지배자가 어디에 묻혀 있는지 알아야 했다. 왜냐하면, 세상에는 그를 찾아내 육신을 파괴하고 싶어 하는 사람들이 수백만이나 되었기 때문이다. 인류의 과학이 심장 질환을 극복하는 그때까지 수 세대에 걸쳐 비밀리에 전해질 것이다. 그때가 되면 지배자는 잠에서 깨어나리라.

비록 약물로 신경이 무뎌져 있었지만, 중앙 침실의 침상 위에 그를 눕히는 동안에도 의식은 여전히 살아 있었다. 강철 문이 닫히며 고무 패킹에 닿는 소리가 들렸고, 심지어는 주위의 공기를 빨아내고 살균된 질소로 대체하는 펌프 소리마저 들리는 듯한 기분이 들었다. 이후 그는 잠에 빠져 들었고, 시간이 지나면 세상은 곧 지배자를 잊어버릴 터였다.

비록 기다리던 심장 질환 치료법이 발견되지는 않았지만, 그래도 그는 기약했던 대로 100년 동안 잠을 잤다. 그러나 아무도 그를 깨우지 않았다. 왜냐하면 그가 사라진 후에 세상은 너무도 변했고, 그의 귀환을 바라는 사람이 아무도 없었기 때문이다. 추종자들은 모두 죽었고, 신기하게도 그가 쉬고 있는 장소에 대한 비밀도 함께 사라졌다. 잠시 지배자의 무덤에 대한 전설이 널리 퍼지기도 했지만, 곧 잊혔다. 그렇게 그는 잠을 잤다.

얼마 뒤라고 할 수 있을 정도의 시간이 흐른 뒤 지구 표면은 히말라야 산맥의 무게를 충분히 오랫동안 견뎌 왔다고 판단을 내렸다. 점차 인도의 서쪽 평원 쪽을 향해서 산이 가라앉기 시작했다. 이윽고 실론 섬의 고원이 지구 표면에서 가장 높은 지형으로 변했고, 에베레스트 산 위로 수심 약 9킬로미터에 달하는 바다가 형성됐다. 이제 지배자 는 적에 의해서도, 동료에 의해서도 방해를 받지 않게 된 것이다.

천천히, 그리고 끈기 있게, 침적토가 히말라야 산맥 위로 쌓이기 시 작했다. 종국에는 이회질층으로 바뀌게 될 표층이 한 세기에 불과 몇 센티미터의 높이로 쌓이기 시작했다. 어느 정도 시간이 지난 후에 본 다면 바다의 깊이가 9킬로미터가 아닌, 어쩌면 7킬로미터, 혹은 5킬 로미터로 변할지도 몰랐다.

한때 티베트 해(海)라고 불리던 곳을 향해서 다시 거대한 석회질의 산맥이 솟아오르고, 육지는 가라앉기 시작했다. 그러나 지배자는 이 런 상황에 대해 아무것도 알지 못했으며, 그의 수면은 끊임없는 자연 의 변화에도 불구하고 방해받지 않았다.

이제 비와 강물이 이회질을 씻어낸 뒤 새로 생긴 바다로 옮겼다. 그 리고 지구 표면이 점차 무덤에 가까워졌다. 거대한 바위가 씻겨 나갔 고, 마침내 지배자의 몸을 안치하고 있던 금속 구가 다시 빛을 보기 시작했다. 다만 지배자가 눈을 감았던 때와 비교한다면 세상은 더욱 침침하고 하루 해가 더 길어진 상태였다. 그리고 이내 과학자들이 평 원 위에 솟은 높은 바위층 속에서 그를 찾아냈다. 그들은 이 무덤의 비밀을 알지 못했기 때문에 지혜를 총동원하고서도 거의 30년이나 걸려 지배자가 자고 있는 방에 도달했다.

몸이 깨어나기 전에 의식이 먼저 깨어났다. 무기력하게 누워 있던 그는 눈꺼풀을 들어 올릴 수도 없었고, 오직 기억만이 홍수처럼 흘러 되돌아왔다. 수백 년이라는 시간이 무사히 흘러간 것이다. 그의 필사의 도박은 성공한 것이다. 그는 자신도 모르게 흥분하기 시작했고, 무덤 속에 누워 있는 동안 달라진 새로운 세상을 보고 싶다는 갈망을 느꼈다.

점차 신경이 돌아왔다. 그는 자신이 누워 있는 딱딱한 표면을 느낄 수 있었다. 부드러운 공기가 그의 이마를 타고 흐르기 시작했다. 이윽고 주변에서 찰칵거리는 소리, 긁는 소리가 들리기 시작했다. 그는 잠시 당황했다. 그는 의사들이 장치들을 해체하는 소리라고 확신했다. 아직 눈을 뜰 정도는 아니었다. 그래서 궁금증을 품은 상태로 누워서 기다려야만 했다.

인류는 많이 변했을까? 여전히 내 이름을 기억하는 자가 있을까? 비록 국기나 국민이 품는 증오를 그다지 두려워하지는 않았지만 그는 그렇지 않기를 바랐다. 그는 그들이 말하는 사랑을 알지 못했다. 잠시 동료 중 한 명이 그를 따라 잠들었을 수도 있다고 추측했지만, 그럴 리 없다는 사실을 잘 알고 있었다. 눈을 뜨면 모두가 낯선 이들일 것이다. 그러나 그는 자신을 깨운 이들을 보고 싶었고, 잠에서 깨어난 자신을 쳐다볼 사람들의 표정이 궁금했다.

기운이 돌아왔다. 그는 눈을 떴다. 조명은 은은했고, 현기증이 나지는 않았지만, 잠시 동안 모든 것이 희미하고 흐릿하게 보였다. 주위에 서 있는 형체를 구별할 수 있었지만, 뭔가 이상하게 보였고 명확히 알아볼 수 없었다.

곧 초점을 맞추고 눈에 들어온 광경이 의미하는 바를 깨닫자, 그는 미약한 비명을 질렀고 이내 영원히 죽음에 이르렀다. 생의 마지막 순간 주위에 서 있는 존재를 본 그는 인류와 곤충 사이의 영원한 전쟁이 끝났으며 인류가 더 이상 승자가 아니라는 사실을 알게 되었다.

괴짜 |Whacky|

1942년 7월 《판타스트(Fantast)》에 최초 수록
『**아서 C, 클라크 걸작선(1937~1955)**』

「괴짜」는 애버딘에 사는 팬 더글러스 웹스터가 편집한 《판타스트》에 최초로 실렸다. 웹스터는 과학 소설 독자들에게 요한 크리스토퍼로 더 잘 알려진 크리스토퍼 사무엘 요드에게서 잡지를 인수받았었다.

전화벨 소리가 감미롭게 울려 퍼졌다. 그는 전화기를 집어 들고 잠시 망설이다 말했다.

"여보세요…… 나인가요?"

그가 두려워하던 대답이 들렸다.

"당신, 맞아. 당신은 누구야?"

그는 한숨을 쉬었다. 논쟁은 더 이상 쓸모가 없을뿐더러, 자신이 틀렸다는 사실을 잘 알고 있었다.

"좋습니다." 그가 피곤에 지친 목소리로 말했다. "당신이 이겼습니다." 잠시 끔찍한 치통으로 숨이 멎을 것 같았다. 그는 절망적으로 말했다. "오늘 오후에 차단벽을 손봐야 한다는 것을 잊지 말아요."

"이런! 깜빡 잊을 뻔했군."

퉁명스러운 목소리가 들렸다. 잠시 정적이 흘렀다.

"그럼, 이제 내가 뭘 하면 좋겠어요?"

마침내 그가 물었다. 별로 반응을 기대하지 않았지만, 차가운 대답이 돌아왔다.

"한다고? 아무래도 상관없어. 너는 존재하지 않는 존재니까."

위대한 탐정이 말했다.

"그 놀라웠던 측면이 탄력 있는 계란 거품기 사건은 분명 오늘날까지 미해결 상태로 남아 있어. 진상이 밝혀지지 않았다는 사실은 나에게 커다란 행운인 거지."

머리를 가지고 있는 이들은 모두 끄덕였다.

그는 잠시 수연통(水煙筒)의 찌꺼기를 버리기 위해서 멈추고는 계속 말을 이었다.

"그러나 아스피디스트라 란 아목의 집에서 발생한 비극에 비한다면 이건 아무런 중요성도 가지지 못해. 다행스럽게도 그때 난 태어나지 않았지. 그렇지 않았더라면, 난 그 희생자 중 한 명이었을 거야."

우리는 동의의 몸짓을 보였다. 우리 중 몇몇은 거기에 있었다. 우리 중 몇몇은 여전히 거기에 있다.

"당신 혹시 그 캠포레이티드 키퍼 사건과 관련이 있지 않습니까?"

그는 미안하다는 듯이 기침을 했다.

"속속들이. 내가 그 캠포레이티드 키퍼거든.'

이때 두 명의 남자가 박제사에게 나를 데려가기 위해서 도착했다. 그래서 더 이상 이야기해 줄 것이 없다.

핑크빛 실크 파자마를 입은 남자가 말했다.

"쳇. 지난밤에 악몽을 꿨지 뭐야."

"저런!"

다른 남자가 무심하게 말했다.

"그래. 보험 때문에 아내가 나를 독살한다고 생각했거든. 너무도 생생해서 잠에서 깨어나니 무척 기쁘더군."

"그래?"

그의 동료가 친절하게 말했다.

"그럼 지금 자네가 있는 이곳은 어디라고 생각하나?"

1946년 4월 《놀라운 과학 소설(Astounding Science Fiction)》에 최초 수록
『지구 탐사(Expedition to Earth)』에 수록

1940년대 영국에서 과학 소설은 번창하지 않았고, 정신적 토대는 여전히 미국이었다. 나는 전쟁이 끝나 가고 있던 시기에 《어스타운딩(Astounding)》(후에 《아날로그(Analong)》)의 존 캠벨에게 첫 소설을 팔았다. 당시 나는 아직 영국 공군 소속이었다. 캠벨이 처음 산 작품은 「구조대(Rescue Party)」였는데, 나중에 산 「허점」이 먼저 출판되었다. 이 소설들이 팔린 1945년에 나는 스트래드포드 온 아본이라는 지역 외곽에 배치되어 있었고, 이 소설과 관련된 뭔가 특별한 것이 있다고 생각했던 게 기억난다.

발신 : 대통령

수신 : 과학성 장관

지구인들이 원자력 에너지를 이용해 로켓 추진 실험을 하고 있다는 보고를 받았소. 아주 중대한 문제라고 생각되오. 즉시 보고를 받고 싶소. 일단 간단하게 보고하기를.

K. K. 4세.

발신 : 과학성 장관

수신 : 대통령

사실은 다음과 같습니다. 몇 달 전에 지구에서 강력한 중성자 방출을 감지했지만, 방사에너지를 분석해도 명확한 해답을 구할 수 없었습니다. 3일 전, 두 번째 방출이 일어났고, 지구로부터 전송된 모든

방사에너지를 분석한 결과, 현재 진행 중인 전쟁에서 원자폭탄이 사용되었음을 알게 되었습니다. 아직 모든 정보를 다 해독한 것은 아니지만, 이 폭탄이 상당한 파괴력을 가진 것으로 추정됩니다. 지금까지 두 발의 폭탄이 투하되었습니다. 제조법이 어느 정도 알려지긴 했지만, 구성 성분은 아직 확인되지 않고 있습니다. 가능한 빨리 상세한 보고서를 첨부하도록 하겠습니다. 지금으로서 확실한 것은 지구인들이 원자력을 이용할 수 있지만, 단지 폭탄으로만 사용하고 있다는 것입니다.

지구에서 로켓과 관련하여 어떤 연구가 행해지고 있는지는 거의 알려지지 않았습니다. 한 세대 이전부터 천문학자들은 지구에서 발생하는 방사능에 대해 주의 깊게 관찰을 해 오고 있습니다. 어떤 종류가 되었든 지구상에 장거리 미사일이 존재한다는 사실은 확실한 것 같습니다. 왜냐하면 최근 국방부의 방송 내용을 살펴보면 이에 관한 언급이 수없이 많이 이루어지고 있기 때문입니다. 그러나 아직 행성 간 로켓을 만들려는 실질적인 노력은 하지 않고 있는 것으로 보입니다. 전쟁이 끝난다면, 지구인들이 이와 관련된 연구를 행할 것이라 사료됩니다. 저희들은 그들의 방송에 좀 더 주의를 기울이고, 이에 대한 관측을 강화할 것입니다.

지구의 기술력을 바탕으로 추론해 보자면, 우주 공간으로 원자 로켓을 쏘아 올리기 위해서는 근 20년의 시간이 더 걸릴 듯합니다. 이 사실을 통해서 보자면, 달에 기지를 건설해 그들이 하는 실험을 좀 더 자세히 관찰해야 할 것으로 보입니다.

트레스콘.

(추가 기록)

지구상의 전쟁은 원자 폭탄의 개입으로 인하여 거의 종국에 이르렀습니다. 이 사실로 인해서 위에서 제시한 사안을 다시 생각해 볼 필요는 없다고 생각됩니다만, 지구인들이 생각했던 것보다 더 빨리 연구에 전념할 것이라는 사실은 의미 깊게 받아들여야 할 것 같습니다. 이미 몇몇 방송국들은 원자력을 로켓 추진력으로 사용할 것을 지적하고 있습니다.

T.

발신 : 대통령

수신 : 외행성 안보 국장

트레스콘의 보고서를 보았을 것이오.

즉시 지구의 위성으로 항해할 준비를 하시오. 지구를 좀 더 세밀하게 감시해 로켓 실험의 진척 정도를 보고하시오.

달 기지에 관한 비밀을 유지하기 위해 각별히 신경 써야 한다는 사실을 잊지 마시오. 이 일은 전적으로 당신의 책임 아래 있소. 매년 정기적으로, 필요하다면 더 자주, 보고를 하시오.

K. K. 4세.

발신 : 대통령

수신 : 외행성 안보 국장

지구에 관한 보고는 어찌 되었소!

K. K. 4세.

발신 : 외행성 안보 국장

수신 : 대통령

보고가 늦어 송구합니다. 보고서를 싣고 가던 우주선이 고장을 일으켜 늦어졌습니다.

지난 한 해 동안, 로켓 실험에 관한 징후는 아무것도 보이지 않았고, 방송에서도 이에 관한 언급이 전혀 없었습니다.

랜드.

발신 : 외행성 안보 국장

수신 : 대통령

이 문제에 관해 존경하는 각하께 제출했던 연간 보고서를 보셨을 것으로 사료됩니다. 지난 15년간 관심을 가질 만한 기술의 진보는 없었지만, 달에 있는 기지에서 아래와 같은 메시지를 받았습니다.

오늘 원자력으로 추진되는 로켓이 북쪽 대륙으로부터 지구 대기를 떠나, 통제 상태에 들어가기 전까지 지구 직경의 4분의 1 정도를 항해했습니다.

랜드.

발신 : 대통령

수신 : 국왕 전하

논평 부탁드립니다.

K. K. 5세.

발신 : 국왕 전하

수신 : 대통령

이제 전통적인 정책을 바꿔야 할 때가 되었다는 의미라 하겠소.

안보를 지키기 위한 유일한 희망은 지구에서 더 이상 이 분야에 대한 연구의 진전이 이루어지지 않도록 막는 것에 달려 있소. 우리가 아는 바, 이는 커다란 위험을 감수해야 할 것이오.

지구의 중력이 너무도 커서 우리가 착륙하기에는 부적당하기 때문에, 우리가 행동할 수 있는 반경이 제한되어 있소. 이미 한 세기 전에 앤바가 이 문제를 논의한 적이 있소. 나도 그의 결론에 공감하는 바이오. 즉시 그의 견해에 따라 행동을 취해야 할 것이오.

F. K. S.

발신 : 대통령

수신 : 국무장관

내일 정오 비상 회의가 소집되었다고 의회에 알리시오.

K. K. 5세.

발신 : 대통령

수신 : 외행성 안보 국장

앤바의 계획을 실행하는 데는 20척 정도의 전함이면 충분하다고 생각하오. 다행히도 아직 전함을 무장할 필요는 없소. 매주 함선 건조 상황을 보고하시오.

K. K. 5세.

발신 : 외행성 안보 국장

수신 : 대통령

19척의 함선이 완성되었습니다. 20번째 함선의 장갑이 파괴되는 바람에 적어도 한 달이 지나야 완성될 수 있을 것 같습니다.

랜드.

발신 : 대통령

수신 : 외행성 안보 국장

19척이면 충분하오. 내일 작전 계획을 함께 확인해 보겠소. 방송 초안이 준비됐소?

K. K. 5세.

발신 : 외행성 안보 국장

수신 : 대통령

초안은 아래와 같습니다.

지구인들이여!

그대들이 화성이라 부르는 행성에 거주하는 우리는 오랜 시간 동안 지구의 행성 간 이동 실험을 지켜보았다. 당장 이 실험을 중지하라. 연구 결과 우리는 현재 지구의 문명 수준이 지구를 떠나는 데 적절하지 않다고 확신한다. 지금 지구의 도시 상공에 떠 있는 우주선들은 모든 것을 파괴할 힘을 가지고 있으며, 만약 연구를 중단하지 않는다면 지구인을 파멸시킬 것이다.

우리는 달에 관측소를 설치하였기 때문에 이 명령을 위반하는 움직임을 즉시 감지할 수 있다. 만약 이를 지킨다면, 다시는 지구의 일에 간섭하지 않을 것이다. 만약 지구의 대기를 벗어나는 로켓이 하나라도 보이면, 그때마다 도시 하나씩을 파괴할 것이다.

화성 대통령과 의회의 명에 의거하여,

랜드,

발신 : 대통령

수신 : 외행성 안보 국장

초안을 승인하오. 곧 번역본이 도착할 것이오.

그렇지만 내가 직접 항해를 하지는 않을 것이오. 귀환 즉시 자세한 보고를 하기 바라오.

K. K. 5세.

발신 : 외행성 안보 국장

수신 : 대통령

임무를 완벽하게 수행했다는 보고를 드리게 되어 영광으로 생각합니다. 지구로의 항해는 아무런 문제가 없었고, 지구에서 들려오는 무선 메시지를 살펴보면, 상당히 먼 거리에서 저희들의 존재를 인식했고 우리가 지구에 도착하기도 전에 이미 크게 흥분했던 것 같습니다. 계획에 따라 함대를 배치하고 최후의 통첩을 공표하였습니다. 저희는 즉시 떠났으며, 그 후 저희들을 향해 어떤 공격용 무기도 사용되지 않았습니다.

2일 안에 상세한 보고를 드리겠습니다.

랜드.

발신 : 과학성 참모

수신 : 대통령

심리학자들의 보고서가 완성되었기에 다음과 같이 첨부합니다.

예상했던 것처럼, 저희의 요구로 인하여 고지식하고 오만한 종족은 격노하였습니다. 그들의 자존심은 큰 상처를 입었습니다. 왜냐하면 그들은 이 우주에서 자신들이 유일한 지적 생명체라고 믿었기 때문입니다.

그러나 몇 주가 지나자 그들의 어조에 예기치 않은 변화가 일어나기 시작했습니다. 그들은 우리가 지구의 무선 전송을 모두 파악하고 있다는 사실을 깨닫기 시작했으며, 몇몇 메시지를 직접 저희를 향해 방송하기도 했습니다. 그들은 저희들이 원하는 대로 모든 로켓 실험을 중단한다는 점에 동의를 했습니다. 예기치 않았던 일이지만, 환영할 만한 일입니다. 비록 그들이 우리를 속이려고 시도한다고 할지라도 저희는 안전한 상태이며, 이미 지구 대기권 밖에 두 번째 기지를 건설해 놨습니다. 그들은 우리들의 감시나 방사능 에너지 감지를 피하면서 우주선을 만들 능력이 없습니다.

지구에 대한 감시는 엄격하게 계속 이루어질 것입니다.

트레스콘.

발신 : 외행성 안보 국장

수신 : 대통령

지난 10년간 로켓 실험에 관한 추가 연구가 진행된 적이 없음을 보고 드립니다. 분명 우리들은 지구가 이렇게 쉽게 항복할 것이라고 기대하지 않았습니다!

저는 지구인이 우리 문명에 심각한 위협이 된다는 사실과, 각하께서 제안한 계획에 맞게 실험을 계속해야 한다는 데 동의하는 바입니다. 지구가 너무도 거대하다는 것이 가장 커다란 문제라고 할 수 있습니다. 때문에 폭탄을 사용한다는 것은 어불성설이며, 방사능 오염물을 사용하는 것이 성공 가능성을 최고로 높일 것이라 생각합니다.

다행스럽게도, 이 연구를 완수할 시간이 무한정 주어져 있습니다. 정기적으로 보고를 드리겠습니다.

랜드.

(자료 끝)

발신 : 우주 특수 부대 정보과 헨리 포브스 소령

수신 : 옥스퍼드 대학교 문헌학과 교수 S. 맥스톤

경로 : 전송기 2번(스케넥터디시를 경유하여)

상기 서류는 다른 자료와 함께 화성의 수도라고 여겨지는 폐허 속에서 발견되었습니다. (화성 좌표 KL302895) 지구를 지칭하는 표의문자가 자주 사용되는 것으로 봐서, 이들이 지구에 관심이 많았던 것으로 추정되며, 이 자료가 곧 해석되기를 바라는 바입니다. 다른 자료도 곧 보낼 예정입니다.

H. 포브스 소령

(자필 편지 동봉)

친애하는 맥스

연락할 시간이 없었네. 미안하네. 지구에 돌아가는 즉시 자네를 보

러 가겠네.

이런! 화성은 정말 난장판이야. 좌표가 너무 정확해서 폭탄이 그들 도시 바로 위에서 물질화됐다네. 윌슨 천문대 사람들이 예견했던 것처럼 말이야.

소형 전송기 두 대를 동원해 가급적 많은 물건을 보내고 있지만, 대형 전송기가 올 때까지는 제약이 있어. 게다가 우리 중 아무도 귀환하지 못하고 있다네. 제발 서둘러 주게.

우리가 다시 로켓 연구를 할 수 있게 되어 기쁘다네. 비록 구식일지는 모르지만, 빛의 속도로 공간을 뚫고 움직이는 건 아무래도 내게는 썩 유쾌한 일이 아니라네.

서두르길 바라며,

헨리

구조대 | Rescue Party |

1946년 5월 《놀라운 과학 소설》에 최초 수록
『내일을 향해(Reach for Tomorrow)』에 수록

이 이야기는 지금은 잃어버리고 없는 다른 이야기에서 비롯했다. 원래 이야기는 1949년에 쓴 「역사 수업(History Lesson)」이라는 작품에도 영감을 주었는데, 그럼에도 불구하고 이 둘보다 결말이 더 대조적인 작품을 찾기는 어려울 것이다.

누구의 책임일까? 앨버론은 3일 동안 이 문제를 생각했지만, 여전히 답을 찾을 수가 없었다. 문명화되지 않은 생명체나 민감하지 않은 종족이라면 이 문제로 스스로를 괴롭히지 않을 것이다. 오히려 운명에 대해서는 어느 누구도 책임을 질 수 없다고 확신하며 만족해할지도 모른다. 그러나 앨버론과 그의 종족은 역사의 여명부터 그리고 태초 이전에 존재하던 그 미지의 힘에 의해서 시간의 장벽이 우주 주위를 감싸던 그 먼 옛날부터 우주의 지배자였다. 그들에게는 모든 지식이 있었고, 무한한 지식에 비례해 무한한 책임이 있었다. 만약 은하 통치에 실수나 오류가 있었다면, 이는 앨버론과 그의 종족의 책임이었다. 그리고 이것은 단순한 실수가 아니었다. 이것은 역사상 가장 참혹한 비극 중의 하나였던 것이다.

승무원들은 여전히 아무것도 몰랐다. 그의 절친한 친구이자 부함장인 루곤조차 진실의 일부만을 들었을 뿐이었다. 그러나 이제 그 운명

의 별과 거리가 불과 10억 킬로미터도 채 남지 않은 상태다. 몇 시간 뒤면 그들은 제3행성에 착륙할 예정이었다.

다시 한 번 앨버론은 기지에서 전송된 메시지를 읽었다. 인간의 눈으로는 결코 가늠할 수 없는 속도로 촉수를 움직여 '공지' 버튼을 눌렀다. 길이가 1.6킬로미터에 달하는 원통형의 은하 탐사선 S9000에 승선한 여러 종족은 하던 일을 멈추고 함장의 말에 귀를 기울였다. 앨버론이 말하기 시작했다.

"왜 우리가 탐사를 그만두고 우주의 이 변방으로 서둘러 달려왔는지 다들 궁금할 거라고 생각한다. 이렇게 서두르는 의미를 몇몇은 이해했을지도 모르겠다. 우리 함선은 마지막 항해를 하고 있는 셈이다. 발전기는 심각한 과부하 상태로 이미 60시간 이상 가동했다. 만약 지금 있는 전력으로 기지까지 귀환할 수 있다면 정말 다행스러운 일이 아닐 수 없다.

우리는 이제 막 신성(新星)이 되려고 하는 태양을 향해 가고 있다. 7시간 안에 폭발할 예정이며, 1시간 정도의 오차를 감안한다고 해도, 우리에게는 탐사할 시간이 최대 4시간밖에 없다. 지금 이 항성계에는 폭발 직전인 행성이 10개 있는데, 제3행성에만 문명이 존재할 뿐이다. 제3행성의 문명은 며칠 전에야 발견되었다. 우리의 비극적인 임무는 파국을 맞게 된 종족과 접촉을 시도하고, 가능하면 그들 중 일부를 구하는 것이다. 이 함선 한 척으로는 이 짧은 시간 안에 할 수 있는 일이 거의 없다는 것을 알고 있다. 그러나 폭발이 일어나기 전, 태양계에 도달할 수 있는 우주선은 우리 함선뿐이다."

전방을 향해 소리 없이 속력을 올리고 있는 웅장한 함선 안에서는 어떤 소리도 움직임도 찾아볼 수 없었고, 오랜 침묵만이 흐를 뿐이었다. 앨버론은 동료들이 무슨 생각을 하는지 알고 있었고, 말하지 않은 그들의 질문에 대답하려고 마음먹었다.

"우리 역사상 가장 커다란 재앙이 될 이런 일이 어떻게 일어날 수 있었는지 궁금할 것이다. 한 가지는 명확히 말할 수 있다. 탐사에 실수가 있었던 것은 아니라는 점이다.

이미 알다시피, 현재 우리가 소유하고 있는 2만 척의 함선으로는 대략 100만 년마다 한 번씩 각 은하에 속해 있는 80억 개의 항성계를 탐사할 수 있다. 대부분의 별들은 이처럼 한 번에 많은 변화를 겪지 않는다.

40만 년도 채 되지 않은 과거에 탐사선 S5060이 지금 우리가 가고 있는 항성계의 행성을 탐사했다. 비록 제3행성에는 동물이 풍부했고 다른 두 행성에 전에 생물이 살았던 흔적이 있었지만, 지적 생물체는 어느 곳에서도 발견되지 않았었다. 정기 보고서가 제출되었고 다음 탐사는 60만 년 후로 정해졌다.

그런데 그 탐사 이후, 믿을 수 없을 정도로 빠른 시간 만에 항성계 내에 지적 생물체가 탄생한 것이다. 최초로 이런 사실을 암시해 준 사건은 좌표 X29.35, Y34.76, Z27.93인 쿨라스 행성에서 무선 신호가 감지되었을 때였다. 위치를 추적한 결과, 바로 앞에 있는 태양계에서 방출된 것임이 밝혀졌다.

쿨라스 행성이 여기에서 200광년 떨어져 있다는 점을 고려해 보면, 전파가 두 세기 전의 것임을 알 수 있다. 그러므로 적어도 이 기간 동안 이 행성 중 하나에 문명이 존재했고, 전자기파 관련된 기술을 보유했던 것이다.

그 즉시 광학망원경으로 이 항성계를 관찰한 결과, 항성이 불안정한 신성(新星) 이전 단계임을 알 수 있었다. 폭발은 언제라도 발생할 수 있는 상태였다. 사실 빛이 쿨라스 행성까지 오는 도중에 폭발이 일어났을 수도 있었다.

제2쿨라스에 있는 초고속 스캐너가 이 항성계에 초점을 맞추는 동안 약간 지체 현상이 발생했다. 아직 폭발은 일어나지 않았지만 몇 시간만 지나면 폭발이 일어나리라는 예측도 해 주었다. 만약 쿨라스가 1광년만 더 떨어져 있었어도 우리는 이 문명이 사라지는 순간까지 그들의 존재를 모르고 지나쳤을 것이다.

쿨라스 행성 책임자가 바로 작전 캠프에 연락해 우리에게 즉시 이 항성계로 항해해 달라고 요청했다. 우리의 임무는 이들을 파국의 운명으로부터 구하는 것이다. 물론 살아남은 자가 있을 때 말이지만. 하지만 전파를 사용하는 문명이라면 이미 온도가 상승하기 시작했다고 해도 스스로 보호할 수 있다고 추정할 수 있다.

이 함선과 두 부속 함선이 행성을 탐사할 것이다. 토르칼리 부함장이 첫 번째 부속선의 지휘를, 오로스트론 부함장이 두 번째 부속선의 지휘를 맡는다. 이 행성을 탐사할 시간은 단지 네 시간뿐이다. 시간이 다 되면 함선으로 귀환해야 한다. 귀환하건 귀환하지 않건, 우리는 출발한다. 두 부함장은 즉시 통제실로 와서 자세한 지시 사항을 들을 것. 이상이 전부다. 2시간 후 대기권에 진입한다."

한때 지구로 알려진 행성에서는 불길이 꺼져 가고 있었다. 이미 탈

만한 것은 아무것도 남아 있지 않았다. 도시들이 사라지자 파도처럼 행성을 뒤덮었던 거대한 숲은 이미 시뻘건 숯덩이로 변해 있었고, 피어오르는 연기가 하늘을 검게 물들이고 있었다. 그러나 지표면의 바위가 아직 녹아 흐르지 않는 것으로 봐서 아직 마지막 순간이 다가온 것은 아니었다. 흐린 하늘 속에서 대륙의 윤곽이 희미하게 보였지만 접근하는 우주선 안에서 바라보는 자들에게는 아무런 의미가 없었다. 그들이 갖고 있는 지도는 너무 오래 전 것이라 그 사이에 열댓 번의 빙하기와 최소 한 번 이상의 대범람이 지나갔을 터였다.

비정상적인 태양열로 인해 미친 듯이 끓고 있는 목성을 지나가던 S9000은 응축된 탄화수로로 이뤄진 그 바다에 어떤 생물체도 있을 수 없다는 사실을 한 눈에 알 수 있었다. 화성과 다른 외행성과는 마주치치 않았지만, 앨버론은 지구보다 태양에 가까운 행성은 이미 녹아내리고 있음을 알 수 있었다. 그는 이 미지의 종족이 맞은 비극이 이미 끝났을지도 모른다는 비관적인 생각을 하지 않을 수 없었다. 마음속 깊이, 그는 상황이 더 좋기를 기원했다. 함선은 단지 수백 명만을 구조할 수 있었고, 어떻게 선별해야 하느냐는 문제가 그를 괴롭혔다.

부함장이자 통신 책임관인 루곤이 통제실로 들어왔다. 지난 몇 시간 동안 그는 지구에서 방출되는 방사선을 감지하려고 시도했지만 헛수고였다.

루곤이 우울하게 말했다.

"우리가 너무 늦은 것 같습니다. 우리에게서 나오는 것과 쿨라스 행성에서 온 200년 된 프로그램을 빼고는, 모든 파장을 검사해도 아무 신호를 감지할 수 없습니다. 이 항성계 안에는 어떤 신호도 없습니다."

　루곤은 두 발 가진 동물이 결코 흉내 낼 수 없을 정도로 우아한 동작으로 거대한 화면을 향해 다가갔다. 앨버론은 아무 말도 하지 않았다. 예상했던 결과였다.

　통제실 한쪽 벽은 전체가 무한히 깊어 보이는 거대한 검은 사각형 화면으로 가득 차 있었다. 중노동에는 아무 짝에도 쓸모가 없지만, 기계를 작동하는 일에는 믿을 수 없을 정도로 우연한 루곤의 가느다란 촉수 세 가닥이 선택 버튼들 위에서 움직였고, 화면이 곧 수천 개의 광점으로 반짝거리기 시작했다. 루곤이 제어판을 조정하자 별의 무리가 빠르게 흐르듯 움직이더니 곧 태양의 모습을 비췄다.

　지구상의 어느 누구도 화면을 가득 채우고 있는 괴물 같은 모습을 보지 못했을 것이다. 태양은 더 이상 희지 않았다. 거대한 자줏빛 구름이 태양 표면의 절반 이상을 덮고 있었고, 화염 기둥이 구름을 뚫고 우주로 치솟아 오르고 있었다. 어떤 한 지점에서 거대한 홍염이 치솟아 깜빡거리는 코로나의 장막 너머까지 도달했다. 마치 불나무가 태양 표면에 뿌리를 내리고 있는 것 같았다. 근 80만 킬로미터에 달하는 거대한 불나무. 나뭇가지는 마치 1초에 수백 킬로미터의 공간을 휩쓸고 지나가는 화염의 강처럼 보였다.

　곧이어 루곤이 말했다.

　"추측컨대, 천문학자들의 예측에 꽤 만족허하고 계신 것 같습니다. 무엇보다도……."

　앨버론이 확신에 차서 말했다.

　"우리는 아주 안전하니까. 쿨라스 행성의 관측소와 이야기를 했는데, 우리 관측도구를 이용해서 몇 가지 부과 사항을 확인하고 있다고 하더군. 한 시간의 오차가 생긴 것은 혹시나 내가 더 오래 지구에 머무르고 싶어 하는 마음이 생기지 않을까봐 안전하게 시간 여유를 확보하기 위해서였다네."

그는 자판을 바라보았다.

"이제 슬슬 대기권에 진입했겠군. 화면에 행성을 띄워 보게. 아, 됐군."

갑작스럽게 바닥이 진동했고, 경보음이 시끄럽게 울려 퍼지더니 곧 조용해졌다. 화면 속에서는 정찰기 두 대가 지구의 아련한 폐허 속으로 내려가고 있었다. 몇 킬로미터를 함께 항해하다가 둘로 갈라져, 하나는 지구의 어둠 속으로 갑자기 사라졌다.

정찰기보다 수천 배나 큰 거대한 모선은 그 뒤를 따라 버려진 도시를 파괴하고 있는 폭풍 속으로 천천히 하강하고 있었다.

오로스트론은 정찰기로 밤에 해당하는 반구 지역을 비행하고 있었다. 토르칼리처럼 그의 임무는 사진을 찍고 기록을 남겨 모선에 보고하는 것이었다. 작은 정찰기에는 견본을 싣거나 승객을 태울 공간이 없었다. 지구인과 접촉을 하게 된다면, 즉시 S9000이 달려올 것이다. 교섭할 시간 같은 건 없었다. 문제가 발생하면 강제로라도 구조를 하고 설명은 그 다음에 해야 했다.

지상의 버려진 땅은 소름 끼치게 깜빡이는 빛으로 가득 차 있었다. 거대한 오로라가 지구의 절반을 덮고 있었기 때문이다. 그러나 화면은 외부의 빛과는 상관없이 이전에 결코 생명이 살지 않았을 것처럼 보이는 황폐한 바위를 선명하게 보여 주고 있었다. 아마도 이 사막은 어딘가에서 끝이 날 것이다. 오로스트론은 위험을 무릅쓰고 짙은 대기 속으로 속도를 높였다.

오로스트론은 폭풍을 뚫고 비행해, 마침내 바위 사막이 하늘로 솟아오르기 시작하는 곳에 도달했다. 거대한 산맥이 전방에 놓여 있었는데, 봉우리는 연기로 가득 찬 구름에 가려 있었다. 오로스트론은 수평선을 향해 스캐너를 맞췄다. 갑자기 화면 속의 산이 너무 가까워져 위협적으로 보였다. 그는 즉시 산을 오르기 시작했다. 이런 땅에서 문명을 찾는 건 상상하기도 어려웠다. 그는 방향을 바꾸는 것이 현명한 일일지 고민하다 계속 가기로 결정했다. 5분이 지나자 보상을 받을 수 있었다.

벌거숭이가 된 산이 내려다보였고, 봉우리 전체가 솜씨 좋은 기술자에 의해 잘려 나간 것처럼 보였다. 바위 사이에 솟아올라 있는, 인공적으로 생긴 고원 지대에 걸터앉은 금속 대들보의 정교한 구조물이 보였다. 오로스트론은 잠시 정찰기를 멈추고 산 아래로 내려갔다.

미세한 도플러 효과가 사라지자 화면에 선명한 모습이 나타났다. 격자 구조물 위에 설치된, 수평에서 45도 기울어져 하늘을 향하고 있는 거대한 금속 거울이 수십 개나 보였다. 약간 오목했고, 초점이 맞춰져 있는 곳은 복잡한 기계 장치로 이루어져 있었다. 이 거대한 배열은 인상적이면서도 목적이 있어 보였다. 모든 거울은 하늘 혹은 하늘 저편의 무엇인가를 정확히 향하고 있었다.

오로스트론은 동료들을 향했다.

"관측 기구처럼 보이는데. 전에 이런 것을 본 적이 있나?"

은하계 변방의 원형 성단 출신으로, 다촉수류의 세 다리 종족인 클라튼이 다른 의견을 개진했다.

"저건 통신 장치야. 저 반사경은 전자기파의 초점을 맞추기 위한 거지. 전에 무수히 많은 별에서 같은 종류의 설비를 본 적이 있어. 저런 크기의 거울에서 빔이 나왔다면 너무 가늘어서 쿨라스 행성에서 받기 어려웠겠지만. 여하튼 쿨라스에서 받은 신호를 보낸 기지일 거야."

"우리가 도착하기 전에 루곤이 아무런 방사에너지도 감지하지 못한 이유를 알 만하군."

사르곤 행성의 쌍둥이 중 한 명인 한수르 2세가 덧붙였다.

오로스트론은 여전히 동의하지 않았다.

"만약 저것이 무선기지라면, 틀림없이 행성 간 통신용일 거야. 거울이 늘어서 있는 방식을 봐. 2세기 동안 무선 기술만 소유한 종족이 우주 공간으로 전파를 쏘아 올릴 수 있다고 생각할 수는 없어. 우리 종족도 무려 6000년의 시간이 걸린 일이거든."

"우리 종족은 3000년 만에 했지."

한수르 2세가 쌍둥이 형제보다 몇 초 빠르게 조용히 이야기했다. 클라튼은 흥분한 기색으로 촉수를 흔들기 시작해 이어질 논쟁을 막았다. 다른 사람들이 이야기를 하는 동안, 클라튼은 자동 모니터를 작동시켰던 것이다.

"여기! 자, 들어 봐."

스위치를 켜자 말로 표현하기는 힘들지만 일정한 특성이 있는 쉰 소리가 높낮이를 바꿔 가면서 조그마한 방을 가득 채웠다.

네 명의 구조대원은 잠시 주의 깊게 귀를 기울였다. 이윽고 오로스트론이 말했다.

"이걸 말이라고 부를 수는 없을 것 같군. 저렇게 빨리 소리를 낼 수 있는 생물체는 존재하지 않아."

한수르 1세도 같은 결론에 도달했다.

"저건 영상 프로그램인 것 같아. 클라튼, 그렇게 생각하지 않나?"

모두 동의했다.

"그래, 그리고 이 거울은 각기 다른 영상을 송출하고 있는 것 같아. 어디로 가는 것인지 궁금하군. 만약 내가 옳다면, 항성계 내의 다른 행성 중에서 이 경로에 놓인 게 있을 거야. 금세 확인할 수 있을 거야."

오로스트론은 S9000을 호출해 이를 보고했다. 루곤과 앨버론은 흥분했고, 즉시 천문 기록을 확인해 봤다.

놀랍게도 결과는 실망스러웠다. 다른 9개의 행성 중에서 어느 행성에도 전송 라인이 연결되어 있지 않았다. 거대한 거울들은 우주를 향해서 맹목적으로 세워져 있는 것 같았다.

이제 결론은 하나만 남은 셈이었다. 가장 먼저 말을 꺼낸 건 클라튼이었다.

"행성 간 통신용인가 봐. 그렇지만 기지는 완전히 비었고, 통제 하에 있지도 않아. 동력이 꺼진 건 아니지만 남겨진 상태 그대로 그 방향을 향하고 있군."

오로스트론이 말했다.

"곧 알게 되겠지. 착륙해 봐야겠어."

그는 거대한 금속 거울의 평평한 곳에 천천히 탐사선을 접근시켰고, 바위가 나올 때까지 계속 내려갔다. 수백 미터 전방, 강철 대들보 더미 아래 하얀 석조 건물이 서 있었다. 비록 창문은 없었지만 벽에는 문이 몇 개 나 있었다.

오로스트론은 보호 장비를 착용하는 동료들을 살펴보고는 자신도 함께 가기를 희망했다. 그러나 모선과 연락을 주고받기 위해서는 누군가가 정찰기에 남아 있어야 했다. 이는 앨버론의 지시였고, 현명한 결정이었다. 최초로 탐사하는 행성에서는, 특히 이런 상황에서는 무슨 일이 일어날지 아무도 몰랐다.

세 명의 탐사자는 주의 깊게 문을 열고 밖으로 나간 뒤 장비에 부착된 반중력장을 조절했다. 그런 다음 일행은 각 종족의 특성에 맞는 이동 방식으로 건물을 향해서 움직였다. 한수르 쌍둥이가 선두에 섰고, 클라튼이 바짝 뒤를 따랐다. 중력 통제에 서툰 클라튼이 갑자기 땅에 푹 고꾸라졌고, 이 모습을 본 모두가 즐거워했다. 오로스트론의 눈에 동료들이 가까운 문 앞에서 잠시 멈추는 모습이 보였다. 하지만 곧 문이 천천히 열렸고, 그들은 시야에서 사라져 버렸다.

오로스트론은 참을성을 가지고 기다리기 시작했다. 주변에서는 폭풍이 치고, 하늘에서는 오로라가 번쩍번쩍 더 강한 빛을 내곤 했다. 약속한 시간에 모선과 연락을 취했고, 루곤으로부터 짧은 응답을 받았다. 그는 행성 저 반대편에 있는 토르칼리가 어떻게 하고 있는지 궁금했지만, 태양의 간섭으로 인해서 그와 연락을 주고받을 수 없었다.

클라튼과 한수르 형제가 자신들의 이론이 옳았음을 확인하는 데에는 그다지 오랜 시간이 걸리지 않았다. 건물은 무선기지였고, 완전히 비어 있었다. 거대한 방이 하나 있었고, 몇 개의 조그마한 사무실이

딸려 있었다. 거대한 방 안에는 전자기기가 길게 줄을 지어 설치되어 있었다. 수백 개의 제어판에서는 불빛이 깜빡이고 있었고, 길게 늘어선 진공관 속에서 은은한 빛이 흘러나왔다.

그러나 클라튼에게는 별로 인상적인 장면이 아니었다. 클라튼의 종족이 처음 세운 무선기지는 이미 수십억 년 전의 화석에 묻혀 있기 때문이었다. 전자기기를 만들어 낸 지 고작 몇 세기밖에 안 된 인간은 지구 나이의 절반에 해당하는 시간 동안 전기를 사용해 온 종족과 비교가 되지 않았다.

그럼에도 구조대는 건물을 탐사하면서 계속 기록했다. 아직 밝혀지지 않은 문제가 하나 남아 있었다. 이 황폐한 기지국이 송출하는 프로그램이 도대체 어디에서 만들어진 것인지 알 수 없었다. 중앙 스위치보드의 위치를 금세 드러났다. 한 번에 수십 개의 프로그램을 통제할 수 있도록 설계되었지만, 이 프로그램의 원천은 지하로 숨어 버린 전선 더미에 묻혀 추적이 어려웠다. S9000에서도 루곤이 송출 내용을 분석하기 위해 노력하고 있었으므로, 곧 결과가 나올 것 같았다. 대륙을 가로질러 매설돼 있는 전선을 추적하는 것은 불가능해 보였다.

구조대는 이 황폐한 기지국에서 시간을 허비하지 않았다. 여기서 알아낼 수 있는 건 없었다. 그들은 과학 정보가 아니라 생명체를 추적하고 있는 것이다. 곧 정찰기가 고원을 이륙해 산맥 너머로 펼쳐져 있는 평원을 향하여 날아가기 시작했다. 아직 세 시간 정도 남아 있었다.

수수께끼 같은 거울들이 시야에서 사라지자, 오로스트론에게 갑자기 한 가지 생각이 떠올랐다. 특별한 의미 없이 만들어졌을까? 아니면 혹 구조대를 기다리는 동안 지구가 자전하는 속도에 맞춰서 아주 조금씩 각도를 바꾸면서 움직이고 있었나? 확실하지는 않았다. 그는 이 문제를 중요하지 않다고 치부해 버렸다. 여하튼 이 장치는 여전히 일정한 방식으로 작동하고 있는 것이다.

15분 후, 그들은 도시를 발견했다. 도시는 기이하게 보이는 다리 아래로, 그리고 거대한 빌딩들 사이 추한 생채기를 내놓고 휘감아 돌아가는 강가에 세워진 거대한 메트로폴리스였다.

공중에서조차 도시는 폐허로 보였다. 이제 두 시간 반 정도만 남았을 뿐이다. 더 이상 탐사를 할 시간이 없다. 오로스트론은 마음을 굳게 먹고 근처에 보이는 거대한 건물 주변에 착륙했다. 생명체가 있다면 최후까지 안전하게 있을 장소로 가장 튼튼한 건물을 선택하리라는 추측이 합리적으로 여겨졌다.

아무리 깊은 동굴—설령 행성의 심장부라고 해도—최후의 파멸이 다가왔을 때를 대비한 피난처는 되지 못했다. 이 종족이 바깥쪽의 행성에 도달한다고 할지라도 태양계를 가로질러 광포하게 미쳐 날뛰는 파면(波面)으로 인해서 파국은 고작 몇 시간만 미뤄질 뿐이었다.

오로스트론으로서는 도시가 며칠 혹은 몇 주 전이 아니라 이미 수 세기 전에 비었다는 사실을 알 수 없었다. 수없이 많은 문명이 존속해 왔던 도시 문화는 마침내 헬리콥터가 전 세계에 수송을 할 수 있게 된 바로 그때 파국을 맞았다. 시간만 넉넉하면 지구의 어느 곳이건 도달할 수 있다는 것을 안 인류의 상당수는 몇 세대도 되지 않아 언제나 가고 싶어 했던 숲과 들로 돌아갔다. 새로운 문명은 이전에 꿈도 꾸지 못했던 기계와 자원을 누릴 수 있었지만, 이는 본질적으로 전원 생활에 어울리는 것이었지 더 이상 한 세기 이전에 지구를 지배하던 강철이나 콘크리트에 얽매이지 않았다. 아직까지도 남아 있는 도시는 연구특성화 도시나 행정 도시 혹은 유흥지였다. 그 외의 도시는 자연스럽게 쇠퇴하도록 내버려 두었다. 열덧 개의 거대 도시와 대학 도시는 거의 변하지 않은 상태로 수 세대 동안 모습을 유지했을 터였다. 그러나 증기와 강철, 운송 수단을 바탕으로 세워진 산업도시는 에너지를 제공해 주던 산업의 몰락과 함께 사라졌다.

오로스트론이 정찰기에서 대기하는 동안, 동료들은 건물을 사용했던 생명체에 대한 아무런 정보도 모으지 못하고 사진만 수없이 찍으면서 빈 복도와 황폐한 방들을 둘러보고 다녔다. 도서관, 응접실, 회의실, 그리고 수천 개의 사무실이 있었지만, 모두 텅 비고 먼지로 가득 차 있었다. 만약 그들이 산봉우리에 있는 전송 장치를 보지 못했다면, 이 행성은 수 세기 동안이나 비어 있었다고 믿었을 것이다.

오랜 기다림 끝에, 오로스트론은 이 종족이 어디로 사라졌는지 생각하기 시작했다. 어쩌면 탈출이 불가능하다는 사실을 깨닫고 자살했을지도 모른다. 어쩌면 지구 내부에 거대한 은신처를 건설하고 최후의 날을 기다리면서 자신의 발 아래서 웅크리고 있을지도 모른다. 그는 결코 진실을 알아내지 못할까 봐 두려웠다.

마침내 귀환 명령을 내려야 하는 때가 오자 어느 정도 마음이 편해졌다. 토르칼리 구조대가 운이 좋았는지 곧 알 수 있는 것이다. 시간이 지나면서 의심이 짙어질수록 모선으로 돌아가고 싶은 마음이 강렬해졌다. 마음속에는 언제나 이런 생각이 들곤 했다. 만약 쿨라스 천문학자들이 실수한 것이라면? S9000의 벽에 둘러싸여 있다면 좋을 텐데. 이 불길한 태양이 멀리서 수축하는 모습을 뒤로 하고 우주 저 너머에 있다면 훨씬 더 좋을 텐데.

동료들이 에어록으로 들어오자마자 오로스트론은 하늘 높이 정찰기를 날려 S9000으로 귀환하도록 설정했다. 그러고는 동료들을 돌아봤다.

"그래 뭐라도 발견했어?"

클라튼은 커다란 두루마리를 하나 펼쳐서 바닥에 펼쳐 놓았다.

"이런 것을 좋아했던 것 같더라고."

그가 재빨리 말했다.

"두 발에 두 손. 이런 장애에도 불구하고 꽤 솜씨가 있었던 것 같아. 등 뒤에 또 있다면 모를까, 눈도 두 개뿐이야. 운 좋게 이걸 찾았지. 이게 그들이 유일하게 남긴 거야."

고대 유화 속 존재는 주의 깊게 그림을 보고 있는 세 생명체를 무감각하게 바라보았다. 역설적이게도 아무런 가치가 없었기 때문에, 영원한 망각에서 인류를 구해 준 것이다. 도시에서 사람들이 철수하기 시작했을 때, 아무도 1909년에서 1974년까지 살았던 시의원 존 리처드의 사진을 옮기는 수고를 하려고 하지 않았다. 새로운 문명이 오래된 도시에서 멀리 떨어진 곳에서 이전에 도달한 적 없는 발전을 이룬 150년 동안, 그의 사진에는 먼지가 쌓여 가고 있었다.

클라튼이 말했다.

"이게 우리가 찾은 전부야. 도시는 몇 년 동안이나 비어 있던 게 분명해. 안타깝지만 탐사는 실패인 것 같아. 만약 생명체가 살고 있다면, 우리가 찾기에 너무 어려운 곳에 숨어 버린 거겠지."

오로스트론은 동의하지 않을 수 없었다.

"거의 불가능한 임무라고 할 수 있었지. 만약 몇 시간이 아니라 몇 주가 있었다면 성공했을지도 몰라. 어쩌면 해저 어느 곳에 은신처를 건설했을지도 모르는 일이거든. 아무도 이 가능성에 대해 생각한 적이 없는 것 같아."

그는 방향 지시기를 보고 궤도를 수정했다.

"5분 안에 도착할 거야. 앨버론이 생각보다 빨리 움직이고 있는 것 같아. 토르칼리가 뭔가 발견했는지 궁금하군."

오로스트론이 귀환하고 있을 때, S9000은 화염에 휩싸인 대륙의 해안에서 몇 킬로미터 떨어진 곳에 정박하고 있었다. 위험해질 때까지는 30분이 남아 있었다. 더 이상 빈둥거릴 시간이 없었다. 그는 능숙한 솜씨로 격납고로 운전해 들어갔고, 구조대는 에어록 밖으로 나왔다.

그들을 기다리는 무리가 있었다. 의외의 일은 아니지만, 오로스트론은 이들이 단순한 호기심 때문에 여기에 모인 게 아님을 알아챘다. 그들이 말을 꺼내기도 전에, 무엇인가가 잘못되었음을 깨달을 수 있었다.

"토르칼리가 아직 귀환하지 않았네. 구조대를 잃어버렸다는군. 그들을 구하러 가야 할 것 같네. 즉시 통제실로 오기 바라네."

처음부터 토르칼리는 오로스트론브다 운이 좋았다. 그는 이글거리는 태양을 피해 석양을 쫓아 운항했고, 내해(內海)의 해안에 다다를 수 있었다. 최근에 형성된 이 바다는 인류가 만든 최후의 작품이었다. 왜냐하면 이 바다가 덮고 있는 육지는 한 세기 전에 사막이었기 때문이다. 물이 끓고 있었고 증기 구름이 하늘로 솟구쳐 오르는 것을 보아 몇 시간 후면 다시 사막이 될 것 같았다. 그러나 이 증기 구름도 파도가 치지 않는 바다를 굽어보고 있는 거대한 하얀 도시의 외로움을 완전히 덮을 수 없었다.

토르칼리가 착륙한 광장 주변에는 비행기가 잘 배치되어 있었다. 비록 마무리가 잘 되고 아름답긴 했지만, 여전히 프로펠러에 의존하는 원시적인 것들이어서 실망스러웠다. 어디에서도 생명체의 흔적은 발견되지 않았지만, 그다지 멀지 않은 곳에 거주자가 있다는 인상을 받기에는 충분했다. 몇몇 창문에서는 전등 빛이 새어나오고 있었다.

토르칼리의 세 동료는 즉시 비행선을 떠났다. 구조대의 우두머리는 계급과 종족의 우월성에 따라 치나드리가 맡았는데, 앨버론과 마찬가지로 그 역시 우주의 중심에 있는 태양계의 고대 행성 출신이었다. 다음 서열은 우주에서 가장 어린 축에 드는 종족 출신인 알라케인이었는데, 그 사실에 대해 괴상한 자부심을 갖고 있었다. 마지막으로 팔라도르 행성계 출신인 기이한 존재가 섰다. 종족의 다른 일원과 마찬가지로 그도 역시 이름이 없었다. 왜냐하면 일정한 형체로 움직이기는 하지만 종족 전체의 의식에 의존하인 세포로 존재했기 때문이었다. 비록 이 종족은 수없이 많은 별들을 관측하기 위해 은하계 전체로 흩어지기는 했지만, 알려지지 않은 연결고리가 인간 몸의 살아 있는 세포처럼 서로를 연결해 주고 있었다.

팔라도르 행성 생명체가 말을 할 때는 항상 '우리'라는 대명사를 사용하였다. 팔라도르 말에는 1인칭 단수를 지칭하는 말이 없었다.

인간이라면 아이들도 알 만한 것이었지만, 이 구조대원들은 거대한 빌딩의 문 앞에서 약간 당황했다. 치나드리는 주저하지 않고 개인 전송기로 토르칼리를 호출했다. 정찰기가 최적의 위치로 움직이는 동안 그들은 한쪽으로 물러섰다. 잠시 강력한 화염이 일었다. 거대한 문은 순간 발생한 광선의 끝에서 깜빡이더니 은세 형체도 없이 사라지고 말았다. 아직 돌이 벌겋게 달궈진 상태였음에도, 구조대원들은 간절한 마음에 건물 안으로 진입했다. 손전등에서 나오는 빛이 눈앞에서 이리저리 움직였다.

손전등은 필요 없었다. 천장을 따라서 전등이 열을 지어 반짝이고 있었고, 그들 앞에 커다란 홀이 펼쳐져 있었다. 양쪽에 긴 복도로 연결된 문이 있었고 정면에는 위층으로 올라갈 수 있는 거대한 계단이 있었다.

잠시 동안 치나드리는 주저했다. 어느 길로 가든 상관이 없어 보였기 때문에, 그는 첫 번째 복도로 동료들을 인도했다.

생명체가 근처에 있다는 느낌이 강하게 들기 시작했다. 어느 순간에라도 이 세계의 생명체와 접촉할 수 있을 것만 같았다. 만약 그들이 적의를 보인다면―사실 그럴 법도 하지만―즉시 신경 마비기가 쓰일 것이다.

첫 번째 방으로 구조대가 들어섰을 때, 긴장감이 강하게 엄습했다. 그러나 기계를 제외하고는 아무것도 없자 이내 긴장이 풀렸다. 줄지어 있는 기계들은 움직이지 않았고 조용했다. 수천 개의 금속 캐비닛이 눈이 닿는 저 먼 곳까지 거대한 방에 줄지어 있었다. 그러나 이게 전부였다. 캐비닛과 알 수 없는 기계를 제외하고는 가구조차 없었다.

셋 중에서 가장 행동이 빠른 알라케인은 이미 캐비닛을 조사하고 있었다. 수없이 많은 구멍이 난 거칠고 얇은 물체가 수천 개나 캐비닛에 채워져 있었다. 팔라도르 행성인은 카드 중에서 하나를 취했고, 알라케인은 다른 기계들을 근접 촬영하면서 이 장면도 함께 기록했다. 그리고 그들은 방을 떠났다. 세상의 경이 중 하나였던 이 방은 그들에게 아무런 의미도 없었다. 이제 그 어떤 존재로 홀러리스 분석기와 이 행성에 살았던 모든 남자와 여자, 아이들에 대해 기록할 수 있는 50억장의 펀치카드를 볼 수 없을 것이다.

아주 최근까지도 이 건물이 사용되었다는 사실은 명백했다. 흥분이 고조되자 탐사자들은 다음 방으로 서둘러 이동했다. 거기서 그들은 거대한 도서관을 발견했다. 수백만 권의 책들이 수 킬로미터에 달하는 책꽂이에 꽂혀 있었다. 비록 탐사자들은 알 수 없었지만, 여기는 지금까지 살아왔던 모든 인류가 기록해 놓은 법률책과 의회에서 행한 연설을 모아 놓은 곳이었다.

치나드리는 알라케인이 수백 미터 떨어진 곳에 있는 선반을 조사하는 것을 보면서 행동 계획을 세웠다. 그 선반은 다른 것들과 달리 반이 비어 있었다. 그 주위로 책이 쌓여 있었는데, 어떤 사람이 서둘러 책들을 쓰러뜨린 것처럼 보였다. 틀림없었다. 얼마 전에 다른 생명체가 이 길로 지나간 것이다. 바닥에 나 있는 희미한 바퀴 자국이 알라케인의 민감한 신경계에 포착되었다. 비록 다른 사람들은 보지 못했지만 말이다. 알라케인은 발자국을 감지할 수는 있었지만, 이를 만든 생명체가 어떤 형태인지를 알 수 없어 그들이 어디로 갔는지 구별할 수 없었다.

다른 어느 때보다도 그들이 가까이 있음을 느낄 수 있었다. 그러나 그것은 공간의 문제가 아니라 시간의 문제였다. 알라케인은 구조대의 생각을 읽었다.

"이 책들은 무척 중요한 게 분명해. 누군가가 이것들을 구하기 위해서 왔던 것 같아. 나중에야 떠오른 거겠지. 그건 곧 그다지 멀지 않은 곳에 피난처가 있다는 뜻이야. 어쩌면 우리를 그곳으로 인도해 줄 단서를 찾을 수 있을지도 모르지."

치나드리는 알라케인의 의견을 인정했다. 팔라도르 인은 시큰둥했다.

"그럴지도 모르지. 그러나 피난처는 행성의 다른 어딘가에 있을 것이고, 우리는 이제 두 시간밖에 없다고. 이들을 구하고 싶다면 시간을 낭비하지 않는 것이 좋을 거야."

기지에 있는 과학자들에게 유용할지도 모르는 책들을 수집하기 위해서 (비록 그들이 해석해 낼 수 있을지 의심스러웠지만 말이다.) 잠시 멈춘 것을 제외하고는 그들은 서둘러 앞으로 나아갔다. 그들은 곧 거대한 건물을 발견했는데, 최근에 생명체가 살았던 흔적으로 가득 찬 조그마한 방들이 무수히 많이 있었다. 대부분은 정리 정돈이 잘되어 있었지만, 한둘은 너무도 지저분하기도 했다. 탐사자들은 특히 한 방에서 혼란스러움을 느꼈다. 분명히 무슨 사무실 같았는데, 완전히 망가져 있었다. 바닥은 종이 쓰레기로 가득했고, 가구들은 부서지고, 깨진 창문으로는 화재로 인한 연기가 들어오고 있었다.

치나드리가 다른 동료들보다 유독 놀랐다.

"어떤 위험한 동물도 방을 이렇게 만들 수는 없을 거야."

그는 긴장한 채 신경마비기 방아쇠에 손을 대고 외쳤다.

알라케인은 아무 대답도 하지 않았다. 그리고는 그의 종족들이 웃음소리라고 부르는, 귀에 거슬리는 소리를 내기 시작했다. 조금 시간이 지나 그는 왜 웃었는지 설명했다.

"동물이 한 짓이라고 생각하지 않아. 사실 답은 간단하거든. 만약 이 방에서 평생 일을 했다고 생각해 봐. 매년 끊임없이 서류들을 뒤적이면서 말이지. 그리고 갑자기 다시는 이 서류들을 볼 수 없다는 말을 들었다고 생각해 보라고. 일이 끝났으니 영원히 이 서류들을 볼 수 없다고 말이지. 그렇다면 어떻게 하겠어, 치나드리?"

다른 이들도 잠시 생각에 잠겼다.

"그렇다면 정돈을 잘해 놓고 떠날 것 같은데. 다른 방들도 전부 그렇지 않던가."

알라케인이 다시 웃었다.

"당신이라면 그렇겠지. 그러나 다른 이들은 당신과는 완전히 다른 정신 세계를 가지고 있기도 하다고. 나라면 이 방을 사용한 생물처럼 했을 것 같군."

그는 더 이상 설명하지 않았다. 두 동료는 그의 말을 듣고 혼란스러웠지만 곧 포기했다.

토르칼리의 귀환 명령은 약간 충격적이었다. 그들은 엄청난 양의 정보를 수집했지만 아직 이 세계의 사라진 거주민들을 찾을 단서는 발견하지 못한 것이다. 문제는 여전히 혼란스러운 상태였고, 결코 해결될 것 같지 않았다. S9000이 출항하기까지 겨우 40분이 남은 상태였다.

정찰기까지 절반 정도 되돌아갔을 때, 그들은 건물 지하로 내려가는 반원형 통로를 보았다. 건축 양식이 다른 건물들과는 상당히 달라 보였고, 경사가 완만한 바닥을 보자, 두 발을 가진 생명체가 만든 대리석 층계를 수없이 많은 다리로 오가던 그들은 그 매력에 저항할 수 없었다. 치나드리가 가장 힘들어했다. 왜냐하면 그는 보통 다리를 12개 사용했고, (비록 아무도 본 적은 없지만) 서둘러야 할 때는 20개의 다리를 사용하기도 했기 때문이다.

구조대는 갑자기 멈춰 잠시 생각에 잠겨 통로를 내려다보았다. 지구의 저 깊숙한 곳으로 들어가는 터널이 있다. 그 끝에 이 세계의 생명체들이 살고 있어, 그들을 파국으로부터 구할 수 있을지도 모른다. 만약 필요하다면 모선을 호출할 충분한 시간도 아직 남아 있다.

치나드리가 신호를 보내자 토르칼리는 즉시 머리 위로 정찰기를 운전해 왔다. 구조대가 통로에 남아 있는 혼란스러운 발자국을 추적할 시간은 충분하지 않을지라도, 팔라도르 인의 머릿속에 미세하게 기록되어 있는 정보를 이용하면 길을 잃어버릴 것 같지는 않았다. 만약 속력을 내야 할 필요가 있다면, 토르칼리가 머리 위에서 길을 뚫어 줄 것이다. 그렇다면 통로 끝에 무엇이 있는지 파악하는 데 그다지 오래 걸리지 않을 것이다.

30초가 걸렸다. 터널은 벽을 따라 으리으리한 좌석들을 설치해 놓은 실린더같이 생긴 거대한 방에서 갑작스럽게 끝나 있었다. 그들이 온 길을 제외하고는 출구가 없었다. 알라케인은 몇 초도 지나지 않아서 방의 용도를 생각해 냈다. 이 방을 사용할 시간이 없었다는 생각이 들자 안타까운 마음이 들었다. 그러나 치나드리의 비명이 들려와 갑작스럽게 생각을 멈춰야 했다. 알라케인이 뒤돌아보자, 출구가 천천히 닫히는 것이 보였다.

이 공포스러운 순간에조차 알라케인은 경이로움을 느끼고 있는 자신을 발견했다. 그들이 누구였던 간에 자동 제어 장치를 만들 수 있었던 것이다.

팔라도르 인이 처음으로 말문을 열었다. 그는 좌석을 향해서 촉수를 하나 흔들어 보였다.

"자리에 앉는 것이 나을 듯하군요."

그 생명체가 말했다. 복잡한 사고를 하는 팔라도르 인은 이미 상황을 파악하고 앞으로 무슨 일이 벌어질지 알고 있었던 것이다.

얼마 지나지 않아서 머리 위에서 들려오는 낮은 윙윙거리는 소리를 들을 수 있었다. 비록 생명이 깃들지 않은 소리이기는 하였지만, 지구에 울려 퍼지는 인류의 마지막 목소리였다. 알아들을 수는 없었지만, 갇혀 버린 구조대원들은 의미를 충분히 정확하게 추측할 수 있었다.

"목적지를 선택하신 후 좌석에 앉아 주세요."

동시에 차량 끝에 걸려 있는 벽에 불이 들어왔다. 전선으로 연결된 10여 개의 원들이 깜빡거리고 있는 간단한 지도였다. 각각의 원에는 글씨가 새겨져 있었고, 글씨 옆에 서로 다른 두 버튼이 있었다.

알라케인은 치나드리를 바라보았다.

"건들지 말 것. 만약 제어판을 그대로 두면, 문이 다시 열리겠지."

치나드리가 말했지만, 문은 열리지 않았다. 자동 지하철을 건설한 공학자들은 탑승객에게는 어디든 가고 싶은 목적지가 있을 것이라 생각했다. 만약 그들이 아무 역도 선택하지 않으면, 그들은 지하철의 종점까지 가야만 했다.

중계기와 스위치가 명령을 기다리는 동안 잠시 침묵이 이어졌다. 이 30초 동안 뭘 해야 하는지 알았다면, 일행은 문을 열고 지하철에서 내렸을 것이다. 그러나 그들은 아무것도 몰랐고, 인간 심리에 맞게 만들어진 기계는 그에 따라 움직였다.

가속은 그다지 심하지 않았고, 실내 장식품들은 크게 쓸모는 없었지만 사치스러웠다. 지각할 수 없는 미세한 진동을 통해 지구 내부를 여행하고 있다는 속도감을 느낄 수 있었지만, 그들이 얼마 동안 여행해야 하는지 짐작할 수는 없었다. 앞으로 30분 후면 S9000은 태양계를 벗어날 예정이었다.

속력을 내고 있는 기계 속에서는 긴 침묵만이 흘렀다. 치나드리와 알라케인은 재빨리 생각하고 있었다. 비록 다른 방식이기는 하였지만, 팔라도르 인도 마찬가지였다. 그에게 개인의 죽음에 대한 관념은 아무런 의미도 없었다. 왜냐하면 한 가체의 파멸은 개인으로 치면 손톱을 조금 잃어버리는 것과 같아서, 그들 전체의 입장에서는 지극히 소소한 것이었다. 그러나 그도 어렵게나마 알라케인이나 치나드리와 같은 지적 생명체의 곤궁을 이해할 수 있었고, 가능하다면 그들을 도와주고 싶었다.

알라케인은 개인 송수신 장치를 사용하여 토르칼리와 가까스로 연락을 취했지만, 신호는 점점 흐려져 조만간 사라질 것 같았다. 재빨리 상황을 설명하자, 이에 맞춰 신호가 더 명확히 전달되었다. 토르칼리는 지상 위에서 지하철이 향하고 있는 방향으로 비행하고 있었는데, 이 지하철은 미지의 종착역을 향하여 속도를 높이고 있었다. 우선 그들이 거의 시속 천 킬로미터 이상으로 달리고 있다는 사실을 보고받았다. 그리고 곧바로 토르칼리는 그들이 바다를 향해서 빠른 속도로 나아가고 있다는 불안한 보고도 받게 되었다. 그들이 지하에 있을 때는 미약하기는 해도 지하철을 멈추고 탈출할 수 있다는 희망이 있었다. 그러나 해저에 있다면, 모선의 어떤 생명체나 기계도 자신들을 구할 수 없는 것이다. 아무도 이보다 더 완벽한 함정을 팔 수 없었다.

치나드리는 주의 깊게 벽에 걸린 지도를 살펴보았다. 원을 연결하는 선을 따라서 작은 전등 불빛이 천천히 움직이고 있었다. 첫 번째 역까지 절반 정도 이동한 상태였다.

마침내 치나드리가 말했다.

"이 버튼 중에 하나를 눌러야겠어. 아무런 해도 없을 거야. 뭔가 배울 수 있을지도 모르지."

"나도 동의. 어떤 것을 먼저 누를까?"

"두 종류만 있으니 처음에 잘못 누른다고 하더라도 별 문제 없을 것 같은데. 처음 것이 기계를 출발시키고 다른 것은 정지시키는 것 같아."

알라케인은 그다지 기대하지 않는 듯했다.

"아무 버튼도 누르지 않았는데 출발했어. 내 생각에 이것은 자동인 것 같아. 여기서는 아무것도 통제할 수 없을 거야."

치나드리는 동의할 수 없었다.

"이 버튼은 틀림없이 역과 관련이 있고, 만약 기계를 멈추는 데 사용할 수 없다면 여기 있을 필요가 없다고 생각해. 문제는 무엇이 맞는 것인가 하는 거지."

그의 분석은 정확했다. 기계는 어떤 역에서든 멈출 수 있었다. 그들은 단지 10분 정도 운행했을 뿐이며, 만약 지금 떠난다고 하더라고 별 문제는 없었다. 다만 치나드리가 선택한 첫 번째 버튼이 잘못된 버튼이었다는 것이 크나큰 불운일 뿐이었다.

지도 위의 작은 불빛은 여전히 속도를 줄이지 않고 반짝이는 다른 원을 향해서 천천히 기어가고 있었다. 바로 그때 토르칼리가 지상에서 호출했다.

"지금 막 도시를 통과해서 바다를 향해 달려가고 있어. 아마 수천 킬로미터 내에는 다른 역이 없을 거야."

앨버론은 이 세계에서 생명체를 찾아낼 수 있다는 희망을 완전히 포기했다. S9000은 지구의 거의 절반을 훑었고, 한 곳에 머무르지 않고 주의를 끌기 위해서 이곳저곳 움직였다. 아무런 응답이 없었다. 지구는 완전히 죽어 버린 것 같았다. 만약 살아 있는 거주자가 있다면, 그래 봤자 멸망을 피하지는 못하겠지만, 도움의 손길 너머 어딘가로 숨어 버렸을 것이라고 앨버론은 생각했다.

루곤이 절망적인 소식을 전해 왔다. 모선은 아무런 소용도 없는 탐사를 포기하고 토르칼리의 정찰기가 지하철을 따라 비행하고 있는 대양 위로 폭풍을 뚫고 날아갔다.

정말 끔찍한 광경이었다. 지구가 탄생한 그날에도 이런 바다는 없었을 것이다. 거대한 산을 이룬 바닷물이 시속 수백 킬로미터로 폭풍 앞에서 돌진하고 있었다. 육지에서 이 정도 떨어진 거리에서조차 대기 중에는 나무, 집 파편, 금속 조각, 그리고 지상에 닻을 내리지 못한 것은 어느 것을 막론하고 떠다니고 있었다. 이런 폭풍 속에서는 어떤 비행선도 한순간도 버틸 수 없을 것이다. 사납게 으르렁거리던 바람은 거대한 바닷물과 정면으로 충돌하자 하늘을 뒤흔들더니 이내 세력이 약해졌다.

다행히 아직 심각한 지진은 발생하지 않았다. 저 멀리 해저에서는 기계 공학의 걸작품인 세계 연합 대통령 전용 진공 지하철이 지상의 소란에 아무런 영향도 받지 않고서 완벽히 작동하고 있었다. 지구의 마지막 순간까지도 작동할 수 있을 것 같았다. 만약 천문학자들의 예측이 옳다면, 그 순간까지 이제 15분 정도 남은 것이다. 여기서 앨버론이 알아야 할 것은 구조대가 육지에 도달해 구조될 희망이라도 품어 보려면 1시간이 필요하다는 것이었다.

앨버론의 지시 사항들은 정확했다. 비록 그들이 아니더라도, 그는 결코 자신의 책임하에 있는 거대한 함선을 위험에 빠뜨리는 위험을 감수하지 않았을 것이다. 그가 인간이었다면, 미로에 갇혀 있는 구조대를 포기하겠다는 결정을 쉽게 내리지 못했을 것이다. 그러나 그는 인간보다 훨씬 더 미묘한 종족이었다. 오래전부터 이 종족은 정신적인 것을 사랑하면서도, 마지못해서 우주를 관리하는 역할을 맡고 있었다. 왜냐하면 이를 통해서만 정의가 행해질 수 있다고 믿었기 때문이다. 앨버론은 남은 몇 시간 동안 그의 모든 초인적인 능력을 사용해야 할 것이다.

반면, 해저 수 킬로미터 아래에서 알라케인과 치나드리는 자신들의 개인 통신기를 분주하게 사용하고 있었다. 삶을 정리하려면 15분이란 긴 시간이 아니었다. 이 순간에 가장 중요한 일은 작별 인사를 하는 것이었지만, 인사할 시간도 충분치 못했다.

반면 팔라도르 인은 아무런 말도 없이, 아무런 행동도 하지 않고 조용히 앉아 있었다. 다른 두 명은 자신의 운명과 개인적 일에 빠져서 그에게 아무런 주의도 기울이지 않았다. 갑자기 팔라도르 인이 특유의 무기력한 목소리로 연설을 하기 시작하자, 그들은 깜짝 놀랐다.

"우리는 너희가 예견된 파멸에 대해 준비하고 있음을 느낄 수 있어. 그러나 그럴 필요 없을 거야. 앨버론 함장은 우리가 육지에 도착해 기계를 멈출 수만 있다면 구조할 희망이 있다고 생각하고 있어."

치나드리와 알라케인은 너무 놀라서 아무 말도 할 수 없었다. 알라케인이 숨을 거칠게 쉬며 물었다.

"어떻게 알지?"

바보 같은 질문이었다. 왜냐하면 S9000에 다른 팔라도르 인(만약 그들을 이렇게 지칭할 수 있다면)이 몇 명 있고, 따라서 그들은 모선에서 일어나는 일을 모두 알 수 있다는 사실을 알라케인이 떠올렸기 때문이었다. 그래서 그는 대답을 기다리지 않고 물었다.

"앨버론은 그럴 수 없을 거야. 그는 그런 위험을 감수하지 않거든."

"아무런 위험도 없어. 우리는 그에게 해야 할 일을 말해 줬어. 매우 간단한 일이야."

알라케인과 치나드리는 이제 곧 무슨 일이 일어날 것임을 깨닫고, 일종의 경외심을 가지고 그들의 동료를 바라보았다. 위기의 순간에 팔라도르 인의 정신을 구성하는 어떤 개체는 실체를 가진 뇌는 결코 할 수 없는 일, 즉 다른 유기체와 밀접하게 동화되는 일을 할 수 있었다. 이 순간에 그들은 우주의 다른 어떤 생물체보다도 더 지적인 힘을 가지게 된다. 모든 일상적인 문제를 수백 혹은 수천의 개체를 사용하여 풀 수 있었다. 수백만 개의 개체가 필요한 경우는 극히 드물었다. 팔라도르 인의 역사를 통틀어 단지 두 번, 모든 팔라도르 인의 의식을 동원하고 수십억 개의 세포가 융합하여 종족이 처한 위기 상황을 넘긴 적이 있었다. 팔라도르 인의 정신은 우주에서 가장 위대한 정신적 원천이었던 것이다. 힘을 모두 쓰는 경우는 드물었지만, 그 사실만으로도 다른 종족들에게 충분한 위협이 되었다. 알라케인은 얼마나 많은 세포가 이 위기 상황을 벗어나기 위해서 사용될지 궁금했다. 또 얼마나 사소한 일들이 팔라도르 인의 관심을 끌었는지도 궁금했다.

그는 이 문제에 대한 답을 결코 얻지 못할 것이다. 비록 섬뜩할 정도로 상이한 팔라도르인의 정신이 거의 인간과 같은 수준의 공허함을 보이는 경향이 있다는 사실을 알았더라면 추측은 할 수 있었겠지만. 오래 전에 알라케인은 모든 지적 종족들은 개개인의 의식을 잃어버릴 것이며, 단지 하나의 집단정신만이 우주에 남을 것이라는 생각을 증명하는 책을 쓴 적이 있다. 그는 팔라도르 인들이 이 궁극적인 지적 생명체의 선두에 서게 될 거라고 주장했고, 이 광대하게 널리 퍼져 있는 정신은 불쾌해하지 않았다.

앨버론이 통신기를 통해서 말하기 시작하자, 더 이상 어떤 질문도 할 시간이 없었다.

"여기는 앨버론. 우리는 이 행성에 태양 폭발파가 도착할 때까지 남아서 너희들을 구할 것이다. 현재 속도로는 40분 정도 가면 해안에 있는 도시에 도착한다. 만약 그때 지하철을 멈출 수 없다면, 뒤에 있는 터널을 폭파시켜 전원을 차단할 것이다. 이후 바닷속으로 관을 내려보내 여러분을 구조한다. 책임 엔지니어의 말에 따르면 5분 안에 상황은 끝날 것이다. 그러니 그 전에 태양이 폭발하지만 않는다면, 너희는 안전할 것이다."

"만약 그 전에 폭발이 일어나면, 함장님도 위험합니다. 그런 위험은 감수하지 않는 것이 좋습니다."

"걱정하지 마라. 우리는 안전하다. 태양이 폭발할 때, 폭발파가 최고조에 달하려면 몇 분의 시간이 필요하다. 또한 우리는 태양 반대쪽에 있기 때문에 1200킬로미터에 달하는 바위가 우리를 보호해 주고 있다. 최초 폭발의 조짐이 보이면 태양계를 최고 속력으로 벗어날 것이며, 지구의 그림자가 계속 보호해 줄 것이다. 그림자의 꼭짓점에 도달하기 전에 광속에 도달할 수 있기 때문에 태양으로부터 안전할 것이다."

치나드리는 여전히 두려웠다. 즉시 다른 생각이 떠올랐다.

"그런데 지금 여기 반대편에서 어떻게 폭발의 징후를 알 수 있습니까?"

"아주 쉽다. 이 행성의 위성은 여기서도 볼 수 있다. 우리가 달을 관측하고 있으니 갑자기 더 밝아지기 시작한다면, 자동 추진으로 태양계 밖으로 나갈 것이다."

논리에 허점이 없었다. 신중한 앨커론은 요행수를 바라지 않았다. 1200킬로미터에 달하는 돌과 금속 방패가 폭발하는 태양의 화염에 의해서 파괴되는 데는 몇 분이 걸릴 것이다. 그리고 그 사이 S9000은 안전한 광속 상태에 도달할 터였다.

아직 해안에서 몇 킬로미터 떨어져 있었지만, 알라케인은 두 번째 버튼을 눌렀다. 기계가 역 사이에서 멈추지는 않을 듯해서 별 기대는 하지 않았다. 그래서 몇 분 뒤 미세한 진동이 사라지고 지하철이 멈춰 섰을 때 믿어지지 않았다.

문이 천천히 열렸다. 비록 완전히 열리지는 않았지만, 그들은 차량을 빠져나왔다. 다른 방법은 없었다. 전방에 긴 터널이 지상을 향해서 천천히 솟아오른 것이 보였다. 그들이 터널을 따라 걷기 시작했을 때, 갑자기 앨버론이 통신기로 호출했다.

"멈춰. 길을 폭파하겠다."

한번 지축이 흔들렸다. 그리고 저 멀리서 바위가 굴러 떨어지기 시작했다. 다시 땅이 흔들렸다. 그러고는 갑자기 수백 미터에 달하는 터널이 사라졌다. 거대한 수직 기둥이 말끔히 땅을 가른 것이다.

대원들은 서둘러 터널 끝까지 달려가 가장자리에 멈춰 섰다. 터널 끝에 있는 기둥의 지름은 수백 미터에 달했으며, 전등의 빛이 닿지 않을 정도로 깊었다. 하늘에서는 폭풍우로 인해 구름이 달을 가리고 있어서 그 누구도 알아볼 수 없었지만, 그 구멍만은 무시무시하게 빛나고 있었다. 그러나 다른 무엇보다도 여전히 체리 빛으로 붉게 빛나는 이 거대한 구멍을 뚫은 S9000이 가장 빛나고 있었다.

모선으로부터 검은 물체가 나와 지상을 향해 천천히 내려왔다. 토르칼리가 자신의 동료를 구하기 위해서 내려오는 중이었다. 잠시 후 앨버론이 통제실에서 그들을 맞아 주었다. 그는 거대한 화면을 가리키면서 조용히 말했다.

"저길 봐. 겨우 시간에 맞췄네."

그들 아래에 있는 대륙은 해안을 덮친 거대한 파도에 의해서 천천히 가라앉고 있었다. 마지막으로 본 지구의 모습은 기이하게 밝은 은색 달빛으로 목욕하고 있는 거대한 평원이었다. 파도는 평원의 표면을 지나서 거대한 산맥들이 있는 곳을 향하여 홍수를 쏟아 붓는 중이었다. 바다가 최후의 승자가 되었지만, 승리는 오래가지 않았다. 곧 바다도 육지도 더 이상 존재하지 않게 되었다. 통제실에서 구조대원들이 조용히 지상에서 벌어지고 있는 파괴의 현장을 바라보고 있을 때조차, 거대한 재앙이 그들에게 다가오고 있었다. 이것에 비한다면 지상에서 겪은 일은 서막에 불과했다.

 달빛이 가득 찬 풍경 위로 갑자기 새벽이 밀려오기 시작했다. 그러나 이것은 실제 새벽이 아니었다. 두 번째 태양처럼 밝게 빛나는 달이었다. 경이롭고 거대한 태양빛이 이 파멸의 땅을 파괴하는 데에는 단지 30초의 시간이 걸릴 뿐이었다. 갑자기 제어판의 지시기 전등이 깜빡이기 시작했다. 주추진기가 가동됐다. 잠시 동안 앨버론은 지시등을 보며 정보를 확인했다. 다시 화면을 보았을 때, 지구는 사라지고 없었다.

 S9000이 처녀자리를 지나고 있을 때, 무리를 한 발전기가 서서히 작동을 멈췄다. 더 이상 태양은 걱정할 필요가 없었고, 외롭게 행성들 사이를 떠다닌다고 할지라도 며칠이 지나면 구조대가 도착할 것이므로 아무런 문제도 되지 않았다.

 역설적인 상황이었다. 며칠 전까지만 해도 그들은 한 종족을 구원하려 했다. 그러나 그들은 이제 더 이상 존재하지 않는다. 앨버론이 사라져 버린 세계에 의문을 품은 것은 이번이 처음은 아니었다. 그는 사람들로 넘치는 도시가 있는 번성했던 때의 지구를 그려 보려고 노력했으나 잘되지 않았다. 그들이 비록 미개했다고 해도 우주에 많은 것을 제공했을지도 모른다. 만날 수만 있었더라면! 후회해도 소용은 없었다. 그들이 오기 오래 전에 그 세계의 사람들은 강철로 된 중심부에 자신들을 묻어 버렸음에 틀림없었다. 이제 그들과 그들의 문명은 신비로 남을 것이다.

루곤이 들어오자 앨버론은 공상을 그만둘 수 있어서 기뻤다. 통신 책임관은 오로스트론이 발견한 발신기에서 나오는 프로그램을 분석하기 위해서 이륙 후부터 바쁜 나날을 보내고 있었다. 그다지 어려운 문제는 아니었지만, 특별한 장치를 만드느라 시간이 좀 필요했다.

앨버론이 물었다.

"그래 뭘 좀 발견했나?"

"많이 발견했습니다."

루곤이 대답했다.

"조금 이상한 것이 있는데, 뭔지 잘 모르겠습니다. 영상 송신기가 어떻게 만들어졌는지 알아내는 데에는 별로 시간이 걸리지 않았습니다. 그리고 그것을 우리 기계에 맞게 변환시키는 것도요. 관심 있는 곳을 조사하는 카메라가 행성 여러 곳에 설치되었던 것 같습니다. 대부분은 도시의 높은 빌딩에 설치되었지요. 카메라들은 전경을 보여주기 위해서 끊임없이 회전했습니다. 우리가 기록한 프로그램 속에 거의 20개의 장면들이 있었습니다.

게다가 소리도 화면도 다른 이질적인 종류의 송신기가 몇 개 있었습니다. 과학적인 용도로 쓰던 것 같습니다만. 아마도 무언가를 탐독하거나 그 비슷한 것을 하기 위한 장치였던 것 같습니다. 이 모든 프로그램들은 동시에 다른 주파수대로 송출되었지요.

무슨 이유가 있었을 겁니다. 오로스트론은 파괴되는 순간까지 스위치가 켜 있던 이유를 여전히 궁금해 하고 있습니다. 그러나 이 프로그램은 그런 기지에서 송출하는 종류의 것은 아닙니다. 행성 간 통신을 위한 게 분명합니다. 클라튼 말이 맞는 셈이죠. 지난 탐사 때 다른 행성에도 생명체가 없었던 걸 보면, 그들은 우주를 횡단했음에 틀림없습니다. 동의하십니까?"

앨버론은 주의 깊게 듣고 있었다.

"그래, 충분히 개연성이 있는 이야기야. 그렇지만 신호가 어떤 특정한 행성을 향해 있었다고는 말할 수 없어. 내가 확인했거든."

"저도 압니다. 알아내고 싶은 건 왜 그 거대한 통신기지가 파괴될 날이 얼마 남지도 않았는데, 계속해서 지구에 대한 영상을 전송하고 있었냐는 겁니다. 그 영상은 과학자나 천문학자들이 보기에 아주 흥미롭습니다. 그 카메라들을 모두 배열하는 데 고생이 많았을 거야. 단언컨대, 그 신호는 어딘가를 향해 송출되고 있습니다."

앨버론이 놀라서 일어섰다.

"아직 발견되지 않은 행성이 더 있을 수도 있다고 생각하나? 만약 그렇다면 자네 이론은 완전히 잘못된 것이야. 그 신호는 이 항성계 평면을 따라가지도 않고 있어. 그리고 만약 그렇다고 하더라도…… 이걸 좀 보게."

그는 화면을 켜고 제어판을 조정했다. 짙은 우주를 배경으로 형광 가스층으로 이뤄진 청백색의 구체가 보였다. 비록 너무 멀어서 어떤 움직임도 감지할 수 없었지만, 엄청난 속도로 팽창하고 있음이 분명했다. 중심부에 눈을 멀게 만들 정도의 빛이 방출되는 지점이 있었다. 바로 백색 왜성으로 변한 태양이었다. 앨버론이 말했다.

"이 천체가 얼마나 거대한지 아마 실감하지 못할 거야. 이것을 보라고."

그는 신성의 중심부가 보일 때까지 배율을 높였다. 중심부의 핵 양쪽에는 미세한 응축물이 두 개 있었다.

"그 항성계의 두 거대 행성이라네. 어느 정도는 살아남은 별이라고 할 만하지. 이것들은 모 항성에서 수백만 킬로미터 떨어져 있었어. 신성은 여전히 확장하고 있다네. 그러나 이미 항성계보다 두 배나 커졌지."

루곤은 잠시 말이 없었다. 마지못해 그가 말했다.

"아마도 함장님 말이 맞는 것 같군요. 내 첫 번째 이론이 틀렸습니다. 그러나 아직 만족스럽지는 않습니다."

루곤은 다시 말을 잇기 전에 방을 몇 바퀴 돌았다. 앨버론은 참을성 있게 기다렸다. 그는 친구이기도 한 루곤에게 때때로 논리로는 충분히 설명할 수 없는 문제들을 푸는 직관력이 있다는 것을 알고 있었다.

천천히 루곤이 다시 말을 하기 시작했다.

"이것에 대해서는 어떻게 생각하십니까? 만약 우리가 이들을 너무 과소평가했다면? 오로스트론이 이미 한번 경험했지요. 그들이 무선기술을 사용한 게 고작 두 세기 동안이라는 이유로 우주 여행을 할 수 없을 거라고 생각했습니다. 한수르 2세가 말해 줬지요. 오로스트론의 생각은 틀렸습니다. 아마도 우리 모두 잘못 생각하고 있는지도 모릅니다. 클라튼이 전송기에서 가져온 물건을 이미 살펴보았습니다. 그는 자신이 발견한 것에 큰 인상을 못 받았지만, 단기간에 그런 장치를 만든 건 대단한 성과라고 할 수 있습니다. 그 기지국에는 수천 년 더 오래된 문명에 어울리는 장치도 있었습니다. 앨버론, 그 신호가 어디로 가는지 추적할 수 있을까요?"

앨버론은 1분 동안 아무 말도 하지 않았다. 그 질문이 나올 줄은 어느 정도 알고 있었지만, 대답하기는 쉽지 않은 문제였다. 주동력 장치가 완전히 죽어 버린 상태다. 수리를 시도할 수도 없는 상황이다. 그렇지만 아직 동력은 남아 있고, 동력이 있는 한 뭐든 해 볼 수 있다. 아직도 함선이 출발 당시의 빠른 속력을 그대로 유지하고 있으므로 이 일은 창조적인 작업을 요구하면서드 수행하기 어려운 일에 속한다. 그렇다. 일을 마무리만 짓는다면, 이미 임구를 실패한 선원의 사기 문제를 해결할 수 있을지도 모를 일이다. 근처에 있는 공작선이 도달하기까지 3주나 걸린다는 소식도 벌써 사기를 떨어뜨린 상태였다.

항상 그랬듯이, 기계공들이 커다란 소동을 길으켰다. 하지만 예전처럼 그들은 완전히 불가능한 일이라고 치부혀 놨던 일을 반시간 만에 해치웠다. 거대한 함선은 몇 시간 동안이나 천천히 속력을 줄이고 있었다. S9000은 직경 수백만 킬로미터에 달하는 곡선을 따라 항로를 변경했고, 그에 따라 배경의 별이 위치를 바꿨다.

3일이 걸렸지만, 마침내 마지막 날, 함선은 지구에서 송출된 신호와 평행한 항로를 따라 운행하게 되었다. 그들은 태양이 만들어 놓은 불타는 천체를 뒤로하고 텅 빈 공간 속으로 향해해 나아갔다. 행성 간 비행의 입장에서 보면, 그들은 거의 정지한 상태였다.

몇 시간 동안, 루곤은 정면을 향해 탐사용 빔을 쏘면서 장비에 무리가 갈 정도로 열심이었다. 몇 광년 안에는 어떤 행성도 없었다. 의심의 여지가 없었다. 때때로 앨버론이 그를 보기 위해 왔지만 그는 항상 같은 대답을 할 뿐이었다.

"보고할 것이 없습니다."

5번째로 똑같은 답변을 하면서 루곤은 직관적으로 비참한 결과를 알아챌 수 있었다. 이런 결과가 나왔다는 사실이 의아해지기 시작했다.

일주일이 지나서야 질량 탐사기의 탐침이 계기판 끝에서 미세하기 떨리기 시작했다. 그러나 루곤은 아무 말도 하지 않았다. 심지어 함장에게조차 아무 말도 하지 않았다. 그는 확신이 설 때까지, 단거리 스캐너가 반응해 화면에 미세한 그림들이 나올 때까지 기다렸다. 그는 영상을 해석할 때까지 참을성 있게 기다렸다. 얼마 뒤, 가장 엉뚱한 상상도 진실의 발끝에도 못 미쳤다는 사실을 깨달은 그는 통제실에 있는 동료들을 호출했다.

화면에 비친 모습은 우주의 끝까지 별들이 놓여 있는 익숙한 광경이었다. 그런데 화면 중심부에 눈으로 파악하기 어려운 안개 덩어리 성운이 있었다.

루곤은 배율을 높였다. 별들이 물결처럼 흘러 지나갔다. 작은 성운이 화면을 가득 채울 때까지 확대되었다. 그것은 성운이 아니었다. 그들 앞에 놓인 광경을 보고 동료들은 동시에 놀라움으로 가득 차 숨을 들이쉬었다.

우주 공간 저편에 열과 줄을 맞춰 거대한 3차원의 공간을 행진하는 군대의 모습이 수천 개의 작은 광속(光速)의 형상으로 나타났다. 그들은 천천히 움직이고 있었다. 그 거대한 격자 모양이 모여 하나의 단위를 이루고 있었다. 앨버론과 그들의 동료들이 이를 지켜보는 동안 대열이 화면에서 벗어나기 시작해 루곤은 다시 초점을 맞춰야 했다.

한참을 말이 없던 루곤이 입을 열었다.

“단지 두 세기 동안 무선을 사용한 증족이 한 일을 보십시오.”

그가 부드럽게 말했다.

“우리가 지구의 내부로 숨어들어 갔다고 믿었던 바로 그 종족입니다. 최고 배율로 이 형상들을 관찰했습니다.

이들은 지금까지 기록된 어떤 함대보다 위대한 함대라고 할 수 있습니다. 빛나는 각각의 점은 우리 함선보다 더욱 거대한 함선이라고 보시면 됩니다. 물론 아주 원시적이긴 합니다. 화면에서 보신 안개 덩어리는 로켓의 분사가스입니다. 그렇습니다. 그들은 대담하게도 항성간 여행을 하기 위해 로켓을 사용했습니다. 이것이 무엇을 의미하는지 알고 계실 것입니다. 이 로켓은 근처에 있는 가장 가까운 별에 도달하는 데도 100년이나 걸립니다. 이 종족은 몇 세대 후의 자손들이 여행을 마칠 수 있다는 희망에 이 여행을 시작했음에 틀림없습니다.

그들의 업적을 평가하기 전에 먼저 우리가 우주를 정복하는 데 걸린 시간을 생각해 보십시오. 우리는 별에 도달하기 위해 더 많은 시간을 소비했습니다. 만약 우리가 파멸에 직면했었다면, 이렇게 짧은 시간에 이 정도의 일을 해낼 수 있었을까요? 기억하십시오. 이들은 우주에서 가장 나이가 어린 문명입니다. 40만 년 전에 이들은 존재하지도 않았습니다. 지금부터 100만 년이 지난다면 그들은 어떻게 될까요?”

한 시간 후에 오로스트론은 전방의 거대한 함대를 마중하기 위하여 모선을 떠났다. 작은 우주선이 별들 사이로 사라지자 앨버론은 친구를 돌아보고 이야기하기 시작했다. 몇 년 후에도 루곤은 이때의 대화를 기억했다.

"그들이 어떤 모습일지 궁금하군."

그는 생각에 잠겨 중얼거렸다.

"철학이나 예술은 전혀 모르는 위대한 기계공의 모습을 하고 있을까? 오로스트론이 방문하면 매우 놀라겠지? 그들이 가진 자부심에 좀 상처를 주었으면 좋겠군. 고립된 종족은 하나같이 자기들만이 우주에서 유일한 종족이라고 생각한다는 게 우습지 않은가? 그러나 그들은 우리에게 고마워해야 할 거야. 수백 년이나 될 여행 기간을 줄여 줄 테니까."

앨버론은 화면을 채우고 있는 은색의 흐릿한 은하수를 바라보았다. 그는 화면을 향해 촉수를 흔들어 중앙 행성에서부터 가장자리의 외로운 별까지, 은하 전체를 감싸 안았다.

"알다시피, 나는 이들이 두렵다네." 그가 루곤에게 말했다. "그들이 우리의 조그마한 연합국을 싫어한다고 가정해 보게."

앨버론은 셀 수 없는 별들이 쏟아 내는 빛으로 반짝이고 있는 화면을 향해 다시 한번 촉수를 흔들었다.

"그들은 매우 단호할 거란 생각이 드는군." 앨버론이 덧붙였다. "그들에게 좀 더 친절해야 할 것 같네. 기껏해야 우리는 10억 대 1 정도로 수가 많을 뿐이거든."

루곤은 함장의 농담에 웃음으로 답했다.

20년 뒤, 그 농담은 더 이상 농담이 아니었다.

기술적 오류 | Technical Error

1946년 12월 《판타지(Fantasy)》에 최초 출판
『내일을 향해』에 수록

내가 기억하는 한 나는 항상 4차원이라는 사실에 매료돼 있었다. 사실 내 첫 번째 텔레비전 방송의 주제도 4차원이었다. 30분짜리 흑백 텔레비전 방송으로 1950년 5월, 알렉산드라 팰리스에서였다.

그건 아무도 비난할 수 없는 사건이었다. 리처드 넬슨은 극도로 차가운 액체 헬륨이 절연체 밖으로 새어 나오지 않는지 확인하기 위하여 온도계를 가지고 발전기가 있는 지하실을 수십 번 들락날락했다. 초전도성 원리를 사용한 최초의 발전기였다. 거대한 고정자를 감고 있는 선들은 헬륨에 잠겨 있었고, 수 킬로미터에 달하는 전선에서 발생하는 저항은 인간이 가진 어떤 수단으로도 측정하기 어려울 만큼 작았다.

넬슨은 기대했던 것보다 온도가 떨어지지 않아 만족스러웠다. 절연체가 훌륭히 임수를 수행하고 있는 것이다. 그러나 회전자를 지하실 바닥에 내리는 편이 더 안전해 보였다. 지금 1000킬로그램짜리 실린더는 150미터 상공, 넬슨의 머리 위에 거대한 단조용 낙하 해머처럼 매달려 있었다. 그를 비롯해 발전소에 근무하는 사람들은 모두 회전자를 지주(支柱)가 있는 위치까지 내려 터빈통에 고정시키기를 바라고 있었다.

넬슨은 수첩을 한쪽에 놓고 사다리를 향해 걸어갔다. 그는 지하실의 기하학적 중심에서 그의 운명과 조우했다.

황혼이 대륙을 휩쓸고 지나가기 한 시간 전부터, 전력망의 부하가 끊임없이 증가하고 있었다. 마지막 태양광이 구름 속으로 숨어 버리자, 수 킬로미터에 걸쳐 수은 증기 속 아크방전이 활기차게 일어나기 시작했다. 수은등이 도시에 빛을 발하기 시작했다. 주부들은 저녁 식사를 준비하기 위하여 무선 조리 기구의 전원을 켰다. 메가와트미터의 눈금이 올라가기 시작했다.

여기까지는 정상적인 부하였다. 그러나 서쪽으로 500킬로미터 떨어진 산에서 거대한 우주 선(線) 분석기가 한 시간 전에 천문학자들이 감지한 염소자리의 초신성이 뿜어내는 우주 선을 받을 준비를 하기 위하여 작동을 시작했다. 곧 5000톤에 달하는 전자석 코일이 사이러트론(얼음극 방전관) 전환기로부터 거대한 전류를 끌어오기 시작했다.

서쪽으로 1600킬로미터 떨어진 곳에서는 안개가 거대한 공항을 향해 서서히 나아가고 있었다. 안개 걱정을 하는 사람은 없었다. 시계가 제로라고 해도 어떤 비행기건 레이더로 착륙할 수 있기 때문이었다. 그러나 안개가 끼지 않는 편이 더 나았다. 그래서 거대한 안개 분산기가 작동하기 시작했고, 거의 1000메가와트의 전력이 밤하늘에 방출되어 안개 띠를 제거하고 수증기를 응결하기 시작했다.

발전소 계량기가 다시 치솟아 올랐고, 근무 중이던 기술자는 예비 발전기의 가동을 명했다. 그는 거대한 새 기계가 빨리 완공되기를 희망했다. 그러면 이런 근심스러운 일은 더 이상 발생하지 않을 터였다.

그는 현재의 부하는 자신이 처리할 수 있다고 생각했다. 30분이 지나 기상청은 강추위 경계령을 라디오를 통해 발표했다. 60초가 지나면, 100만 개 이상의 전깃불이 켜질 것이다. 계량기가 위험 신호를 지나 치솟아 오르기 시작했다.

세 개의 거대한 회로 차단기가 갑작스러운 충격으로 접촉이 끊어졌다. 헬륨이 분출하면서 강하게 충격을 주자 아크방전이 사라졌다. 세 개의 회로가 열렸지만, 네 번째 차단기는 제대로 작동하지 못했다. 천천히 커다란 구리 막대가 체리 빛으로 붉게 빛나기 시작했다. 절연체가 타기 시작하자 톡 쏘는 냄새가 공기 중에 가득했고, 녹기 시작한 금속 방울이 바닥에 육중하게 떨어져 즉시 콘크리트 판 위에서 굳어졌다. 갑자기 지지대의 받침대가 떨어져 나가자 전도체가 축 처지기 시작했다. 불타는 구리의 찬란한 녹색 전호(電弧)가 화염에 휩싸였고, 회로가 끊기자 아크방전이 사라졌다. 떨어져 나온 거대한 전도체가 아래쪽 장비와 충돌하기 전에 약 3미터 정도 추락했다. 몇 초가 지나자 이들은 새로운 발전기와 연결되어 있는 전선들과 융합하기 시작했다.

지금껏 인류가 생산한 그 어떤 힘보다도 더 거대한 힘이 기계를 감싸고 있던 전선들과 교전을 하게 되었다. 전류를 막을 어떤 저항도 없었다. 그러나 그 거대한 전선의 자기유도가 최고조에 달하는 것만은 막아 주고 있었다. 몇 초간 전압이 크게 증가하면서 전류가 최고 상태에 도달했다. 바로 그때 넬슨은 지하실 중심부에 있었다.

곧 전류는 좁은 경계 사이를 왕복하면서 안정을 찾으려고 했지만, 결코 안정적인 상태에 머물지 못했다. 어디에선가 안전장치가 작동했고 결코 끊어지지 말았어야 할 회로가 다시 끊어졌다. 마지막 순간에 처음처럼 강력한 전류가 즉각적으로 빠져나갔다. 그게 전부였다.

다시 비상등이 깜빡였을 때, 넬슨의 보조 기사가 지하실의 회전자가 있는 입구로 걸어왔다. 그는 무슨 일이 발생했는지 알지 못했지만, 심각한 게 틀림없다고 생각했다. 150미터 아래 있는 넬슨이 무슨 일 때문인지 궁금해하고 있을 게 틀림없다고 생각했다. 그가 외쳤다.

"이봐요, 딕! 일 끝났어요? 문제가 뭔지 살펴보는 게 좋겠어요."

아무런 응답이 없었다. 그는 지하실 가장자리에 몸을 기대고 안을 들여다보았다. 불빛이 너무 흐렸고, 회전자의 그림자로 인해 아래쪽을 볼 수 없었다. 처음에는 지하실이 텅 빈 것 같았다. 그러나 그건 말이 안 되는 이야기였다. 몇 분 전에 넬슨이 안으로 들어가는 것을 보지 않았던가. 그는 다시 불렀다.

"이봐요, 딕. 괜찮아요?"

다시 응답이 없었다. 걱정이 된 보조 기사는 사다리를 내려가기 시작했다. 절반쯤 내려갔을 때, 멀리서 장난감 풍선이 터지는 것 같은 이상한 소리가 들려 어깨 너머로 돌아봤다. 지하실 중심부에 터빈통을 감싸고 있는 임시 목조물 위에 누워 있는 넬슨이 보였다. 미동도 없는 모습으로 누워 있는 각도를 보건대 뭔가가 잘못된 게 틀림없었다.

수석 물리학자인 랠프 휴스는 방 문이 열리자 지저분한 책상에서 고개를 들어 쳐다봤다. 지난밤의 재앙으로부터 모든 것이 정상으로 돌아오고 있었다. 운 좋게도 그의 부서에는 그다지 큰 피해가 없었다. 발전기는 전혀 피해를 입지 않았기 때문이었다. 휴스는 자기가 수석 기술자가 아니라는 사실에 안도했다. 머독은 여전히 서류 더미에 파묻혀 있을 터였다. 그렇게 생각하자 휴스는 꽤 만족스러웠다. 그는 손님에게 인사를 건넸다.

"안녕하세요, 의사 선생님. 무슨 일인가요? 환자는 좀 나아졌나요?"

샌더슨이 짧게 끄덕였다.

"하루 이틀 지나면 퇴원할 걸세. 근데 이 문제에 대해서 이야기 좀 해야겠는걸."

"전 그 사람 모르는데요. 위원회에서 무릎 꿇고 가 달라고 간청했을 때를 제외하고는 발전소 근처에도 가지 않았어요. 무엇보다도 머독이 책임을 지고 있는 곳 아닌가요."

샌더슨이 얼굴을 약간 찌푸렸다. 수석 기술자와 이 영리한 젊은 물리학자 사이에는 보이지 않는 애정이란 것이 결코 없었다. 성격이 판이하게 다른 데다가, 이론가와 실천가 사이에 어쩔 수 없이 존재하는 경쟁의식 같은 것도 있었다.

"랠프, 이 일은 자네 분야에 해당한다고 생각하네. 여하튼 내 손은 벗어났어. 넬슨에게 어떤 일이 있었는지 들었지?"

"제가 만든 새 발전기가 돌아가기 시작했을 때 그 안에 있었다지요. 그렇지 않은가요?"

"맞았네. 전기가 다시 차단되었을 때, 보조 기사가 쇼크에 빠져 있던 그를 발견했지."

"무슨 쇼크요? 전기는 아니에요. 전선은 당연히 절연되어 있었거든요. 여하튼 발견 당시 그가 지하실의 중심부에 있었다는 얘긴 들었어요.”

“바로 맞혔네. 우리는 무슨 일이 일어났는지 알지 못한다네. 그러나 지금 그는 회복 상태에 있고, 더 나빠질 것 같진 않네. 단지 한 가지만 제외하고 말이야.”

의사는 단어를 신중하게 선택하기 위해서 잠시 주저하는 것 같았다.

“계속해 보세요. 애태우지 말고요.”

“넬슨이 안전해지자마자 병실을 나왔지. 그런데 한 시간 후에 매트론이 호출해서 넬슨이 긴급하게 전할 말이 있다고 했다더군. 병실에 갔더니 그는 매우 혼란스러운 표정으로 침대에 앉아 신문을 읽고 있었지. 문제가 뭐냐고 물어봤어. 그가 말하더군.

‘선생님, 뭔가 이상해요.’

그래서 내가 말했지.

‘당연하지. 그렇지만 며칠 지나면 곧 회복될 걸세.’

넬슨은 고개를 저었어. 눈에는 근심의 빛이 어려 있었지. 그는 보고 있던 신문을 집어 들고 가리키더니 말하더군.

‘더 이상 읽을 수가 없어요.’

난 기억상실증인가 하고 생각했다네. 참 귀찮게 됐군! 또 무엇을 기억하지 못하는지 궁금했어. 넬슨은 내 표정이 의미하는 바를 알아챘던 것이 틀림없어. 그가 이렇게 말하더군.

‘글자하고 단어는 아직 읽을 수 있어요. 그러나 다른 문제예요. 눈에 뭔가 이상한 일이 발생한 것이 아닌가 하는 생각이 드는데요.’

그는 다시 신문을 집어 들었지.

‘거울에 비춰 볼 때와 똑같이 보인단 말입니다. 한 글자씩 철자를

말할 수도 있다고요. 거울 좀 가져다주세요. 시험해 봐야겠어요.'

그래서 가져다줬지. 그는 신문을 거울에 비춰 보더군. 그러고는 거울에 비친 모습을 보았지. 보통 속도로 소리 내어 읽기 시작했어. 하지만 이건 누구나 배울 수 있는 일이야. 식자공들은 당연히 배워야 하는 일이고. 난 별로 놀라지 않았네. 그렇지만 왜 넬슨 같은 지성인이 이런 일을 하는지 알 수가 없었지. 쇼크로 정신이 약간 이상해진 게 아닌가 싶어 비위를 맞춰 줘야겠다는 생각을 했지. 정상처럼 보이지만 환영에 시달리고 있다고 확신했거든.

잠시 후 그가 신문을 치우더니 말하더군.

'자, 어떻게 생각하세요, 선생님?'

기분을 상하게 하지 않고 말할 수 있는 방법을 모르겠더군. 그래서 다른 데 떠넘기려 생각하고 말했지.

'정신과의 험프리 의사에게 진찰을 받아야겠군. 내 분야가 아니더군.'

그러자 넬슨이 험프리와 지능 테스트에 대해서 뭐라고 하더군. 보아하니 이전에 험프리가 괴롭힌 적이 있나 봐."

"맞아요." 휴스가 끼어들었다. "회사에 들어오기 전에는 모두 정신과 테스트를 받아야 하거든요. 아무튼 놀라운 것을 알아내셨네요."

샌더슨은 미소를 짓더니 이야기를 계속했다.

"아무튼 막 일어나려는데 넬슨이 말하더군.

'오, 거의 잊고 있었네. 오른쪽으로 넘어진 게 분명해요. 손목을 심하게 삐었거든요.'

'어디 봅시다.'

손목을 잡기 위해서 허리를 구부렸어.

'아니 다른 쪽 손이요.'

넬슨이 말하더니 왼쪽 손목을 들어 올리지 않겠나. 여전히 비위를 맞춰 가면서 내가 말했지.

'마음대로 하게. 그렇지만 오른쪽이라고 하지 않았나?'

넬슨은 당황해하더군.

'뭐라고요? 이게 내 오른팔이잖아요. 내 눈이 이상할지는 몰라도 팔에는 이상이 없단 말입니다. 결혼반지가 증명해 주잖아요. 5년 동안이나 지긋지긋하게 뺄 수도 없었다고요.'

너무도 큰 충격이었네. 그가 들어 올린 것은 왼쪽 팔이었고, 왼손에 결혼반지가 끼어 있었거든. 그가 진실을 말하고 있다는 생각이 들었네. 다시 빼려면 반지를 절단해야 할 것 같았어. 그래서 물었지.

'손에 특별한 상처라도 있나?'

'기억나는 건 없어요.'

'썩어서 때운 이는?'

'아주 많죠.'

간호사는 넬슨의 진료 기록을 가지러 갔고, 그와 나는 아무 말 없이 서로를 보면서 앉아 있었네. 소설가라면 아마 '의혹에 가득한 눈으로 서로를 노려보았다.'라고 썼을 걸세. 간호사가 돌아오기 전에 좋은 아이디어가 떠올랐어. 근사한 생각이었지만, 상황은 갈수록 터무니없어지고 있었지. 난 넬슨에게 주머니에 있는 것들을 좀 볼 수 없겠느냐고 물었어. 이게 그거야."

샌더슨은 한 움큼의 동전과 조그마한 가죽 제본 일기장을 꺼냈다.

휴스는 그것이 전기 기술자들이 쓰는 다이어리를 즉시 알아봤다. 그의 주머니에도 같은 게 있었다. 그는 의사에게서 일기장을 받아 무작위로 페이지를 넘겼다. 다른 사람의, 특히 친구의 일기장을 볼 때 사람들이 느끼곤 하는 죄의식을 살짝 느껴졌다.

랠프 휴스는 갑자기 자신의 세계가 무너지는 것 같은 느낌을 받았다. 지금까지 그는 귀찮은 일이라는 생각에 샌더슨의 말을 대충 듣고 있었다. 하지만 이제 무심히 넘길 수 없는, 논리를 부정하는 증거가 손 안에 있었다.

휴스는 넬슨의 일기를 하나도 읽을 수 없었다. 마치 거울을 보는 것처럼 모두 뒤집혀 있었다.

휴스 박사는 의자에서 일어나 방 안을 뱅뱅 돌았다. 방문자는 조용히 그를 지켜보고 있었다. 네 번째 바퀴를 돌고 있을 때, 그는 창문 앞에 멈춰 서서 댐의 하얀 벽이 만들어 내는 그림자에 가려져 있는 호수를 바라보았다. 마음을 가라앉힌 그는 다시 샌더슨을 향해 돌아섰다.

"지금 넬슨이 어떤 면에서 보면 좌우가 바뀐 상태라는 것을 믿으라고요? 그의 오른쪽과 왼쪽이 뒤바뀌었다고요?"

"나는 자네가 믿을 거라고 기대하지 않네. 단지 증거만 보여 줬을 뿐이야. 다른 결론을 도출할 수 있다면, 기꺼이 들어주겠네. 넬슨의 치아도 검사해 봤다는 사실도 알려 주고 싶네. 때운 치아가 모두 바뀌어 있었네. 할 수 있다면 설명해 보게니. 동전도 흥미롭지 않나?"

휴스는 동전을 집어 들었다. 실링 한 개, 아름다운 담청색 구리로 된 새 크라운 동전 하나, 그리고 페니와 반 페니 몇 개가 있었다. 잔돈으로 거슬러 줬다고 해도 아무 의심 없이 받아 들었을 동전이었다. 무심히 보아 넘겼던 그는 여왕의 머리가 반대쪽을 향하고 있다는 사실을 전혀 눈치 채지 못하고 있었다. 게다가 글자까지. 휴스는 만약 조폐국에서 이를 본다면 깜짝 놀랄 거라고 생각했다. 일기장처럼 이것들도 모두 좌우가 뒤집혀 있었다.

샌더슨의 목소리에 휴스는 몽상에서 깨어났다.

"이것에 대해 아무 언급도 하지 말라고 넬슨에게 말해 뒀네. 정식으로 보고서를 작성할 예정이야. 공표된다면 커다란 반향을 일으키겠지. 하지만 어떻게 이런 일이 발생했는지를 알고 싶어. 자네가 새 장치를 고안한 사람이니까 조언을 구하러 온 거야."

휴스 박사는 샌더슨의 이야기를 듣고 있는 것 같지 않았다. 그는 책상에 앉아 손가락을 벌리고서는 손가락들을 만지고 있었다. 생애 최초로 그는 오른쪽과 왼쪽의 차이에 대해서 심각하게 고민하고 있었다.

샌더슨은 며칠 동안 넬슨을 병원에서 퇴원시키지 않았다. 그 동안 이 특이한 환자를 연구하고 보고서를 위한 자료를 수집했다. 그가 아는 한, 넬슨은 좌우 도치만 빼고는 지극히 정상이었다. 다시 읽는 법을 배우고 있었고, 처음의 낯설음이 없어지자 속도가 빨라졌다. 사고가 있기 전과 똑같은 방식으로 도구들을 다룰 수는 없을 것이다. 앞으로 남은 생 동안 사람들은 그를 왼손잡이로 생각하겠지만, 크게 불편하지는 않을 것이다.

샌더슨은 넬슨의 상태를 야기한 원인에 대한 조사를 그만두었다. 그는 전기에 대해 아무것도 몰랐다. 전기는 휴스의 분야였다. 곧 물리학자가 답을 도출할 거라는 확신이 있었다. 그는 항상 그래 왔기 때문이었다. 회사는 자비로운 기관이 아니었지만, 휴스에게 일을 맡긴 데는 충분한 이유가 있었다. 일주일 안에 새롭게 가동될 새 발전기가 그의 작품이었던 것이다. 비록 실질적인 기계 공학과 관련된 세부 사항과는 거의 상관이 없다고 해도 말이다.

휴스 박사는 약간 비관적이었다. 사안 자체가 너무도 놀라웠다. 샌더슨이 깨닫지 못한 부분이 있었는데, 이 문제가 완전히 새로운 과학적 영역과 관련됐음을 그는 깨닫고 있었다. 그가 알기로 물체가 거울에 비친 형상의 모습으로 바뀔 수 있는 길은 하나였다. 그렇지만 어떻게 이 기이한 이론을 증명한단 말인가?

그는 발전기의 회전자에 에너지를 제공했던 누전에 관해 얻을 수 있는 모든 정보를 수집했다. 전기가 통했던 그 몇 초 동안 코일을 통해 흘러 들어간 전류의 양을 모두 계산해 보았다. 그러나 주로 추측일 뿐이었다. 그는 정확한 정보를 얻기 위해 실험을 반복하려 했다. "내가 오늘밤 아무 때건 발전기에 쇼트를 줘 봐도 되겠나?"라고 말했을 때, 머독의 얼굴 표정이 어떨지 보는 것도 재미있을 것 같았다. 그러나 이것은 완전히 불가능한 일이었다.

그래도 작업할 수 있는 표본이 있어서 다행이었다. 발전기 내부에서 발생하는 자기장에 대해서는 실험을 통해 알아낼 수 있었지만, 그 강도는 추측만 할 뿐이었다. 틀림없이 거대할 터였다. 전선이 슬롯에 그대로 있었던 것은 기적에 가까운 일이었다. 거의 한 달이라는 시간 동안 휴스는 계산을 하기 위해 고군분투했고, 대학을 떠난 후로는 피해 왔던 원자 물리학을 공부해야만 했다. 완전한 하나의 이론이 머릿속에서 조금씩 진화하기 시작했다. 비록 마지막 증명의 순간까지는 갈 길이 멀었지만, 길은 분명했다. 한 달이 지나면 끝마칠 수 있을 것이다.

지난 한 해 동안 그의 생각을 지배했던 그 거대한 발전기가 이제는 사소하고 중요하지 않아 보였다. 마지막 테스트가 끝나 수백만 킬로와트의 전력을 공급할 수 있게 되었을 때, 동료들이 보내 준 찬사도 건성으로 들었다. 약간 이상하다고 생각할지도 모르지만, 그는 항상 어디로 튈지 모르는 사람으로 여겨져 오지 않았던가. 기이하지 않은 천재란 얼마나 동료들에게 실망스러운 존재인가 하고 그는 생각하곤 했다.

2주가 지난 뒤, 샌더슨이 다시 그를 보러 왔다. 샌더슨은 우울해 보였다.

"넬슨이 다시 병원에 입원했네. 괜찮다고 한 건 내 잘못이었어."

"무슨 문제가 있나요?"

휴스가 놀라서 물었다.

"굶어 죽을 지경이야."

"굶었다고요? 도대체 무슨 말씀이세요?"

샌더슨은 의자를 끌어당겨 휴스의 책상 앞에 앉았다. 그가 말을 시작했다.

"지난 몇 주간 자네를 귀찮게 하지 않았지. 자네가 이론에 빠져 있을 거라고 생각했거든. 그 동안 넬슨을 주의 깊게 살펴보고, 보고서를 작성했지. 전에도 말했던 것처럼, 처음엔 아주 정상으로 보였어. 모든 게 잘 될 거라는 데는 추호의 의심도 없었지. 그런데 몸무게가 줄고 있다는 사실을 알아챘네. 확인하기까지는 시간이 걸렸어. 그런 다음 좀 다른 특수한 증상이 더 보이기 시작했네. 그는 쉽게 지치고 집중력이 줄었다고 불평하더군. 비타민 결핍 증세도 있었어. 특별히 조제한 비타민을 줬지만, 아무런 영향도 미치지 못하더군. 그래서 자네랑 이야기하기 위해 왔네."

휴스는 당황스러웠지만 귀찮기도 했다.

"계속해 보세요. 의사시잖아요!"

"알아. 그러나 내 이론을 뒷받침할 무언가가 필요해. 나는 무명의 의사일 뿐이네. 사람들이 내 말을 들을 때쯤이면 너무 늦어버릴 걸세. 넬슨은 죽어가고 있거든. 그 이유는 대강 알 것 같은데……."

로버트 경은 처음에 완고해 보였다. 그러나 휴스 박사는 항상 그랬던 것처럼 자기 방식을 밀고 나갔다. 이사회 임원들은 방금 소집된 특별 회의에 관해 아직까지도 투덜거리면서 소란스럽게 회의실에 모여들고 있었다. 휴스가 연설을 한다고 하자 더욱 당황해하는 것 같았다. 그들은 모두 이 물리학자와 그의 명성에 대해서 알고 있었지만, 그는 과학자였고, 자신들은 사업가였던 것이다. 로버트 경은 도대체 무슨 생각을 하고 있는 거야?

이 소란의 주인공인 휴스 박사는 긴장이 도자 짜증이 났다. 위원회에 잘 보일 필요는 없었고, 로버트 경은 존경할 만한 사람이었으므로 걱정할 필요는 없었다. 사람들이 자기를 미쳤다고 생각할 건 당연했지만, 지금까지의 경력이 그를 지켜 줄 터였다. 미쳤든 아니든, 그는 그들보다는 수천 배 더 가치 있는 사람이었다.

샌더슨은 회의장으로 들어가는 휴스를 보고 격려의 미소를 보냈다. 썩 어울리는 미소는 아니었지만 도움이 됐다. 로버트 경이 막 연설을 끝냈다. 휴스는 긴장한 채로 안경을 집어 들었다. 그리고 기침을 했다. 이번이 처음은 아니지만, 그는 어떻게 이런 소심한 늙은이들이 이 거대한 상업 제국을 지배할 수 있는지 의아했다.

"자, 왔군요. 으흠! 휴스 박사가 모두 설명해 줄 겁니다. 너무 전문 적인 설명은 피해 달라고 부탁했습니다. 만약 너무 고차원적인 수학 과 관련된 전문 영역에 들어간다고 생각하면 제지해도 상관없습니다. 휴스 박사……."

처음에는 천천히, 그러다가 좀 더 빠르게 휴스는 듣는 이들의 신뢰 를 얻어가며 이야기를 풀어나갔다. 이사들은 넬슨의 일기장을 보고 무척 놀라 숨을 들이켰으며, 좌우가 뒤집힌 동전은 커다란 호기심을 불러일으켰다. 휴스는 청중들의 관심을 끌 수 있어서 기뻤다. 그는 숨 을 깊이 몰아쉬고 그가 두려워하던 부분에 관해 이야기하기 시작했다.

"여러분은 지금까지 넬슨에게 일어난 일에 대해서 들으셨습니다. 그러나 지금 저는 더욱 놀라운 얘기를 들려드리고자 합니다. 좀 더 집 중해 주시길 바랍니다."

그는 탁자에서 직사각형의 종이를 집어 들어 대각선으로 접은 다음 선에 맞춰 잘랐다.

"여기 합동인 두 개의 직각삼각형이 있습니다. 여기 책상 위에 놓 겠습니다."

그는 직각삼각형의 빗변이 서로 접하도록 책상 위에 놓아두었다. 이들은 연과 같은 모양을 하고 있었다.

"제가 이렇게 놓으면 이 두 삼각형은 서로의 거울상이 됩니다. 빗 변을 따라서 거울이 놓여 있다고 상상해 주십시오. 이게 제가 말씀드 리려고 하는 핵심인데, 삼각형을 책상 위에 계속 놓아두는 한 저는 자유롭게 이 삼각형을 움직일 수 있습니다. 하지만 하나가 다른 하나를 완전히 포개도록 할 수는 없습니다. 장갑처럼 같은 차원에 있어도 서로 바꿔 쓸 수는 없는 거지요."

그는 사람들이 이야기를 받아들일 시간을 주기 위해 말을 멈췄다. 아무도 말이 없자 그는 다시 이야기를 계속했다.

"이제 만약 제가 삼각형 중의 하나를 공중으로 들어 올렸다가 뒤집어서 다시 내려놓는다면, 이 두 삼각형은 더 이상 서로의 거울상이 될 수 없습니다. 그렇지만 여전히 합동이기는 하죠."

그는 말한 대로 했다.

"이건 아주 기초입니다. 사실 너무 기초적이죠. 그러나 아주 중요한 사실을 하나 배울 수 있습니다. 책상 위의 삼각형은 2차원에 한정되어 있는 평평한 물체입니다. 하나를 다른 하나의 거울상으로 만들려면 삼각형을 들어 올려서 3차원의 공간에서 뒤집어야 하지요. 무슨 말인지 이해하시겠습니까?"

그는 책상 주위를 둘러보았다. 어렴풋하게나마 이해했다는 듯이 한두 명의 이사가 고개를 끄덕였다.

"마찬가지로 3차원의 물체, 가령 인간과 같은 존재를 거울상으로 변환시키기 위해서는 4차원의 공간이 필요합니다."

긴장감이 넘쳤다. 누가 기침을 했지만, 의심 때문이 아니라 긴장 때문이었다.

"아시다시피(하지만 정말 그랬다면 놀라운 일일 터였다.), 이건 4차원 기하학입니다. 4차원 기하학은 아인슈타인 시대 이전부터 중요한 수학 도구였습니다. 그러나 지금까지는 언제나 수학적 허구였을 뿐

실제 물리적 세계에서는 발견된 예가 한 번도 없었습니다. 거의 수백만 암페어에 달하는 전류가 저희 발전기에 순간적으로 흘렀고, 4차원의 공간을 만들어 냈던 것 같습니다. 이 공간은 잠시 존재했고 한 사람이 들어가기에 충분한 정도였습니다. 제가 계산해 봤는데, 30센티미터 정도의 '초공간'이 만들어졌던 것 같습니다. 대략 10,000 네 제곱센티미터 정도였습니다. 세 제곱이 결코 아닙니다. 넬슨은 그 공간에 갇혀 있었습니다. 회로가 갑작스럽게 차단되자 공간 자체가 변환되었고, 넬슨의 좌우가 바뀐 겁니다.

다른 타당한 설명이 불가능하므로 이 이론을 받아들여 주시길 바랍니다. 원하신다면 계산식을 보여 드리죠."

그는 청중들 앞에 서류를 흔들어 보였다. 그래서 이사들은 깔끔하게 정리된 방정식을 볼 수 있었다. 이 작전은 잘 먹혀 들어갔다. 언제나 그랬지만. 그들은 눈에 띄게 위축되어 보였다. 비서인 맥퍼슨만이 단호한 자세를 취하고 있었다. 그는 어느 정도 과학 교육을 받았고, 지금도 대중 과학서를 꽤 많이 읽어 기회가 되면 사람들 앞에서 떠벌리곤 했다. 그는 지적이고 배우는 것을 좋아해서, 휴스 박사와 함께 새로운 과학 이론을 토론하면서 업무 시간을 보내기도 하였다.

"박사는 지금 휴스가 4차원에서 좌우 변화를 겪었다고 했소. 그러나 내가 알기로 아인슈타인은 4차원은 시간이라고 했던 것 같소."

휴스는 속으로 신음했다. 그는 이 질문이 나올 것을 예상했다.

"저는 지금까지 공간과 관련된 차원에 대해 이야기해 왔습니다."

그가 참을성 있게 설명을 했다.

"즉 지금까지 일상적인 직각삼각형의 면적이나 방향에 대해서 이야기한 셈이지요. 원하신다면 이를 4차원이라고 불러도 상관없습니다. 저희는 보통 공간을 지칭할 때 3차원이라고 하기 때문에, 시간을 4차원이라고 통상적으로 불러 왔던 겁니다. 하지만 그건 임의적인 명칭에 불과합니다. 제가 여러분에게 4차원의 공간을 인정해 달라고 요청했으므로 시간은 5차원이 되는 겁니다."

"5차원이라고! 이런!"

누군가가 소리쳤다.

휴스 박사는 기회를 놓칠 수가 없었다. 그가 조용히 말했다.

"물리학에서는 수백만 개의 차원을 가정하기도 합니다."

장내는 찬물을 끼얹은 듯 조용했다. 아무도, 심지어 맥퍼슨도 논쟁을 하려 하지 않았다. 휴스 박사가 말을 이었다.

"이제 두 번째 단계에 대해 설명해 드리겠습니다. 좌우가 뒤집히고 난 뒤에 넬슨에게 문제가 있음을 알게 되었습니다. 평소와 다름없이 음식을 먹지만, 영양분을 충분히 제공받지 못하는 것 같습니다. 의사이신 샌더슨 선생님이 이 현상을 유기화학에 근거해 설명해 냈습니다. 교과서처럼 딱딱하게 말해서 죄송합니다만, 이 일이 얼마나 회사에 중대한지 곧 깨달으실 겁니다. 그리고 이건 여러분처럼 저도 익숙하지 않은 영역이라는 사실이 조금은 만족스러우실지도 모르겠습니다."

그러나 사실은 그렇지 않았다. 휴스는 예전에 받은 화학 수업을 어느 정도는 여전히 기억하고 있었다. 그러나 그 말은 낙오된 청중들을 자극했다.

"유기화합물은 탄소, 산소, 그리고 수소 원자가 다른 물질과 함께

3차원 공간 속에서 복잡한 방식으로 연결돼 있는 물질입니다. 화학자들은 형형색색의 점토와 뜨개질바늘을 이용하여 화합물 모형을 만들곤 하지요. 이 결과물은 때로 한 단계 앞선 예술 작품처럼 아름답게 보이기도 합니다.

이제 똑같은 원자가 들어 있는 유기화합물 두 개를 서로 거울상이 되도록 배열해 보겠습니다. 이들을 입체이성체(異性體)라고 부르며, 설탕에서 흔히 나타납니다. 이 분자를 나란히 놓는다면, 마치 오른쪽과 왼쪽 장갑처럼 연결 관계가 같다는 사실을 알 수 있을 겁니다. 실제로 이런 걸 우형 또는 좌형 복합물이라고 불립니다. 명확히 이해를 하셨길 바랍니다."

휴스 박사는 초조한 눈빛으로 주위를 둘러보았다. 다들 명확히 이해를 한 듯했다. 그는 설명을 계속했다.

"입체 이성체들은 화학적인 특성이 같습니다. 비록 차이가 약간 있지만요. 지난 몇 해 동안, 샌더슨 선생님은 제게 다음과 같은 사실을 알려 줬습니다. 어떤 특정한 음식은, 밴든버그 교수가 발견한 비타민 같은 것이요, 공간 속 원자의 배열에 따라 특성이 달라집니다. 즉 좌형 복합물은 생명을 유지하는 데 필수불가결하지만, 우형 복합물은 아무런 가치가 없다는 겁니다. 화학식이 같다고 해도요.

이제 넬슨의 좌우 도치가 애초에 생각했던 것보다 훨씬 더 심각한 문제임을 이해하셨으리라 믿습니다. 단지 그 친구에게 읽기를 새로 가르치는 정도의 문제가 아닙니다. 철학적인 면은 빼죠. 그런 문제는 이제 의미가 없습니다. 넬슨은 음식을 아무리 잘 먹어도 굶어 죽을 겁니다. 양쪽 신발을 바꿔 신지 못하는 것처럼 음식에 들어 있는 특정

분자를 흡수하지 못하기 때문에요.

샌더슨 선생님이 이 이론을 증명할 실험을 했습니다. 천신만고 끝에 이런 비타민들의 입체 이성체를 만들어 냈습니다. 밴든버그 교수가 저희의 어려움을 듣고 직접 만들어 주기도 했습니다. 이미 넬슨은 두드러지게 상태가 호전되고 있습니다."

휴스는 잠시 말을 멈추고 서류를 꺼냈다. 잠시 이사들이 충격에 대비할 시간을 줘야겠다고 생각했다. 만약 사람의 생명이 위험에 처해 있지 않았다면, 상황은 매우 재미있었을 것이다. 이제 경영진에게 가장 아픈 곳을 지적할 차례였다.

"이해하셨겠지만, 넬슨은 업무 중에 상해를, 상해라고 부를 수 있다면 말이죠, 입었기 때문에 회사는 그가 요구하는 치료비를 모두 지불해야 합니다. 치료법은 이미 찾아냈습니다. 이제 이 이야기를 왜 이렇게 장황하게 설명해 드렸는지 이해하셨을 겁니다. 아주 간단합니다. 입체 이성체를 생산하기란 라듐을 추출하는 것만큼이나 어렵습니다. 샌더슨 선생님에 따르면 넬슨을 살리는 데는 하루에 5000파운드 이상이 든다고 합니다."

침묵이 30초 동안 지속되었다. 그리고 모두 일제히 이야기를 하기 시작했다. 로버트 경이 책상을 두드렸고, 곧 질서가 회복되었다. 의회 전쟁이 시작된 것이다.

3시간 후에 지친 휴스가 회의장을 나와 샌더슨을 찾아갔다. 샌더슨은 사무실에 앉아서 초초해하고 있었다.

"결정이 어떻게 났나?"

의사가 물었다.

"염려했던 대로 나왔습니다. 저보고 다시 넬슨의 좌우를 바꿔 놓으라네요."

"할 수 있겠는가?"

"솔직히, 저도 모르겠어요. 제가 바라는 건 한 치의 오차도 없이 처음의 잘못된 상태를 그대로 재현해 내는 거예요."

"다른 제안은 없었나?"

"많이 나오긴 했지만, 다들 바보들이잖아요. 맥퍼슨이 그래도 최고의 아이디어를 냈어요. 발전기로 일반 음식을 좌우 변환한 뒤에 넬슨에게 먹이자고 하더군요. 그러려고 거대한 기계를 멈추면 손해가 1년에 수백만 파운드는 날 테고, 어쩌면 전선이 몇 번 견디지 못할 수도 있다고 말해 줬지요. 그래서 그 계획은 버렸어요. 이번에는 로버트 경이 혹시 제가 간과한 비타민은 없는지, 새로 찾아 낼 수 있는 비타민이 정말로 없다고 장담할 수 있는지 물으시더군요. 로버트 경은 합성 식이요법으로는 끝까지 넬슨을 살아 있게 하지 못할 거래요."

"그래서 뭐라고 말했나?"

"가능성은 있다고 했지요. 그래서 로버트 경이 넬슨과 이야기해 보기로 했어요. 모험을 해 보자고 넬슨을 설득할 생각인가 봐요. 실험이 실패하더라도 가족은 돌봐 주기로 했고요."

잠시 둘 다 말이 없었다. 샌더슨이 침묵을 깼다.

"이제 의사들이 얼마나 어려운 결정을 내리며 사는지 이해할 수 있겠지."

휴스는 고개를 끄덕였다.

"정말 아름다운 딜레마 아닌가요? 아주 건강한 남자지만 살기 위해서는 1년에 200만 파운드의 돈이 들고, 또 살 수 있다고 장담할 수 있는 것도 아니죠. 이사회가 대차대조표를 그 무엇보다도 소중하게 여긴다는 건 알아요. 하지만 대안이 없어요. 넬슨은 결정을 내려야 해요."

"먼저 테스트를 할 수는 없나?"

"불가능해요. 회전자를 빼내는 건 보통 작업이 아니에요. 시스템에 걸린 부하가 최소일 때, 실험을 즉시 시작해야 하거든요. 그리고 잽싸게 회전자를 다시 집어넣고 정리를 해야 하는데, 이 모든 걸 부하가 최고로 되기 전에 끝마쳐야 해요. 불쌍한 머독은 미처 버릴 거예요."

"그를 비난할 생각은 없네. 언제 실험을 시작할 텐가?"

"적어도 며칠은 지나고요. 넬슨이 동의한다고 해도, 장비를 모두 준비해야 하거든요."

그들이 만나고 있는 동안 로버트 경이 넬슨에게 무슨 말을 했는지는 아무도 몰랐다. 전화벨이 울리고 그 노인의 목소리가 들렸을 때, 휴스 박사는 작업의 반 이상을 준비해 놓은 상태였다.

"휴스 있나? 장비를 준비하게. 머독에게 이야기했네. 시간은 화요일 밤으로 정했어. 그때까지 준비할 수 있겠나?"

"네."

"좋아. 화요일까지 매일 오후 나에게 진척 상황을 보고해 주게. 이만."

빛나는 플라스틱 바닥 9미터 위에 매달려 있는 거대한 회전자의 실린더가 방 안을 압도하고 있었다. 몇몇 사람이 어두침침한 지하실 가장자리에 조용히 서 있었다. 임시로 연결한 전선 다발이 휴스 박사의 장비(다중빔 역전류 검출관, 메가와트미터, 초시계, 그리고 정확히 계산한 순간에 회로가 이뤄지도록 설치해 놓은 특수 중계기)에 연결돼 있었다.

이것이 가장 어려운 문제였다. 휴스 박사는 언제 회로가 닫혀야 하는지 알지 못했다. 전압이 최고일 때인지, 제로일 때인지, 혹은 사인파의 중간 지점에 있을 때인지를 몰랐다. 그는 가장 안전하면서도 간단한 방법을 선택했다. 전압이 0일 때 회로가 연결되고 끊기는 시점은 차단기의 속도에 맞춰 정해지도록 했다.

마지막까지 가동 중인 부분도 10분 뒤면 아침이 올 때까지 정지될 예정이었다. 예보에 따르면 기상 상태는 유리했다. 아침까지는 비정상적인 부하가 발생하지 않을 것이다. 그때까지는 회전자가 자리에 돌아가고 발전기가 다시 작동해야만 했다. 다행히 특수한 공법으로 지은 시설이라 재조립은 어렵지 않았지만, 시간이 촉박해 낭비할 수 없었다.

로버트 경, 샌더슨과 함께 들어온 넬슨은 매우 창백해 보였다. 마치 사형장으로 가는 중이라는 생각이 들 정도였다. 그다지 상황에 적절하지 않은지라 그는 얼른 그 생각을 젖혀 두었다.

특별한 의미는 없지만 기계를 한 번 더 점검할 시간이 남아 있다. 휴스가 거의 준비를 마치자 로버트 경이 조용한 목소리로 말했다.

"준비 됐네, 휴스 박사."

그는 다소 불안정한 걸음으로 지하실 가장자리로 갔다. 넬슨은 이미 내려가 지시받은 대로 중심에 자리를 잡고 섰다. 저 아래에서 위를 올려다보는 얼굴이 마치 하얀 알갱이 같았다. 휴스 박사는 격려의 손짓을 보내고, 돌아서서 장비 옆에 서 있는 사람들에게 합세했다.

그는 오실로스코프의 스위치를 켜고 화면에 나타난 파동이 정지 상태로 바뀌도록 조작했다. 그런 다음 위상을 조정했다. 두 개의 밝은 점이 기하중심에서 합쳐질 때까지 전파를 따라서 앞으로 움직였다. 그는 순간적으로 매가와트미터를 주의 깊게 보고 있는 머독을 바라보았다. 기술자가 고개를 끄덕였다. 마음속으로 기도하면서 휴스는 전원을 켰다.

계전기에서 미세하게 딸깍하는 소리가 났다. 찰나의 시간이 흐른 뒤 90미터 아래의 스위치룸에서 거대한 전도체가 맞닿자 건물 전체가 흔들리는 듯했다. 불빛이 약해지더니 거의 꺼지기 직전까지 갔다. 그리고 끝이었다. 폭발하듯이 빠른 속도로 작동한 회로 차단기가 상황을 정리했다. 전등은 정상적으로 불이 들어왔고 매가와트미터의 계기판도 정상으로 돌아왔다.

장비가 과부하를 견뎌 낸 것이다. 그렇다면 넬슨은?

예순이라는 나이에도 불구하고 이미 발전기 근처에 가 있는 로버트 경을 보고 휴스 박사는 놀라지 않을 수 없었다. 그는 발전기 가장자리에 서서 지하실을 내려다봤다. 휴스 박사는 천천히 다가갔다. 서두를 수가 없었다. 어떤 예감이 점점 정신을 사로잡기 시작했다. 이미 그는 생명의 빛이 꺼진 눈동자로 원망스럽게 자신들을 노려보고 있을 넬슨의 뒤틀린 모습을 그리고 있었다. 좀 더 끔찍한 생각이 뒤따랐다. 만약 좌우 변환이 부분적으로 이루어진 상태에서 공간이 너무 일찍 붕괴되었다면? 조금 있으면 최악의 결과를 보게 될 것이었다.

마음의 준비가 전혀 안 된 상황에서 예상치 못했던 일로 인한 충격보다 더 큰 충격은 없을 것이다. 발전기로 다가가는 휴스 박사는 사실상 거의 모든 상황을 예상하고 있었다. 그러나 꼭 그렇지는 않았다…….

휴스 박사는 그곳이 비어 있을 거라고는 전혀 생각도 못했다.

그다음에 어떤 일이 일어났는지는 전혀 기억할 수 없었다. 머독이 뒷일을 처리한 것 같았다. 커다란 혼란이 일어났고, 기계공들은 거대한 회전자를 다시 설치하기 위해 몰려들었다. 저 멀리서 로버트 경이 계속해서 중얼거리는 소리가 들렸다.

"우리는 최선을 다했어. 우리는 최선을 다했어."

뭐라고 대답했던 것 같긴 했지만, 모든 것이 희미하기만 했다…….

새벽이 오기 전, 휴스 박사는 발작에서 깨어났다. 그는 밤새도록 기이한 다차원 기하학에 관한 꿈에 시달렸다. 꿈속에서 그는 기이한 모양과 말도 안 되는 방법으로 교차하는 평면으로 가득한 괴이한 세계를 보았다. 영원히 맞서 싸우며 알 수 없는 공포로부터 도망칠 수밖에 없었다. 넬슨은 이 기이한 차원에 갇혀 있었고, 자기에게 도망쳐 오려고 허우적대는 꿈이었다. 때로는 그가 넬슨이 되기도 했고, 보이지 않는 벽에 의해 갇히거나 비틀어진 상태로 자신이 알고 있는 세상을 둘러보는 상상을 하기도 했다.

침대에서 발버둥 치며 일어나자 악몽은 사라졌다. 잠시 동안 머리를 쥐고 앉아 있자 오히려 머리가 맑아졌다. 무슨 일이 일어났는지 알 수 있었다. 어려운 문제의 해법이 갑자기 밤에 떠오른 게 이번이 처음은 아니었다.

아직은 조각 그림 맞추기의 조각 하나를 찾지 못했다. 단지 조각 하나. 그리고 갑자기 생각이 났다. 최초 상황을 설명하면서 넬슨의 보조 기사가 이야기해 주었던 것이 생각났다. 그때는 아주 사소한 것처럼 보였다. 지금까지 휴스는 그에 대해 까맣게 잊어버리고 있었다.

"발전기 안을 들여다보니 누가 있는 것 같아서 사다리를 타고 내려 갔어요……."

얼마나 바보였던가. 어찌 되었건 그 늙은 맥퍼슨이 부분적으로 옳았던 것이다.

넬슨은 4차원의 공간에서 좌우 도치되는 동시에 다른 시간으로 갔던 것이다. 처음에는 단지 몇 초의 문제였다. 하지만 이번에는 그렇게 조심했는데도 조건이 달라진 것이었다. 사실 너무 많은 요인이 있었고, 이론은 반은 추측이었다.

넬슨은 실험이 끝나는 순간 발전기 안에 없었다. 그러나 곧 나타날 터였다.

휴스 박사는 온몸에 식은땀이 흘렀다. 그는 수천 톤의 실린더가 500만 마력의 힘으로 구동장치 아래서 회전하는 광경을 상상해 봤다. 이미 다른 물질이 점유하고 있는 공간에 다른 것이 갑자기 물질화돼 나타난다면…?

그는 침대에서 뛰쳐나와 발전소와 연결된 개인 전화기를 들었다. 지체할 시간이 없었다. 회전자를 빨리 제거해야만 한다. 머독과는 나중에 이야기해야 했다.

아주 부드럽게, 자고 있는 아이가 딸랑이를 흔드는 것처럼, 무엇인가가 집을 송두리째 잡고 앞뒤로 흔드는 느낌이 들었다. 회반죽 덩어리가 천장에서 떨어지고 있었다. 마술처럼 벽에 금이 가기 시작했다. 전등이 깜빡거렸고, 갑자기 밝아지더니 이내 꺼졌다.

휴스 박사는 커튼을 걷고 산을 올려다보았다. 페린 산 자락 너머에
있던 발전소는 보이지 않았고, 대신 그 자리에는 동터 오는 새벽빛을
배경으로 거대한 쓰레기 더미만이 선명하게 빛나고 있었다.

표류 | Castaway |

1947년 찰스 윌리스(Charles Willis)라는 필명으로 《판타지》에 최초 수록.
『아서 C. 클락 걸작선 1937~1955』에 재수록.

《판타지》의 편집자인 월터 H. 길링스는 영국 최초의 과학 소설 잡지인 《경이로운 이야기(Tales of Wonder)》의 편집자이기도 했다. 그보다 더 중요한 점은 내 첫 번째 타자기를 선물해 준 장본인이라는 것이다. 그는 일포드에 있는 자기 집부터 런던에 있는 내 집까지 버스를 타고 타자기를 가져다 줬다. 그는 내 소설이 자신이 감당하기에는 너무 좋은 작품기니 다른 잡지사에 가면 돈을 더 받을 수 있을 거라며 소설을 거부하는 유일한 편집자였다.

우주를 이루는 물질 대부분은 온도가 너무 높아 어떤 화합물도 이루지 못한다. 원자는 안쪽의 전자막을 빼고는 코두 벗겨져 버린다. 드물게 행성이라고 알려진 믿을 수 없는 이 천체에만 우리에게 익숙한 물질과 화합물이 있고, 이 중에서도 아주 드문 경우에만 생명이라고 알려진 현상이 일어난다.

『20세기 초의 실용 천문학』

폭풍은 계속 심해지고 있었다. 그는 이미 오래 전에 폭풍에 대항하기를 그만뒀다. 그럴 만도 한 게 이미 상승기류에 밀려 정상 고도에서 1만 6000킬로미터 위쪽, 극도로 추운 영역으로 올라와 버린 상태였다. 희미하게나마 그는 자신의 실수가 무엇이었는가를 깨달았다. 애초에 난류가 있는 지역에 들어가는 거 아니었다. 그러나 이미 흑점이 너무 급작스럽게 확대되는 바람에 벗어날 수도 없었다. 저 깊은 곳에서부터 솟아오른 시속 수백만 킬로미터의 바람이 그를 감싸곤 깔때기 구름 속으로 떠밀더니 결국 광구(光球) 안에서 사그라졌다. 그 깔때기 안의 터널은 이미 수 백 개의 별을 삼켜 버릴 정도로 커져 있었다.

너무 추웠다. 주위에서는 탄소 수증기가 빛나는 구름 속에서 응결했다가 광포한 바람을 맞고 순식간에 흩어지곤 했다. 처음 보는 광경이었다. 하지만 수명이 짧고 고체 입자는 몸을 스쳐 지나가도 아무런 느낌이 들지 않았다. 더 위로 솟아오르면서 그 모습은 곧 먼 아래쪽에서 흐르는 빛줄기로만 보이기 시작했다. 광포한 움직임도 이제 부드러운 요동 정도로 보였다.

너무 높이 올라와 버렸다는 것은 알고 있었지만, 속도는 줄어들 기미가 보이지 않았다. 수평선은 이미 8만 킬로미터 아래로 멀어졌고, 저 아래에는 흑점의 구멍이 보였다. 비록 눈이나 다른 시각 기관이 없었지만, 몸을 감싸고 지나가는 복사파의 형태로 짐작하건대, 아래에는 멋진 광경이 펼쳐져 있을 터였다. 태양이 지닌 생명의 기운이 우주 공간으로 빠져 나가는 거대한 상처 자국 같은 소용돌이는 이제 수천 킬로미터에 달했다. 한쪽 끝에서부터 거대하게 널름거리는 홍염 기둥이 절반 정도 완성된 다리 같은 모양으로 수직으로 지나가고 있는 폭풍에 맞서고 있었다. 몇 시간이 지나서도 살아남는다면, 끝없는 나락처럼 성장해 흑점을 쌍둥이처럼 둘로 나눌 것이다. 파편들이 이리저리 날리고, 광구 속의 화염이 파편을 압도해, 조만간 거대한 천구를 다시 더럽힐 것이다.

태양은 여전히 후퇴하고 있었고, 그의 마음 속에는 천천히 다시는 돌아갈 수 없으리라는 생각이 희미하게 자리 잡기 시작했다. 그를 우주로 날려 버린 폭발은 영원히 벗어나지 못할 정도의 속도를 내지는 않았지만, 이제 또 다른 거대한 힘이 막 위력을 발휘하려는 참이었다. 평생 그는 사방에서 쏟아지는 태양 복사에너지의 강력한 폭발에 의존해 살아왔다. 더 이상 그럴 수 없을 것이다. 이제 태양은 저 멀리 놓여 있었고, 복사에너지는 강력한 바람처럼 그를 우주 밖으로 던져 버렸다. 공기보다 더욱 엷은 이온 구름으로 되어 있는 그의 몸은 우주의 암흑 속으로 재빨리 흘러들었다.

이제 태양은 저 멀리서 줄어들고 불덩어리에 불과했고, 태양 중심부에 위치한 거대한 흑점은 이제 단지 검은 얼룩에 불과했다. 앞에는 암흑이 놓여 있었고, 그는 완전히 절망에 빠졌다. 그의 감각은 미세한 별빛을 감지하거나 태양 주위를 도는 행성의 창백한 반사광을 감지하기에는 너무도 미약했기 때문이었다. 지금까지 알고 있던 유일한 빛의 원천이 이제 사라져 가고 있는 중이었다. 몸의 힘을 보존하기 위해 그는 절실한 심정으로 둥근 구름처럼 몸을 단단히 말았다. 밀도가 공기 정도로 커지자 그를 구성하고 있는 수십억 개의 이온이 지닌 정전기의 척력으로 인해 더 이상 응축할 수가 없었다. 마지막 힘마저 사라진다면 그의 몸은 산산이 흩어져 우주 공간 속으로 퍼져 버려 흔적조차 사라질 터였다.

그는 결코 저 멀리서 점점 증가하고 있는 중력이 끌어당기는 힘을 느끼지 못했고, 속도가 변하고 있다는 사실도 몰랐다. 잠시 후 자기장이 다가오고 있다는 희미한 인식이 그의 의식 속으로 들어와 미약해진 생명을 휘저었다. 그는 감각을 어둠 속으로 뻗었지만, 태양을 집으로 삼아 온 생명체에게 다른 천체의 불빛이라는 건 언뜻 보기에도 수십억 배는 약했다. 그리고 꾸준히 강해지고 있는 자기장은 그의 원시적인 정신 상태로 이해하기에는 수수께끼와 같았다.

대기의 엷은 가장자리가 속도를 줄였고, 그는 천천히 보이지 않는 행성을 향해서 추락했다. 그는 전리층을 통과하는 과정에서 두 번이나 몸이 뒤틀리는 것 같은 이상한 기분을 느꼈다. 그 다음 눈송이와 같은 속력으로 그는 저층부의 대기의 차갑고 밀도가 높은 가스 속으로 떠내려가게 되었다. 하강하는데 몇 시간이 걸렸고, 그가 상상할 수도 없었을 만큼 단단한 표면에서 휴식을 취하기 시작했을 때는 힘은 많이 쇠한 상태였다.

대서양의 물은 밝은 태양빛을 충분히 받고 있었지만, 그에게는 무한히 멀리 있는 태양에서부터 오는 희미한 빛과 비교한다고 해도 절대적인 어둠일 뿐이었다. 영겁의 세월 동안 그는 조금도 움직이지 않고 가만히 있었다. 그 동안 의식의 불꽃은 점점 꺼져 갔고, 마지막 남은 에너지가 상상도 할 수 없는 추위 속으로 빠져나갔다.

그가 저 깊은 암흑 속에서부터 방출되는 신비하면서도 새로운 복사파를 감지하게 된 것은 오랜 시간이 흐른 후였다. 전에 한 번도 경험해 본 적이 없는 종류였다. 천천히 그쪽을 향해서 정신을 모았다. 그게 무엇인지, 어디서 오는 건지 궁금했다. 생각보다 가까웠다. 움직임이 명확히 보일뿐더러 거의 태양에 닿을 것처럼 하늘로 솟구쳐 오르고 있기 때문이었다. 그러나 이건 태양과는 전혀 달랐다. 그 기이한 발광체는 밝기가 주기적으로 변했고, 그 중 아주 짧은 시간 동안만 그를 향해 최대로 빛을 비췄다.

정체를 알 수 없는 광채가 점점 가까이 다가왔다. 그리고 휘영청 빛나는 맥박이 강해질수록 그는 자기 자신을 송두리째 뒤흔드는 이상한 공명을 느끼기 시작했다. 이제 그것은 도리깨처럼 그의 위에서 뛰기 시작했다. 그의 생명력을 산산조각 내 마지막까지 유지하고 있던 생명력을 약화시켰다. 예전보다 압축하긴 했지만 여전히 거대한 그의 몸 바깥 부분이 통제에서 벗어났다.

모두 순식간에 끝났다. 이제 더 이상 느린 객박이라고 할 수 없는 강렬한 복사에너지가 끊임없이 밀려드는 홍수처럼 그의 몸 위로 쏟아져 내렸다. 이윽고 모두 사라졌다. 고통도, 경이로움도, 이제는 영원히 잃어버린 황금빛 세상에 대한 열망조차도…….

거대한 비행기의 날개 아랫부분에 있던 유선형의 덮개에서부터 레이더 광선(Radar Beam)이 대서양을 수평선 끝까지 휩쓸고 지나가고 있었다. 위치탐지기 위에서 광선과 똑같은 속도로 회전하는 희미한 시간축은 아래쪽에 있는 모든 것을 보여 줬다. 아일랜드 해안으로부터 500킬로미터나 떨어져 있어 스크린에는 아무런 표시도 나타나지 않았다. 때때로 밝게 빛나는 파란 점(1.5킬로디터 아래 거대한 함정의 표면에서 나오는 것)을 제외하고는, 3시간 후 아메리카의 동쪽 해안이 모습을 드러내기 전까지는 어떤 것도 브이지 않을 터였다.

자동 항해 장치가 지금도 끊임없이 북대서양 항로의 위치를 확인하고 있지만, 사실 이런 기종의 정기선은 자동 항해 장치가 필요 없었다. 그러나 승객들은 갑판을 거닐다가 거대한 스카이트론 표시기가 보이면 무척 즐거워했다. 특히 기상이 나빠 두터운 구름층이 산과 계곡을 이루며 퍼져 있어 구름을 빼고는 볼만한 게 없을 때는 더욱 그랬다. 지금처럼 과학이 발달한 시대에도 사람들은 레이더를 보면 마술을 보고 있는 것 같은 느낌을 받곤 한다. 사람들이 이전에 레이더를 아무리 많이 보았다고 해도 화면에 나타나는 해안선이며 항구, 바다, 강, 호수, 그리고 선적을 하는 모습들을 보고 있으면 쉽게 넋을 잃고 말았다.

유럽에서의 휴가를 마치고 집으로 돌아가는 중이었던 에드워드 린제이는 위치탐지기에 남다른 관심을 보였다. 그는 15년 전에 있었던 해방전쟁에서 해안 사령부 무전 관측병으로 복무한 경험이 있어 그 원시적이긴 하지만 거대한 60인치 화면을 지루하리만치 오랫동안 바라보며 시간을 보낼 수 있었다. 그때를 회상하니 웃음이 절로 나왔다. 거의 음속에 가까운 속도로 대서양 위 16킬로미터 상공을 편안히 여행하고 있는 전도유망한 회계사의 모습을 그때는 상상이나 할 수 있었던가? 생각이 이에 미치자 다른 슈가 호 선원들의 안부도 궁금해졌다.

반경이 500킬로미터에 달하는 레이더 가장자리에 갑자기 희미하게 빛을 발하는 물체가 모습을 드러냈다. 이상한 일이었다. 분명 그곳에는 육지가 없다. 아조레스 제도는 훨씬 더 남쪽이었다. 게다가 육지라고 하기에는 너무도 불분명해 보였다. 폭우를 동반한 비구름일 가능성이 가장 컸다.

린제이는 가장 가까이에 있는 창문으로 가 밖을 바라보았다. 날씨는 너무도 화창했다. 저 아래에 있는 대서양의 바닷물들은 유럽을 향해 동쪽으로 천천히 나아가고 있었다. 수평선 너머 하늘조차 구름 한 점 없이 파란 하늘을 유지하고 있었다.

그는 다시 위치탐지기로 걸어갔다. 아직 정확한 거리를 파악하기에는 너무 멀리 떨어져 있었지만 레이더의 반사파는 타원형의 물체로 길이가 대략 16킬로미터에 달하는 게 분명했다. 린제이는 재빨리 머릿속으로 계산을 했다. 화면에 있는 일정한 선이 현재 비행선이 나아가고 있는 지점을 정확히 표시해 주고 있었다. 이를 토대로 계산을 해 보니 25분 안에 물체는 비행선 아래로 지나갈 것 같았다. 항적(航跡)? 진로? 세상에, 자신이 이렇게 빨리 그 용어를 잊어버릴 수 있다니 믿을 수 없었다. 그렇지만 그건 중요하지 않았다. 바람이 불고는 있었지만 비행선의 속도에 영향을 줄 수 있는 정도는 아니었다. 화면에 보이는 이상한 물체가 사라지지만 않는다면 잠시 시간을 두고 자리를 비웠다가 돌아와 물체의 위치를 확인을 할 수 있을 것 같았다.

 20분이 지나자 린제이는 더욱 혼란스러웠다. 어두운 화면 위에서 빛을 발하고 있던 그 작은 달걀 모양의 청색 물체는 이제 80킬로미터 앞까지 다가와 있었다. 만약 구름이라그 한다면 지금껏 자신이 본 것 중에서 가장 기이한 구름이라고 할 수 있었다. 그렇지만 정확히 판별하기에는 물체가 아직 너무 멀리 떨어져 있었다.

 제어판은 '빈 유리잔을 올려놓지 마세요.'라고 쓰여 있는 주의문구 아래 안전하게 잠겨 있었다. 그렇지만 누구든 쓸 수 있도록 스위치 하나는 개방되어 있었다. 그 거대한 스위치는 단단하게 만들어져 결코 깨지지 않을 것처럼 보였는데, 거리의 비율을 세 가지로 달리해 볼 수 있도록 만들어져 있었다. 500킬로미터, 80킬로미터, 그리고 20킬로미터의 비율로 주위를 살펴볼 수 있었다. 보통은 500킬로미터로 맞춰져 있었다. 그렇지만 80킬로미터로 스위치를 변경하면 훨씬 더 자세하게 물체를 볼 수 있을 뿐만이 아니라 관광객들은 더욱 풍성한 볼거리를 제공받을 수 있었다. 20킬로미터 범위는 사실상 아무런 쓸모가 없어 아무도 그게 왜 필요한지 알지 못했다.

린제이가 80킬로미터 스위치를 켜자 마치 영상이 폭발하는 것처럼 보였다. 500킬로미터에서는 거의 화면의 중심부에 있었던 기이한 물체의 반사파는 80킬로미터 스위치를 켜자 거의 6배 커지면서 화면의 가장자리에 모습을 드러냈다. 린제이는 잔상이 사라질 때까지 기다렸다가 주의 깊게 몸을 앞으로 기대고 화면을 살피기 시작했다.

물체는 이제 80킬로미터 원과 60킬로미터 사이를 지나가고 있었다. 물체를 명확히 볼 수 있게 되자 린제이는 기이함으로 인해 숨이 멎는 것 같았다. 물체의 중심부로부터 이상하게 생긴 가는 실들이 뻗어 나와 있었고 3.6킬로미터에 달하는 중심부는 밝게 빛나고 있었다. 상상 속에서만 가능한 일이었다. 분명히 그 기이한 물체의 중심부는 심장처럼 천천히 뛰고 있었다.

자신의 눈을 믿을 수 없어 린제이는 화면을 뚫어지게 바라보았다. 물체가 60킬로미터까지 다가오는 동안 린제이는 완전히 넋을 잃고 화면을 계속해서 바라보았다. 이윽고 그는 가장 가까이에 있는 전화기로 달려가 함선의 통신 담당에게 연락을 취했다. 신호가 가는 동안 그는 관측창을 통해 저 아래 대양을 바라보았다. 거의 반경 160킬로미터까지 볼 수 있었지만 파란 대서양과 맑은 하늘을 제외하고는 아무 것도 찾아볼 수 없었다.

산책용 갑판에서 중앙 통제실까지는 상당히 먼 거리를 가야 했다. 귀찮은 마음을 속으로 감춘 암스트롱 중위가 애써 공손한 표정을 지으며 도착했을 때, 그 물체는 이제 36킬로미터 전방까지 다가와 있었다. 린제이는 화면을 가리켰다.

"보시죠!" 그가 짧게 말했다.

암스트롱 중위가 화면을 바라보았다. 잠시 침묵이 흘렀다. 이윽고 중위는 목을 반쯤 매단 사람처럼 괴성을 지르며 무엇에 쏘인 사람처럼 팔짝팔짝 뛰기 시작했다. 그는 다시 화면을 보더니 마치 화면에 있어서는 안 되는 물체가 있어 그것을 닦아내기라도 하듯이 소맷자락으로 화면을 문지르기 시작했다. 이윽고 행동을 멈추더니 린제이를 보고 바보 같은 웃음을 지어 보였다. 암스트롱이 관측창으로 다가갔다.

아무것도 보이지 않았다.

"저도 창밖을 확인했어요." 린제이가 말했다.

충격이 조금 가라앉자 암스트롱 중위는 믿을 수 없는 속도로 움직이기 시작했다. 그는 다시 위치탐지기로 다가와 마스터키를 이용해 제어판을 열고나서 능숙하게 초점을 갖추기 시작했다. 시간축이 훨씬 더 빠른 속도로 돌기 시작하자 화면에 나오는 물체가 훨씬 더 매끄럽게 보였다.

이제 전보다 훨씬 더 분명히 물체를 파악할 수 있었다. 밝은 핵은 마치 맥박이 뛰고 있는 것처럼 보였고, 희미한 광점이 천천히 빛줄기를 따라 밖으로 움직이고 있었다. 넋을 잃고 물체를 바라보던 린제이는 현미경으로 아메바를 봤을 때가 생각났다. 동시에 암스트롱 중위도 같은 생각을 했다.

"저, 저거 살아 있는 같아요!" 믿을 수 없다는 듯이 그가 소리쳤다.

"네." 린제이가 대답했다. "도대체 뭘까요?"

잠시 주저하더니 암스트롱 중위가 대답했다.

"애플턴인가 하는 사람이 대기에서 일어나는 이온화 현상에 대해 쓴 책을 읽은 게 생각나는군요. 그것 외에는 아무런 생각이 나지 않아요."

"하지만 저 구조를 보라고요! 저건 어떻게 설명할 건데요?"

중위는 어깨를 으쓱해 보였다.

"설명이 불가능하죠." 그가 멍한 표정으로 말했다.

그 물체는 바로 밑을 지나가고 있어, 화면의 중심부에서 벗어나 어둠 속으로 들어가고 있었다. 화면에 다시 모습을 드러내기를 기다리는 동안 그들은 잠시 창문 밖을 내다보았다. 기이한 일이었다. 아무것도 보이지 않다니. 그렇다고 레이더가 거짓말을 하고 있다고 할 수도 없었다. 무엇인가가 그곳에 있는 것이 틀림없었다.

1분 뒤, 다시 화면에 물체의 모습이 나타났다. 그 물체는 마치 레이더의 전파의 위력 때문에 결합이 와해된 것처럼 화면에서 사라져 가고 있었다. 가는 실들이 사방으로 흩어졌다. 16킬로미터나 되던 타원형 물체는 그들의 눈 앞에서 분해되기 시작했다. 그 광경을 지켜보고 있으니 경외심마저 느낄 수 있었다. 어떤 알 수 없는 이유에서인지 린제이는 거대한 야수의 죽음을 볼 때와 같은 연민의 정이 솟아오르는 것을 느꼈다. 린제이는 세차게 머리를 흔들었지만 결코 그 생각을 떨칠 수 없었다.

✳

　16킬로미터 떨어진 곳에서 마침내 이온화 현상의 마지막 흔적이 바람 속으로 사라졌다. 이윽고 레이더와 그들의 시선은 어떤 힘도 그 기운찬 흐름을 방해할 수 없다는 듯이 끊임없이 동쪽을 향해 나아가고 있는 대서양의 해류만을 쫓을 수 있었다.

　그 거대한 화면 앞에서 두 사람은 아무런 말도 하지 못하고 서로를 바라보고 있었다. 마치 상대방의 생각을 애써 외면하려고 하는 사람들처럼.

내부의 불꽃 |The Fires Within|

1947년 8월 E. G. 오브라이언(E. G. O'brien)이라는 필명으로 《판타지》에 첫 게재.
『내일을 향해』에 재수록.

카른이 점잔을 빼며 말했다.

"관심이 생길걸. 그냥 보기만 해 봐."

그가 읽고 있던 파일을 앞으로 내밀었다. 도대체 몇 번째인지 모르겠지만 난 또다시 그를 다른 부서로 보내달라고, 안 되면 나라도 옮겨달라고 요구해야겠다고 결심했다.

"뭔데?"

나는 지친 목소리로 물었다.

"매튜 박사가 과학부에 보내온 보고서야. 아주 길어." 그는 내 앞에서 서류를 흔들어 보였다. "그냥 읽어 봐."

그다지 흥미는 없었지만 나는 파일을 읽기 시작했다. 몇 분이 지나자 나는 고개를 들어 마지못해 그의 말에 수긍했다.

'이번에는 어쩌면 진짜일지도…….'

나는 말도 잊은 채 끝까지 글을 읽어내렸다…….

친애하는 장관님께.

요청하신 대로 핸콕 교수의 실험에 관한 특별 보고서를 보내 드립니다. 실험은 전혀 예상치 못했던 기이한 결과를 내놓았지요. 특별히 형식에 맞출 시간이 없었지만, 있는 그대로 받아 쓴 것을 보내 드립니다.

공무로 바쁘실 테니 핸콕 교수에 관해 짧게 말씀드리겠습니다. 1955년까지 교수는 브렌든 대학교 전기공학과의 켈빈 석좌 교수였습니다. 대학 측에서는 그에게 연구를 하기 위해서라면 무한히 자리를 비워도 좋다는 허가를 내 줬습니다. 여기서 그는 과거 전력자원부의 고문이었던 고(故) 클레이튼 박사와 손을 잡았습니다. 그들은 왕립 협회와 폴 펀드에서 제공하는 연구비를 통해서 합동 연구를 했습니다.

교수는 정확한 지질 탐사를 위해 음파 탐지기를 만들고자 했습니다. 아시다시피 음파 탐지기는 음파를 이용한 레이더라고 할 수 있습니다. 잘 알려지진 않았지만 수백만 년 전부터 박쥐가 밤에 벌레나 물체를 감지하는 데 아주 효과적으로 쓰던 것입니다. 핸콕 교수는 지하에 고성능의 초음파를 발사한 뒤 되돌아오는 반사파를 이용하여 무엇이 있는지를 알아내고자 했습니다. 이는 화면에 나타납니다. 전체 시스템은 비행기가 지상을 관찰하기 위해서 사용하는 레이더와 비슷합니다.

그 둘은 1957년 부분적인 성공을 거뒀습니다. 하지만 자금이 모두 떨어졌습니다. 1958년 초에 그들은 정부의 정액 보조금에 지원했지요. 클레이튼 박사는 지구의 지각을 엑스레이처럼 속이 들여다보이도록 촬영할 수 있게 해 주는 그 장치의 엄청난 가치에 대해서 지적했습니다. 전력자원부 장관은 저희가 신청서를 보기도 전에 이를 승인했습니다. 그때 버날 위원회의 보고서가 발표되었고, 저희는 매우 근심이 돼 다른 비판이 나오기 전에 재빨리 가치 있는 사안들을 처리하고자 하였습니다. 저는 즉시 교수를 만나러 갔고, 긍정적인 보고서를 올렸습니다. 첫 보조금(S/543A/68)은 며칠 안에 지급되었습니다. 그때부터 저는 연구팀과 계속 연락하며 자료를 보고 기술적인 범위 내에서 자문을 해 주고 있습니다.

실험에 사용된 장비는 복잡해도 원리는 매우 간단합니다. 무거운 유기액체 속에서 끊임없이 회전하는 특수 전송기가 파장이 아주 짧지만 대단히 강력한 초음파를 만듭니다. 송출된 빔은 지하로 뚫고 들어가 레이더처럼 반향을 찾아 스캔합니다. 아주 독창적인 시간 지연 회로(여기서는 이에 대한 설명을 피하고자 합니다.)가 아무리 깊은 곳에서 발생하는 반향이라도 찾아내기 때문에 지층의 모습을 일반적인 모습으로 화면에 보여 줄 수 있습니다.

제가 처음으로 핸콕 교수를 만났을 당시의 장비는 거의 원시적인 수준이었지만, 수십 미터 아래의 바위가 어떻게 분포되어 있는지를 보여 줄 수 있었습니다. 연구실 근처를 지나가는 지하철 베이커루 라인을 볼 수 있을 정도였지요. 교수가 이룩한 성과 대부분은 초음파의 엄청난 강도 덕분입니다. 거의 처음부터 수백 킬로와트에 달하는 최고의 전력을 만들어 낼 수 있었는데, 거의 대부분 지하로 발사되었습니다. 전송기 근처에 있는 것은 위험한 일이었는데, 저는 전송기 주변 토양이 뜨거워지는 걸 느낄 수 있었습니다. 근처에 새가 떼를 지어 모이는 걸 보고 깜짝 놀랐는데, 알고 보니 죽은 벌레를 먹기 위해 모인 것이었지요.

1960년 클레이튼 박사가 죽었을 때, 이 기계는 메가와트 이상의 힘을 낼 수 있었고, 1.6킬로미터 정도 떨어진 지층의 모습까지도 꽤 잘 보여 주었습니다. 클레이튼 박사는 이미 알려진 지리 연구에 협력을 하였고, 그들이 획득한 자료의 가치를 증명해 줬습니다.

전동기 사고로 인한 클레이튼 박사의 죽음은 커다란 비극이었습니다. 그는 실용적인 용도에는 아무런 관심도 없던 핸콕 교수에게 확고부동한 영향을 주었던 사람이었습니다. 곧 저는 교수의 외모에서 두드러지게 보이는 변화를 감지했고, 몇 달 후 그는 새로운 비밀을 저에게 털어놨습니다. 저는 연구 결과를 발표할 것을 권고했지만(그는 이미 5만 파운드 이상을 썼고, 공인 회계원은 다시 어려움을 겪고 있습니다.), 그는 시간을 더 달라고 요청했을 뿐입니다. 그가 한 말을 직접 인용해야 그의 태도에 대해 생생하게 설명할 수 있을 것 같습니다. 독특한 특별한 방식으로 자신의 입장을 밝혔기 때문입니다. 그는 말했습니다.

"지구 내부 모습이 어떻게 생겼을지 궁금해 한 적이 있나요? 저희들은 그저 광산이나 우물을 판다고 하면서 지구 표면을 살짝 긁은 정도에 불과해요. 이 아래 무엇이 있는지는 달의 반대편만큼이나 알려져 있지 않아요.

저희들은 지구가 기이하게 밀도가 높다는 사실을 알아요. 지구 표면의 바위나 토양보다 훨씬 더 밀도가 높죠. 핵은 아마도 딱딱한 금속이겠지만, 지금까지는 알아 낼 방법이 없었어요. 심지어 16킬로미터 정도 아래만 내려가도 평방센티미터당 기압이 10톤 혹은 그 이상에 달할 거예요. 2년 또는 3년 안에 우리는 달에 갈 수 있을지도 몰라요. 하지만 우리가 별에 도달했을 때조차 우리 발밑에 있는 6000킬로미터 아래 지옥에 가까이 가지 못한다니 이상한 일 아닌가요?

　지금은 3.2킬로미터 아래에서 오는 반사파를 감지할 수 있지만, 몇 달 안에 10메가와트 전송기를 설치하고 싶어요. 그 힘으로 16킬로미터 정도 더 내려갈 수 있겠지요. 그러나 거기서 멈추고 싶지는 않습니다."

　저는 감명을 받았지만 약간의 회의도 들었습니다.

　"다 좋습니다. 그렇지만 깊이 들어가면 들어갈수록 볼 수 있는 것은 더욱 적어질 겁니다. 압력으로 인해 들여다볼 만한 공간도 없을 것이고, 몇 킬로미터 더 내려가면 균일한 물질이 그저 압력만 더욱더 밀도가 강해질 텐데요."

　"맞습니다. 그래도 저는 그 성질을 더 많이 알게 되겠지요. 여하튼 그때가 되면 뭐가 됐든 볼 수 있을 겁니다."

　이것이 4개월 전 일이었습니다. 그리고 어제 저는 이 연구의 결과물을 보았습니다. 저를 초대할 때도 교수는 무척 흥분한 상태였지만, 자신이 발견한 것에 대해서 아무런 힌트도 주지 않았습니다. 그는 발전된 기계를 보여 주었고, 전해조에서 새 수신기를 들어 올렸습니다. 수신 감도는 더욱 민감해졌고, 전력과 상관없이 탐색 범위를 두 배나 늘려 주었습니다. 그 기계가 천천히 회전하면서 가깝지만 인간이 결코 도달할 수 없는 지역을 탐험하는 모습을 바라보자니 묘한 기분이 들었습니다.

　화면을 보여 주는 장치가 있는 방으로 들어갔을 때, 교수는 이상하게도 조용했습니다. 음파발신기를 켰는데, 100미터나 떨어져 있어도 덜컹거려서 편하지는 않았습니다. 이윽고 화면에 천천히 회전하는 선이 전에 자주 봤던 모양을 그리고 있었습니다. 하지만 기계의 성능이 더 나아져서 그런지 해상도가 아주 좋아졌더군요. 저는 깊이를 조정했고 지하에 초점을 맞췄습니다. 지하의 모습은 미세하게 빛나는 화면을 지나 검은 선처럼 명확히 보이기 시작했습니다. 화면이 갑자기 안개로 덮였습니다. 기차가 지나가고 있다는 것을 알 수 있었습니다.

곧 하강을 계속했습니다. 전에도 여러 번 이 화면을 봤지만, 저를 향해서 떠오는 거대한 발광체가 땅 속에 묻힌 바위라는 사실에 언제나 기이한 생각이 들곤 했습니다. 어쩌면 5만 년 전 빙하의 잔해일지도 모르지요. 클레이튼 박사가 차트를 만들어 두었기 때문에 저희들은 지각층을 지날 때마다 그게 무엇인지 알 수 있었습니다. 곧 충적기 토양을 지나 도시의 지하수를 보유하고 있는 거대한 점토판으로 들어갔습니다. 여기를 바로 지나서 지구 표면에서 1.6킬로미터 아래에 있는 기반암층으로 내려갔습니다.

화면은 여전히 밝고 깨끗했지만 보이는 것은 거의 없었습니다. 왜냐하면 거기부터는 지질 구조에 커다란 변화가 없기 때문입니다. 기압은 이미 1000기압까지 올라가 있었습니다. 이윽고 어떤 빈 공간도 남지 않았습니다. 바위가 녹아 흐르고 있었기 때문입니다. 계속해서 내려갔지만 화면에 희뿌연 것들만 떠다녔고, 때때로 밀도가 높은 물질들의 광맥이나 광혈에서 반사되는 반사파로 인해서 화면이 깨지기도 하였습니다. 더 깊이 내려갈수록 거의 아무것도 볼 수가 없었습니다. 혹은 너무도 작아서 더 이상 보이지 않는 것인지도 모르겠습니다만.

축척은 점점 커지고 있었습니다. 이제 화면 끝에서 끝까지가 몇 킬로미터 정도였죠. 저는 저 높은 곳에서 흩어지지 않는 구름을 아래를 내려다보고 있는 비행기 조종사가 된 느낌을 받았습니다. 저 깊은 심연을 내려다보고 있다는 생각을 하니, 잠시 현기증이 일었습니다. 앞으로는 이 땅이 단단하게 느껴지지 않을 것 같더라고요.

16킬로미터 깊이에서 저는 잠시 멈추고 교수를 바라봤습니다. 얼마 동안 아무런 변화도 일어나지 않았습니다. 바위가 형체 없이 균질하게 녹아 있었거든요. 재빨리 계산을 해 보고 평방센티미터당 압력이 적어도 10톤은 넘는다는 것을 알고는 놀라지 않을 수 없었습니다. 스캐너는 이제 천천히 움직이고 있었습니다. 왜냐하면 그 미세한 반사파가 돌아오기까지 시간이 걸렸기 때문입니다.

제가 말했습니다.

"자, 교수님! 축하드립니다. 놀라운 성과예요. 그런데 이제 핵에 도달해 버린 것 같군요. 여기서부터 중심까지 어떤 변화가 있을 것 같지는 않은데요."

그는 얼굴을 약간 찌푸렸습니다.

"계속 보세요. 아직 안 끝났습니다."

그 목소리에는 저를 놀랍고 당황스럽게 만드는 무엇인가가 있었습니다. 저는 잠시 그를 주의 깊게 살펴보았습니다. 음극관이 내는 청록색 빛 속에서 그의 모습이 두드러져 보였습니다.

"이건 얼마나 내려갈 수 있나요?"

도대체 언제 끝나나 싶은 하강을 다시 시작하면서 제가 물었습니다.

"24킬로미터."

그가 간단히 대답했습니다. 그가 어떻게 알았는지 궁금했습니다. 제가 모양을 분명히 볼 수 있었던 건 지하 12킬로미터 정도까지였거든요. 어쨌거나 다시 바위를 지나 내려가기 시작했고, 이제는 스캐너가 더 천천히 돌아가 한 바퀴 도는 데 거의 5분이나 걸릴 정도가 됐습니다. 제 뒤에서 교수가 숨을 몰아쉬는 소리가 들렸습니다. 의자 뒤에서 손가락을 꺾는 소리도요.

그리고 갑자기, 아주 작은 점들이 화면에 다시 나타나기 시작했습니다. 저는 철로 이루어진 지구의 핵을 최초로 보게 되는가 보다 하고 몸을 앞으로 기대었습니다. 답답할 정도로 느리게 스캐너가 크게 방향을 바꿨습니다. 그리고 다시, 또다시…….

저는 "이럴 수가!"라고 외치며 의자에서 뛰어올랐습니다. 그리고 교수를 바라보았습니다. 제 일생에서 단 한 번 저는 그런 지적인 충격을 받은 적이 있습니다. 15년 전, 우연히 라디오를 켰다가 원자폭탄이 투하되었다는 소식을 들었을 때였습니다. 그게 예상할 수 없는 일이었다면, 이번 일은 상상조차 할 수 없는 일이었습니다. 완벽한 대칭을 이루는 희미한 격자무늬가 화면에 나타났던 겁니다.

제가 놀라 굳어 있는 동안 스캐너가 완전히 새로운 모습을 보여 주었습니다. 저는 오랜 시간 아무 말도 할 수 없었습니다. 이윽고 교수가 부드럽지만 너무도 차분한 목소리로 말했습니다.

"제가 무슨 말을 하기 전에 먼저 보시길 바랐습니다. 지금 화면은 직경이 50킬로미터에 해당하고, 이 사각형들은 한 변이 각각 3~5킬로미터 길이입니다. 수직선은 한 곳을 향하고 있고 수평선은 활처럼 휘었습니다. 우리가 보고 있는 건 거대한 동심원의 일부지요. 중심은 틀림없이 수 킬로미터 북쪽, 즉 케임브리지 지역에 있을 겁니다. 이것이 얼마나 더 멀리 뻗어 있는지는 추측만 할 뿐입니다."

"도대체 저게 뭡니까?"

"음, 인공적이라는 건 분명하죠."

"터무니없는 말입니다. 저건 지구 표면에서 24킬로미터 아래 있다고
요."

교수는 다시 화면을 가리켰습니다.

"아무리 아닐 거라고 애써 생각해 봤지만, 자연이 저런 것을 만들 수
있다고는 도저히 말 못하겠습니다."

저는 할 말이 없었습니다. 이윽고 그가 이야기를 계속했습니다.

"3일 전에 발견했어요. 이 장치의 최대 범위를 알아내려던 중이었지
요. 이보다 더 깊이 들어갈 수도 있습니다. 하지만 지금 보이는 이 구조
물은 너무도 밀도가 높아 더 이상은 음파를 통과시키지 않을 것 같습
니다.

여러 이론을 시도해 봤지만, 결국 하나로 돌아오더군요. 저 아래는
아마도 8000~9000기압은 된다는 걸 우리는 압니다. 그리고 그 온도는
바위를 녹일 정도로 높고요. 그러나 사실상 물질은 거의 빈 공간이나
마찬가지입니다. 가령 저 아래에 생명체가 있다면 어떨까요. 당연히 유
기체는 아니겠지만, 밀도가 너무 높아서 전자껍질이 없거나 거의 날아
가 버린 물질을 기반으로 기초로 살아간다면요. 제 말을 이해하시겠어
요? 그런 생물에게는 24킬로미터 아래에 존재하는 바위란 물처럼 아
무런 방해물도 되지 않을 것이며, 저희나 저희가 사는 세상은 유령처
럼 모두 희멀건 존재들일 것입니다."

"그렇다면 저희도 그것을 볼 수 있겠죠……."

"도시나 뭐 그런 비슷한 게 있을 수도 있죠. 그 크기를 보셨으니 그
것을 건설한 문명에 대해서도 판단을 내릴 수 있을 겁니다. 우리가 아
는 세상이라는 것은, 즉 대양, 대륙, 산, 이런 것들은 우리의 이해 저 너

머에 존재하는 어떤 것을 둘러싼 뿌연 막에 불과합니다.”

잠시 저희 둘은 아무 말도 하지 않았습니다. 저는 세상에 관한 놀라운 진실을 처음으로 배운 최초의 사람 중의 한 명으로서 바보같이 아연실색해지고 말았습니다. 만약 이것이 세상에 알려진다면 다른 사람들이 어떻게 반응할지 궁금해졌습니다.

즉시 저는 침묵을 깼습니다.

“만약 교수님 말이 옳다면, 그들이 어떤 존재이건, 왜 저희들과 접촉을 시도하지 않았을까요?”

다소 처량하게 교수가 저를 쳐다보았습니다.

“우리는 스스로 훌륭한 공학자라고 생각합니다. 그러나 어떻게 저희들이 그들에게 다가갈 수 있겠습니까? 게다가 저는 어떤 접촉도 이루어진 적이 없다고는 확신할 수 없습니다. 지하 세계의 생명체와 관련 신화들을 생각해 보세요. 트롤, 코발드, 그리고 다른 존재. 불가능해요. 아니, 불가능이라고 하긴 그렇고 가정이라고 해 두죠.”

그동안 화면에는 아무런 변화도 없었습니다. 그 침침한 망은 우리의 온전함에 도전이라도 하듯이 그곳에서 여전히 빛을 발하고 있었습니다. 저는 물고기가 물에서 수영하는 것처럼 눈부신 바위들 속에 길을 내는 생명체들과 그들이 돌아다니는 거리, 건물들을 상상해 보았습니다. 놀라웠습니다……. 그리고 저는 인간이 살아가는 온도와 기압이 얼마나 제한적인지를 떠올렸습니다. 그들이 아니라 저희가 기형적인 존재입니다. 왜냐하면 우주의 거의 모든 물질이 수천 혹은 수백만 도의 온도에서 존재하고 있기 때문입니다.

“그럼 이제 뭘 해야 하나요?”

제가 서투르게 물었습니다.

교수는 앞으로 몸을 기대었습니다.

"먼저 더 많은 것을 알아내야 하고, 사실이 명확해질 때까지는 이 비밀을 지켜야 합니다. 만약 이 사실이 새어 나갔을 때 발생할 공황 상태를 상상할 수 있습니까? 물론 진실은 조만간 밝혀지겠지만, 우리는 이를 천천히 밝혀야 합니다.

이제 제 연구 중에서 지질 탐사에 관한 부분은 중요하지 않아요. 먼저 이 구조물이 어디까지 뻗어 있는지를 찾아낼 기지국을 건설해야 합니다. 저는 북쪽으로 16킬로미터 간격으로 세웠으면 하지만, 런던의 남쪽 적당한 장소에 이 구조물의 외연이 어느 정도인지를 파악할 수 있는 최초의 기지국을 세웠으면 합니다. 모든 건 1930년대 초반에 최초의 레이더망을 비밀에 부쳤던 것처럼 비밀에 부쳐야 합니다.

동시에 저는 스캐너의 성능을 더 높이고자 합니다. 저는 음파를 더 가늘게 쏘고 싶습니다. 에너지를 더욱 집중할 수 있도록 말이죠. 그러나 여기엔 공학적인 문제가 있어서 더 많은 지원을 받아야 할 듯합니다."

저는 더 많은 도움을 받아 낼 수 있도록 최선을 다하겠다고 약속했습니다. 그리고 교수는 장관님께서 직접 그의 연구소를 방문해 주시길 바랐습니다. 조만간 화면을 찍은 사진을 동봉해서 보내 드리도록 하겠습니다. 비록 처음처럼 명확하지는 않지만, 저희의 관찰이 틀리지 않았다는 것을 증명해 줄 것입니다.

저는 행성 간 연구 협회의 보조금이 거의 1년 예산에 근접해 있다는 사실을 잘 알고 있습니다. 그러나 우주를 여행하는 것은 인류 전체의 미래와 역사에 심대한 영향을 미칠 이 발견에 대한 즉각적인 연구보다 중요하지 않습니다.

나는 의자를 젖히고 앉아 카른을 보았다. 비록 이해할 수 없는 부분이 많은 서류였지만, 개요는 명확했다.

"그래, 이거야. 사진은 어디에 있지?"

내가 말했다.

그가 사진을 건넸다 이곳에 오기 전에 여러 번 복사를 해서 사진 상태는 그다지 좋지 않았다. 그러나 형태는 분명했고 즉시 알아볼 수 있었다.

내가 존경을 담아 말했다.

"훌륭한 과학자들이군. 그게 바로 칼라스테온이지. 300년의 시간이 걸리긴 했지만, 드디어 진실을 찾아냈어."

"우리가 해석해 내야 했던 산더미 같은 자료와 자료가 증발하기 전에 복사하려고 겪은 어려움을 생각하면 놀랍지 않은가?"

나는 침묵 속에서 우리가 현재 조사하고 있는 그 기이한 종족의 유적에 대해서 생각하고 있었다. 딱 한 번 나는 우리의 기술자들이 어둠의 세상으로 가는 문을 열었던 그 거대한 구멍에 가 본 적이 있다. 그것은 끔찍하면서도 잊을 수 없는 기억이었다. 여러 겹의 압력복 때문에 행동하기가 어려웠지만, 절연 물질에도 불구하고 나를 감싸던 그 믿을 수 없는 한기를 느낄 수 있었다.

나는 생각했다.

'우리 비상 상황 때문에 그걸 철저히 파괴해야만 했다니 얼마나 애

석한 일인가! 그들은 얼마나 영리한 종족이었던가. 그들에게 많은 걸 배웠어야 했는데.'

카른이 말했다.

"우리가 비난받아야 한다고는 생각하지 않아. 거의 진공에 절대 영도에 가까운 곳에 뭔가 살 수 있다고는 아무도 믿을 수 없었잖아. 어쩔 수 없었지."

나는 카른의 말에 동의하지 않았다.

"내 생각에 그들은 우리보다 지적인 종족이었던 것 같아. 무엇보다 그들이 먼저 우리를 발견했잖아. 우리 할아버지가 어둠의 세계에서 나오는 에너지가 인공이라고 말했을 때, 모두들 할아버지를 비웃었지."

카른은 사본 위로 촉수 하나를 가져갔다.

"우리는 그 복사에너지의 원인에 대해서 확실히 알고 있었어. 날짜를 보라고. 자네 할아버지가 발견한 것보다 1년이나 일러. 교수는 분명 보조금을 받았을 거야."

그는 유쾌하지 않은 웃음을 지어 보였다.

"바로 그의 발밑에서 우리가 땅을 파고 올라오는 것을 봤을 때 분명히 큰 충격을 받았겠지."

나는 그의 말에 거의 귀를 기울이지 않았다. 불쾌한 감정이 갑자기 나를 감쌌기 때문이었다. 나는 거대한 도시 칼라스테온 아래에 놓여 있는, 알려지지 않은 지구의 핵에 이르기까지 계속해서 뜨거워지고 밀도가 높아지는 수천 킬로미터의 바위를 생각했다. 나는 카른을 향해서 조용히 말했다.

“그다지 우습지 않아. 아마도 다음번엔 우리 차례가 될지도 모르거든.”

유산 | Inheritance |

**1947년 찰스 윌리스라는 필명으로 《뉴월즈》 3호에 첫 게재.
『지구 탐사』에 재수록.**

데이비드가 말했듯이, 250킬로미터의 높이에서 아프리카 대륙으로 추락했는데 발목 하나만 부러졌다는 건 꽤 김이 새는 이야기다. 물론 아프긴 아프다. 그러나 그를 가장 아프게 했던, 아니 그런 척 하게 했던 건 다들 A20기가 어떻게 됐는지 보려고 사막으로 달려가 버렸고, 몇 시간이 지나도 자기 근처에는 오지도 않았다는 사실이었다.

"좀 논리적으로 생각해 봐, 데이비드."

지미 랭포드가 반박했다.

"기지 헬리콥터가 너를 찾아내 무사하다는 신호를 보냈기 때문에 모두 네가 괜찮다는 것을 알았어. 하지만 A20은 이제 완전히 폐품이 되어 버렸다고."

나는 도움이 되었으면 하고 말했다.

"A20은 한 대뿐이었어. 그러나 테스트 파일럿이야 뭐…… 기껏해야 1페니에 두 명, 아니 잘 봐줘서 6펜스에 7명 정도잖아."

데이비드는 그 짙은 눈썹 아래로 으리를 노려보며 웨일스 어로 뭐라 말했다.

"드루이드의 저주." 지미가 나에게 말했다. "지금 이 순간부터 너는 리크(파와 비슷한 식물로 웨일스의 상징 — 옮긴이)나 투명한 플라스틱으로 만든 스톤헨지 모형으로 변할 거다."

우리들은 사려 깊지 않았기에 그 일을 그다지 심각하게 받아들이지 않았다. 우리 중에서 가장 차분해 보이는 데이비드였지만, 그의 강철 같은 신경조차 끔찍한 상처를 받았음에 틀림없었다. 그때는 이것이 무슨 의미인지 알지 못했다.

A20은 발사 장소에서 50킬로미터 아래에 있었다. 우리는 레이더를 통해서 궤도를 모두 추적하고 있었기 때문에, 로켓의 위치를 미터 단위까지 정확히 파악할 수 있었다. 비록 그때 데이비드가 동쪽으로 10킬로미터 더 가서 착륙한 것은 알지 못했을지라도 말이다.

재앙에 대한 첫 번째 경고는 이륙 후 70초 뒤 나타났다. A20기는 50킬로미터 지점에 도달해 있었고, 아주 작은 오차 범위 안에서 완벽하게 궤도를 따라 비행하고 있었다. 눈으로 보건대, 레이더 화면에 나타난 그 빛나는 항로는 이전에 계산한 항로에서 거의 벗어나지 않았다. 데이비드는 초당 2킬로미터로 비행하고 있었다. 대단하다고 할 순 없었지만, 인류가 지금까지 도달한 속도 중 최고였다. 그리고 '골리앗'이 막 투하되려고 하는 시점이었다.

A20기는 2단계 로켓이었다. 화학 연료를 사용하였기 때문에 어쩔 수 없었다. 작은 선실, 접힌 날개, 그리고 보조 날개가 있는 상단부는 연료를 완전히 채우면 20톤 가까운 무게가 나갔다. 50킬로미터까지

로켓을 끌고 올라가는 것은 하단부 200톤에 해당하는 추진기의 몫이었고, 이후에는 자신만의 힘으로 임무를 수행해야 하는 것이었다. 그 거대한 녀석은 낙하산을 이용해 지상에 귀환할 수 있었다. 연료가 다 타고 나면 무게는 많이 나가지 않는다. 반면 상단부는 만약 데이비드가 원하기만 한다면 지구의 절반 정도를 돌아 지상에 떨어지기 전 600킬로미터의 속도를 낼 수 있었다.

누가 로켓의 두 부분의 이름을 '다윗'과 '골리앗'으로 하자고 했는지는 기억이 안 나지만, 그 이름은 즉시 채택됐다. 그러나 한 로켓에 데이비드(다윗)가 둘이나 있으니 많은 혼란이 일어났다.

여하튼 이론적인 면은 그랬지만, 우리는 화면에 보이는 그 조그마한 초록색 점이 계산된 지점에서 멀리 떨어진 곳에 추락하는 것을 보고 무엇인가가 잘못되었다는 것을 알았다. 뭐가 문제였는지 추측을 해 봤다.

50킬로미터 지점에서 두 점으로 분리되어야만 했다. 더 밝은 쪽은 관성에 의해 계속해서 상승하다가 지상에 추락해야 했다. 그러나 다른 쪽은 계속 비행해 속도를 높여 가면서 분리된 추진기에서 재빠르게 벗어나야만 했다.

그러나 분리가 이루어지지 않았다. 텅 빈 '골리앗'은 자유로워지기를 거부했고, '데이비드'를 지상으로 끌어내렸다. 어쩔 수 없이 '데이비드'는 자체 연료를 사용하지 못했다. 하단부의 골리앗이 방해를 한 것이다.

우리는 거의 10초 동안 이 모든 과정을 목격했다. 우리는 새 항로를 계산하고 헬리콥터에 올라타 목표 지점으로 출발했다.

물론 우리가 기대했던 것은 불도저가 밀고 지나간 것 같은 마그네슘 더미였다. 우리는 '데이비드'가 위에 붙어 있는 한, '골리앗'은 낙하산을 펼칠 수 없다는 것을 알고 있었고, 마찬가지로 '골리앗'이 아래에 붙어 있는 한, '데이비드'는 추진할 수 없다는 것도 알고 있었다. 누가 이 소식을 데이비드의 아내 마비스에게 전할 것인가 궁금했지만, 이미 그녀도 다른 사람들처럼 라디오를 듣고 상황을 파악하고 있을 것임을 곧 깨달았다.

우리들은 로켓 두 개가 서로 붙은 채 거대한 낙하산 아래에 거의 아무런 피해 없이 누워 있는 것을 보고는 눈을 의심하지 않을 수 없었다. 데이비드의 신호는 어디에도 없었지만, 이내 기지에서 그를 발견했다는 소식을 들을 수 있었다. 2번 기지국에 있는 플로터가 데이비드의 낙하산이 펼쳐지는 미세한 소리를 감지해 냈고, 그를 데리러 갈 헬리콥터가 출발했다. 20분 후 그는 병원으로 이송되었지만, 우리는 기계 상태를 점검하고 수거 계획을 세우느라 계속 사막에 있어야 했다.

마침내 기지로 귀환했을 때, 우리가 가장 싫어하는 과학 기자들이 사람들에 둘러싸여 곤경에 빠져 있는 것을 보고는 기분이 좋았다. 우리는 그들의 이의를 가볍게 일축하고는 병동으로 갔다.

충격과 그 뒤에 따라오는 안도감으로 인해 우리는 약간 무책임한 어린아이 같은 느낌이 들었다. 오직 데이비드만이 아무런 영향을 받지 않은 것 같았다. 인류 역사상 가장 기적적인 탈출을 했다는 사실조차 그의 머리카락 하나 바꿀 수 없었다. 그는 우리의 조롱에 귀찮다는 듯 침대에 앉아 우리가 조용해지기를 기다렸다.

마침내 지미가 물었다.

"그래, 뭐가 문제였어?"

데이비드가 대답했다.

"그건 너희들이 알아내야 할 몫이야. '골리앗'은 연료통이 분리되는 순간까지 잠자고 있었던 것 같아. 나는 추진기가 폭발해 스프링이 녀석을 분리하기를 5초 동안 기다렸지만, 아무 일도 일어나지 않았어. 그래서 비상 분리 버튼을 눌렀지. 전등이 희미해졌지만, 기대하던 분리는 일어나지 않더군. 여러 번 더 시도했지만 소용이 없었어. 폭발 회로에 누전이 있었거나 전원 장치에 접지가 있었던 거라고 추측했어.

나는 선실에서 비행 차트를 가지고 주판으로 재빨리 계산을 해 봤어. 현재 속도로 200킬로미터는 더 올라가 3분 후면 최고 항로에 진입할 것 같았지. 이윽고 250킬로미터의 속도로 추락하기 시작했고, 4분 후면 사막에 근사한 구멍을 하나 낼 것 같았어. 너희들이 잘 쓰는 표현을 빌리면, 공기 저항을 무시한다면 전부 합해 7분 정도 더 살 수 있을 것 같았어. 공기 저항이 있어 봤자, 몇 분 더 벌 수 있는 정도였고.

나는 큰 낙하산을 펼칠 수 없다는 것을 알았어. 그리고 '데이비드'의 날개는 꼬리에 달려 있는 '골리앗'의 40톤 무게를 감당하기에는 쓸모가 없다는 것도 깨달았지. 결심을 하기까지 몇 분이 더 걸리더군.

에어록을 더 넓혀 달라고 했던 것이 유효했어. 그렇다고는 하더라도 우주복을 입고서 에어록을 빠져나오려니 꽉 끼더군. 나는 생명줄 한쪽을 손잡이에 걸고 하단부와 상단부가 연결되어 있는 지점까지 걸어갔어.

밖에서 낙하산실을 열 수 없었지만, 운전석에서 비상 도끼를 꺼내 갔지. 마그네슘으로 덮인 껍질을 뚫는 것은 그다지 어렵지 않았어. 구멍을 낸 다음 손으로 찢어 버렸지. 몇 초 후에 낙하산을 꺼낼 수 있었어. 낙하산 천이 여기저기 떠다니기 시작하더군. 공기 저항으로 속도가 좀 줄어들기를 기대했지만, 어디에도 그런 조짐은 안 보이더라고. 여전히 낙하산은 펼쳐지지 않고 그 자리에 붙어 있었고. 그저 다시 대기권에 들어가면 로켓에 얽히지 않고 낙하산이 펼쳐지기만을 바랄 수밖에 없었지.

로켓에서 탈출할 수 있는 좋은 방법이 있다고 생각했지. '데이비드'의 무게가 더해져서 낙하산에 20퍼센트 정도 하중이 더해졌을 테지만, 낙하산 천이 부러진 조각에 쓸려, 내가 지상에 도달하기 전에 닳아 해질 가능성이 있다고 생각했지. 게다가 천은 줄의 길이가 달라 펼쳐지면서 헝클어질 게 분명했어.

일을 끝마쳤을 때, 난 처음으로 내 모습을 살펴보았어. 입김에 우주복의 유리를 뿌옇게 만들어서 잘 보이지 않더군. (누군가가 그 안을 들여다보는 편이 나을 것 같더라고. 위험하겠지만 말이지.) 빠른 속도는 아니었지만, 나는 계속 솟아오르고 있었어. 북동쪽으로 시실리 섬과 이탈리아 반도가 모두 보이더군. 훨씬 더 남쪽으로는 리비아 해안과 수도인 벵가지가 있음을 알 수 있었지. 아래쪽에는 내가 아주 어렸을 때, 알렉산더, 몽고메리, 그리고 롬멜이 싸웠던 동네 있었어. 왜 그런 일로 싸웠는지 놀랍게 여겨지더군.

그다지 오래 머물러 있지 않았어. 3분 후에 다시 대기권으로 들어갈 것 같았거든. 나는 마지막으로 그 무기력한 낙하산을 바라보았지. 천이 곧게 뻗어 있어 다시 선실로 들어갔어. 이윽고 나는 '데이비드'의 연료를 버리기 시작했어. 처음에는 산소, 그리고 재빨리 알코올을 버렸지.

그 3분이 너무도 긴 시간처럼 느껴지더군. 첫 번째 소리를 들었을 때, 난 25킬로미터 상공에 있었어. 아주 톤이 높았지만, 너무도 미세한 소리여서 거의 들을 수가 없었네. 로켓의 창문을 통해서 보니 낙하산 천이 팽팽하게 부풀어 오르기 시작하더라고. 동시에 무게가 줄어들면서 로켓의 속도가 떨어지기 시작했어.

그렇지만 계산해 본 결과 그다지 상황은 낙관적이지 않았지. 200킬로미터 이상으로 자유 낙하를 할 것 같았어. 만약 제때 멈추려면 평균 10G(중력 가속도의 단위 — 옮긴이)로 감속을 해야 했어. 그러나 나는 15G를 버텨야 했지. 그래서 나는 다이노케인을 두 방 주사하고 좌석의 수평 유지 장치를 개방했어. '데이비드'의 작은 날개를 분리시켜야 할지 궁금했지만, 별 도움이 안 되겠더군. 그러고 나서 의식을 잃었던 것이 분명해.

다시 정신이 들었을 때는 매우 더웠고, 정상 무게로 돌아와 있었어. 몸이 뻐근하고 욱신거렸지만, 더 심각한 문제는 선실이 심하게 흔들리고 있다는 거였어. 간신히 창밖을 보니 사막이 너무 가까이 있었어. 낙하산이 작동을 하기는 했지만, 추락의 충격이 너무 크겠다는 생각이 들었어. 그래서 뛰어내렸지.

너희들 얘기대로라면 차라리 그 안에 그냥 남아 있는 편이 더 나았을걸. 그러나 불평할 일은 아니지."

우리는 모두 잠잠히 있었다. 이윽고 지미가 불쑥 이야기했다.

"가속도계를 보면 너는 떨어질 때 21G였어. 단지 3초 동안이었지만 말이지. 대부분 12에서 15 정도인데."

데이비드는 듣고 있는 것 같지 않아서 내가 곧바로 말했다.

"자, 우리는 이 보고서를 오래 가지고 있을 수 없거든. 보고 싶어?"

데이비드는 주저했다.

"아니, 지금 말고."

그는 우리 표정을 보더니 심하게 고개를 저었다. 그가 힘주어 말했다.

"아니, 그게 아니야. 지금 즉시 비행하라면 기꺼이 할 수도 있어. 그렇지만 잠시 앉아서 생각하고 싶어."

그의 목소리는 가라앉아 있었고, 다시 말을 시작했을 때 사교적인 가면 뒤의 진짜 데이비드가 말하고 있다는 것을 알 수 있었다.

"너희들은 내가 태연자약하다고 생각하지. 그리고 결과에 구애받지 않고 위험을 감내한다고 생각해. 그건 사실이 아니야. 그리고 너희들이 그 이유를 알아주었으면 해. 나는 아무에게도, 심지어 마비스에게도 그 이유를 이야기한 적이 없어."

그는 약간 변명조로 이야기를 시작했다.

"너희들은 내가 미신적이지 않다는 것을 알 거야. 그러나 최고의 유물론자들조차 인정하지는 않을지라도 비밀스럽게 감추고 있는 것이 있지.

오래전에 나는 아주 생생한 꿈을 꾼 적이 있어. 그 자체로는 그다지 중요하지 않았지만, 후에 보고서에서 나 말고도 두 사람이 같은 경험을 했다는 것을 봤지. 그 중 한 명의 보고서는 읽어 봤을 거야. 그가 바로 J. W. 듄이야.

그의 책 『시간에 대한 실험』에서 듄은 후퇴익이 있는 이상한 비행체의 통제실에 앉아 있는 꿈을 꾸었다고 말하고 있어. 그리고 몇 년이 지나서 그는 고유 안정성 비행기를 테스트하는 중에 그 꿈이 실현됐다는 것을 알게 되었지. 듄이 쓴 책을 읽기 전에 나도 꿈을 꾸었다는 사실을 상기하고는 깊은 인상을 받았어. 그러나 나는 더 놀라운 일을 통해서 두 번째 경험을 하게 됐어.

너희들 이고르 시코르스키에 대해서 읽어 봤지? 그는 '클리퍼'라고 불리는 상업용 장거리 비행기를 처음으로 설계한 사람이야. 자서전 『S비행선 이야기』에서 그는 듄과 비슷한 꿈을 꾸었다고 말하고 있어.

그는 양쪽으로 문이 열려 있는 복도를 걷고 있었고, 머리 위에서 전등이 빛나고 있었지. 발밑에는 약간의 진동이 있었고, 그는 비행선에 있다는 사실을 알 수 있었어. 그때는 세상에 비행기란 것은 없었고, 소수만이 비행기의 탄생을 믿고 있었지.

듄의 꿈과 같이 시코르스키의 꿈은 몇 년이 지나서야 실현되었지. 처음으로 만든 클리퍼의 처녀 비행을 하고 있는데 자기가 걷고 있던 복도의 모습이 익숙했던 거지."

데이비드는 수줍게 웃음을 지어 보였다.

"아마 내 꿈이 뭐였는지 짐작이 갈 거야. 만약 내가 지금 같은 일을 겪지 않았다면 그렇게 강한 인상이 남아 있지 않았을 거야.

나는 창이 있는 작고 휑한 방에 있었어. 나와 함께 두 명이 더 있었는데, 그때는 다들 잠수복을 입고 있다고 생각했지. 이상한 제어판을 하나 가지고 있었는데, 그 안에는 원 모양의 화면이 있더라고. 화면에는 아무것도 없었지만 이상하지 않았어. 여러 번 시도했지만, 다시 기억해 낼 수는 없더라고. 내가 기억하는 것은 다른 두 사람을 향해 내가 말했다는 거야. '앞으로 5분.' 비록 그게 정확한 단어였는지는 모르겠지만 말이지. 그리고 나는 깨어났어.

그 꿈은 내가 테스트 파일럿이 된 이래 계속 나를 쫓아다니고 있어. 아니, 쫓아다닌다는 표현은 어울리지 않아. 적어도 그 꿈은 내가 그 두 명과 함께 선실에 있기 전까지는 모든 일이 잘될 것이라는 확신을 주어 왔어. 그다음에 무슨 일이 일어날지는 나도 몰라. 이제 내가 A20을 추락시키고 A15를 판텔레리아 섬에 블시착시키고도 안전하다고 느낀 이유를 이해했을 거야.

이제 알겠지. 비웃어도 좋아. 때때로 나 스스로 비웃곤 하지. 그러나 아무런 의미가 없다고 하더라도, 나의 잠재의식 속에서 그 꿈은 아주 유용한 후원자거든.”

우리는 비웃지 않았고, 즉시 지미가 말했다.

“다른 두 사람이 누구인지 알겠어?”

데이비드는 의심스럽게 쳐다봤다.

“아직 나도 몰라. 기억해. 그들은 우주복을 입고 있었고, 얼굴은 명확히 볼 수 없었어. 그 둘 중의 하나는 지금 너보다 더 늙어 보였지만, 너 같았어. 근데 유감스럽게도 너는 아니었어, 아서. 미안해.”

“그 말을 들으니 기쁘군. 전에도 말했듯이 나는 뭐가 잘못됐는지 설명만 하고서 뒤에 서 있어야겠군. 승객을 태울 날이 빨리 오기를 좋겠어.”

지미가 일어섰다.

“좋아, 데이비드. 내가 밖에 있는 녀석들을 처리하지. 이제 좀 자. 꿈을 꾸든지 말든지. 참, A20은 일주일 안에 준비가 끝날 거야. 아마 화학 로켓으로는 마지막이 될 것 같아. 원자력 추진기가 거의 준비됐

대."

데이비드의 꿈에 대해 다시는 이야기하지 않았지만, 우리 마음속에는 여전히 그 꿈이 남아 있었다. 3개월 후, 그는 다시 A20에 탑승했고, 더 이상 화학 로켓은 만들지 않을 것이므로, 이런 종류의 로켓으로는 최고의 기록인 680킬로미터까지 올라갔다. 예기치 않은 데이비드의 나일 강 착륙이 한 시대의 마감을 알렸다.

A21이 준비된 것은 3년이 지나서였다. 이전의 거대한 A20에 비하면 아주 작아 보였고, 여태껏 인류가 만들어 온 우주선 중 가장 첨단이라는 사실을 믿을 수 없었다. 이번에는 해수면에서 발사됐고, 지금까지 로켓의 발사를 지켜봤던 아틀라스 산맥은 이제는 먼 배경으로 남았다.

지금까지 지미와 나는 데이비드가 자신의 운명에 대해 품었던 믿음을 공유하고 있다. 에어록이 닫혔을 때, 지미가 했던 작별 인사말이 생각난다.

"세 사람이 탈 우주선을 만들 때까지 그다지 많은 시간이 걸리지 않을 거야."

그는 거의 농담조로 말했다.

지금껏 세상에 존재한 어떤 로켓과도 다른 A21이 거대하고 넓은 원을 그리면서 하늘로 솟구쳐 오르는 장면을 목격했다. 붙박이식 연료통을 장착했기 때문에 중력 손실은 걱정할 필요가 없었으며, 데이비드도 서두르는 기색이 보이지 않았다. 시야에서 사라지는 순간까지도 로켓은 꽤 천천히 비행하고 있었고, 이윽고 우리는 통제실로 돌아왔다.

통제실에 돌아오자 화면에서 신호가 막 사라졌고, 잠시 후 폭발을 느낄 수 있었다. 이것이 데이비드와 그의 꿈의 마지막 장면이었다.

내가 회상하는 그다음 장면은 지미의 헬리콥터로 콘웨이 계곡 위를 날고 있는 것이다. 오른쪽 저 멀리에서 스노든 산이 잠깐 보였다. 우리는 전에 한번도 데이비드의 집에 가 본 적이 없었고 이렇게 방문할 거라고는 기대하지도 않았다. 그러나 이것이 우리가 할 수 있는 최소한의 일이었다.

발밑에 산들이 스쳐 지나가고 있었고, 우리는 갑자기 암울해진 미래와 앞으로 어떻게 해야 할지에 대해 이야기하기 시작했다. 데이비드를 잃었다는 상실감 외에, 그가 품었던 신념도 우리가 함께 나누고 있었음을 깨닫기 시작했다. 이제 그 신념은 산산조각이 나 버렸다.

우리는 마비스가 어떻게 행동할지 궁금했고, 데이비드의 미래에 대해서도 토의했다. 나는 오랫동안 보지 못했고, 지미는 한 번도 보지 못했지만, 아이는 이제 15살이 되었을 것이다. 아버지의 말에 따라 건축가가 될 예정이었고 이미 상당한 재능을 보여 주고 있었다.

마비스는 아주 침착했지만, 마지막으로 만났을 때보다 더 늙어 보였다. 잠시 우리는 사업 문제에 대해서 이야기했고, 데이비드의 부동산에 대해서도 의논했다. 난 한 번도 유언 집행자 노릇을 한 적이 없었지만, 익숙한 일인 것처럼 행동하려 했다.

아들에 대해서 의논을 시작하자마자, 현관문이 열리고 아들이 집으로 들어왔다. 마비스가 아이를 부르자 아이 발소리가 복도를 따라서 천천히 들려왔다. 아이가 우리를 보고 싶어 하지 않다는 것을 알 수 있었다. 방 안에 들어선 아이의 눈은 여전히 붉게 충혈된 상태였다.

아이가 얼마나 아버지를 좋아했는지 우리는 잊어버리고 있었다. 지미가 가볍게 숨을 몰아쉬는 소리가 들렸다.

"안녕, 데이비드." 내가 말했다.

그러나 아이는 나를 보지 않았다. 아이는 전에 한 번 봤지만 어디서 봤는지 기억할 수 없는 사람을 보았을 때처럼 당황스러운 표정으로 지미를 보고 있었다.

그리고 갑자기 어린 데이비드가 건축가가 되는 일은 없을 것임을 나는 알 수 있었다.

황혼 |Nightfall|

1947년 〈킹스 컬리지 리뷰(King's College Review)〉에 최초 수록
『내일을 향해』에 「저주(The Curse)」라는 제목으로 수록

「저주」라는 제목도 있는 「황혼」은 셰익스피어의 무덤을 방문한 뒤 영감을 받아 쓴 작품이다. 당시 나는 스트래드포드 온 아본 근처의 기지에서 공군 레이더 담당으로 훈련받고 있었는데, 불과 10년 전만 해도 그건 SF속에서나 볼 수 있는 일이었다. 그런 생각만 하면 이 이야기가 더욱 가슴 아프게 다가온다.

명성이 전 세계에 퍼져가던 동안 이 작은 마을은 바로 여기, 강의 만곡부에서 300년이라는 시간을 보냈다. 시간과 변화는 이 마을을 살짝 어루만지고 지나갔을 뿐이었다. 아르마다 함선의 방문과 제3라인 제국의 멸망에 대한 이야기가 멀리서 들려왔고, 모든 인류의 전쟁은 마을을 그냥 지나쳐 갔다.

마을은 결코 존재하지 않았던 것처럼 사라졌다. 시간의 흐름 속에서 흙과 세기의 보물이 모두 쓸려 나갔다. 사라진 거리는 유리질 토지의 희미한 자국 속에서 흔적을 찾아볼 수 있었다. 그러나 가옥은 아무것도 남은 것이 없었다. 강철과 콘크리트, 회벽과 오래된 떡갈나무, 이런 것도 종국에는 아무런 문제가 되지 않았다. 죽음의 순간에 그들은 함께 모여 작열하는 포탄의 광채에 사로잡혀 그 자리에 모두 못 박혀 버렸다. 화염에 휩싸이기 직전에 폭풍이 몰아쳐 그들의 존재를 말살했다. 수십 킬로미터에 걸쳐 이글대던 화염의 반구는 평평한 농

장 지역 전체로 늘어났고, 그 한가운데서 오랜 시간 인류의 정신을 지배하던 토템 기둥이 아무런 목적도 없이 솟아올랐다.

발사 중이던 마지막 로켓 하나는 궤도를 이탈했다. 목표물이 무엇이었는지 말하기 어려운 상황이었다. 런던은 확실히 아니었다. 왜냐하면 런던은 더 이상 군사적 요충지가 아니었기 때문이다. 아주 오래전, 실무자들은 그 조그마한 목표물을 파괴하기 위해서는 수소폭탄 세 기면 충분하다고 계산했다. 사실 스무 기의 폭탄은 과도했다.

그러나 그 스무 기 중에 제대로 임무를 수행한 것은 하나도 없었다. 어디서 발사해서 어디로 갔는지 아무것도 알려진 것이 없었다. 외로운 북극의 황야를 지나왔는지, 대서양 위를 건너왔는지, 아무도 몰랐으며, 신경 쓰는 사람조차 거의 없었다. 한때 이 일에 대해 알고 있는 사람이 있었고, 그 거대한 미사일의 비행경로를 관찰하고, 반격용 미사일을 쏘아 올린 사람들이 있었다. 저 높은 곳, 하늘은 검고 태양과 별이 천체를 공유하는 곳에서 약속은 종종 지켜졌다. 그리고 갑자기 형용할 수 없는 광채가 빛을 발했다. 수 세기 후, 인류가 아닌 다른 존재가 보고 이해할 수 있는 메시지를 우주로 보내는 것이었다.

그러나 이것은 전쟁이 시작되기 며칠 전의 일이었다. 수비측은 오랜 시간 동안 무시당했는데, 이는 당연히 그러리라 여겨지던 일이었다. 그들은 임무를 이행하기 위하여 오랫동안 생명을 유지하고 있어야 했지만, 너무 늦었다. 적들은 이미 교훈을 얻었다. 그는 로켓을 더 이상 쏘아 올리지 않을 터였다. 그가 멀리 우주 밖에 있는 비밀 발사대에서 몇 시간 전에 쏘아 올린 것들이 계속 쏟아져 내리고 있었다. 로켓은 자신을 목적지로 인도해 줄 신호를 헛되이 기다리면서 아무런 제어도 받지 않고 지구로 귀환하는 중이었다. 더 이상 파괴할 것도 없는 지구에 하나씩 차례로, 그리고 무작위로 폭탄이 떨어졌다.

강은 이미 범람하고 있었고, 하류 쪽 어딘가는 거대한 맹타에 땅이 뒤틀려 바다로 흘러 들어가는 길이 막혀 버린 곳도 있었다. 인류에게 생명을 주었던 세계로 인류의 도시와 보물이 귀환하던 날 그랬던 것처럼, 가랑비와 함께 먼지가 계속해서 내렸다. 그러나 하늘은 더 이상 어둡지 않았고, 서쪽 하늘의 태양은 성난 구름들 틈에서 지고 있었다.

이 강가에 교회가 하나 있었는데, 교회 건물은 흔적이 전혀 남아 있지 않을지라도, 세월이 모아 두었던 묘비는 여전히 그 장소를 지키고 있었다. 이제 그 석판 조각은 나란히 줄을 지어 부러진 채 서서 폭발이 있던 방향을 가리키고 있었다. 땅속에 박혀 평평해진 것도 있었고, 끔찍한 열로 인하여 금이 가거나 부푼 것도 있었지만, 여전히 많은 묘비가 헛되이 비문을 간직하고 있었다.

빛은 서쪽으로 사라졌고, 하늘은 기이한 선홍색으로 물들어 갔다. 그러나 묘비에 새겨진 글귀는, 낮에는 너무도 희미해 볼 수 없지만 어둠을 몰아낼 정도의 세기로 흔들림 없이 빛나는 방사선으로 읽을 수 있었다. 대지는 불타고 있었다. 방사능 불꽃이 여전히 구름 사이에서 번쩍거렸다. 깜빡거리는 풍경 사이로 끊임없이 흐르는 검은 강줄기가 굽이쳤고, 물이 지하로 흘러 들어가는 곳에서 끊임없이 번쩍이는 대지는 그 깊이를 그대로 유지했다. 한 서대가 지나면, 시야에서 사라지겠지만, 생명이 다시 이곳에 안전하게 태어나기 위해서는 100년은 지나야 할 터였다.

사라진 제단이 놓여 있기 전 300년 묵은 닳아빠진 비석을 물줄기가 조금씩 훑고 지나갔다. 오랫동안 비석을 보호해 왔던 교회는 마침내 보호를 포기했고, 바위의 미세한 변색을 통해서만 화마가 이곳을 지나갔다는 것을 알 수 있었다. 땅 속에서 솟아올라 비석을 스치고 지나가 인광(燐光) 주위에서 잔물결로 산산이 부서지는 물결을 보면서, 인광이라는 단어의 고풍스러운 흔적을 찾아볼 수 있었다. 수백만 명의 사람들이 읽었던 비문이 한줄 한줄 거대한 물의 힘에 굴복했다. 잠시 동안은 희미하게나마 보이는 그 문자들도 곧 영원 속으로 사라졌다.

벗이여, 부탁하노니
여기 묻힌 유해를 파내지 말아 다오.
이 돌무덤을 보호하는 자 축복받을 것이며
내 유골을 손상시키는 자 저주받을지어다.

이제 시인은 영원 속에 방해받지 않고 잠들었다. 머리 위 침묵과 어둠 속에서 에이번 강이 바다에 이르는 새로운 출구를 찾고 있었다.

역사 수업 | History Lesson |

1949년 5월 《놀라운 이야기들(Starling Stories)》에 최초 수록
「지구 탐사」라는 이름으로 『지구 탐사』에 수록

지금은 잃어버린 최초의 작품에서 나온 두 번째 작품인 「역사 수업」은 빙하가 다시 지구를 덮어 버린다는 두 이야기 중 첫 번째 이야기에 해당한다. 『지구 탐사』 서문에서 클라크는 윌과 에이리얼 듀란트의 책 『문명 이야기(Story of Civilization)』에 나오는 문자 그대로 차가운 문장, "문명은 빙하기의 간주곡이다."를 발견했다고 적고 있다. 그리고 "그 다음 차례는 이미 기한이 지난 상태다. 아마도 지구 온난화가 적당한 시기에 우리를 구원해 주러 온 건지도 모른다."라는 문장을 소개하고 있다.

부족이 언제 이 긴 여행을 시작했는지 아무도 기억하지 못했다. 그들의 첫 번째 고향인 광활한 구릉 평원은 한갓 기억 속에서나 존재하는 반쯤 잊힌 꿈에 불과한 것이 돼 버렸다. 오랜 시간 동안 샨과 그의 종족은 낮은 언덕과 거품이 이는 호수가 있는 지역으로 도망 다녔다. 이제는 산이 앞쪽에 놓여 있었다. 올여름 그들은 남쪽 지역으로 가기 위해 이 산들을 넘을 것이다. 낭비할 시간이 없었다.

대륙을 먼지로 만들고 대기를 얼려 버리는 양쪽 극지에서 떠내려온 백색 공포가 하루 간격으로 그들 뒤를 쫓아오고 있었다. 샨은 빙하가 전방에 있는 산을 넘어올 수 있을지 궁금했다. 그는 감히 마음속 희망의 불씨를 조금 살렸다. 그 잔인한 얼음 덩어리가 호되게 두드린다고 할지라도 산은 방패가 되어 줄 것이다. 전설에 따르면 남쪽 지역은 그들에게 마지막 피난처가 될 것이다.

부족이 가축과 함께 이동할 경로를 찾기 데 여러 주가 지나갔다. 한

여름이 왔을 때, 그들은 전에 한 번도 경험한 적이 없는, 공기가 희박하고 별이 휘황찬란하게 빛나는 외진 언덕에 야영지를 잡았다. 샨이 두 아들을 데리고 길을 탐사하러 마을을 떠났을 때, 여름은 거의 끝나가는 상태였다. 3일 동안 그들은 산을 올랐고, 3일 밤을 차가운 바위 위에서 자야 했다. 4일째 아침, 그들 앞에는 수 세기 전 다른 여행자들에 의해 세워진 회색 돌무덤에 이르는 완만한 언덕길이 펼쳐져 있었다.

샨은 몸이 떨리는 것을 느꼈다. 추위 때문이 아니라, 작은 돌 피라미드를 향해 가고 있었기 때문이었다. 아들들은 뒤에 처졌다. 위험이 너무도 컸기 때문에 아무도 말이 없었다. 잠시 뒤면 자신들의 모든 희망이 완전히 사라져 버릴지 아닌지를 알게 될 것이다.

마치 산 아래 대지를 감싸고 있는 것처럼 동서로 산이 굽이쳐 있었다. 그 아래에는 구불구불한 평원이 끝없이 펼쳐져 있었고 거대한 만곡을 이루면서 강이 흐르고 있었다. 평원은 비옥했다. 곡물을 길러도 추수를 하기 전까지는 도망갈 필요가 없을 게 분명해 보였다.

이윽고 샨은 고개를 들어 남쪽을 바라보았다. 그러자 희망의 끝이 눈에 들어왔다. 세상의 끝, 그곳에서 그는 이미 북쪽에서 수없이 보아 왔던 그 죽음의 불빛, 지평선 아래 얼음이 내는 그 빛을 볼 수 있었다.

이제 앞으로 나아갈 길은 없다. 오랜 기간 도망쳤지만, 남극에서 온 빙하가 이미 자신들 앞에까지 온 것이다. 곧 그들은 두 개의 움직이는 거대한 빙하 벽에 갇혀 파괴되고 말 것이다.

남쪽 빙하가 산에 닿는 데는 한 세대가 걸렸다. 그 마지막 여름, 샨의 아들들은 평원을 내려다보고 있는 외로운 돌무덤에 종족의 신성한 보물을 가지고 왔다. 한때 지평선 아래에서 빛을 내던 빙하는 이제 거의 발치까지 왔다. 봄이 되면 산에 부딪쳐 산산조각이 날 것이다.

이제 아무도 이 보물들을 알아보지 못했다. 살아 있는 누군가가 이해하기에는 너무 먼 과거의 유물이었다. 황금시대를 아우르는 그 기원은 안개 속에 사라졌고, 어떻게 그게 이 방랑하는 부족의 손에 들어왔는지도 전해지지 않았다. 기억도 뭇 하는 시기에 사라진 문명에 관한 이야기였기 때문이었다.

한때 이 모든 가엾은 유물은 여러 이유로 중요하게 여겨졌다. 그리고 이제 의미는 없어졌을지언정 신성한 존재가 됐다. 수 세기 전에 고서에 찍혀 있던 글자들은 바래졌지만, 대부분은 읽을 수 있는 것들이었다. 그럴 만한 사람이 있다면 말이다. 그러나 서기 2021년 북경에 거주했던 H. K. 주와 그의 아들들이 펴낸 책에 따르면, 사람들이 일곱 자리 로그를 사용하고, 세계 지도와 시벨리우스의 교향곡 7번을 인쇄할 수 있었던 이래로 수많은 세대가 지났다.

그 오랜 고서들은 특별히 만든 교회 납골당에 신성하게 보관됐다. 조각들이 뒤섞여 모였다. 금화, 백금 동전, 깨진 망원렌즈, 시계, 무열 등 램프, 마이크, 전기면도기의 면도날, 초소형의 무영등…… 위대한 문명이 완전히 사라지고 남은 모든 잡동사니들이 모였다. 이 모든 것들이 조심스럽게 자신들의 쉴 자리를 찾아 들어갔다. 그리고 가장 이해할 수 없기에 신성시 여겨졌던, 세 개의 유물이 더 있었다.

첫 번째는 강렬한 빛을 띠고 있는 이상하게 생긴 금속 조각이었다. 그것은 고대로부터 내려온 모든 상징들 가운데 가장 애잔했다. 인간이 이룩한 최고의 성과물이자 그들이 알고 있었던 인류의 미래에 관해서 말해 주는 유물이기 때문이었다. 이 유물이 놓인 마호가니 받침대 위에는 다음과 같이 씌어진 은색 판이 있었다.

우주선 우현 보조 점화 장치
모닝스타호, 지구 — 달, 서기 1985년

다음은 고대 과학이 이룩한 또 다른 기적이었다. 안에 이상한 모양의 금속 조각이 들어 있는 투명한 플라스틱 구였다. 중심부에는 방사선의 스펙트럼을 변환시켜 주는 막으로 둘러싸인, 합성 방사성원소가 들어 있는 작은 캡슐이 있었다. 그 물체가 활동성을 지니고 있는 한 그 구는 사방으로 전력을 송출하는 작은 무선 전송기가 되었다. 이런 구는 여태까지 몇 개밖에 없었다. 화성과 목성 사이의 소행성 궤도를 영구히 보여 주기 위해 고안된 표시장치였다. 그러나 인류는 결코 소행성에 도달하지 못했고, 이 장치는 한 번도 쓰이지 않았다.

마지막은 깊다기보다는 넓다고 할 수 있는 납작한 원통이었다. 단단하게 밀봉되어 있었고, 흔들면 덜거덕 소리가 났다. 부족에 전승되어 온 이야기에 따르면 이것을 열면 재앙이 따라온다고 했다. 그러나 아무도 이 안에 1000년 전의 가장 위대한 예술 작품이 들어 있다는 사실을 알 수 없었다.

작업이 끝났다. 두 명의 남자는 돌을 다시 덮어 놓고는 천천히 산을 내려가기 시작했다. 마지막 순간에도 인간은 미래를 위해 단서를 남겨 두고, 후세를 위해 특별한 것을 물려주려고 했다.

그해 겨울, 거대한 얼음 파도가 북쪽과 남쪽, 양쪽에서 산을 향해 달려들었다. 처음 공격으로 산기슭은 물 속이 가라앉았고, 빙하는 그들을 먼지로 만들었다. 그러나 산은 굳세게 버티고 서 있었고, 다시 여름이 왔을 때 얼음은 잠시 후퇴했다.

그렇게 한 해가 가고 또 한 해가 가는 동안 전쟁은 계속되었고, 산사태 소리, 바위가 부서지는 소리, 그리고 산산이 부서지는 얼음 소리가 혼란스럽게 하늘을 메웠다. 인간의 어떤 전쟁도 이보다 더 가혹하지 않았고, 이보다 더 완벽하게 지구를 삼켜 버리지 못했다. 마침내 얼음 파도가 가라앉고 천천히 수면 아래로 산사면이 드러나기 시작할 때까지 그들은 무릎을 꿇지 않았다. 아직도 계곡과 오솔길들은 물에 잠겨 있었던 것이다. 막다른 곳에 도달했다. 드디어 빙하가 적수를 만난 것이다.

그러나 빙하의 패배가 인간에게는 너무 늦은 일이었다.

그렇게 몇 세기가 지나갔다. 그리고 아무리 외딴 곳에 있는 외로운 세계라고 하더라도, 우주에 있는 세계라면 역사상 한 번쯤은 벌어질 중대한 사건이 발생했다.

금성에서 날아온 우주선은 5000년이나 늦었지만, 금성인들은 그 사실을 전혀 모르고 있었다. 수백만 킬로미터 떨어진 곳에서 그들은 빙하로 인해 하늘에서 태양 다음으로 가장 빛나는 별이 되어 버린 지구의 거대한 얼음 수의를 보았다. 여기저기 거의 물에 잠긴 산의 위치를 알려 주는 검은 점에 의해서 눈부시게 빛나는 지역이 얼룩져 있었다. 그게 전부였다. 굽이치는 대양, 평원과 산림, 사막과 호수, 한때 인간의 세계였던 이 모든 것은 영원히 얼음 아래 갇혀 버리고 말았다.

우주선이 지구로 다가와 1600킬로미터 상공어서 궤도를 그렸다. 5일 동안 지구를 돌면서 카메라는 찍을 수 있는 모든 것을 찍었고, 여러 장비로 금성 과학자들이 몇 년은 연구해야 할 만큼 정보를 모았다. 실제로 착륙을 시도하지는 않았다. 그런 의도조차 없어 보였다. 그러나 6일째 되는 날, 상황이 바뀌었다. 최대 배율까지 올려 관찰한 결과, 5000년 된 표시장치에서 희미한 복사에너지가 나오고 있음이 감지되었다. 수 세기 동안 계속해서 신호를 보내고 있었는데, 방사성 에너지는 천천히 약해져 가고 있었다.

모니터는 표시장치의 주파수에 맞춰졌다. 통제실에서는 벨이 요란스럽게 울렸다. 잠시 후, 금성에서 온 우주선은 궤도를 이탈해 지구, 특히 여전히 얼음 위에 자랑스럽게 솟아 있는 산맥과 세월의 흐름을 비켜 간 회색 돌무덤을 향해 하강을 시작했다.

한때 금성을 가렸던 구름이 완전히 사라지자, 거대한 태양은 아무런 거리낌 없이 창공에서 불탔다. 태양 복사에너지의 변화를 일으킨 원인이 무엇이었든지 간에, 그것은 한 문명의 운명을 결정짓더니, 이제는 새로운 문명의 탄생을 가져왔다. 5000년이라는 시간도 지나기 전에, 금성의 반(半) 야만인들은 처음으로 태양과 별들을 보게 되었다. 지구의 과학이 천문학과 함께 시작되었던 것처럼, 금성의 과학도 마찬가지였고, 인간이 한 번도 보지 못한 따스하고 풍요로운 세상에서 믿을 수 없는 속도로 문명의 진보가 이루어졌다.

아마도 금성인들은 행복한 종족이었는지도 모른다. 그들은 지구의 인간들을 1000년 동안 감금했던 그 암흑시대를 알지 못했다. 그들은 화학과 역학을 습득하기 위해 먼 길을 걸어야 했지만, 방사능 물리학에 대한 기본 법칙은 금세 배웠다. 인간이 피라미드에서 로켓 추진 우주선을 만드는 데 걸린 시간 동안 금성인들은 농경부터 인간이 발견하지 못한 궁극의 비밀인 반중력까지 발견했다.

대부분의 어린 행성이 그렇듯이, 따뜻한 대양이 모래 해변을 향해 나른하게 굽이치고 있었다. 이 대륙은 최근에 생겨 모래가 매우 거칠고 자갈이 많이 섞여 있었다. 아직 바다가 이들을 부드럽게 만들기까지 시간이 더 필요했다. 과학자들은 태양빛을 받으며 자신들의 아름다운 파충류 몸을 물 속에 담갔다. 금성의 위대한 영혼들이 다른 모든 섬에서 이곳으로 모여들었다. 무엇에 관해서 듣게 될지 알 수 없었지만, 제3행성과 빙하가 오기 전 지구에 살았던 이상한 종족에 관한 것임은 알고 있었다.

역사학자는 땅 위에 서 있었다. 그가 사용하려는 도구가 물과 친하지 않았기 때문이었다. 그 곁에 동료의 시선을 한껏 받고 있는 거대한 기계가 하나 있었다. 10미터 정도 떨어진 하얀 스크린을 향해 렌즈가 돌출되어 있는 것으로 봐서 광학 관련 기계임을 알 수 있었다.

역사학자가 말하기 시작했다. 간단히 제3행성과 그곳에 살았던 사람들과 관련되어 발견된 것이 너무도 미미하다는 사실을 개괄했다. 그리고 지구의 문자 한 자(字)를 해석하려고 수 세기에 걸친 연구가 행해졌지만, 결국 헛수고였다고 말했다. 그 행성에는 뛰어난 기계 문명을 지닌 종족이 살았다. 그것만큼은 산 위의 돌무덤에서 발견된 몇 개의 기계 조각들을 통해 알 수 있었다.

"우리는 왜 이 고등 문명이 파국을 맞았는지 모릅니다. 분명히 그들은 빙하기에도 살아남을 수 있는 충분한 지식이 있었습니다. 우리가 모르는 다른 요인이 있는 게 분명합니다. 아마도 질병이나 혹은 종족의 퇴화일 겁니다. 선사 이전에 우리 종족들이 그러했던 것처럼 과학 기술의 발전에도 불구하고 종족 간 투쟁이 제3행성에서 계속되었을지도 모른다는 설도 있었습니다. 어떤 철학자들은 과학 기술에 대한 지식이 높은 수준의 문명을 의미하는 것은 아니며, 기계공학 능력, 비행기, 심지어는 전파를 보유한 사회에서 전쟁이 일어나는 것도 이론적으로 가능하다고 합니다. 우리에게는 매우 이질적인 개념이지만, 우리는 그 가능성을 받아들여야 합니다. 사라진 종족의 멸망에 대한 확실한 설명이 될 수도 있습니다.

제3행성에 살았던 생명체의 육체적 형태가 어떠했는지는 결코 알 수 없다는 가정은 항상 있었습니다. 수 세기 동안, 예술가들은 환상적인 모습을 한 사람으로 넘쳐 나는 죽어 버린 세계의 역사를 그림으로 그려 왔습니다. 이런 창작물들의 대부분은 다소 우리를 닮은 모습이었습니다. 비록 우리가 파충류이기 때문에, 다른 모든 지적 생명체도 모두 파충류여야 하는 것은 아니라는 지적이 있긴 했지만 말입니다. 우리는 이제 역사상 가장 어려운 문제에 대한 하나의 대답을 알아냈습니다. 500년의 연구를 통해 마침내 우리는 제3행성을 지배했던 생명체의 완벽한 형태를 알아냈습니다."

과학자들 사이에서 놀라움의 탄성이 일었다. 몇몇은 너무 몸을 뒤로 젖히고 있다가 잠시 바다의 평안함 속으로 사라지기도 했다. 금성인들이 스트레스를 받으면 주로 하는 행동이었다. 역사학자는 그들이 다시 물 위로 떠오를 때까지 기다려야 했다. 작은 물줄기가 계속 몸을 적셔 주었기 때문에, 그는 편안하게 있을 수 있었다. 이 물줄기 덕택에 대양에 몸을 담그지 않고도 장시간 육지에서 살아 있을 수 있었던 것이다.

흥분이 점차 가라앉자 설명이 이어졌다.

"제3행성에서 발견된 물건 중에서 가장 정체를 파악하기 어려웠던 건 납작한 금속 통에 담긴 기다란 투명 플라스틱 물질이었습니다. 양쪽 가장자리에 구멍이 나 있으며 단단히 감겨 있었습니다. 처음에 이 투명한 테이프는 아무런 형태가 없어 보였지만, 새로운 반(半) 전자 현미경으로 조사를 해 본 결과, 그렇지 않았습니다. 물체의 표면에는 우리 눈에 보이지 않지만 제대로 된 복사에너지를 비추면 보이는 작은 그림이 말 그대로 수천 개나 있었습니다. 어떤 화학 물질을 사용하여 자국을 남겼지만, 시간이 흐르면서 사라진 것 같습니다.

그 그림은 최고 문명에 다다랐던 제3행성인들의 삶에 대한 기록으로 보입니다. 그림은 하나씩이 아니라 연속적이었습니다. 거의 비슷하지만 아주 조금씩 달랐지요. 이 기록을 남긴 목적은 명백합니다. 빠른 속도로 그림을 비추면 끊임없이 움직이고 있다는 착시 현상을 일으킬 수 있습니다. 우리는 이런 일에 닳는 기계를 만들었고, 이제 여기서 연속 그림을 그대로 재생해 보여 드리고자 합니다.

이제 보게 될 화면은 우리를 자매 행성인 지구의 수천 년 전 과거로 인도할 겁니다. 그들은 매우 복합적인 문명을 이뤘고, 그들의 활동은 우리가 미약하게 추측할 수 있을 뿐입니다. 삶은 매우 폭력적이었고, 에너지가 넘쳐났으며, 많은 부분이 혼란스러웠던 것으로 보입니다.

제3행성에는 다양한 종류의 종족이 살았지만, 그들 중 어느 종족도 파충류는 아니었습니다. 저희 자존심어 상처가 되기는 하지만, 이러한 결론은 피할 수 없는 것입니다. 가장 지배적인 형태의 생명체는 두 팔과 두 다리를 가지고 있었습니다. 직립 보행을 했으며, 추위로부터 몸을 보호하기 위해 부드러운 천으로 감싸고 있었습니다. 빙하기 이전부터 제3행성은 현재 저희들이 사는 이 세계보다 기온이 낮았기 때문입니다.

그러나 더 이상 기다리게 하고 싶지는 않습니다. 이제 제가 말씀드렸던 것을 보시게 될 것입니다.”

영사기에서 밝은 빛이 나왔다. 잠시 기계가 윙 돌아가는 소리가 났고, 화면에는 다소 급히 움직이는 이상한 존재가 수도 없이 등장했다. 생명체 중 하나에 초점이 맞았고, 과학자들은 역사학자의 설명이 정확했음을 얼 수 있었다. 그 생명체는 두 눈이 다소 가운데로 몰려 있었지만, 다른 감각 기관들은 분명치가 않았다. 머리 하단부에는 끊임없이 열렸다 닫히는 커다란 구멍이 있었다. 아마도 숨을 쉬는 것과 관련된 것으로 보였다.

과학자들은 그 기이한 존재가 일련의 놀라운 모험을 벌이는 광경을 보고 넋을 잃었다. 다른 종족과 믿을 수 없을 정도로 폭력적인 갈등을 벌이고 있었다. 틀림없이 둘 다 죽을 것 같았지만, 종국에는 아무도 더 피해를 입지 않았다. 이윽고 특별한 운송 능력을 가진 네 바퀴 달린 기계가 광포하게 질주하기 시작했다. 숨이 막힐 것 같은 속도로 이리저리 움직이는 다른 운송 수단들로 가득 찬 도시에 가자 질주는 끝이 났다. 두 대의 기계가 충돌하여 끔찍한 결과가 일어났지만 아무도 놀라지 않는 것 같았다.

그 후 사건은 더욱 복잡하게 변해 갔다. 무슨 일이 있었는지 알아내기 위해서는 몇 년의 분석이 필요할 것 같았다. 아무래도 제3행성에서 살았던 생명체의 삶에 대한 단순한 재생이 아니라, 다소 스타일을 가미한 예술 작품의 일종인 모양이었다.

연속 그림 재생이 끝나자 대부분의 과학자들은 얼떨떨해해 보였다. 관심의 대상이던 생명체가 무시무시하지만 이해할 수 없는 파국에 이르자 마지막 혼란이 일어났다. 화면은 그 생명체의 얼굴에 초점을 맞춘 채 점차 원 모양으로 줄어들기 시작했다 마지막 장면은 무엇인가 강렬한 감정을 표현하려는 얼굴이었지만, 그것이 분노인지, 슬픔인지, 절망인지, 체념인지, 혹은 다른 감정인지 알 수 없었다.

화면은 사라졌다. 잠시 동안 화면에 글자가 보였다. 그리고 끝이었다.

몇 분 동안 정적이 감돌았고, 모래를 두드리는 파도 소리만이 들렸다. 과학자들은 말할 수 없는 충격에 휩싸였다. 지구 문명으로 떠났던 짧은 관광은 그들 마음을 강렬하게 흔들었다 이윽고 그들은 끼리끼리 모여 이야기하기 시작했다. 처음에는 속삭이더니, 그들이 받은 느낌이 명확해지자 더욱 큰 소리로 말하기 시작했다. 즉시 역사학자는 주의를 환기시키고 다시 연설을 시작했다.

"이제 우리는 이 기록을 통해 알아낼 수 있는 모든 지식을 얻으려고 합니다. 복사본을 수천 개 만들어 모든 분야에 배포할 예정입니다. 이와 관련된 제반 문제를 이해하시리라 믿습니다. 특히 심리학자들이 이와 관련해 중대한 임무를 맡을 겁니다. 그러나 우리가 성공하리라는 사실엔 의심의 여지가 없다고 봅니다. 이 아름다운 종족에 대해서 우리가 알아내지 못한 것을 다음 세대가 알아내리라 생각합니까? 떠나기 전에 먼 친척에 해당하는 종족들을 살펴볼 필요가 있다고 생각합니다. 지능은 아마도 우리를 능가했을지 몰라도 살아남지 못한 종족을요."

다시 마지막 장면이 화면에 보였지만, 이번에는 아무런 움직임도 없었다. 영사기가 멈췄기 때문이다. 과학자들은 경외심을 가지고 그 정지 화면을 바라보았다. 과거에 존재했던 그 인물은 자신만의 독특한 표정을 지으면서 거만하고 심술궂은 표정으로 그들을 바라보고 있었다.

앞으로 이 장면이 인간을 상징하게 될 것이다. 금성의 심리학자들은 인간의 행동을 분석하고 모든 움직임을 관찰할 것이다. 마침내 인간의 정신을 재구성할 때까지 수천 권의 책이 나올 것이다. 복잡한 철학 이론이 인간의 행동을 설명하기 위해 나타날 것이다. 그러나 이런 모든 노력에도 불구하고, 그들의 연구는 모두 헛된 것이 될 터였다.

화면 속의 자존심 강하고 고독한 인물은 장구하지만 아무런 소득도 없을 과학자들의 연구를 조소하면서 바라볼 것이다. 우주가 존재하는 한, 그들의 비밀은 안전할 것이다. 이제 지구의 잊힌 언어를 읽을 수 있는 사람은 없었다. 앞으로 수백만 세대가 지나가는 동안에도 이 마지막 단어는 화면을 스치고 지나가겠지만, 아무도 그 의미를 추측하지 못할 것이다.

"월트 디즈니 프로덕션"

덧없는 인생 |Transience|

1949년 7월 《놀라운 이야기들》에 처음 수록
『하늘의 저편(The Other Side of the Sky)』에 수록

「덧없는 인생」은 내 단편 소설 중에 유일하게 영국 작곡가 데이비드 베드포드가 곡으로 만들어 준 작품이다. 고인이 된 피터 페어스 경이 그 곡을 위임받아 런던 신포니에타와 함께 연주했다. A. E. 하우스만의 시에서 영감을 받아 쓴 이야기인데, 이중에 "므엇을 하고 무엇을 쓸 것인가/ 이 황혼에 기대어"라는 대구가 있다. 이는 나의 소설 제목이기도 하다. 배드포드는 내 소설 '도시와 별'을 바탕으로 한 오라토리오를 2001년 로열페스티벌홀에서 연주하기도 했다.

거의 해변까지 내려온 숲은 낮고 얕은 언덕 사면까지 기어오르고 있었다. 발밑의 모래는 거칠었고, 수많은 조개껍데기가 섞여 있었다. 파도가 밀려가면서 남긴 해초의 긴 자국이 여기저기 해변에 남아 있었다. 결코 멈출 기세가 없어 보이던 비구름이 잠시 내륙으로 사라졌지만, 이따금 커다랗고 성난 물방울이 작은 모래 분화구를 세차게 치곤 했다.

태양과 비가 쉬지 않고 싸우는 통에, 날씨는 숨이 막힐 듯 무더웠다. 때때로 잠시 안개가 걷혔고, 안개에 싸여 있던 언덕은 선명하게 육지 위로 모습을 드러냈다. 이 언덕은 해변을 따라 만과 나란히 반원을 그리고 있었고, 이들 뒤로는 저 멀리 영원히 걷히지 않는 구름이 가리고 있는 산의 장벽이 때때로 보이곤 했다. 단지 한 곳에서만 앙상하게 드러난 바위를 볼 수 있었다. 이곳은 오래 전에 지각 변동으로 언덕의 지반이 약해진 곳이었다. 2킬로미터 길이의 단층이 부러진 날

개처럼 가파르게 바다로 곤두박질치고 있었다.

야수를 경계하는 것처럼 조심스럽게 한 아이가, 숲 가장자리의 발육 상태가 그다지 좋아 보이지 않는 나무 사이에서 나타났다. 잠시 아이는 주저하는 듯했다. 그러고는 아무런 위험이 없어 보이자 해변으로 천천히 걸어갔다.

아이는 벌거벗고 있었지만, 몸집이 좋았고 어깨 위에 검은 머리가 엉켜 있었다. 비록 야수 같아 보였지만, 얼굴은 인간 사회의 지나간 과거를 보여 주는 것 같았다. 눈을 보면 그 사실이 더욱 두드러졌다. 그 눈은 동물의 눈이 아니었다. 어떤 동물도 결코 알 수 없는 그윽함이 깃들어 있기 때문이었다. 그러나 아직 희망의 빛은 보이지 않았다. 이 아이와 아이의 종족에게는 아직 이성의 빛이 싹트지 않았다. 함께 사는 다른 동물과 단지 털끝만큼만 다를 뿐이었다.

이 종족은 그다지 오래 전부터 이 땅에 산 것은 아니었다. 이 아이는 외로운 해변에 첫 발자국을 남긴 첫 번째 사람이었다. 위험하지만 잘 알고 있는 숲에 사는 아이를 미지의, 그러므로 더욱 위험한 이 새로운 땅으로 이끈 것이 무엇인지는 설령 아이에게 언어능력이 있다고 할지라도 명확히 설명할 수 없었을 것이다. 아이는 천천히 물가로 걸어갔지만, 항상 뒤에 있는 숲을 힐끔거려야 했다. 아이의 이런 행동으로 인하여 역사상 처음으로 평평한 모래사장에 발자국이 남게 되었다. 이런 일은 미래의 언젠가는 너무도 익숙한 일이 될 것이다.

아이는 전에도 물을 경험한 적이 있었지만, 시내나 강물 정도였다. 바다는 아이의 앞에 무한히 펼쳐져 있었고, 끊임없는 파도 소리가 귀를 때렸다.

아이는 야만인다운 무한한 참을성을 발휘허 막 물이 빠져나간 축축한 모래사장 위에 섰다. 그리고 다시 파도가 빠져나갔을 때 천천히 보조를 맞춰 가면서 물을 따라 걸어갔다. 갑자기 파도가 발밑까지 덮쳐오자, 아이는 육지를 향해서 조금 달아났다. 그러나 무엇인가가 아이를 계속 해변에 붙잡고 있었다. 아이의 그림자는 모래사장 위에 길게 늘어지고, 차가운 저녁 바람이 아이를 감싸기 시작했다.

어쩌면 바다의 경이로움이, 그리고 언제가 인간에게 커다란 영향을 미칠 거라는 암시가 아이의 마음을 사로잡은 것인지도 몰랐다. 비록 그들의 신이 등장하기까지는 오랜 시간이 필요했지만, 아이는 내부에서 일어나는 미미한 신앙심을 느끼고 있었다. 아이는 지금 자신이 이전까지 경험한 그 어떤 것보다도 더 강력한 존재를 경험하고 있다는 사실을 알았다.

파도는 다시 방향을 돌렸다. 저 멀리 숲에서 늑대가 한번 울부짖었고, 다시 사위가 조용해졌다. 밤의 소음들이 주위에 가득했고, 이제는 돌아가야 할 시간이었다.

낮게 떠 있는 달 아래, 발자국이 만든 선 두 개가 모래 위에 얽혀 있었다. 재빨리 다가온 파도가 발자국을 부드럽게 지웠다. 그러나 앞으로 발자국은 수십, 수백만 개가 더 생길 터였다. 수백 수천 년이 지나면.

바위 더미에서 놀고 있는 소년은 한때 육지를 지배했던 숲에 대해서 아무것도 알지 못했다. 숲은 어떤 흔적도 남기지 않았다. 언덕을 감싸던 덧없는 안개처럼 지금은 사라지고 없었다. 숲이 있던 자리에는 수천 년의 노동으로 만들어진 바둑판 모양의 평야가 나타났다. 비록 하늘을 배경으로 한 산의 모습을 제외하고는 모든 게 변했지만, 영원에 대한 환영은 계속 살아남았다. 해변의 모래는 곱게 변했고, 육지가 솟아올라 그 오래된 해안선은 이제 끊임없이 밀려오는 파도의 사정거리에서 벗어나 있었다.

바다의 장벽과 산책길 너머에 있는 작은 마을이 황금빛 여름을 맞이하고 있었다. 여기저기 해변을 따라서 사람들은 휴식을 취하고 있었다. 그들은 햇빛을 받으며 나른함에 젖어 있거나, 파도의 자장가에 취해 있었다.

하얗고 황금색으로 빛나는 배가 물을 가르며 만을 가로질러 천천히 바다로 움직이고 있었다. 그 소년은 멀리서 선원들이 배를 두드리는 희미한 소리를 들을 수 있었다. 그리고 선루와 갑판에서 움직이고 있는 작은 형체들도 볼 수 있었다. 아이에게도, 그리고 다른 이에게도, 그것은 아름답고 경이로운 모습이었다. 아이는 배의 이름과 그 배가 증기를 뿜으면서 가고 있는 목적지도 알고 있었다. 그러나 이 거대한 배가 이런 종류의 배 중에서 마지막으로 만들어졌으며 동시에 가장 위대하다는 사실을 알지 못했다. 아이는 태양의 이글거림에 정신을 잃어 자존심 강하고 사랑스러운 거인에게 운명의 주문을 걸고 있는 작고 하얀 수증기 자국을 보지 못했다.

곧 그 거대한 배는 수평선의 검은 점으로 변했고, 소년은 다시금 모래성을 쌓기 시작했다. 서쪽에서 태양이 긴 하강을 시작하고 있었지만, 저녁은 여전히 저 멀리 있었다.

마침내 저녁이 왔고, 다시 육지에 조수가 밀어닥쳤다. 어머니의 말에 따라, 소년은 놀던 도구들을 챙겼고, 피곤에 지쳤지만 만족하면서 해안을 향해 있는 부모님의 등을 쫓아가기 시작했다. 그는 힘들게 만든 성을 한번 돌아보았다. 그리고 다시는 돌아보지 않았다. 내일이면 다시 돌아올 것이기에, 미래는 끝없이 그의 앞에 펼쳐져 있기에, 소년은 아무런 후회 없이 파도에 자신의 성을 맡겨 버리고 떠났다.

소년에게도, 그리고 이 세상에게도, 그 내일이란 항상 오는 것이 아니었다. 이것을 알기에 소년은 아직 너무 어렸다.

이제 언덕조차 세월의 무게에 씻겨 나가 형태가 변했다. 이 모든 변화가 자연스러운 과정은 아니었다. 이제는 잊힌 먼 옛날의 어느 날 저녁, 무엇인가가 별에서 지상으로 미끄러져 내려왔고, 그 작은 마을은 급하게 소용돌이치는 화염 속에 사라져 버렸다. 그러나 이것은 너무도 오래된 일이어서 슬픔이나 후회와는 무관했다. 그 전설적인 트로이나 거대한 폼페이의 몰락처럼, 이것은 복구할 수 없는 과거의 일부분이며, 이제는 더 이상 연민의 감정을 불러일으키지 않았다.

기다란 금속 빌딩이 태양빛에 빛나는 한 무리의 거울을 지탱한 채 가파른 언덕 사면에 서 있었다. 이전 시대의 사람이라면 어느 누구도 그 용도를 추측하기 어려웠다. 고대 인류에게 천문 관측소나 무선 기지국이 의미가 없는 것과 마찬가지였다. 그러나 그건 관측소도 기지국도 아니었다.

정오부터 브랜은 썰물 때문에 생긴 조그만 웅덩이에서 놀고 있었다. 해안에서 기계들이 조심스럽게 보호해 주고 있었지만 혼자였다. 불과 며칠 전만 하더라도, 이 사랑스러운 해안의 파란 물가에서는 아이들이 뛰놀았다. 브랜은 때때로 그 아이들이 어디로 사라졌는지 궁금했지만, 원래 고독한 아이였기 때문에 크게 신경 쓰지 않았다. 그는 자신의 꿈에 빠져 혼자 있기를 좋아했다.

몇 시간 동안 브랜은 남아 있는 작은 웅덩이들을 연결해 세밀한 수로를 만들었다. 브랜의 머릿속은 지구와 아주 멀리 떨어진 다른 시간과 다른 공간에서 놀았다. 주위에 있는 모래는 외계의 굵고 붉은 모래였다. 브랜은 기계공학자들의 왕자인 카드니스로, 침식해 들어오는 사막에 대항해 사람들을 구하기 위하여 싸우고 있었다. 브랜은 화성의 황폐한 표면을 올려다보았다. 브랜은 오래된 비극에 대해 알고 있었고, 너무 늦어 버린 지구의 원조에 대해서도 알고 있었다.

수평선 너머 바다는 텅 비어 있었다. 수 세기 동안 그랬던 것처럼, 귀찮게 구는 배는 한 척도 떠 있지 않았다. 태초에 인간이 대양과 짧게 전쟁을 치렀다. 그 후 최초의 카누가 태어나고 그 위대한 메가테리아 호가 마지막으로 사라지기까지 너무도 짧은 시간만이 있었던 듯 보였다.

브랜은 괴물 같은 그림자가 해안을 휩쓸고 지나갈 때조차 하늘을 올려다보지 않았다. 지난 며칠 동안, 이 은색 거인은 끊임없이 언덕 너머에서 솟아올랐기 때문에, 그는 무신경하게 대했다. 평생 동안 브랜은 하늘 위로 솟아올라 먼 별로 항해를 떠나는 거대한 우주선을 보아 왔다. 그 긴 여행을 마치고 귀환하는 우주선들도 종종 보았다. 그것들은 구름 위에서 상상할 수도 없는 짐들을 떨어뜨리곤 했다.

때때로 왜 더 이상 우주선이 돌아오지 않는지 궁금해 하기도 했다. 지금 브랜이 보는 우주선은 모두 외계를 향해 떠나고 있었다. 그 중 어느 하나도 하늘에서 내려와 언덕 너머의 거대한 기지에 정박하지 않았다. 왜 그런지 아무도 그에게 이유를 설명해 주지 않았다. 그 질문이 일으키는 슬픔을 보며 그는 이제 그것에 대해 이야기해서는 안 된다는 것을 배웠다.

모래사장 저편에서 로봇이 부드럽게 그의 이름을 불렀다. "브랜." 하는 어머니와 똑같은 목소리가 들려왔다.

"브랜, 이제 집에 갈 시간이야."

아이는 화를 내면서 거부의 몸짓으로 하늘을 보았다. 믿을 수 없었다. 여전히 태양은 저 높이 있고, 파도는 저 멀리 있었다. 그러나 이미 아버지와 어머니가 해안을 따라 아이에게 다가오고 있었다.

시간이 많지 않은지 그들은 빨리 걸었다. 때때로 아버지는 하늘을 흘끗 쳐다보곤 했다. 그리고 더 이상 희강이 없다는 것을 잘 안다는 듯 재빨리 고개를 돌렸다. 그러나 잠시 후 그는 또 하늘을 보고 있었다.

화가 나 고집을 부리면서 브랜은 자신이 만든 운하와 호수 사이에 서 있었다. 어머니는 이상하게 아무 말이 없었지만, 아버지는 브랜을 붙잡고 조용히 말했다.

"브랜, 우리랑 함께 가야 한단다. 가야 할 시간이야."

아이는 뚱하게 해안을 가리켰다.

"너무 일러. 아직 끝나지 않았단 말이야."

아이의 대답에는 화가 묻어 있지 않았지만, 커다란 슬픔이 배어났다.

"브랜, 이제 끝낼 수 없는 일들이 너무도 많아질 거야."

여전히 아무것도 모른 채 아이는 엄마를 쳐다보았다.

"그럼 내일 다시 와도 돼?"

쓸쓸한 놀라움 속에서 브랜은 어머니의 눈이 눈물로 가득 차 있는 것을 보았다. 브랜은 이제 다시는 이 옥빛 하안의 모래사장에서 놀 수 없다는 사실을 알아챘다. 다시는 발밑으로 작은 파도를 느낄 수 없을 것이다. 브랜은 영혼이 오싹해지는 기분이 들었다. 처음으로 긴 유랑이 그의 앞에 놓여 있다는 것을 희미하게 짐작할 수 있었다.

부모님과 함께 발바닥에 달라붙는 모래 위를 걸으며 아이는 결코 뒤를 돌아보지 않았다. 브랜은 이 순간을 평생 기억하겠지만, 여전히 자신이 이해할 수 없는 미래 속으로 맹목적으로 걸어 들어가는 것 말고는 아무것도 할 수 없었다.

세 명의 모습은 점차 희미해지다가 사라졌다. 한참 뒤 은색 구름이 언덕 위에 다시 솟아올라 천천히 바다를 향해 흘러갔다. 그 좁은 만곡에서는 마지막 우주선이 자신의 세계를 떠나기 싫어하는 것처럼 수평선을 향해서 솟구쳐 올랐고, 지구의 끝 그 허공으로 사라졌다.

멸망의 날과 함께 다시 조수가 밀려들었다. 건물을 지은 사람들이 여전히 안에 있기라도 한 듯 언덕 위의 작은 금속 빌딩에서는 밝게 빛났다. 천구 근처에서 별 하나가 태양이 지기를 기다리지도 않고 어두워지기 시작한 하늘을 배경으로 하얀 광채를 강하게 뿜어내며 타기 시작했다. 뒤이어 인간이 한때 1000년 정도 관계를 맺고 살아 왔던 별들이 하늘을 가득 채우기 시작했다. 이제 지구는 우주의 중심 근처에 놓였고, 하늘 전체는 순수한 광채로 덮였다.

두 개의 구부러진 긴 팔을 가진 검고 흉측한 어떤 것이, 바다 저편에서 솟아올라, 별빛을 가리더니 전 세계를 자신의 그림자로 뒤덮었다. 이미 암흑 성운의 촉수가 이미 태양계의 가장자리를 휩쓸고 있었다.

동쪽에서 거대한 황색 달이 파도를 뚫고 솟아올랐다. 비록 인간들이 산을 파헤치고, 공기와 물을 가져오기는 했지만, 달은 지구에서 역사가 시작된 이래 언제나 같은 모습을 하고 있었다. 그리고 달은 여전히 조수를 지배하고 있었다. 부서지는 파도는 모래사장을 지나 천천히 작은 운하를 덮치면서 얽혀 있는 발자국을 향해 전진하고 있었다.

지평선에 있는 금속 빌딩에서 나오던 빛이 갑작스럽게 사라졌고, 회전하던 거울도 더 이상 달빛을 반사하지 않았다. 내륙에서부터 눈을 멀게 할 정도의 섬광과 함께 거대한 폭발이 하나 둘 일어나기 시작했다.

곧 땅이 약간 흔들렸다. 그러나 어떤 소리도 그 버려진 해안의 정적을 방해하지 않았다.

축 늘어진 고요한 달빛 아래, 그리고 수많은 별 아래, 해변은 마지막 순간을 기다리고 있었다. 처음에 그랬던 것처럼 지금도 혼자였다. 단지 파도만이 잠시 동안 황금빛 모래 위를 으갈 것이다.

인간이 왔다가 사라진 것처럼……

어둠의 장벽 |The Wall of Darkness|

1949년 『위대한 이야기들(Super Science Stories)』 7월호에 최초 수록
『하늘의 저편』에 수록

시간의 강물 위를 거품처럼 떠다니는 우주는 많고도 기이하다. 극히 소수지만, 몇몇은 그 흐름에 역행하거나 엇나가기도 한다. 이보다 더 적은 수의 우주가 미래와 과거에 대한 어떤 인식도 없이 시간의 경계 저 너머에 존재하기도 한다. 셔베인이 사는 작은 우주는 이런 종류의 우주는 아니었다. 그 기이함은 다른 차원의 기이함이었다. 이 우주에는 셔베인이 사는 행성 하나와 거기에 생명과 빛을 제공해 주는 태양 트릴론만이 있었다.

셔베인은 밤이란 것을 몰랐다. 트릴론은 항상 지평선에서 멀리 떨어진 높은 곳에 떠 있었고, 여러 달에 걸친 긴 겨울에만 지평선 가까운 곳으로 기울었기 때문이다. 새도우 랜드의 경계 너머에는 트릴론이 세상의 가장자리 아래로 숨어 버리고 어둠이 내리는 계절이 있는 게 사실이었다. 그 어둠 속에서는 어떤 생명체도 살 수 없었다. 하지만 비록 어둠을 희미하게 밝혀 줄 별빛조차 없었음에도 불구하고, 그

어둠조차도 완전하지는 않았다.

이 조그만 우주에 하나뿐인 행성, 하나뿐인 태양에 항상 같은 면을 향한 채 공전하는 셔베인의 세계는 별들의 창조주가 보여 주는 마지막이자 가장 기이한 익살에 해당했다.

그러나 아버지의 영토를 멀리 내다보고 있는 셔베인의 마음을 채우는 생각은 사람의 자식이라면 누구나 알 수 있는 것들이었다. 그는 경외감을 가졌고, 호기심, 그리고 약간의 두려움을 느끼기도 했지만 무엇보다도 앞에 놓여 있는 거대한 세계로 나가고 싶은 열망에 젖었다. 아직 세상에 나가기에는 어린 나이였지만, 오래된 저택은 수 킬로미터나 되는 가장 높은 지대에 자리 잡고 있었으므로 그는 언젠가 자신의 것이 될 영토를 저 멀리까지 내려다볼 수 있었다. 시선을 돌리면, 북쪽으로 얼굴 가득 트릴론이 쏟아 붓는 태양 빛을 받으며 저 멀리 기다란 산맥을 볼 수 있었다. 산맥은 오른쪽으로 둥글게 휘어지면서 점점 더 높아져 가다가 그의 등 뒤 그늘진 땅 쪽으로 사라져 갔다. 언젠가, 좀 더 나이가 들면 셔베인은 위대한 동쪽 나라들로 통하는 길을 따라 저 산들을 넘어갈 것이다.

왼쪽에는 바다가 있었다. 불과 몇 킬로미터 거리였고, 셔베인은 때때로 완만하게 경사진 모래 언덕에 부딪히고 터지는 천둥 같은 파도 소리를 들을 수도 있었다. 바다가 어디까지 이어져 있는지는 아무도 몰랐다. 대양을 가로지르기 위해 떠났던 배들이 있었다. 북쪽으로 뱃머리를 향한 채 트릴론이 하늘 위로 점점 높이 떠오르며 태양빛의 열기가 갈수록 더해져 가는 가운데 배들은 나아갔지만, 그 거대한 태양이 하늘 중앙에 다다르기 한참이나 전에 돌아올 수밖에 없었다. 신화에 나오는 불의 땅이 정말 있다고 해도, 감히 그 불타는 해안에 도달할 희망을 품을 수 있는 사람은 아무도 없으리라. 전설이 정말로 있었던 일들이 아닌 한은 말이다. 전설에 따르면, 한때는 트릴론의 열기에도 불구하고 그 대양을 건너 세상의 반대편에 도달할 수 있는 금속제 쾌속선이 있었다고 했다. 이제 세상 반대편 나라에 이르기 위해서는 육지와 바다를 건너 지루한 여행을 해야 했으며, 감히 북쪽으로 배를 내어 최대한 올라가 본다고 한들 그 거리가 그다지 단축되지 않았다.

셔베인이 사는 세상에서 실제 거주 구역은 타는 듯한 열기와 혹독한 추위 사이에 있는 가느다란 띠처럼 생겼다. 어떤 지역에서건 저 먼 북쪽은 트릴론의 분노로 인해 불가침의 영역이다. 또한 모든 나라의 남쪽에는 트릴론이 단지 지평선에 걸린 창백한 원반에 불과하며 종종 아예 모습을 감춰 버리곤 하는 광대하고 어두움 암흑의 땅이 가로 놓여 있었다.

이 모든 것을 셔베인은 어린 시절에 배웠고, 그 시절에는 산과 바다 사이의 넓은 땅을 떠나고픈 마음이 전혀 없었다. 역사 시대 이래로 그의 조상들은, 그리고 그들 이전에 여기 살았던 부족들은 이 땅을 세계에서 가장 살기 좋은 곳으로 만들려고 갖은 노력을 다했다. 그들이 실패했다 치더라도 성공한 것과 아주 미미한 차이밖에는 없을 것이다. 기이한 꽃으로 가득 찬 빛나는 정원과 이끼 낀 바위들 사이로 부드럽게 간질이며 흘러내려 조수 간만의 차가 없는 맑디맑은 바닷물에 합쳐드는 시내가 있었다. 미처 생겨나지 않은 누대의 씨앗들이 서로서로 이야기를 하고 있는 것처럼 바람에 곡식이 끊임없이 속살거리는 밭도 있었다. 저 넓은 초원과 나무 아래에는 순한 가축 떼가 여기저기 흩어져 다니며 멍청한 울음을 내놓곤 했다. 그리고 거대한 방들과 긴 복도들이 끝도 없이 이어지는 대저택이 있었다. 저택은 실제로도 충분히 규모가 컸지만 어린 소년의 마음에는 더 거대하게 느껴졌다. 이곳이 셔베인이 여러 해를 산 세상이며, 그가 알고 사랑하는 세상이었다. 아직까지는 세상 경계 바깥에 존재하는 그 무엇도 마음을 어지럽히지 않았다.

그러나 셔베인의 우주는 시간의 지배를 벗어난 우주 중 한 곳은 아니었다. 수확물이 영글어 가고 추수를 하여 창고에 곡식이 모였다. 트릴론이 작고 둥근 하늘의 천장에 시계추처럼 서서히 움직여 갔고, 계절이 지나감에 따라 셔베인의 정신과 육체는 점점 자랐다. 이제 땅은 전보다 작아 보였다. 산은 더 가까이 있고 바다는 대저택에서 조금만 걸어가면 닿을 거리였다. 그는 자신이 사는 세상에 대해서 배움으로써 그곳을 더 다듬어 가는 데 일익을 담당할 준비를 갖추기 시작했다.

이런 것들 중 일부는 아버지인 셰르발에게서 배웠다. 하지만 대부분은 아버지의 아버지 시대에 산맥 너머에서 와서 지금 3세대에 걸쳐 셔베인네 집안의 가정교사를 해 오고 있는 그레일에게서 배웠다. 비록 배우고 싶지 않은 것들을 배워야 하기는 했지만 그는 그레일을 무척 좋아했고, 산맥을 넘어 그 너머에 있는 땅으로 가야 할 시기가 오기까지 그의 어린 시절은 무척이나 유쾌하게 지나갔다. 셔베인 일가는 수 세기 전 위대한 동쪽 나라들로부터 이곳으로 이주해 왔고, 그로부터 매 세대마다 장남은 젊은 시절에 1년 동안을 친족들과 함께 보내기 위해 그리로 길을 떠나곤 했다. 이는 무척 현명한 관습이었다. 왜냐하면 산 너머에는 아직도 과거의 지식들이 많이 남아 있고, 다른 지역에서 온 사람들을 만나 그들의 삶의 방식을 배울 수 있었기 때문이다.

아들이 길을 떠나기 전 봄, 셰르발은 세 명의 하인을 고르고 말이라고 부를 수 있는 동물을 선택하여 영지 중에서 아직 어린 셔베인이 한 번도 가 본 적 없는 곳을 보여 주기 위해 길을 떠났다. 그들은 바다 서쪽으로 말을 몰았고, 트릴론이 육안으로 식별 가능할 만큼 지평선에 가까워질 때까지 여러 날에 걸쳐 해안선을 따라 달렸다. 그런 후에도 계속 남쪽으로 길을 가 그들의 그림자가 앞쪽으로 점점 더 길게 늘어졌다. 마침내 태양빛이 힘을 다 잃어버린 것 같이 느껴질 때가 되어서야 다시 동쪽으로 방향을 돌렸다. 이제 그들은 그늘진 땅 경계에 들어와 있다고 할 수 있었고, 여름이 최고조에 달하기 전까지는 남쪽으로 더 가는 것은 현명하지 못했다.

셔베인은 아버지 옆에서 말을 달리면서, 처음으로 새로운 땅을 보는 아이답게 강렬한 호기심을 가지고 스쳐 지나가는 풍경을 바라보았다. 아버지는 토양 이야기를 하며 이곳에서 재배할 수 있는 곡식과 시도를 한다 해도 실패를 거둘 작물에 관해 설명하고 있었다. 그러나 셔베인의 관심은 다른 곳에 있었다. 그늘진 황무지 너머를 바라보던 그는 그 땅이 얼마나 멀리 뻗어 있으며 어떤 신비를 간직하고 있는지 궁금했다.

갑자기 그가 물었다.

"아버지, 만약 그늘진 땅을 건너 정남쪽으로 계속 간다면, 세상의 반대편에 도달할 수 있을까요?"

아버지가 웃었다.

"수 세기 동안 사람들은 그 질문을 던져 왔단다. 그러나 그 대답을 알 수 없는 두 가지 이유가 있다."

"그게 뭔데요?"

"물론 첫째 이유는 어둠과 추위지. 지금 여기에서도 겨울철에는 아무것도 살지 못하니 말이다. 그러나 그보다 더 큰 이유도 있지. 그레일은 얘기한 적이 없을 것으로 안다만."

"얘기한 적 없어요. 적어도 저는 기억나지 않아요."

잠시 동안 셰르발은 대답을 하지 않았다. 그는 말안장의 등자에서 몸을 일으켜 남쪽 땅을 살펴보았다.

"한때 나는 이 지역을 잘 알고 있었지. 따라오려무나. 보여 줄 것이 있으니까."

그들은 가던 길에서 벗어나 몇 시간 동안 태양을 등지고 말을 달렸다. 이제 길은 천천히 오르막으로 접어들고 있었고, 셔베인은 자신들이 그늘진 땅 심장부를 겨냥한 단검인 양 비죽이 튀어나온 거대한 바위 산등성이를 오르고 있음을 알았다. 비탈이 점점 가팔라져서 마침내 말이 오르기에는 너무도 가파른 언덕을 오르기 시작했고, 결국 말에서 내려 하인에게 말을 맡겼다.

"돌아가는 길도 있긴 해. 그렇지만 달을 타고 저쪽 길로 가기보다 우리가 기어 올라가는 편이 빠를 게다."

바위산은 가파르기는 해도 그다지 높지는 않아서 몇 분 걸리지 않아 꼭대기에 오를 수 있었다. 처음에 셔베인은 새로운 것을 볼 수 없었다. 언제나 그랬던 것처럼 넘실대는 평야가 트릴론에서 멀어지면 멀어지는 만큼 더욱 어둡고 금지된 영역처럼 뻗어 있을 뿐이었다.

그는 좀 어리둥절해서 아버지를 바라보았지만, 셰르발은 저 멀리 남쪽을 가리키면서 지평선을 따라 조심스럽게 선을 그어 보였다. 나지막이 그가 말했다.

"보기가 쉽지는 않을 거다. 네가 태어나기 여러 해 전에 나의 아버지도 여기 이 장소에서 보여 주셨지."

셔베인은 어스름 속을 응시했다. 남녘 하늘은 몹시 캄캄해 새카맣게 보일 정도인데, 아래로 드리워져 땅끝과 잇닿아 있는 것 같았다. 그러나 완전히 접해 있지는 않았다. 왜냐하면 지평선을 따라서 더 짙은 어둠의 띠가, 셔베인이 생각도 해 본 적 없을 만큼 캄캄한 밤의 암흑처럼 거대한 호를 그리며 하늘과 땅을 갈라놓고 있었기 때문이다. 그것은 하늘과 땅 어느 쪽에도 속하지 않았다.

셔베인은 오랜 시간 그것을 바라보았다. 그러자 미래에 대한 어떤 암시가 그의 영혼에 깃든 듯했다. 컴컴한 땅이 갑자기 살아서 그를 기다리는 느낌이 들었기 때문이었다. 마침내 셔베인은 억지로 눈을 돌렸다. 비록 너무 어려서 눈앞에 놓인 도전이 무엇인지 알아보지 못했지만, 셔베인에게 세상은 전과 완전히 달라져 있었다.

이렇게 셔베인은 생애 처음으로 '장벽'을 보았다.

이른 봄 그는 영지 사람들에게 작별을 고하고 하인 한 명과 함께 동쪽 세계의 번화한 땅으로 가고자 산맥을 넘었다. 거기서 그는 같은 조상을 둔 사람들을 만나고 민족의 역사를 배웠으며, 고대로부터 내려온 예술과 인간의 삶을 지배하는 과학을 익혔다. 이 배움의 공간에서 그는 더 먼 동쪽에서 온 소년들과 친구가 될 수 있었다. 이들 중 훗

날 다시 만날 것 같은 사람은 거의 없었지만 단 한 명, 둘 중 누가 상상한 것보다 훨씬 더 커다란 영향을 셔베인의 인생에 끼치게 될 소년이 있었다. 브레일든의 아버지는 유명한 건축가였지만, 그의 아들은 장래 아버지의 명성을 무색하게 할 터였다. 브레일든은 이곳저곳 여행을 다녔고, 항상 배우고 살펴보고 물어 보기를 잊지 않았다. 나이는 셔베인보다 겨우 몇 살 위였지만, 그가 가진 세상에 대한 지식은 압도적으로 많았다. 나이 어린 셔베인에게는 그렇게 보였다.

둘은 서로 이마를 맞대고 원하는 대로 세상을 조각내 재배치하곤 했다. 브레일든은 과거의 경이로운 유물들조차 부끄러워할 거대한 도로와 웅장한 탑들이 있는 도시를 꿈꾸었지만, 셔베인은 그 도시에 살 사람들과 그 삶의 체계에 더 관심이 있었다.

그들은 종종 장벽 이야기를 했다. 브레일든은 직접 본 적은 없어도 고향에서 살 때 이야기로 들어서 장벽에 관해 알고 있었다. 셔베인이 배운 대로 이 장벽은 어떤 나라에서건 먼 남쪽에 거대한 울타리처럼 그늘진 땅을 가로질러 놓여 있었다. 여름이 최고조에 달하는 시기에는 비록 갖은 난관을 뚫고 가야 하기는 했지만 장벽까지 갈 수도 있다. 그러나 장벽을 지나갈 수 있는 통로는 아무 데서도 찾을 수 없고 그 너머에 무엇이 있는지는 누구도 알지 못했다. 사람 키의 100배가 넘도록 단락 하나 없이 평평한 그 장벽은 하나의 온전한 세상으로, 그늘진 땅에 있는 해안에 철썩이는 겨울 바다까지 둥그렇게 에워싸고 있었다. 여행자들은 그 적막한 해안에 발을 멈추고 거의 온기가 남아 있지 않은 트릴론의 마지막 태양빛을 받으며 검은 그림자 같은 장벽이 발치에 찰싹대는 파도를 경멸하듯 당당히 바다로 뻗어 나간 모습을 지켜보아야만 했다. 그리고 저편 해안에서는 또 다른 여행자들이 가로질러 위세 좋게 뻗어 온 장벽이 자신들 옆을 지나쳐 가 세상을 한 바퀴 빙 두르는 여정을 계속하는 모습을 지켜보았다.

브레일든이 말했다.

"삼촌 중에 한 분이 젊은 시절 방벽에 가신 적이 있대. 내기를 해서, 10일 동안이나 말을 달려 장벽 아래 도착했지. 삼촌은 너무도 차갑고 거대한 장벽을 보고 두려움에 사로잡혔었나 봐. 그게 돌인지 금속인지도 분간할 수 없고, 소리를 질러 봐도 반향이 없더래. 마치 장벽이 삼촌의 목소리를 집어삼킨 것처럼 소리가 순식간에 사라져 버리더라는 거야. 우리 고향 사람들은 장벽이 세상의 끝이고 그 너머에는 아무것도 존재하지 않는다고 생각해."

"만약 그 말이 사실이라면 장벽이 만들어지기 전에 대양이 세상의 가장자리로 쏟아져 내렸을 거야."

셔베인이 명쾌한 논리로 말했다.

"카이론이 세상을 창조했을 때 이 장벽을 만들었다면 가능하지."

셔베인은 동의할 수 없었다.

"우리 고향 사람들은 이 장벽은 인간이 만든 것이라고 생각해. 아마도 놀라운 것들을 만들어 냈던 제1왕조 공학자들의 작품이겠지. 만약 그들이 불의 땅으로 갈 수 있는 배를 가지고 있었다면, 심지어 하늘을 나는 배까지 있었다고 한다면 아마 그들은 이런 장벽을 만들 만큼의 지혜를 지니고 있었을 거야."

브레일든이 어깨를 으쓱했다.

"그랬다면 그 일을 해야 할 만큼 굉장한 이유가 있었던 거겠지. 우리는 결코 답을 알 수 없어. 그런데 왜 그것을 가지고 고민해야 하지?"

이런 종류의 현실적인 조언이 평범한 사람들로부터 얻을 수 있는 대답의 전부임을 셔베인은 이미 충분히 알았다. 대답할 수 없는 질문에 관심을 갖는 것은 오직 철학자뿐이다. 대부분의 사람들에게 장벽의 신비란 실존 그 자체의 문제와 마찬가지로 거의 주의를 끌지 않았다. 또한 그가 만난 철학자들은 모두 저마다 다른 답을 내놓았다.

우선 그레일이 있었다. 셔베인은 그때 그늘진 땅에 갔다 와서 그에게 질문을 했다. 노인은 조용히 셔베인을 보더니 이렇게 말했다.

"장벽 너머에 있는 것은 단 하나뿐이라지. 그것은 바로 광기야."

그리고 아프텍스가 있었다. 그는 너무 늙어 셔베인의 질문을 좀처럼 알아듣지 못했다. 노쇠하여 전부 뜨기도 힘겨운 듯이 반쯤만 뜬 눈꺼풀 밑으로 소년을 응시하더니, 한참 만에 이렇게 대답했다.

"카이론이 세상을 창조하던 3일째 날에 장벽을 만들었단다. 그 너머에 무엇이 있는지는 죽으면 알게 된다. 왜냐하면 오직 죽은 자의 영혼만이 그곳으로 갈 수 있기 때문이야."

그렇지만 같은 도시에 사는 이르갠은 이 의견을 정면으로 반박했다.

"너의 질문에 답할 수 있는 것은 오직 기억뿐이다, 애야. 왜냐하면 장벽 너머에 있는 것은 우리가 이곳에 태어나기 전에 살았던 세상이니까."

누구의 말을 믿어야 할까? 진실은 아무도 알지 못했다. 설사 누군가 아는 사람이 있었다 해도 그 지식은 몇 백 년이나 전에 사라져 버렸다.

이 탐구에 있어서는 성과를 거두지 못했을지라도 1년간 학업을 통해 셔베인은 많은 것을 배울 수 있었다. 봄이 돌아오자 그는 브레일든을 비롯하여 너무도 짧은 기간 동안밖에 함께하지 못했던 친구들에게 작별을 고하고 그 오래된 길을 따라 귀향길에 올랐다. 다시 한번 셔베인은 산과 산 사이 빙벽이 하늘을 배경으로 위험천만하게 달라붙어 있는 웅장한 고갯길을 위험을 무릅쓰고 지나갔다. 그리하여 마침내 온기가 있고 물이 흐르며 더 이상 차가운 공기로 인해 고생할 필요가 없는 곳, 바로 사람들이 사는 세상을 향해 길이 굽이쳐 나 있는 곳에 도달했다. 계곡으로 내려가는 마지막 관문인 이곳에 오르면 땅 저 너머 멀리 희미하게 반짝이는 대양이 눈에 들어온다. 그리고 거기서, 세상 끝을 덮은 안개에 묻혀 보일 듯 말 듯한 그림자의 선을 볼 수 있었다. 고향 땅의 장벽이었다.

셔베인은 돌 산의 굽은 길을 따라 다리로 내려갔다. 오랜 옛날 지진으로 인해 하나밖에 없던 길이 사라지는 바람에 사람들이 후에 폭포를 가로질러 놓은 다리였다. 그런데 다리가 사라지고 없었다. 이른 봄 폭풍과 눈사태가 단단한 교각 하나를 휩쓸어 가 버려서, 금속으로 된 아름다운 아치는 뒤틀리고 우그러진 잔해가 되어 몇 백 미터 아래 물보라와 물거품 속에 잠겨 있었다. 길이 다시 뚫리려면 여름이 한 차례 왔다 가야 할 터였다. 처량하게 발걸음을 돌리며 셔베인은 고향 땅을 다시 보기까지 1년이라는 시간을 기다려야만 한다는 사실을 깨달을 수 있었다.

마지막으로 길이 굽어지는 곳에서 셔베인은 자신이 사랑하는 그 모든 것들이 있는 저 닿을 수 없는 땅을 돌아보며 한참이나 서 있었다.

그렇지만 안개가 시야를 가려 더 이상 보이지 않게 되었다. 그는 단호히 발걸음을 돌려 트인 땅에 사라지고 첩첩이 놓인 산들이 눈앞에 펼쳐지는 길을 다시 따라 걸어갔다.

셔베인이 돌아와 보니 브레일든은 아직 도시에 있었다. 친구를 다시 보자 브레일든은 놀란 한편 기뻐했고, 둘은 함께 앞으로 1년 동안 무엇을 할지 의논했다. 셔베인에게 호감을 갖게 된 친족들은 그의 귀환을 꺼리지 않았다. 그렇지만 1년 더 공부를 하라는 제안을 셔베인은 받아들이지 않았다.

상당한 저항에도 아랑곳없이 셔베인의 계획은 차츰 무르익어 갔다. 브레일든조차도 처음에는 내키지 않아 했기에 그의 협력을 얻기까지 오랜 시간 말씨름을 해야만 했다. 그의 협력을 얻은 다음에는 관련된 모든 사람의 동의를 구하는 것은 단순히 시간 문제였다.

두 소년이 브레일든의 고향을 향해 길을 떠났을 때는 여름이 다가오고 있었다. 긴 여행인 데다 트릴론이 겨울을 향해 고도를 낮추기 전에 갈 길을 다 가야 했기 때문에 그들은 급하게 말을 몰았다. 브레일든이 아는 그 지역에 이르자 그들은 사람들에게 특정한 질문을 했고 수없이 모른다는 말만 들었다. 그렇지만 얻어 낸 대답은 정확했다. 얼마 지나지 않아 그들은 그늘진 땅 깊숙이 들어갔고, 셔베인은 생에 두 번째로 장벽을 보았다.

황량하고 쓸쓸한 평원 위에 솟아 있는 장벽에 처음 맞닥뜨렸을 때는 거리가 그다지 먼 것 같지 않았다. 그러나 평원 위로 끝없이 말을 달려도 좀처럼 가까워진다는 느낌이 들지 않았다. 그러다 자신들이 얼마나 가까이 왔는지 미처 깨닫기도 전에 문득 장벽 가에 거의 다

온 것을 알게 되었다. 손을 뻗어 만져 보기 전에는 거리를 파악할 방법이 없었기 때문이다.

자신의 마음을 그토록 어지럽혔던, 어마어마하게 크고 칠흑처럼 검은 장벽을 지그시 올려다보자 장벽은 앞으로 기울며 넘어지는 무게로 셔베인을 깔아뭉갤 것만 같았다. 그는 힘겹게 매혹적인 광경에서 눈을 떼고 장벽을 이루고 있는 물질을 조사하기 위해 가까이 다가갔다.

브레일든이 했던 말은 사실이었다. 손을 대자 장벽은 차갑게 느껴졌다. 비록 태양빛이 몹시 적은 곳이긴 해도 이 정도로 차갑다는 것은 말이 되지 않았다. 장벽은 단단하지도, 그렇다고 부드럽지도 않았다. 설명하기 어렵지만 장벽은 그의 손길을 교묘히 피하는 것처럼 보였다. 셔베인은 무엇인가 알 수 없는 것이 장벽 표면과 정말로 닿지 못하게끔 막고 있다는 느낌이었다. 하지만 강하게 손을 밀착시키자 장벽과 손 사이에 틈은 없어 보였다. 무엇보다 기괴한 것은 브레일든의 삼촌이 말했다는 비정상적인 침묵이었다. 너무도 순식간에 말과 소리가 모두 사라져 버렸다.

브레일든은 말 등에 실어 둔 짐에서 몇 개의 연장을 꺼내 장벽 표면을 조사하기 시작했다. 드릴로도 절단기로도 흠집 하나 나지 않는다는 사실을 금세 알 수 있었다. 이윽고 브레일든은 셔베인과 같은 결론에 도달했다. 장벽은 단순히 견고한 게 아니라 건드릴 수 없게 되어 있었던 것이다.

기가 질린 브레일든은 마침내 곧은 금속 자를 꺼내어 가장자리를 벽에 붙이고 눌렀다. 동시에 셔베인이 거울을 이용해 트릴론의 약한 햇빛을 반사시켜 금속 자가 장벽과 맞닿은 부분을 밝혔고, 브레일든은 반대쪽에서 살펴보았다. 생각했던 대로였다. 두 물체의 표면 사이로 무한히 가느다란 빛 한 가닥이 끊임없이 이어지고 있었다.

브레일든이 생각에 잠겨 친구를 바라보았다.

"셔베인, 이 장벽은 우리가 알고 있는 그런 '물질'로 만들어진 게 아닌 것 같다."

"그렇다면 이 장벽은 건설된 것이 아니라 우리가 지금 보고 있는 이대로 창조된 것이라는 전설이 옳을지도 모르겠네."

"나도 그렇게 생각해. 제1왕조의 공학자들한테는 그런 능력이 있었지. 우리 고향에는 세월에 전혀 낡지 않는 재질로 단번에 만들어진 것처럼 여겨지는 고대의 건축물들이 있어. 그 재질이 색깔 없는 검은색이었다면 장벽을 이루고 있는 물질과 아주 비슷했을 텐데."

브레일든은 쓸모없는 연장을 챙겨 넣고 간단히 이동식 경위의(經緯儀)를 설치하기 시작했다. 쓴웃음을 지으며 그가 말했다.

"할 수 있는 일이 아무것도 없다고 하더라도 설마 높이까지 재지 못하지야 않겠지."

두 사람이 마지막으로 장벽을 보기 위해 돌아보았을 때, 셔베인은 자신이 다시 장벽을 보게 되는지 알 수 없다고 생각했다. 더 이상 알아낼 수 있다는 것이 없다. 앞으로는, 언젠가 장벽의 비밀을 풀고 말겠다는 어리석은 꿈을 잊어야 할 것이다. 어쩌면 비밀 같은 것은 없을지도 모른다. 어쩌면 장벽 너머에는 그늘진 땅이 세계의 굴곡을 따라 펼쳐져 있을 뿐 가다 보면 결국 다시 이 장벽을 만나게 될지도 모른다. 아마도 그것이 가장 가능성이 있는 추측이리라. 하지만 그렇다면 왜 이 장벽을 세운 것일까? 도대체 누가?

셔베인은 분노에 가까운 거센 의지력을 동원해 이런 생각들을 억지로 떨쳐 버리고 트릴론의 빛을 향해 말을 달렸다. 그러면서 장래에는 다른 사람들의 삶에서와 다를 바 없이 장벽이 자기 삶에 더 이상 커다란 의미를 차지하지 못하게 되리라고 생각했다.

그렇게 셔베인이 집에 돌아가기까지 2년이라는 시간이 흘렀다. 2년이라는 시간은, 특히 나이 어린 사람들에게서는 더욱 더 많은 것을 잊어버리게 만들며, 가슴속에 꼭 간직했던 애틋한 상념들조차 빛깔을 잃어 다시 생생히 떠올릴 수 없도록 할 수가 있다. 마지막 산등성이를 내려와 어린 시절을 보낸 땅에 다시 발을 디디며, 셔베인은 이상한 슬픈 감정이 귀향의 즐거움과 교차하는 것을 느꼈다. 한때는 영원히 마음속에 남아 있으리라 여겼던 일을 너무도 많이 잊어버렸다는 생각이 들었다.

그가 도착하기 전에 먼저 귀향 소식이 전해졌기에 얼마 가지 않아 멀찌감치 일렬로 길을 따라 뛰어오는 말들이 보였다. 혹 아버지가 마중을 나왔나 싶어 셔베인은 힘차게 말을 달렸고, 무리를 이끌고 오는 사람이 그레일인 것을 보고는 다소 실망했다.

노인이 말을 몰아 올라오자 셔베인은 멈춰 섰다. 그런데 그레일은 셔베인의 어깨에 손을 얹더니, 잠시 동안 고개를 돌리고는 말을 하지 못했다.

이윽고 셔베인은 1년 전의 폭풍우로 부서진 것이 오래된 다리만이 아님을 알게 되었다. 벼락의 그의 집에 떨어져 잔해만을 남겼던 것이다. 예상했던 시기보다 몇 년이나 일찍, 셰르발이 소유했던 땅 전체가 그의 아들에게 넘어오게 되었다. 게다가 이게 전부가 아니었다. 연례 행사로 가족 모두가 한자리에 모였던 그때에 화마가 저택을 덮쳤던 것이다. 바다와 산 사이에 있는 그 모든 것이 일거에 셔베인의 관할 하에 들어오고 말았다. 그는 고향에서 수 세대 동안 나온 일이 없는 최고의 부자가 되었다. 아버지의 평온한 희색 눈을 들여다볼 수만 있다면 그가 기꺼이 다 내던질 수 있는 것들이지만, 그 눈만은 이제 더 이상 볼 수 없었다.

셔베인이 산맥 앞에 깔린 그 길 위에서 어린 시절과 작별한 뒤로 트릴론은 하늘에서 솟아오르고 가라앉기를 무수히 거듭해 왔다. 여러 해가 지나는 동안 셔베인의 영지는 크게 부흥했으며 그토록 갑작스럽게 물려받은 재산은 더욱 불어났다. 그는 가산을 잘 돌보았기에 이제 다시 옛날처럼 꿈에 젖어들 여가가 생겼다. 아니, 그 이상이었다. 그는 자기 꿈을 실현시킬 수 있는 부를 가지게 되었다.

브레일든이 동쪽에서 착수한 일에 관한 이야기가 종종 산맥을 넘어 들려오곤 했다. 두 친구는 어린 시절 이후 다시 만난 일이 없었지만, 소식은 정기적으로 주고받고 있었다. 브레일든은 야망을 실현했다. 고대 이후로는 가장 높이 솟아오른 건물 두 채를 설계한 것 외에도 완전히 새로운 도시 하나를 계획했다. 비록 살아생전에 도시가 완성되는 것을 볼 수는 없겠지만 말이다. 이런 소식들을 들으면서 셔베인은 젊은 시절에 품었던 열정을 기억해 내고 세월을 거슬러 거대한 장벽 아래 브레일든과 함께 서 있었던 그때를 상기했다. 셔베인은 누그러뜨릴 수 없는 그 오래된 열망을 되살리기가 두려워 한참이나 마음속으로 고민하고 몸부림쳤다. 그러나 결국은 결심을 하고 브레일든에게 편지를 썼다. 왜냐하면, 만약 부와 권력이 꿈을 현실로 만드는 데 쓰일 수 없다면 그것들을 가진들 무슨 의미가 있겠는가?

명성을 쌓아 온 세월 동안 혹 브레일든이 과거를 잊어버린 것은 아닌가 하는 의구심을 가지고 셔베인은 답장을 기다렸다. 오래 기다릴 필요는 없었다. 브레일든은 마쳐야 할 거대한 공사가 있어 바로 움직일 수는 없지만, 일이 끝나는 즉시 옛 친구를 찾겠노라 답장을 보냈다. 셔베인은 브레일든의 기술에 걸맞은 도전 과제를 던져 준 것이다. 만약 성공한다면 지금껏 해 온 일 그 무엇보다도 브레일든에게 더 큰 성취감을 선사할 만한 도전이었다.

다음 해 초여름에 브레일든이 왔다. 셔베인은 다리 아래 길에서 그를 맞이했다. 마지막으로 헤어졌을 때 그들은 어린아이였다. 이제 그들은 중년에 접어들었지만 그간의 세월을 다 제쳐 두고 서로 인사를 나누었으며 각자 기억 속의 친구가 세월에 크게 변하지 않았다는 생각을 하며 속으로 기꺼워했다.

그들은 브레일든이 짜 온 계획서를 보며 며칠에 걸쳐 토의했다. 너무도 방대한 계획이었기에 일을 끝마치기까지는 여러 해가 걸릴 것 같았다. 그렇지만 셔베인만 한 재력가라면 충분히 가능했다. 마지막으로 결정을 내리기 전, 셔베인은 브레일든을 그레일에게 데려갔다.

그 노인은 몇 년째 셔베인이 지어 준 작은 집에서 살고 있었다. 거대한 영지의 운영에 관련해 실제로 역할을 맡지 않은 지는 이미 오래됐지만 필요할 때면 언제든지 조언을 해 줄 수 있었고, 그 조언들은 한결같이 현명했다.

그레일은 건축가 브레일든이 이 지역에 온 이유를 알고 있었기에 도면을 펼쳐 보였을 때에도 놀라지 않았다. 가장 큰 그림은 장벽의 입면도였는데, 지면에서부터 장벽의 측면을 따라 거대한 계단이 설계되어 있었다. 6등분된 일정한 간격에 맞춰 각각 하나씩 커다란 단이 있어서 완만한 경사로에 이어지는 데 그 마지막 단은 장벽 꼭대기보다 조금 낮은 위치였다. 계단을 따라 수십 군데에 벽받이 구조물이 설치되는데 그레일이 보기에는 지탱해야 할 층계의 어마어마한 규모에 비해 너무나 얇고 약해 보였다. 그렇지만 이내 그 거대한 경사로가 부담의 대부분을 자체적으로 지탱하게 되 있으며, 나머지 한 방향의 측면 추력은 장벽이 흡수하게끔 설계했다는 사실을 깨달을 수 있었다.

그는 오랫동안 설계도를 살펴보더니 조용히 말을 이었다.

"셔베인, 자네는 언제나 마음먹은 일을 이루어 냈지. 결국에는 이렇게 될 거라고 예상할 수도 있었을 텐데 그랬구먼."

"그럼 이 계획이 타당성이 있다고 생각하세요?"

셔베인이 물었다. 그는 결코 노인의 조언을 거스른 일이 없었고, 지금도 간절히 조언을 원했다. 언제나 그랬던 것처럼 그레일은 단도직입적으로 말했다.

"비용이 얼마나 들겠나?"

브레일든의 대답에, 놀란 나머지 침묵이 흘렀다. 건축가가 서둘러 말을 이었다.

"물론 그늘진 땅을 가로질러 길을 뚫고 공사에 투입될 사람들이 생활할 작은 촌락을 건설하는 데 드는 것까지 도두 포함한 비용이지요. 계단은 수백만 개의 똑같은 벽돌을 열장이음으로 쌓아 단단한 구조물이 되도록 할 것입니다. 그 재료는 그늘진 땅에서 나오는 광석을 사용할 수 있을 것이라고 생각합니다." 그는 잠시 한숨을 쉬었다. "금속봉을 짜맞춰 지으면 좋겠지만, 그러려면 자재를 전부 산맥 너머에서 날라 와야 해서 오히려 비용이 더 들 겁니다."

그레일은 더욱 자세히 설계도를 살펴보았다. 그가 물었다.

"왜 꼭대기 바로 아래에서 멈췄소?"

브레일든은 셔베인을 바라보았다. 셔베인은 다소 당황한 것 같은 어조로 질문에 대답을 했다.

"그 꼭대기에는 저 혼자 올라가고 싶습니다. 맨 윗단에 기계 장치를 만들어 올라갈 수 있도록 할 것입니다. 위험할 수도 있어요. 그래서 저 혼자 가려고 합니다."

사실 다른 이유도 있었지만 그 이유만으로도 충분히 설명이 됐다. 그레일이 이야기했던 대로라면, 장벽 너머에는 광기가 도사리고 있다. 만약 그 말이 사실이라면 자신 외에 다른 누가 그 광기와 맞닥뜨릴 필요는 없었다.

다시 한번 조용하면서도 꿈꾸는 것 같은 목소리로 그레일이 말했다.

"과연 그렇다면, 자네가 어떤 행동을 하든 선하거나 악하다고 할 수 없는 일이겠지. 자네 한 사람한테만 상관있는 일일 테니 말일세. 만약 그 장벽이 이 세상을 다른 것으로부터 지켜 주기 위해 만들어진 것이라면, 반대쪽에서 이쪽으로는 여전히 건너올 수 없을 거야."

브레일든이 고개를 끄덕였다.

"저희도 그 생각을 했습니다." 그가 자랑스럽게 말했다. "그럴 필요가 있을 때에는 지정된 곳에서 폭발이 일어나 계단이 순식간에 파괴되게끔 설계했지요."

"잘했소." 노인이 대답했다. "그런 이야기들을 믿지는 않지만 미리 대비하는 편이 좋겠지. 공사가 끝나는 날까지 내가 아직 여기 있게 되면 좋겠구려. 그리고 셔베인, 나도 이제부터는 장벽에 대해서 처음 질문을 했던 그때의 자네만큼 어렸던 시절 들은 이야기들을 떠올려 보도록 노력해 보겠네."

겨울이 오기 전에 장벽까지 가는 도로의 경로가 잡히고 임시 마을로 쓸 곳의 기반 공사도 끝났다. 그늘진 땅에는 자원이 풍부했기 때문에 브레일든이 필요로 하는 자재 대부분은 주변에서 쉽게 찾을 수 있었다. 브레일든은 또 장벽 자체에 관해 좀 더 조사를 하여 층계를 지을 장소로 정했다. 트릴론이 지평선 아래로 가라앉기 시작할 무렵 브레일든은 진전 상황에 만족했다.

다음 여름이 오기 전에 콘크리트 벽돌이 수도 없이 만들어졌고, 만족스럽게 브레일든의 기준을 통과했다. 그리고 겨울이 오기 전에 또 수천 장의 벽돌이 만들어졌고 기초공사가 이루어졌다. 믿을 만한 조수에게 생산 책임을 맡기고 브레일든은 중단된 공사를 끝마치기 위해 고향으로 돌아갔다. 벽돌이 충분히 만들어지면 다시 건물 공사를 감독하러 돌아오겠지만, 그때까지는 때로 그가 감독을 할 필요는 없었다.

매년 두세 차례 셔베인은 말을 달려 장벽으로 향했고, 거대한 피라미드 모양으로 자재의 재고들이 쌓이는 것을 볼 수 있었다. 4년이 지나자 브레일든이 그와 함께 현장으로 돌아왔다. 장벽의 측면을 따라

한 층 한 층 벽돌이 쌓여 올라가며 가느다란 부벽이 허공을 향해 뻗어 나갔다. 처음에는 계단이 천천히 올라갔지만 위로 올라갈수록 좁아지면서 속도가 점점 빨라지기 시작했다. 1년 중 3분의 1은 일을 할 수 없었다. 셔베인은 그늘진 땅 경계에 선 채 어둠 속에서 폭풍우가 자기 옆을 지나치며 울려 퍼지는 소리에 귀 기울이며 근심 어린 겨울을 보내곤 했다. 그렇지만 브레일든은 공사를 잘 진행해 나갔고, 매년 봄이 돼도 구조물은 장벽보다 더 오래 버틸 수 있을 것처럼 아무런 손상도 없이 그 자리에 서 있었다.

공사가 시작되고 7년이 지나서야 마지막 계단이 완성됐다. 구조물 전체를 보기 위해 1.6킬로미터나 떨어진 곳에 서서 셔베인은 경이로움에 가득 차, 처음 브레일든이 보여 주었던 몇 장의 스케치에서 이 구조물이 탄생된 과정을 돌이켜 보았다. 그는 예술가들이 꿈을 현실로 만들 때 어떤 느낌을 받는지 알 수 있었다. 어린 시절 아버지 옆에서 그늘진 땅의 어스레한 하늘을 배경으로 처음으로 장벽을 보았던 때도 떠올랐다.

가장 높은 단에는 가두리에 보호대가 있었지만 셔베인은 굳이 가장자리까지 가지는 않았다. 땅은 현기증이 날 만큼 멀리 있었다. 높이를 잊기 위해 그는 남아 있는 6미터 가량의 높이를 마저 극복하게 해 줄 간단한 계양기를 설치하는 브레일든과 일꾼들을 거들었다. 작업이 끝나자 셔베인은 기계 위로 발을 디뎠고, 보여 줄 수 있는 최대한의 확신을 꾸며 보이며 친구를 바라보았다.

"몇 분 걸리지 않을 거야." 애써 무관심한 것처럼 그가 말했다. "뭘 보든 바로 돌아올게."

그는 자신에게 주어진 선택의 폭이 얼마나 좁은지 전혀 상상하지 못했다.

그레일은 이제 거의 장님이 다 됐고 다음 번 봄을 기약할 수도 없을 만큼 쇠약했다. 그렇지만 다가오는 발걸음 소리가 누구의 것인지 분간하고는 브레일든이 말을 하기도 전에 그의 이름을 불러 맞이했다.

"와 줘서 기쁘오. 난 당신이 말한 그 모든 것들에 관해 죽 생각을 했다오. 그래서 마침내 진실을 알게 된 것 같소. 아마 당신도 벌써 짐작을 했겠지요."

"아닙니다. 생각을 하기가 꺼림칙했어요."

노인은 잠시 미소를 지어 보였다.

"왜 이상하다는 단 하나의 이유만으로 꺼림칙해해야만 할까? 장벽은 실로 경이롭지만, 그렇다고 끔찍할 것은 전혀 없어요. 움츠리지 않고 비밀에 맞서려는 사람에게는 말이오.

브레일든! 내가 어린 소년이었을 때 연로하신 스승님께서 말씀해 주신 적이 있소. 시간은 결코 진실을 파괴할 수 없고, 다만 그것을 전설 속에 숨길 뿐이라고. 그 말씀대로요. 장벽에 관한 온갖 우화로부터 나는 이제 역사의 일부를 뽑아낼 수가 있소.

브레일든, 오래전 제1왕조의 전성기에 트릴론은 지금보다 더 뜨거웠고, 그늘진 땅에는 생물이 자라고 사람들이 살고 있었다오. 미래의 어느 날 트릴론이 늙어 빛이 더 약해지면 불의 땅도 그처럼 될 테지. 장벽이 가로막고 있지 않으니 원한다면 사람들은 남쪽으로 더 내려갈 수도 있을 거요. 새롭게 정착할 땅을 찾아서 이미 많은 사람들이 그렇게 해 왔지 않소. 셔베인에게 일어난 일이 그들에게도 일어났겠지요. 그로 인해 많은 이들이 정신의 균형을 잃었던 것이오. 그런 사람들이 너무도 많았기에 제1왕조의 과학자들이 광기가 세상을 뒤덮는 것을 막기 위해 그 장벽을 건설했소. 난 정말 그랬으리라고 믿어지지 않소만, 전설에 따르면 장벽은 아무런 노동력도 들이지 않고 세상을 둥글게 둘러싼 구름으로부터 단 하루 만에 만들어져 나왔다고 하오.”

그레일은 몽상에 잠겼고, 브레일든은 잠시 동안 방해하지 않았다. 그의 의식은 그 머나먼 과거로 돌아가 자신의 세계가 완벽한 구형으로 우주 공간에 떠 있고, 고대인들이 그 원주를 빙 둘러 어둠의 띠를 두르는 모습을 떠올리고 있었다. 사실은 가장 중요한 부분이 틀렸지만, 그는 좀처럼 그 영상을 의식 속에서 지워 버릴 수가 수 없었다.

장벽의 꼭대기가 천천히 눈앞을 스쳐 지나가는 동안 셔베인은 내려 달라고 애원하지 않도록 최대한 용기를 내야만 했다. 미신을 믿지 않는 종족 출신이었기에 들은 당시에는 그냥 웃어넘겼던 끔찍한 이야기들이 생각났다. 그렇지만 만약 그 이야기들이 사실이라면, 장벽이 끔찍한 것으로부터 자신들을 보호하기 위해서 생겼다면 어떻게 하나?

셔베인은 이런 생각들을 떨쳐 버리려고 애를 썼다. 그리고 정작 장벽 꼭대기를 지나쳐 올라간 다음에는 생각을 떨쳐 버리기가 전혀 어렵지 않았다. 처음에 그는 눈앞에 펼쳐진 광경을 이해할 수 없었다. 잠시 후에야 그 넓이를 알 수 없는 평평한 검은 것이 앞에 펼쳐져 있다는 것을 깨달았다.

발판이 움직임을 멈추자, 브레일든의 계산이 어찌나 정확했던지 셔베인은 의식 반 무의식 반으로 그에 대한 경외심을 느꼈다. 이윽고 그는 저 아래 있는 사람들에게 마지막으로 확신에 찬 말 한 마디를 남기고 장벽 위로 걸음을 내딛어 천천히 앞으로 걸어 나갔다.

처음에는 앞에 펼쳐진 평면이 무한한 것 같았다. 하늘과 만나는 곳이 어디인지도 분간이 가지 않았던 것이다. 그러나 트릴론을 등 뒤로 하고 그는 계속해서 앞으로 걸어 나갔다. 자신의 그림자를 안내 삼았으면 좋았겠지만, 발아래 더 깊은 어둠에 묻혀 그림자가 지지 않았다.

무엇인가 잘못되어 가고 있었다. 발걸음을 옮길 때마다 어둠이 더욱 짙어졌다. 깜짝 놀라 그는 주위를 둘러보았다. 트릴론은 마치 검은 유리를 통해서 보는 것처럼 원반 모양으로 어슴푸레하게 빛나고 있었다. 더해 가는 공포 속에서 그는 지금까지는 결코 없었던 일이 일어나고 있음을 깨달았다. 트릴론이 그가 평생 보아 온 그 태양보다 작아졌다.

그는 자신을 보호하기 위해 화가 난 사람처럼 세차게 머리를 저었다. 이건 전부 환상에 불과하며, 자기가 머릿속으로 만들어 낸 것이다. 사실 눈앞에 보이는 모습이 경험과는 너무도 달랐기에 오히려 더 이상 두려움을 느끼지 않았다. 그리하여 등 뒤의 태양에는 한번 흘긋 눈길만을 준 후 성큼성큼 자신 있게 앞으로 나아갈 수 있었다.

트릴론이 하나의 점으로 움츠러들고 주위가 온통 어둠으로 가득 차자, 더 이상 허세는 부릴 수 없었다. 현명한 사람이라면 그 자리에서 발걸음을 돌렸을 것이다. 셔베인은 갑자기 하늘과 땅 사이에 존재하는 어스름 속에 영원히 길을 잃고 안전한 곳으로 돌아가는 길을 찾지 못하는 자신의 모습이 악몽처럼 떠올랐다. 허나 트릴론을 볼 수 있는 한 정말로 위험에 빠진 것은 아니라는 점을 그는 다시 기억했다.

이제는 다소 확신을 잃은 셔베인은 자꾸 뒤를 돌아보며 등 뒤의 희미한 길잡이 빛을 확인하며 계속 나아갔다. 트릴론은 이제 보이지 않았지만 아직 그 위치 하늘에 희미한 빛이 남아 있었다. 그리고 마침내 더 이상 그 빛을 의지할 필요가 없게 되었다. 앞쪽 멀리 하늘에 두 번째 빛이 나타났던 것이다.

처음에는 희미하기만 했으나, 셔베인이 확신할 수 있게 되었을 때에는 트릴론이 사라지고 없었다. 그래도 그는 이제 더 자신감을 가질 수가 있었다. 앞으로 나아가면 갈수록 새롭게 발견한 빛이 공포를 없애 주는 것 같았다.

자신이 다른 태양을 향해 다가가고 있다는 것과, 조금 전 트릴론이 줄어드는 것을 분명히 목격했듯이 이 두 번째 태양이 점점 커진다는 사실을 한 점 의혹도 없이 확신하자 셔베인은 모든 놀라움을 의식 깊은 곳으로 눌러 넣었다. 그는 단지 관찰하고 담아 두기만 할 것이다. 나중에 이런 현상을 이해할 만한 시간이 있으리라. 자신이 사는 세상에 태양이 두 개 있어 각각 반대쪽에서 비추고 있다는 것을 상상하기란 불가능한 일은 아니었다.

이제 마침내 무엇이 보였다. 어둠을 뚫고서 장벽의 반대쪽 끄트머리임을 알 수 있는 칠흑 같은 선 하나가 희미하게나마 보였다. 이제 곧 셔베인은 수천 년 만에 처음으로, 아니 어쩌면 영겁의 세월 속에서 유일하게, 자기가 살던 세상과 분리돼 있던 땅을 보게 될 것이다. 그곳이 그의 세계만큼 아름다울까? 거기 반갑게 인사만한 누군가가 살고 있기는 할까?

그렇지만 그곳에서 기다리던 이들, 그리고 그들이 셔베인을 맞이하는 방식은 상상을 뛰어넘었다.

그레일은 옆의 협탁에 손을 뻗어 그 위에 놓여 있던 커다란 종이 한 장을 더듬어 찾아들었다. 브레일든은 조용히 그를 바라보았다. 노인은 계속해서 말을 이었다.

"우주의 크기를 놓고, 그리고 거기에 과연 한계가 있는지를 놓고 우리는 얼마나 자주 논쟁을 해 왔던가? 끝이 없는 공간을 상상할 수는 있지만, 우리의 정신은 무한이라는 생각에 반발한다오. 어떤 철학자들은 고차원의 곡률로써 유한한 우주라는 것을 상상했소. 당신도 그 이론을 알겠지요. 만약 우리 우주 이외에 다른 우주가 있다면 거기 대해서는 이 이론이 옳을 수 있을 거요. 그렇지만 우리 우주와 관련해서는 좀 더 신중한 답이 필요하다네.

브레일든! 우리 우주는 저 장벽으로 끝난다고 할 수도 있고, 동시에 그렇지 않다고도 할 수 있소. 거기에는 경계선이 없으니 장벽이 세워지기 전에는 아무 방해를 받지 않고 앞으로 나아갈 수 있었소. 장벽은 그제 인간이 친 울타리일 뿐이지만 그것이 놓여 있는 공간의 특성을 공유하지요. 그 특성은 언제나 그곳에 존재했으며 장벽이 보탠 것은 아무것도 없다오."

그는 브레일든을 향해 종이를 들어 올리더니 천천히 그것을 돌리기 시작했다.

"여기 평범한 종이 한 장이 있소. 물론 양면이 있어요. 두 면을 가지고 있지 않은 종잇장을 상상할 수 있겠소?"

브레일든은 놀라서 노인을 바라보았다.

"그건 불가능하죠. 말도 안 돼요!"

"정말 그렇소?"

그레일이 부드럽게 말했다. 그는 다시 협탁으로 손을 뻗어 한쪽 구석을 더듬거렸다. 이윽고 그는 잘 굽어지는 길쭉한 종잇조각 하나를 끄집어내어 조용히 기다리고 있는 브레일든을 향해 텅 빈 눈을 돌렸다.

"우리가 제1왕조의 지식인들에 미치지는 못해도, 그들이 곧바로 생각해 낸 것을 비유로서 유추해 낼 수는 있을 거요. 별 것 아닌 것 같은 이 간단한 손장난을 통하여 당신은 진상을 흘긋 넘겨다보게 될 거예요."

그레일은 손가락으로 종잇조각 죽 훑더니 양쪽 끝을 잇대어 둥근 고리 모양으로 만들었다.

"아주 익숙한 형태가 여기 내 손에 있소. 원통을 한 토막 자른 형태지요. 자, 여기 이 안쪽을 따라 손가락을 움직여 보겠소. 이렇게……. 그리고 또 바깥쪽으로도. 이 두 표면은 완전히 따로따로요. 한쪽에서 다른 쪽으로 가려면 이 종이를 뚫고 지나가야 하지요. 동의하시오?"

"물론입니다." 여전히 혼란스러워하며 브레일든이 대답했다. "그것이 뭘 증명해 줄 수 있습니까?"

"아무것도 증명하지 않소." 그레일이 말했다. "그렇지만, 자, 보시오……."

이 태양은 트릴론과 일란성 쌍둥이처럼 닮았다고 생각했다. 이제 어둠은 완전히 걷혔다. 그리고 그가 이해하려는 시도조차 하지 않았던, 무한한 평면 위를 걷는 것 같은 그 알 수 없는 느낌도 가셨다.

아찔할 정도로 가파른 수직면에 갑자기 맞닥뜨리고 싶지는 않았기에 이제 걸음을 늦췄다. 조금 시간이 지나자 떠나온 장소와 똑같이 황량하게 벌거벗은 언덕이 보였다. 고향 땅도 첫눈에 흘긋 보아서는 그다지 매력적이지 못할 것이기에 그 광경이 딱히 실망스럽지는 않았다.

그래서 그는 계속해서 걸었다. 그리고 어느 순간 차가운 손길이 심장을 꽉 죄어 왔을 때도, 용기가 그만 못한 사람이라면 멈췄을 테지만 그는 멈추지 않았다. 그는 움츠러들지 않은 채 주위에 펼쳐지는 놀랍도록 익숙한 풍경을 바라보았다. 그리고 마침내는 여행을 시작했던 그 평원과, 거대한 계단, 그리고 자신을 기다리고 있던 브레일든의 근심 어린 얼굴을 보고 말았다.

그레일은 다시 한 번 종잇조각의 양쪽 끝을 잇대었지만, 이번에는 중간을 반 바퀴 비틀어서 붙였다. 그가 브레일든에게 그것을 내밀었다. 그리고 조용히 말했다.

"이제 손가락을 훑어 가 보시오."

브레일든은 그렇게 하지 않았다. 그는 노인이 말하고자 하는 것을 알 수 있었다.

"이해가 됩니다. 더 이상 따로 떨어지는 두 개의 면이 존재하지 않지요. 처음 보았을 때는 절대 불가능하다고 생각되던 것이……, 끝없이 이어지는 단일한 면을 가진 종이가 된 겁니다.”

“그렇소. 당신이 이해할 수 있을 줄 알았다오. 단측곡면, 끝없이 이어지는 단일한 면이지요. 이제 왜 고대 종교에서 이 뒤틀린 고리의 상징이 널리 쓰였는지도 알 수 있을 거요. 비록 그 속뜻은 완전히 잊혔지만 말이오. 물론, 이것은 거칠고 간략한 비유일 뿐이오. 실제로는 3차원에서 일어나는 현상을 2차원적으로 예를 든 것이지. 그렇지만 이 정도가 우리의 생각이 그나마 진실에 근접할 수 있는 최대한일 거요.”

오랜 시간 생각에 잠긴 침묵이 흘렀다. 이윽고 그레일이 깊게 한숨을 쉬더니 마치 브레일든의 얼굴을 볼 수 있기나 한 것처럼 그를 향해 고개를 돌렸다.

“왜 셔베인보다 먼저 돌아왔소?”

대답을 알고 있었지만 노인은 질문을 던졌다.

“해야만 할 일이기는 했지만, 제 눈으로 층계가 파괴되는 것을 보고 싶지 않았습니다.”

애석한 듯이 브레일든이 답했다.

그레일은 고개를 끄덕였다.

“이해하오.”

셔베인은 그 어떤 사람도 다시 밟아 보지 못할 그 길고 까마득한 층계를 올려다보았다. 후회는 없었다. 그는 최대한 노력했고, 그 누구도 그보다 더할 수는 없을 것이다. 가능한 선에서만 거둔 승리일지언정 당연히 그의 몫이었다.

셔베인이 천천히 손을 올려 신호를 보냈다. 모든 소리를 흡수하는 장벽의 특성으로 인해 폭발음도 장벽에 묻혀 버렸다. 그러나 벽돌로 쌓아올린 기다란 축조물이 서서히 위엄 있게 쓰러져 가는 모습은 평생 간직할 만했다. 순간적으로, 말로 표현할 수 없이 강력한 또 다른 충계의 환영이 떠오르는 것을 느낄 수 있었다. 장벽의 반대편에서 일란성 쌍둥이처럼 폐허로 화하는 모습을 또 다른 셔베인이 바라보고 있을 것만 같았다.

그렇지만 그것은 바보 같은 생각이다. 그는 알고 있었다. 장벽에 반대쪽이란 없다는 것을 그는 누구보다도 더 잘 알고 있었던 것이다.

코마르의 사자 |The Lion of Comarre|

1949년 8월 《흥미진진하고 경이로운 이야기들(Thrilling Wonder Stories)》에 첫 게재.
『코마르의 사자와 밤의 몰락을 향해(The Lion of Comarre and Against the Fall of Night)』에 재수록.

「코마르의 사자」와 「밤의 몰락을 향해」는 거의 비슷한 시기에 썼고, 비슷한 정서를 공유하는 작품이다. 둘 다 알 수 없는 신비한 목표를 찾아 모험하는 내용이다. 결국 진짜 목적은 물질적인 획득이라기보다는 경이와 마술이다. 그리고 둘 다 주인공은 환경에 만족하지 못하는 젊은이다.

요즘도 그런, 또 그럴 만한 이유가 있는 젊은이가 많다. 그 젊은이들이 태어나기도 전에 쓴 이 작품을 그들에게 바친다.

1장 반항

26세기가 끝나감에 따라 위대한 과학의 물결은 점차 쇠퇴하기 시작했다. 1000년 가까이 이 세상의 모습을 형성하고 만들었던 일련의 거대한 발명은 종국을 향해 가고 있었다. 이미 모든 것을 발견했다. 하나씩, 과거의 위대한 꿈은 점차 현실이 되어 갔다.

문명은 완전히 기계화됐다. 그러나 기계는 거의 사라졌다. 도시의 벽 속에 숨어 있거나 땅 속 깊은 곳에 파묻힌 완벽한 기계들은 세상의 짐을 지고 있었다. 로봇들은 조용히 남의 눈에 띄지 않게 자신의 일을 수행하면서 주인의 요구를 너무도 잘 충족시킨 나머지 마치 해가 뜨는 것처럼 너무도 당연하게 느껴졌다.

순수 과학자들은 아직도 더 배워야 할 것들이 있었고, 천문학자들은 더 이상 지구에 얽매여 있지 않았으므로, 다가오는 1000년 동안은 해야 할 일이 많이 있었다. 그러나 자연 과학과 예술은 인류라는 종족의 주요한 과제이기를 포기하였다. 2600년이 되자 가장 위대한 인류의 정신들은 더 이상 연구실에서 발견되지 않았다.

인류에 가장 중요한 사람은 예술가, 철학자, 법률가, 그리고 정치인이었다. 엔지니어와 위대한 발명가들은 과거의 인물이었다. 오래전에 사라진 질병들을 치료했던 사람들처럼, 그들은 너무도 훌륭히 자신의 임무를 수행해 더 이상 필요하지 않은 존재가 되었다. 다시 격변이 휩쓸고 지나가기까지 500년이 흘렀다.

스튜디오에서 바라본 전경은 숨을 멎게 했다. 그 기다랗고 굴곡진 공간은 거의 3.6킬로미터나 중앙 탑에서 뻗어 나와 있었다. 도시의 거대한 빌딩 다섯 채가 그 아래 모여 있었고, 금속 벽은 아침 햇살이 비출 때마다 갖가지 색깔로 번쩍거렸다. 그 아래 전자동 농장의 바둑판 모양 들판은 지평선이 먼지 속으로 사라질 때까지 뻗어 있었다. 그러나 한때 이 아름다운 풍경은 리처드 페이튼 2세가 자신의 예술 작품의 재료로 쓰이는 합성 대리석의 거대한 벽돌 사이를 성난 상태에서 질주하는 바람에 망가진 적도 있었다.

거대하고 휘황찬란한 인조 바위가 스튜디오 안을 완전히 압도했다. 대부분은 토막난 입방체였지만, 동물, 사람, 그리고 어떤 기하학자도 이름을 붙일 수 없는 추상적인 형태도 있었다. 지금까지 합성된 것 중에서 가장 커다란, 10톤에 달하는 다이아몬드 벽돌에 무심히 앉아 있던 예술가의 아들은 적의를 드러내며 유명한 아버지를 바라보고 있었다.

리처드 페이튼 2세가 언짢은 투로 말했다.

"아무것도 하지 않는 것에 만족하고, 근사하게 해낼 수만 있다면 나도 그렇게 신경 쓰지는 않을 것 같다. 그렇지만 어떤 사람들은 그걸 능가해서 세상을 더욱 흥미로운 곳으로 만들기도 하지. 그런데 왜 생명 기계 공학을 하려고 하지? 내가 생각하는 것보다 더 큰 의미가 있니?

그래, 우리가 공학을 전공으로 택하게 한 건 사실이지만, 네가 그렇게 진지하게 생각하고 있는 줄은 몰랐다. 내가 네 나이였을 때 나는 식물학에 대단한 열정이 있었지만, 그게 내 삶의 주된 관심사가 되지는 않았단다. 찬드라 링 교수가 무슨 말이라도 한 거냐?"

리처드 페이튼 3세는 얼굴을 붉혔다.

"교수님이 왜 그러겠어요? 나도 내 직업이 무엇인지 알고 있고, 교수님도 내 생각에 동의하고 있어요. 교수님이 보낸 보고서 읽어 보셨죠?"

예술가는 불쾌한 곤충을 잡는 것처럼 엄지와 검지 사이에 종이 뭉치를 쥐고 흔들어 보였다.

그가 엄격하게 말했다.

"여기 있단다. 기계공학에 아주 대단한 능력이 있고 하위 전기학에서 독창적인 능력을 보임 등등. 세상에, 인류가 그런 장난감들을 더 이상 가지고 놀지 않게 된 것이 수 세기 전 아니었니! 넌 기계공이 되어서 고장 난 로봇이나 손보아 주는 그런 일을 하려는 거니? 내 아들에겐 너무도 어울리지 않는 일이야. 세계 평의회 의장의 손자에게는 더 더욱 말할 필요도 없는 일이고."

"이 일에 할아버지를 언급하지 않았으면 좋겠어요."

리처드 페이튼 3세가 극도의 불쾌감을 보이며 말했다.

"할아버지가 정치인이라는 사실이 아버지가 예술가가 되는 데 방해가 되지는 않았잖아요. 왜 저도 그렇게 하면 안 되는 거죠?"

근사한 황금빛 턱수염이 불길하게 곤두서기 시작했다.

"우리가 자랑스러워할 일을 하는 한, 나는 아무런 신경도 쓰지 않는단다. 그런데 도대체 왜 이 기계 덩어리에 그렇게 열광하느냔 말이다. 우리는 필요한 기계란 기계는 모두 가지그 있잖니. 로봇은 500년 전에 종지부를 찍었다. 그때는 우주선이 아즈 변화를 겪기 전이었지. 우리가 쓰는 현재의 통신 수단도 거의 800년은 됐을 거다. 이미 끝난 것을 왜 바꾸려고 하지?"

"변명치고는 너무 극단적이지 않나요? 어떤 예술가가 모든 것이 완벽하다고 말한다고 상상해 보세요. 아버지가 부끄러워요."

"말꼬리 잡고 늘어지지 마라. 무슨 갈인지 잘 알고 있잖니. 우리 조상들은 우리에게 필요한 모든 기계들을 고안하고 제공해 줬다. 그것들 중에서 어떤 것은 몇 퍼센트 정도 더 효율성을 높일 수 있겠지. 그렇지만 뭐가 걱정이니. 오늘날 지구상에서 발명해야 할 물건들 중에서 가치 있는 것의 이름을 하나라도 델 수 있겠니?"

리처드 페이튼 3세가 한숨을 쉬었다.

"잘 들으세요, 아버지." 그는 차분하게 말했다. "저는 공학뿐만이 아니라 역사도 공부했어요. 대략 12세기 이전에 모든 것이 발명되었다고 말한 사람이 있었어요. 그건 전기가 발견되기 이전이었고, 하늘을 나는 기구나 우주선은 말할 필요도 없겠죠. 그들은 한 치 앞도 제대로 못 보는 사람들이었어요. 그들의 정신은 현재에 뿌리 깊게 박혀 있었던 거예요.

똑같은 일이 오늘날에도 일어나고 있어요. 500년 동안 세상은 과거의 지식 속에서만 살아왔죠. 저도 어느 면에서 더 이상의 발전은 없는 분야가 있다는 것을 인정하지만, 아직 시작도 못해 본 일들이 너무도 많아요.

전문가의 견해로 보면 세상은 정체되어 있어요. 아직 아무것도 잊어버린 것이 없으니, 암흑 시대는 아니지만요. 그렇지만 우리는 지금 제자리걸음을 하고 있어요. 우주 여행을 보세요. 900년 전에 명왕성에 도달했지만, 지금 우리는 어디에 있죠? 여전히 명왕성을 못 벗어나고 있어요. 언제 우리는 다른 별자리에 가 보죠?"

"누가 다른 별에 가기를 원하니?"

청년은 짜증스레 괴성을 지르더니 감정이 격해져 다이아몬드 벽돌에서 뛰어내렸다.

"이 시대에 무슨 질문을 할 수 있겠어요. 1000년 전 사람들은 말하곤 했죠. '누가 달에 가고 싶어 할까?' 알아요. 믿을 수 없겠지만, 모두 다 책에 나와 있어요. 지금 달은 45분 거리에 있고, 사람들은 한 얀센의 작업을 좋아하며, 플라토 시에 살고 있죠.

우리는 행성 간 여행을 자연스럽게 받아들여요. 언젠가 우리는 진짜 우주 여행도 당연하게 받아들일 거예요. 사람들이 아버지처럼 지금 있는 것에 만족한다는 단순한 이유만으로 발전이 완전히 멈춰 버린 분야를 수십 개나 들 수 있어요."

"어디 해 보지 그러냐?"

페이튼은 이리저리 팔을 흔들었다.

"제발 좀 진지해지세요, 아버지. 아버지는 작품에 모두 만족하세요? 동물이라면 만족할지 모르겠네요."

예술가는 비참하게 웃었다.

"어쩌면 네가 옳을지도 모르겠다. 그렇다고 내 주장에 영향을 끼치지는 못하는 것 같구나. 나는 여전히 네가 삶을 낭비하고 있다고 생각하고, 할아버지도 그렇게 생각하신단다." 그는 약간 당황한 듯 보였다. "사실, 할아버지가 널 보려고 지구에 오고 계시고 있단다."

페이튼은 깜짝 놀랐다.

"잘 들으세요, 아버지. 저는 제 생각을 이미 말씀드렸어요. 또 같은 일을 되풀이하고 싶지는 않아요. 할아버지는 물론이고 세계 평의회 전체가 와도 제 결심은 변하지 않아요."

폭탄 선언이었지만, 페이튼은 스스로 자기가 진심인지 약간 아리송했다. 아버지가 막 대답하려는 찰나 스튜디오 전체에 노랫가락이 울려 퍼졌다. 몇 초 후, 공중에서 기계 음성이 들렸다.

"페이튼 씨, 아버님이 오셨습니다."

그는 자랑스럽게 아들을 바라보았다.

"지금 할아버지가 오고 계신다는 말을 했어야 하는데. 하지만 너는 하고 싶지 않은 일이 있으면 사라지는 버릇이 있어서."

청년은 대답하지 않았다. 아버지가 문으로 걸어가는 것을 보다가 입 꼬리를 한쪽으로 살짝 올리며 미소를 지었다.

스튜디오를 막고 있던 강화유리 창이 열렸고, 그는 발코니로 걸어갔다. 3.2킬로미터 아래로 거대한 콘크리트 주차장의 격납고가 태양

빛을 받아 하얗게 빛나고 있었고, 가끔 착륙한 우주선들이 만들어 내는 물방울 같은 그림자로 얼룩져 있었다.

페이튼은 스튜디오 안을 돌아보았다. 비록 아버지의 목소리가 떠돌아다니는 것을 느낄 수 있었지만, 방은 비어 있었다. 그는 더 이상 기다리지 않았다. 난간을 잡고 허공으로 뛰어올랐다.

30초 후 두 사람이 스튜디오에 들어왔지만, 놀라움으로 이리저리 둘러볼 수밖에 없었다. 리처드 페이튼 1세는 실제 나이의 3분의 1인 60살 정도로 보이는 남자였다.

그는 지구상에서는 20명 정도만, 그리고 태양계를 통틀어 채 100명도 안 되는 사람만이 입을 수 있는 자주색 제복을 입고 있었다. 권위가 그에게서 퍼져 나오고 있는 것 같았다. 그의 유명하고 자신감에 차 있는 아들조차 상대적으로 하찮고 별 볼일 없어 보였다.

"음, 어디 있지?"

"망할 녀석. 창문 밖으로 나가 버렸네요. 하지만 적어도 우리 생각을 들려 줄 수는 있을 거예요."

리처드 페이튼 2세는 손목시계를 잡아당기더니 8자리 수를 개인 통신기에 입력했다. 즉시 응답이 왔다. 명확하고 감정이 섞이지 않은 목소리의 자동 응답기가 끊임없이 되뇌었다.

"주인님은 주무시고 계십니다. 방해하지 말아 주세요. 주인님은 주무시고 계십니다. 방해하지 말아 주세요……."

분노로 고함을 치면서 리처드 페이튼 2세는 기계 전원을 끄고는 아버지를 향했다. 노인은 킥킥 웃고 있었다.

"아무튼 판단이 빠르긴 하구나. 우리가 한 방 먹었네. 여하튼 그 녀석이 개폐 버튼을 누르기 전까지는 잡을 수 없겠구나. 이 나이에 그 녀석을 쫓아다니고 싶지는 않다."

잠시 침묵이 있었고, 두 사람은 복잡한 감정으로 서로를 쳐다보았다. 그러고는 거의 동시에 웃기 시작했다.

2장 코마르의 전설

페이튼은 중화기의 전원을 켜기 전까지 돌처럼 굳어 있는 느낌이 들었다. 비록 숨 쉬기는 불편했지만, 쇄도하는 공기가 기분을 상쾌하게 했다. 적어도 시속 250킬로미터의 속도로 낙하하고 있는 중이었지만, 불과 몇 미터 떨어진 주위의 거대한 건물이 위로 솟구치는 모습은 속도감을 더욱 더해 주었다.

감속기가 발산한 자장이 지상 300미터 높이에서 속도를 늦췄다. 그는 타워 바닥에 줄지어 정차된 비행체들 위로 가볍게 착륙했다.

그의 쾌속선은 전자동 1인용이었다. 적어도 3세기 전에 만들어졌을 때는 전자동이었지만, 현 소유주가 너무 많은 불법 개조를 하는 바람에 다른 사람은 운전할 수가 없었다.

비록 기계 공학적으로는 폐기 처분해야 마땅하지만, 여전히 흥미로운 가능성이 많아 흥미로운 장치인 중화기 벨트의 전원을 끈 페이튼은 쾌속선의 기밀식 입구로 걸어갔다. 2분 후 도시의 타워는 세상의 가장자리로 흐릿하게 밀려났고, 사람들이 살지 않는 황야는 시속 1600킬로미터의 속도로 아래를 스쳐 지나가고 있었다.

페이튼은 서쪽으로 항로를 잡고 즉시 대양을 스쳐 지나갔다. 기다릴 수밖에 없었다. 쾌속선은 자동으로 목적지에 도착할 것이다. 괴로운 생각과 자신에 대한 연민 속에서 그는 운전석 뒤로 몸을 기대었다.

인정하기 싫었지만 생각보다 마음이 더 혼란스러웠다. 식구들이 기계공학에 대한 관심을 공유하지 못한다는 사실은 몇 년 전부터 더 이상 페이튼의 문젯거리가 아니었다. 그러나 점차 자라나 이제 드디어 수면 위로 올라온 가족의 반대는 전혀 다른 문제였다. 그는 도저히 이해할 수 없었다.

10분 후, 엑스칼리버가 호수에서 솟아오르는 것처럼 하얀 파일런이 대양에서 솟아 올라오기 시작했다. 세상에는 사이언티아라고 알려진, 그리고 냉소적인 주민들에게는 '배트 벨프리(머리가 돈 녀석의 뜻—옮긴이)'라고 불리는 도시는 800년 전 대륙과 멀리 떨어진 섬 위에 생겼다. 당시만 해도 여전히 민족주의의 망령이 어슬렁거리고 있었기 때문에, 이 도시는 독립을 상징했다.

페이튼은 착륙장에 쾌속선을 주차하고 가까운 입구로 걸어갔다. 몇백 미터 떨어진 바위도 깨뜨리는 그 거대한 파도 소리는 그에게 결코 지울 수 없는 인상을 주었다.

그는 잠시 소금기 있는 공기를 마시며 타워 주위를 선회하는 철새와 갈매기를 보기 위해 입구에서 멈춰 섰다. 새들은 인류가 떠오르는 햇살을 보며 혼란스러운 눈빛으로 과연 그게 신인지 궁금해 하던 시절부터 이 작은 땅을 안식처로 삼아 왔다.

유전학부는 타워의 중심 근처에서 100개 가까운 복도를 점유하고 있었다. 그는 10분이 지나서야 과학 도시에 도달했다. 사무실과 연구실로 가득 찬 입방체 속에서 원하는 곳에 가려면 온 시간만큼 다시 가야 했다.

알란 헨슨 2세는 비록 페이튼보다 2년 일찍 안타르크티카 대학교를 졸업하고 공학이 아닌 생명유전공학을 연구하고 있기는 했지만, 여전히 가장 친한 친구 중에 하나였다. 자주는 아니더라도 페이튼에게 문제가 있으면, 아주 명쾌한 상식으로 도움을 주곤 했다. 더구나 하루 전에 헨슨이 긴급 호출을 했기 때문에 페이튼으로서는 사이언티아에 날아오는 게 너무도 당연했다.

생명공학자는 페이튼을 보자 기쁘고 마음이 놓였다. 비록 긴장 때문에 밖으로 드러내지는 않았지만.

"잘 왔어. 흥미로운 뉴스가 하나 있지. 근데 좀 뚱해 보이네. 무슨 문제 있어?"

페이튼은 약간 과장을 섞어서 이야기했다. 헨슨은 잠시 말이 없었다.

"이미 그들이 일을 시작했군. 예상하고 있었어야 했는데."

"무슨 뜻이야?"

페이튼이 놀라서 물었다.

생명공학자는 서랍을 열더니 봉해진 편지 봉투를 하나 꺼냈다. 그 속에서 다양한 길이로 수백 개나 되는 구멍이 나 있는 플라스틱 종이를 여러 장 꺼냈다. 그 중 하나를 그에게 건넸다.

"이게 뭔지 알아?"

"성격 분석표 같은데."

"맞아. 네 거야."

"이런. 이거 불법이지, 그렇지?"

"그런 거 신경 쓰지 마. 아래쪽에 표시가 있어. 심미감부터 재치까지 다 나와 있지. 마지막 부분이 아이큐야. 머릿속에 담아 두지는 마."

페이튼은 카드를 조심스럽게 관찰했다. 그는 약간 얼굴을 붉혔다.

"신경 쓰지 말라고."

헨슨이 씩 웃으며 두 번째 카드를 건네주었다.

"이 분석 자료를 봐."

"같은 건데, 왜?"

"아주 같진 않아. 비슷하긴 해도."

"누구 건데?"

헨슨은 의자에 기어 앉아 천천히 적당한 단어를 골랐다.

"딕, 그 분석 자료는 네 부계 쪽 22대 할아버지 롤프 소다센의 것이야."

페이튼이 로켓처럼 뛰어올랐다.

"뭐라고?"

"건물 무너지겠다. 우리가 한때 대학에서 이야기하기는 했지만, 누가 온다면……."

"그렇지만, 소다센이라니!"

"만약 먼 과거로 거슬러 가면 우리 모두 위대한 선조들과 연결되겠지. 어쨌든 이게 너희 할아버지가 너를 두려워하는 이유야."

"이젠 늦었어. 사실상 나는 훈련을 모두 마쳤다고."

"문제에 대해선 우리에게 고마워해야 해. 특별한 경우 20대 위쪽을 조사하기는 하지만, 보통은 10대 정도 분석을 하지. 엄청난 작업이야. 유전자 도서관에는 수억 개의 유전자 카드가 있고, 이들은 23세기부터 산 남자와 여자야. 한 달 전에 정말 우연히 발견된 거야.”

“그때 바로 문제가 생긴 거야. 그러나 문저가 뭔지는 여전히 잘 모르겠어.”

“딕, 넌 그 유명한 네 조상에 대해서 뭐 아는 거 있어?”

“다른 사람이 아는 정도. 왜, 그리고 그가 어떻게 사라졌는지는 나도 몰라. 알고 싶은 것이 그거지? 그가 지구를 떠나 버렸나?”

“그가 세상을 떠난 것은 사실이지만, 지구를 떠나진 않았지. 딕, 소수의 사람만이 알고 있어. 롤프 소다센은 코마르를 건설한 사람이야.”

코마르! 페이튼은 그 말의 의미와 기이함을 맛보면서 반쯤 입을 벌리고 소리를 냈다. 그래, 그게 존재하긴 했구나. 일부에서 부정한다고 해도.

헨슨은 다시 말을 이었다.

“그 데카당트에 대해서 네가 거의 아는 것이 없다고 생각하지는 않아. 이와 관련된 역사책들이 조심스럽게 엮이기도 했지. 그러나 그 전모는 제2차 전기 시대의 종말과 관련이 있어 …….”

지구 3600킬로미터 상공에서 세계 평의회를 비추는 인공 달이 영원히 이어진 궤도 위를 돌고 있었다. 평의회의 지붕은 아무런 결점도 없는 크리스털 라이트였다. 평의회 위원들이 회기 중에 있을 때 보면 그들과 아래쪽에서 회전하고 있는 거대한 지구 사이에 아무것도 없는 것처럼 보였다.

이것이 의미하는 바는 심오했다. 편협한 관점은 결코 이런 상황에서 살아남지 못하는 것이다. 여기서 인간의 정신은 가장 위대한 일을 하게 될 것이다.

리처드 페이튼 1세는 지구의 운명을 이끌면서 평생을 살았다. 500년 동안 인류는 평화를 누렸고, 예술과 과학이 제공하는 것은 아무것도 부족한 것이 없었다. 이 행성을 다스리는 사람들은 자신들의 업적을 자랑스러워했다.

그러나 그 노정치인은 불안했다. 아무래도 그 앞에 놓인 변화가 그늘을 드리우고 있는 것 같았다. 그는 잠재의식 속에서 500년 동안 누린 평화의 시기가 끝나고 있음을 느낄 수 있었다.

그는 문서작성기를 켜고 구술하기 시작했다.

페이튼이 알기로 제1차 전기 시대는 3극 진공관을 발명한 드 포레스트가 11세기 전인 1908년에 막을 열었다. 그 전설의 세기에 세계 연맹, 비행기, 우주선, 그리고 이후 문명을 가능하게 한 모든 기초 열이온 장치의 발명을 가져온 원자력 에너지가 출현했다.

제2차 전기 시대는 500년 후에 왔다. 이번에는 물리학자가 아닌 의사와 심리학자에 의해 이루어졌다. 그들은 500년 가까이 인간이 사고하는 동안 뇌에 흐르는 전파를 기록하였다. 분석 결과는 매우 복잡했지만, 수 세대에 걸친 수고 끝에 결과가 산출되었다. 이 작업이 끝났을 때 인간의 정신을 읽는 최초의 기계가 등장했다.

이것은 시작에 불과했다. 일단 인류의 뇌를 읽는 기계가 등장하자 인류는 더 나아갔다. 살아 있는 세포를 대신해 트랜지스터와 회로 도면으로 뇌를 재생하기 시작했다.

25세기가 끝나 갈 무렵, 처음으로 생각하는 기계가 만들어졌다. 우리 뇌의 1입방센티미터가 하는 작업을 하려면 100평방미터의 기구가 필요한, 아주 조잡한 수준이었다. 그러나 첫발을 내딛고 나자 기계 뇌가 완성되고 상용화 단계에 들어가는 것은 금방이었다.

아주 낮은 단계의 지적인 일만 수행할 수 있었고, 독창력, 직관력 그리고 다른 모든 감정들 같은 인간의 특성은 갖추지 못한 상태였다. 그러나 변화가 거의 없는 상황, 즉 기계의 약점이 그다지 중요하게 작용하지 않는 곳에서는 인간이 하는 일은 모두 할 수 있었다.

금속 뇌의 등장은 인간의 문명에 커다란 위기를 가져왔다. 정치라든가 사회를 통제하는 것과 같은 높은 수준의 업무는 여전히 인간이 수행했지만, 모든 사소한 업무들은 로봇이 감당했다. 인간은 마침내 자유를 찾았다. 복잡한 열차 스케줄을 작성하고, 프로그램을 만들고, 수지를 맞추기 위해 머리를 쥐어 짜낼 필요가 없어진 것이다. 수 세기 전부터 인류의 수작업을 모두 도맡아 온 기계들은 사회에 두 번째로 커다란 기여를 하게 되었다.

기계가 인간사에 끼친 영향은 너무도 커서, 인류는 두 가지 방식으로 이에 반응했다. 새롭게 찾은 자유를 가장 고귀한 정신이 언제나 매력을 느끼는 것을 추구하는 데 사용하는 사람들이 있었다. 즉 아크로폴리스가 지어졌을 때처럼 여전히 혼란스럽기는 했지만 진리와 미를 찾고자 여행하는 사람들이 있었다.

그러나 다르게 생각하는 사람도 있었다. 그들은 마침내 아담의 저주가 영원히 사라졌다고 말했다. 드디어 인류가 생각하는 대로 기계들이 충족시켜 주는 도시를 건설할 수 있게 된 것이다. 왜냐하면 분석기는 인간 잠재의식 속의 욕망까지도 읽었기 때문이다. 모든 삶의 목적은 즐거움이고 행복의 추구다. 인간은 그럴 권리를 가진 것이다. 그들은 지식을 위해, 다른 별로 가는 우주의 다리를 건설하려는 맹목적 욕망을 위해 끝나지 않는 투쟁을 하는 데 진력이 났다고 말했다.

이것은 인류의 역사만큼이나 오랜, 연꽃을 먹었던 사람들(몽상가라는 의미로, 호머의 『오디세이』에 나오는 율리시즈와 관련된 이야기. 동명의 시가 있고, 이와 관련된 신화가 있다 ― 옮긴이)이 꾸었던 고대의 꿈이었다. 이제 최초로 그것이 실행 가능해진 것이다. 처음에는 이를 공유하는 사람이 많지 않았다. 2차 르네상스의 불길은 아직 깜빡이지도 죽지도 않았다. 그러나 해가 지날수록, 데카당트들은 점차 사람들의 사고방식을 장악하기 시작했다. 지구의 은밀한 장소에서 그들은 자신들의 꿈의 도시를 건설했다.

한 세기 동안 그들은 기이한 이국적인 꽃처럼 번성했고, 마침내 건물을 가득 채웠던 종교적 열의는 사그라들었다. 그들은 한 세대 더 존속했다. 이후 하나씩 하나씩, 인간의 지식에서 지워져 나갔다. 지나가버린 세기들처럼 그들은 많은 우화와 전설을 남기고 죽어 갔다.

그와 같은 도시는 지구상에 유일하게 한 곳에 건설되었고, 외부 세계에서는 결코 풀 수 없는 많은 신비들이 남아 있었다. 자신들의 목적을 위해 세계 평의회는 이 장소에 관한 지식을 모두 파괴하였다. 그것의 위치는 비밀에 부쳐졌다. 어떤 이는 북극의 황야지에 존재한다고 말했고, 다른 이들은 태평양의 저 깊은 숨어 있다고 믿었다. 도시의 이름인 코마르를 제외하고는 아무것도 확실하지 않았다.

헨슨은 말을 멈췄다.

"지금 내가 얘기한 건 새롭지도 않고, 그냥 보통 알려진 지식 정도지. 나머지 이야기가 세계 평의회에서조차 티밀이고 사이언티아에 있는 100명의 사람들에게도 마찬가지야.

롤프 소다센은 네가 아는 것처럼 기계공학 분야에서 역대 최고의 천재에 해당하지. 에디슨조차 그에게 비견될 수 없어. 그는 로봇 공학의 기초를 세웠고, 실용적 사고를 하는 기계를 최초로 발명했지.

그의 연구소는 20년 동안 위대한 발명품들 세상에 쏟아 냈어. 그러고는 갑자기 사라진 거야. 그가 다른 별에 도달하고자 했다는 이야기가 전해지고 있는데, 지금부터 하는 이야기는 진짜 있었던 일이야.

소다센은 우리의 문명을 움직이고 있는 로봇은 아직 시작에 불과하다고 생각했어. 그는 인류 사회의 모습을 바꿀 어떤 제안서를 가지고 세계 평의회를 찾아갔지. 그게 무엇이었는지는 우리도 모르지만, 만약 받아들여지지 않는다면 인류 문명이 막다른 골목에 부딪힐 거라고 소다센은 믿었고, 우리 중에서 많은 사람들이 그것에 동의해.

평의회는 강력하게 반대했어. 너도 알다시피 당시 로봇은 문명에 막 동화되어 가는 중이었고 사회는 점차 안정을 찾아 가고 있었지. 그 500년 동안 존재한 안정 말이야.

소다센은 매우 실망했어. 데카당트들은 자신들이 가지고 있는 날카로운 안목으로 그를 사로잡고는 세상을 버릴 것을 권유했지. 그만이 자신들이 가지고 있는 꿈을 실현시켜 줄 수 있었어."

"실제로 했어?"

"아무도 몰라. 그러나 코마르가 생겼지. 이건 확실해. 우리는 그게 어디 있는지 알고, 그건 세계 평의회도 마찬가지야. 비밀로 할 수 있는 것은 아무것도 없는 셈이지.”

사실이라고 페이튼은 생각했다. 이런 시대에도 사람들은 여전히 실종되고, 그들이 꿈의 도시를 찾아 떠나 버렸다는 소문이 돌기도 하는 것이다. 사실 "코마르로 가 버렸어."라는 말은 원래 의미를 완전히 상실하고 하나의 관용적인 표현처럼 되어 버렸다.

헨슨은 앞으로 몸을 기울이고 신중하게 말했다.

"이건 이상한 이야기야. 세계 평의회가 코마르를 파괴할 수 있지만, 그렇게 하지 않는다는 거야. 코마르의 존재에 대한 믿음이 이 사회에 절대적 안정을 가져다주는 셈이지. 우리가 기울인 그 모든 노력에도 불구하고 우리 사회에는 여전히 정신병자가 있어. 최면 상태에서 그들에게 코마르에 대해 암시를 주는 것은 그다지 어려운 일이 아니야. 그들은 결코 그곳을 찾아내지 못하겠지만, 탐색을 계속하는 한 그들은 아무에게도 해를 끼치지 않을 테니까.

도시가 건설된 초기에 평의회는 코마르에 요원들을 보냈어. 그렇지만 아무도 귀환하지 못했지. 더러운 협잡이 있었던 것은 아니야. 그들이 자원해서 남은 것이지. 그들이 메시지를 보냈기 때문에 이 사실이 알려진 거야. 추측컨대, 요원들이 억류된다면 평의회가 도시를 산산조각 낼 것을 데카당트들은 알고 있었던 것 같아.

메시지를 몇 개 봤어. 참 특이하더군. 결론은 결국 '대단히 기쁘다'라는 거야. 딕, 코마르에는 외부 세계, 친구, 가족, 그 모든 것을 잊게 만드는 무엇인가가 있어! 이 말이 뜻하는 것이 무엇일지 생각해 봐.

데카당트들이 모두 죽었다는 것이 확실해지고 나서 평의회는 다시 잠입을 시도했지. 50년 전까지도 계속 그랬어. 그러나 아무도 코마르에서 돌아오지 않았어."

리처드 페이튼 1세가 이야기를 하는 동안, 대기 로봇은 음성 그룹별로 그의 말을 분석하고 구두점을 넣은 다음 자동으로 전자 의사록에 저장했다.

"대통령에게 복사본 하나 보내고 개인 파일에 저장. 22번째 의사록과 오늘 아침 우리들의 대화에 대해서. 오늘 아들을 봤지만 리처드 페이튼 3세는 이미 도망가고 없었소. 손자는 결심이 확고했고, 다그쳐봤자 해만 줄 것 같소. 소다센이 이미 우리에게 교훈을 줬다고 생각했는데.

내 생각은 필요한 것을 모두 줘서라도 그의 마음을 사야 한다는 거요. 그리고 그를 안전한 연구로 이끌어야겠지. R. 소다센이 자신의 조상이라는 것만 알아내지 못한다면, 아무런 위험도 없을 거요. 비슷한 성격에도 불구하고 그가 R. 소다센의 전철을 밟지 않을 거라 생각하오.

무엇보다도 그가 코마르의 위치를 알아내거나 방문을 하지 못하도록 철저히 단속하는 것이 중요하오. 단약 그랬다간, 아무도 결과를 예측할 수 없을 것이오."

헨슨이 말을 멈췄지만 그의 친구는 아무런 말도 없었다. 친구가 넋이 나간 것 같아서, 그는 잠깐 쉬었다가 다시 말했다.

"그래서 우린 지금 이 시기에 너를 만나게 된 거야. 딕, 세계 평의회는 한 달 전에 너의 유전형질을 발견했어. 그 자들에게 말한 건 미안하지만, 이제는 너무도 늦었어. 유전적으로 소다센의 환생이라고 할 수 있어. 자연의 장구한 신비 중의 하나는 가끔 한 가계나 다른 가계에 의해서 몇 백 년에 한 번씩 풀리곤 하지. 딕, 너는 소다센이 할 수 없었던 그 일을 수행할 수도 있어. 그 일이 무엇이든지 간에. 아마도 영원히 묻혀 버렸을 수도 있지만, 만약 어떤 흔적이라도 존재한다면, 그 비밀은 코마르에 있을 거야. 세계 평의회는 그것을 알고 있어. 그래서 바로 너를 운명에서 벗어나게 하려는 거야.

너무 힘겨워하지 마. 아직도 고귀한 정신을 가진 사람들이 평의회에 남아 있거든. 그들은 아무런 해도 되지 않을 것이고, 너를 파괴하지 않을 거야. 그렇지만 그들은 자신들이 최고의 상태라고 믿는 지금의 사회 구조를 그대로 유지하려고 필사적이야.”

천천히 페이튼이 일어섰다. 잠시 동안 자신이 리처드 페이튼 3세라는 인형을 바라보는 중립적인 외부 관찰자가 된 느낌이었다. 이제 그는 인간이 아닌 세계의 미래를 열 열쇠를 쥐고 있는 하나의 상징이었다. 그는 자신을 새롭게 정립하기 위해서 상당한 정신적 노력을 기울여야 했다.

페이튼은 친구는 그를 조용히 바라보았다.

“알란, 아직 말하지 않은 것이 있어. 이걸 도대체 어떻게 알아냈지?”

헨슨이 웃었다.

“그 말이 나오길 기다렸어. 나는 그냥 너를 알기 때문에 선택된 대변인에 불과해. 다른 사람들이 누구인지는 말할 수 없어. 너에게도 말이야. 그러나 그 중에는 네가 존경하는 과학자도 상당수 포함되어 있지.

평의회와 코마르를 지지하는 과학자들 사이에는 언제나 우호적인 경쟁 관계가 존속되어 왔어. 그러나 지난 몇 년 동안 우리의 관점이 너무 많이 변했지. 평의회는 현재가 영원히 존속할 거라고 생각하지만 우리는 잠깐의 공백 기간일 뿐이라고 믿어. 너무도 오랜 안정이 오히려 퇴폐를 가져왔다고 생각해. 평의회의 심리학자들은 그들이 이것을 막을 수 있을 거라 확신해.”

페이튼의 눈이 반짝였다.

“그게 내가 말하려던 거야. 나도 너와 함께할 수 있을까?”

“나중에. 먼저 해야 할 일이 있어. 너도 알다시피, 우리는 어떤 면에서 혁명가야. 우리는 한두 가지 사회적 반응을 이끌어내려고 해. 그 일이 끝나면 극단적인 퇴폐의 위험은 수천 년 동안 사라지게 될 거야. 딕, 너는 우리의 시금석이야. 비록 유일한 사람은 아니지만 말이지.”

그는 잠시 말을 멈췄다.

“비록 코마르가 아무것도 아니라고 할지라도, 우리는 다른 카드를 소매 속에 숨겨 놓고 있지. 50년 안에 항성 간 여행을 완료하려고 해.”

“마침내! 그다음엔 뭘 하려고?”

“평의회에 보고할 거야. ‘자 보세요. 이제 으주 여행을 할 수 있죠? 우리는 선량한 소년들이 아니었나요?’ 그러면 평의회는 씁쓸한 웃음을 지어 보이고 현재의 문명을 대대적으로 갈아엎겠지. 일단 항성 간 여행이 성공하기만 하면 사회는 다시 확장될 거고, 정체는 무기한 연기되는 거지.”

“나도 그런 것을 볼 때까지 살고 싶어. 그런데 지금 내가 뭘 하기를 바라는 거야?”

"그냥 코마르가 어디 있는지 발견만 해 주면 돼. 다른 사람들은 실패했지만, 너는 성공할 거라고 믿어. 계획은 이미 다 수립되어 있어."

"그런데 코마르는 어디에 있어?"

헨슨이 웃었다.

"진짜 간단해. 코마르가 존재할 수 있는 곳은 단 한 군데지. 어떤 비행선도 날아갈 수 없는 유일한 장소. 아무도 살 수 없고 도보로만 갈 수 있는 곳. 그것은 대보호 구역 안에 있어."

노인은 문서작성기를 껐다. 거대한 초승달 모양의 지구가 다른 별들을 가리고 있었다. 위나 아래나 어디나 다 마찬가지였다. 그 무한한 궤도 안에서 조그만 위성은 명암경계선을 지나 밤 속으로 빨려 들어가고 있었다. 어두컴컴한 대지는 도시의 불빛으로 깜빡거렸다.

노인은 슬프게 이 경관을 바라보았다. 그것은 그의 삶이 끝나고 있음을 상기시켜 주었다. 그리고 그가 보호하려 했던 문명이 끝나간다고 예언하는 듯했다. 무엇보다도 그 젊은 과학자 말이 옳았다. 오랜 평온의 시대는 끝나고 결코 본 적이 없는 새로운 목적지로 세상이 움직이고 있었다.

3장 황야의 사자

페이튼의 우주선이 인도양을 넘어 서쪽으로 향해 갈 때는 저녁이었다. 육안으로는 저 아래 아프리카 해안에 부딪쳐 부서지는 하얀 파도 말고는 아무것도 볼 수 없었다. 그러나 탐사 화면은 지상의 모습을 매우 자세히 보여 주었다. 물론 밤은 아무런 보호도 안전장치도 되어 주지 못했지만, 어떤 인간도 자신의 모습을 보고 있지 않다는 의미였다. 감시 장치가 있었지만 다른 사람이 손을 봐 뒀다. 헨슨과 생각이 같은 사람들이 많은 모양이었다.

계획은 치밀했다. 이 일을 즐기는 사람들이 많은 애정을 쏟아 세부 사항들을 작성했다. 그는 전기가 통하는 경계선 근처에서 가장 가까이 있는 숲의 가장 자리에 비행선을 착륙시켰다.

아직 얼굴도 모르는 그의 동료들조차 아무런 의심을 사지 않고 전기를 끌 수는 없었다. 다행히 경계를 지나서 꽤 한적한 평원을 통과해 30킬로미터 정도만 가면 코마르에 닿을 수 있었다. 걸어서 가야 했다.

보이지 않는 숲 속에 비행선을 착륙시킬 때, 나뭇가지 부러지는 소리가 크게 들렸다. 선체의 균형을 유지한 상태로 페이튼은 침침한 실내등을 끄고 창밖을 내다보았다. 아무것도 보이지 않았다. 주의 사항을 떠올리고 문을 열지 않았다. 가능한 한 편안한 상태로 있으려고 노력하며 새벽이 오기를 기다렸다.

눈부시게 빛나는 태양빛을 받으며 잠에서 깨어났다. 재빨리 친구가 준 장비를 착용한 다음 선실을 열고 숲으로 걸어 들어갔다.

착륙 장소를 주의 깊게 선택했기 때문에, 몇 미터 전방에 있는 평지로 기어가는 것은 그다지 어렵지 않았다. 짧은 풀로 뒤덮인 언덕 위로 앙상한 나무가 듬성듬성 모여 있었다. 여름이었고 적도가 멀지 않았는데도 날씨는 온화했다. 800년 동안 사막에 물을 대 온 기후 조절 장치와 인공 호수 덕분이었다.

난생 처음으로 페이튼은 인류가 존재하기 전 자연의 모습을 그대로 보았다. 그러나 낯설게 느껴진 것은 야생의 풍경이 아니었다. 페이튼은 침묵을 몰랐다. 항상 기계 작동하는 소리, 혹은 성층권에서 나는 여객기가 희미하게 속삭이는 소리가 들렸다.

기계는 대보호 구역을 둘러싸고 있는 경계를 통과할 수 없었기 때문에 이곳에서는 기계 소리가 전혀 들리지 않았다. 오직 풀숲을 스치는 바람과 곤충들이 만드는 멜로디가 있을 뿐이었다. 페이튼은 침묵 때문에 무기력해졌고, 그래서 그 시대의 사람들이면 누구나 할 법한 일을 했다. 그는 라디오의 전원을 켜서 음악이 나오게 했다.

그렇게 페이튼은 지구 표면에 남은 가장 광대한 자연 그대로의 영토인 대보호 구역의 굽이치는 평원을 조금씩 걸어갔다. 착용한 장비에 설치된 중화장치가 무게를 거의 없애 줘서 걷기는 쉬웠다. 그는 라디오가 발명된 순간부터 인간 삶의 배경이 되어 준, 귀에 거슬리지 않는 음악을 가지고 갔다. 지구에 있는 다른 누군가에게 연락을 취하고 싶다면 다이얼을 살짝 건드리기만 하면 됐지만, 자신이 자연의 정수에 홀로 있다고 상상하면서 잠시 동안 1000년 전 스탠리나 리빙스턴이 이 땅에 처음으로 들어와 경험했을 법한 것을 자신도 느끼고 있다고 생각했다.

다행스럽게도 페이튼은 도보 여행에 익숙해서, 정오가 되자 목적지의 절반 거리까지 도달할 수 있었다. 점심을 먹기 위해 화성에서 수입돼 온 삼나무 숲 아래서 잠시 쉬었다. 아마 옛 탐험가들이 이 숲을 봤다면 소스라치게 놀랐을 것이다. 아무것도 모르는 그는 당연하게만 여겼다.

뭔가가 그가 온 방향을 따라 빠른 속도로 들판을 가로질러 오고 있을 때, 그는 먹고 난 통조림들을 모으고 있었다. 너무 멀어서 형체를 알아보기는 힘들었다. 무엇인가가 다가오는 게 분명해지고 나서야 그는 자세히 봐야겠다는 생각으로 자리에서 일어났다. 지금까지 그는 어떤 동물도 본 적이 없었다―비록 동물들은 그를 봤겠지만. 페이튼은 관심을 가지고 낯선 동물을 바라보았다.

전에 사자를 본 적은 없었지만, 다가오는 웅장한 야수가 무엇인지 파악하는 건 그다지 어렵지 않았다. 그는 머리 위의 나무를 보험 삼아 힐끗 쳐다봤다. 그러고는 굳건히 자리를 지켰다.

세상에 더 이상 위험한 동물이 존재하지 않는다는 것을 그는 알고 있었다. 이 보호 구역은 매년 수천 명의 방문객들이 찾는 국립공원과 거대한 생물 실험실의 중간쯤에 해당하는 곳이었다. 방목된 동물이 알아서 환경에 적응해 살아간다는 건 잘 알려진 상식이었다. 전체적으로 균형이 잘 맞춰져 있는 것 같았다.

그 동물은 확실히 친구가 되고 싶어 했다. 녀석은 터벅터벅 그에게 걸어오더니 애정 어린 몸짓으로 몸을 부비기 시작했다. 페이튼이 다시 일어섰을 때, 사자는 빈 통조림에 무척 흥미를 보였다. 녀석은 저항할 수 없는 표정으로 그를 쳐다보기 시작했다.

페이튼은 웃으면서 통조림을 땄고, 평평한 돌 위에 내용물을 조심스럽게 쏟아 놓았다. 사자는 맛있게 그 음식을 먹었다. 사자가 음식을 먹는 동안 페이튼은 미지의 후원자들이 주의 깊게 제공해 준 업무 지침을 뒤적거렸다.

지구 밖에서 온 우주인들을 위해 사진을 곁들인 사자에 관한 페이지가 몇 장 있었다. 정보는 명확했다. 1000년에 걸친 배양 과학의 힘으로 야수의 왕이 진화한 것이다. 지난 세기에 그 녀석은 12명을 먹어 치웠다. 그 중 10건은 혐의가 벗겨졌지만 다른 2건은 입증되지 않았다.

그러나 책에는 갑자기 나타난 사자나 그런 사자를 처리하는 법 같은 건 나와 있지 않았다. 그리고 사자란 종이 지금 이 사자처럼 친근한 종인지도 알 수 없었다.

페이튼은 그다지 관찰에 능하지 못했다. 한참이 지나서야 사자의 오른쪽 앞발에 두룬 얇은 금속 띠를 볼 수 있었다. 일련의 문자와 숫자와 함께 보호 구역 인장이 찍혀 있었다.

야생 동물이 아님이 확실했다. 아마 대부분의 젊은 날을 인간과 보냈을 것이다. 생물학자들이 종을 배양하고 개량하기 위해 방목한, 그 유명한 슈퍼 사자인 것 같았다. 페이튼이 읽은 보고서에 따르면 이 녀석들 중 일부는 개와 같은 수준의 지능을 보유하고 있었다.

사자가 몇 마디 간단한 말, 특히 음식과 관련된 말을 이해한다는 것을 그는 재빨리 알아차렸다. 이런 시대에도 사자는 10세기 전의 야윈 조상들보다는 덩치가 큰 웅장한 야수였다.

다시 여행을 시작했을 때, 사자는 곁에서 터벅터벅 따라왔다. 이 녀석과의 우정이 몇 백 그램의 음식 이상의 것인지 의심이 들었지만, 이야기할 상대가 있다는 것은 즐거운 일이었다. 특히 그에게 논박하지 않는 누군가가 있다는 것이 중요했다. 페이튼은 주의 깊게 살펴본 뒤 '레오'라는 이름이 새 친구에게 어울리겠다고 결정했다.

몇 백 미터를 걸어갔을 때, 갑자기 공중에서 불빛이 어지럽게 번쩍였다. 정체가 무엇인지 금방 파악했지만, 깜짝 놀라서 걸음을 멈추고 눈을 깜빡거렸다. 레오는 즉시 도망쳐서 어느새 어디로 갔는지 보이지 않았다. 페이튼은 레오가 응급 상황에서는 쓸모가 없다고 생각했다. 나중에 이 말을 정정해야 했지만.

시력을 회복하자 페이튼은 눈앞 허공에 휘황찬란하게 빛나, 마치 불꽃처럼 보이는 문구가 보였다. 허공에 다음과 같이 씌어 있었다.

경고!
지금 당신은 제한구역에 접근하고 있습니다.
돌아가시오!
세계 평의회

페이튼은 몇 분 동안 생각에 잠겨 안내문을 읽었다. 그러고는 영사기를 찾아보았다. 길가 조그마한 금속 상자 안에 대충 숨겨 있었다. 믿을 만 한 '전자 위원회'가 첫 번째 졸업 선물로 준 만능열쇠를 가지고 페이튼은 즉시 상자를 열었다.

잠시 탐색을 해 보고 그는 안도의 한숨을 쉬었다. 영사기는 단순한 기계 장치에 불과했다. 길 주변에 무엇이건 다가오면 작동하는 종류였다. 사진을 찍는 장치가 있었지만 이미 접속이 끊어진 상태였다. 페이튼은 그다지 놀라지 않았다. 어떤 동물이건 지나가면 기계가 작동했을 것이기 때문이다. 운이 좋았다. 아무도 리처드 페이튼 3세가 이 길을 지나갔다는 것을 알 수 없을 것이기 때문이다.

약간 부끄러워하면서 천천히 다가오는 레오를 향해서 그는 소리를 질렀다. 안내문이 사라졌다. 레오가 지나갈 때 다시 작동하기 않도록 계전기를 잠시 차단했다. 그는 다시 문을 잠그고 다음에는 무슨 일이 일어날까 궁금해 하면서 여행을 계속했다.

몇 백 미터를 가자, 실체는 없이 심각한 목소리만 들려오기 시작했다. 새로울 것이 없었지만, 그 목소리는 사소한 위반 사항들을 들먹이며 위협을 가하고 있었다. 어떤 것은 그에게 익숙한 것도 있었다.

소리가 나는 위치를 찾기 위해서 두리번거리는 레오의 얼굴을 보는 것은 무척 재미있는 일이었다. 페이튼은 다시 영사기를 찾고 위치를 확인했다. 길에서 벗어나는 것이 더 안전할 것 같았다. 도로를 따라 녹화 장치가 있을 수도 있었다.

도로 주변의 황무지를 따라서 걸어가는 동안 계속 금속에 관심을 보이는 레오를 데려오기 위해 약간의 어려움을 겪었다. 이후 400미터를 걸어가는 동안 레오는 두 번이나 전자 부비트랩을 발동시켰다. 마지막 부비트랩에서는 더 이상 설득하기를 포기했는지 다음과 같은 말이 들렸다.

"야생 사자 주의."

페이튼은 레오를 보고 웃기 시작했다. 비록 그 말뜻을 알아듣지는 못했지만 공손히 말에 따르는 듯했다. 자동 안내문이 마지막 절망의 불빛을 깜빡거리며 그들 뒤로 사라졌다.

페이튼은 여기에 왜 안내문이 있는지 궁금했다. 아마도 우연히 방문한 사람들을 겁주기 위한 것이라고 생각했다. 그 목적이 무엇인지 아는 사람은 결코 그 말에 따를 것 같지 않았다.

갑자기 길은 오른쪽으로 휘어졌고, 그 앞에 코마르가 있었다. 기대하고 있던 그 무엇인가가 그를 어리둥절하게 만들고 있다는 사실이 신기했다. 앞에는 숲을 베어 만든 거대한 공터가 있었고, 그 절반은 검은 금속 구조물로 메워져 있었다.

도시는 800미터 높이에 지름은 1000미터 정도 되는 계단형 원뿔 모양이었다. 지하는 어떨지 상상도 할 수 없었다. 거대한 빌딩의 기이함과 크기에 압도된 그는 잠시 걸음을 멈췄다. 그리고 천천히 도시를 향해서 나아갔다.

우리에 웅크리고 있는 야수처럼 도시는 누군가를 기다리며 웅크리고 있었다. 비록 방문객의 수는 적을지라도, 도시는 누구든 받아들일 준비가 되어 있었다. 때때로 어떤 이는 첫 번째 경고에 등을 돌리고, 어떤 이는 두 번째 경고에 등을 돌렸다. 소수만이 굳은 결심으로 그 입구까지 도달할 수 있었다. 여기까지 오면 대부분은 기꺼이 입구로 들어갔다.

그렇게 페이튼은 타워의 금속 벽어 이르는 대리석 계단을 지나 유일한 입구처럼 보이는 기이한 검은 구멍 속으로 들어갔다. 레오는 이 낯선 환경에 별반 주의를 기울이지 않고 옆에서 터벅터벅 걸었다.

페이튼은 계단 입구에서 잠시 걸음을 멈추고 송수신기의 다이얼을 눌렀다. 친숙한 목소리가 들릴 때까지 기다린 다음 마이크에 대고 천천히 말을 했다.

"파리가 방으로 들어간다."

두 번 반복하면서 약간 바보 같다는 생각이 들었다. 이런 짓을 시키다니 누군가가 이상한 취미가 있는 것이 틀림없다고 생각했다.

응답은 없었다. 이것은 정해진 수순의 일부였다. 그렇지만 서반구 코드를 입력했으니 사이언티아의 연구소에서 이 메시지를 받았을 거라고 믿어 의심치 않았다.

페이튼은 제일 큰 고기 통조림을 따서 대리석 위에 흩어 놓았다. 손가락으로 사자의 갈기를 꼬면서 장난스럽게 비틀었다.

"여기 있는 것이 좋을 것 같아. 오랫동안 가 있을 거지만 나를 따라와서는 안 돼."

계단 위에서 뒤를 돌아봤다. 다행히도 사자는 따라오려는 낌새를 보이지 않았다. 웅크리고 앉아 슬프게 그를 쳐다보고만 있었다. 페이튼은 손을 흔들고 몸을 돌렸다.

문은 없었고 구부러진 금속 표면에 검은 구멍만이 있었다. 약간 당황스러웠다. 건축가는 도대체 동물들이 들어오는 것을 어떻게 막으려고 생각했는지 궁금했다. 그때 건물 입구가 그의 관심을 끌었다.

너무 검었다. 벽이 검은색이라고 해서 입구까지 이렇게 검을 필요는 없었다. 주머니에서 동전을 하나 꺼내 틈 속으로 던져 넣어 봤다. 떨어지는 소리가 나자 그는 안심하고 앞으로 걸어갔다.

정교한 판단 회로는 마치 이 검은 문으로 들어가려는 모든 길 잃은 동물들은 무시해 온 것처럼, 동전도 무시했다. 그러나 인간의 존재는 회로를 작동시키기에 충분했다. 몇 초가 지나자 페이튼이 걸어가고 있는 곳을 비추는 화면이 전력을 공급받아 작동하기 시작했다. 그리고는 다시 움직임이 사라졌다.

발이 지면에 닿기까지 너무 많은 시간이 걸린다고 생각했지만, 이건 그가 걱정하는 문제 중에서 가장 사소했을 뿐이었다. 어둠에서 광명으로 갑자기 이동하고, 정글처럼 숨 막히게 더운 곳에서 비교적 서늘한 곳으로 갑자기 이동한 게 훨씬 더 놀라웠다. 불편한 심정으로 그는 자신이 방금 들어온 아치를 돌아보았다.

그것은 더 이상 그곳에 없었다. 그곳에 존재한 적도 없었다. 그는 이제 사방으로 뻗은 12개의 아치가 있는 둥근 방 한가운데에 있는 금속 연단 위에 서 있었다. 그는 아마도 저 아치들 중 하나를 통해 들어왔으리라. 비록 40미터 정도 떨어져 있지만 말이다.

잠시 페이튼은 공포에 사로잡혔다. 심장이 고동치고 다리에서 이상한 일이 일어나고 있었다. 혼자라는 것을 느끼며 그는 연단에 주저앉아 논리적으로 상황을 따져 보기 시작했다.

4장 양귀비 문양

무엇인가가 그를 검은 입구에서 방 안으로 순간적으로 이동시켰던 것이다. 둘 다 황당하긴 하지만, 두 가지 설명이 있었다. 우선 코마르 안의 공간에 이상이 있거나 아니면 건물 설계자가 물질 전이의 비밀을 알고 있는 사람이었던 것이다.

라디오를 이용해 소리와 영상을 보내는 법을 습득한 이래, 인간은 같은 방식으로 물질을 전송하는 꿈을 꾸어 왔다. 페이튼은 자신이 서 있는 연단을 바라보았다. 전기 장치가 숨어 있을 것 같았고, 바로 위

천장에 툭 튀어나온 이상한 부분이 있었다.

어떤 식으로 만들어졌든, 그는 초대받지 않은 방문객들이 흔히 하는 상상 이상은 할 수 없었다. 서둘러서 연단을 기어 내려갔다. 미적거리고 있을 장소는 아니었다.

자신을 여기로 데리고 온 기계의 도움 없이는 이곳을 떠날 방법이 없다는 것을 깨닫고 그는 당황했다. 일단 한 번에 한 가지만 걱정하기로 했다. 탐사가 끝날 때쯤엔 이 문제는 물론 코마르의 모든 다른 비밀에 대해서 완전히 이해하게 될 것이다.

그는 실제로도 자만에 빠져 있지 않았다. 페이튼과 이 도시의 건설자 사이에는 5세기의 간격이 있었다. 비록 새로운 것이 많이 발견된다고 하더라도, 그가 이해할 수 없는 것은 아무것도 없을 것이다. 무작위로 출구를 하나 선택해서 도시를 탐색하기로 했다.

기계는 때를 기다리며 그를 감시하고 있었다. 단 하나의 목적을 위해 건설된 기계들은 여전히 보이지 않는 곳에서 자신의 임무를 수행하고 있었다. 오래 전 그들은 자신을 만든 사람들의 지친 마음에 망각의 평온을 가져다주었다. 기계는 코마르에 들어온 누구에게나 망각을 제공할 수 있었다.

페이튼이 처음 이 건물에 들어온 순간부터 기계는 분석을 시작했다. 인간 마음속에 존재하는 모든 희망, 욕망 그리고 공포를 모두 해부하는 것은 쉬운 일이 아니었다. 종합기가 작동하려면 아직 몇 시간 남아 있었다. 그때까지 방문객은 미적지근한 환대를 받게 될 것이다.

조그마한 로봇이 이 미지의 방문객의 위치를 파악하기에는 많은 어려움이 있었다. 페이튼이 도시를 탐사한다는 목적으로 여러 방을 재빨리 살피고 다녔기 때문이다. 이윽고 로봇은 일련의 자기 스위치가 늘어서 있고 빛나는 진공관 하나가 빛나고 있는 조그마한 둥근 방 한가운데에서 멈춰 섰다.

관측 기구에 따르면 페이튼은 몇 발자국 앞에 있어야 했지만, 4개의 렌즈는 그의 행적을 파악할 수 없었다. 로봇은 혼란에 빠져 모터 돌아가는 미미한 소리와 계전기의 딸각거리는 소리를 제외하고는 조용히 미동도 없이 있었다.

바닥에서 3미터 정도 높이에 있는 발판에 서서 페이튼은 호기심을 가지고 기계를 쳐다보았다. 작은 바퀴에 장착된 두꺼운 판 위로 빛나는 금속 실린더가 솟아오르는 것을 볼 수 있었다. 손이나 발이라고 부를 만한 것은 없었다. 눈 역할을 하는 렌즈가 회전할 때를 빼는 실린더는 멈추지 않았고, 조그마한 금속 마찰음이 계속 들렸다.

조그만 기계가 서로 다른 두 개의 정보를 놓고 혼란스러워하는 모습을 보는 것은 흥미로운 일이었다. 비록 페이튼이 방 안에 있음을 알았지만, 눈에 보이는 것은 빈 방뿐이었던 것이다. 페이튼이 불쌍한 생각이 들어 좁은 복도에서 내려설 때까지 기계는 조그마한 원을 그리며 분주히 움직였다. 곧 기계는 선회를 멈추고 환영 인사를 하기 시작하였다.

"저는 A5호입니다. 당신이 원하는 곳으로 어디든 모셔다드리겠습니다. 표준 로봇 용어로 명령을 내려 주시기 바랍니다."

페이튼은 약간 실망했다. 소다센이 건설한 도시라면 뭔가 나은 것이 있기를 바랐는데, 녀석은 완벽한 규격 로봇이었던 것이다. 하지만 올바르게 사용하기만 하면 무척 유용한 기계가 될 것 같았다.

"고마워. 주거지로 좀 데려다줘."

불필요하지만 그가 말했다.

이제 도시가 완전 자동화되어 있다는 건 확실했지만, 어딘가 인간의 숨결을 유지하는 곳이 있을 가능성도 있었다. 그의 탐험을 도와줄 다른 누군가가 있을지도 모른다고 생각했지만, 그 반대의 경우 또한 희망만큼이나 큰 것이었다.

조그만 기계는 말없이 바퀴를 돌려 방 밖으로 나갔다. 페이튼이 따라간 복도는 아까 들어가려고 시도했다가 실패한, 아름답게 조각된 문 앞에서 끝이 났다. 분명히 A5호는 그 비밀을 알고 있는 것 같았다. 그들이 다가가자 그 두꺼운 금속판이 조용히 열렸기 때문이다. 로봇은 작고 상자같이 생긴 방 안으로 들어갔다.

페이튼은 다른 물질 이동기 속으로 들어온 게 아닐까 생각했지만, 이내 엘리베이터와 그다지 다르지 않음을 알아차렸다. 걸리는 시간으로 봐서 그들은 거의 도시 꼭대기까지 가는 것 같았다. 문이 열렸을 때, 페이튼은 다른 세상에 온 듯했다.

맨 처음 보인 복도는 무척 단조롭고 장식이 없어서 만들 때 실용성만 고려한 것 같았다. 반면 커다란 홀과 회의장에는 최상급 사치품이 있었다. 26세기는 후세 사람들에게 경멸을 받을 정도로 화려한 치장을 좋아했던 시대이다. 그러나 데카당트들은 그 시대 이후에도 계속 명맥을 유지했다. 그들은 코마르를 건설할 때 예술뿐만 아니라 심리학까지도 폭넓게 활용했다.

세월이 비켜 간 듯 여전히 찬란하게 빛나는 벽화, 조각, 그림, 세밀한 융단에 싫증을 느끼지 않고 평생을 즐기면서 살 수도 있을 것 같았다. 이처럼 훌륭한 곳이 세상을 등진 채 숨어 있다니 어불성설처럼 느껴졌다. 페이튼은 자신의 과학적 열정은 잊은 채 경이로움 속에서 아이처럼 이리저리 뛰어다녔다.

바로 여기에 세상이 알고 있는 그 어떤 천재보다도 위대한 천재의 작품이 있다. 그러나 이것은 놀라운 기술적 능력은 있지만 신념을 상실하여 절망과 우울 속에 사는 천재의 작품이었다. 처음으로 페이튼은 코마르의 건축가들에게 데카당트라는 이름이 주어진 이유를 이해할 수 있었다.

데카당들의 예술은 그를 밀어내면서도 끌어당기고 있었다. 사악한 것은 아니었다. 도덕적 기준에서 완전히 분리되어 있었기 때문이다. 한 번도 자신이 시각 예술에 민감하다고는 생각해 보지 못했던 페이튼은 잠시 동안 자신의 영혼 속으로 스멀스멀 기어들어 오는 미세한 절망감을 느낄 수 있었다. 그러나 이러한 감정은 떨쳐내기가 불가능했다.

마침내 페이튼은 다시 로봇을 향했다.

"지금 여기에 살고 있는 사람이 있나?"

"예."

"그들은 어디 살지?"

"자고 있습니다."

어떤 면에서는 지극히 자연스럽게 들리는 대답이었다. 페이튼은 무척 피곤했다. 지난 한 시간 동안 깨어 있으려고 고군분투해야 했다. 무언가가 그에게 잠을 강요하고 억지로 잠이 오게 만드는 것 같았다.

내일이면 알고자 하는 비밀을 알 수 있을 터였다. 그 순간만큼은 잠을 빼고는 아무것도 생각도 들지 않았다.

그는 로봇이 거대한 홀을 지나서 금속문(페이튼은 알아채지 못했지만 낯익은 문양이 새겨져 있었다.)이 줄지어 있는 기다란 복도로 인도하자 자연스럽게 따라 나갔다. 로봇이 조용히 열린 문 앞에 멈춰 섰을 때, 그의 졸린 마음은 여전히 불완전하게 잠과 싸우고 있었다.

어두컴컴한 방 안에 예쁘게 장식된 소파를 보자 그는 거의 참을 수가 없었다. 페이튼은 반사적으로 소파를 향해 비틀거리며 나아갔다. 잠에 빠져 들었을 때, 충만한 만족감이 그의 마음을 따스하게 감싸 주었다. 비록 그의 두뇌는 문 앞 문양의 의미를 이해하기에는 너무도 지쳐 있었지만, 인식할 수는 있었다.

그것은 양귀비였다.

도시의 움직임에는 어떠한 속임수도 해악도 없었다. 인간적인 면모 없이 주어진 임무를 수행하고 있을 뿐이었다. 코마르에 들어오는 사람은 누구나 그것이 주는 선물을 감싸 안아야만 했다. 이 방문객이 그 선물을 거부한 유일한 사람이었다.

적분기는 몇 시간 전부터 준비가 되어 있었지만, 쉬지 않고 무언가를 탐색하는 그의 정신은 그들을 회피해 왔다. 그들은 기다릴 여유가 있었다. 지난 500년 동안 해 왔던 것처럼.

그리고 리처드 페이튼이 평화롭게 잠에 취하자 기이하게도 완고한 정신의 방어막은 깨져 버렸다. 코마르의 저 깊은 심장 속에서 회로가 작동을 시작했고, 복잡하면서도 느린 변압 전류가 진공관을 통하여 들락날락했다. 리처드 페이튼 3세의 의식은 더 이상 존속하지 않았다.

페이튼은 즉시 잠에 빠져 들었다. 잠시 완전한 망각이 그를 지배했다. 그리고 미세하게 의식이 돌아오기 시작했다. 언제나 그랬던 것처럼 그는 꿈을 꾸기 시작했다.

그가 가장 좋아하는 꿈이 마음 속으로 들어와 다른 어떤 때보다도 더 생생하게 느껴진다니 기이한 일이었다. 평생 페이튼은 바다를 사랑했고, 딱 한 번 저공 비행선 관측실에서 태평양의 섬이 만들어 내는 믿을 수 없는 장관을 본 적이 있었다. 비록 한 번도 가 본 적은 없었지만, 장래나 세상에 대한 근심 없이 이 한적하고 평화로운 섬에서 여생을 보내고 싶다고 종종 생각했다.

그것은 세상 모든 사람들이 때때로 품어 보는 그런 꿈이었지만, 페이튼은 이런 삶이 두 달 정도만 계속되면 지루함에 반쯤 미쳐 문명 속으로 돌아오게 되리라는 것을 충분히 깨닫고 있었다. 그러나 그의 꿈은 결코 이런 생각에 지장을 받지 않았다. 태양 아래 쪽빛 테를 두른 석호 너머 모래톱에 파도가 다가와 부딪혔고, 그는 살랑거리는 야자수 아래에 다시 한 번 몸을 눕혔다.

꿈이 너무 생생해서 페이튼은 꿈속에서조차 세상의 어떤 꿈도 이보다 더 사실적이지 못할 거라고 생각하고 있는 자신을 깨달았다. 그러자 갑자기 생각이 멈췄다. 너무도 갑작스러워서 생각 속에 극명한 균열이 생긴 것 같았다. 덕분에 그는 의식을 되찾았다.

너무나도 실망스러운 나머지, 잃어버린 낙원을 다시 되찾기라도 하려는 듯, 페이튼은 눈을 꼭 감고 잠시 동안 누워 있었다. 그러나 소용이 없었다. 무엇인가가 머릿속에서 다시 잠드는 것을 방해하고 있었다. 게다가 누운 곳이 무척 딱딱하고 불편하게 느껴졌다. 마지못해 왜 잠을 못 드는 건지 따져 보기 시작했다.

페이튼은 항상 현실주의자를 자처했기 때문에 결코 철학적인 의문에 골머리를 썩는 사람이 아니었다. 그래서 그다지 지적이지 않은 사람들에게는 이런 일이 별로 큰 충격이 아니었겠지만, 그에게는 너무도 심각한 영향을 미쳤다. 페이튼은 한 번도 자신의 정신 상태를 의심해 본 적이 없었지만, 이번엔 달랐다. 그를 깨운 것은 분명히 파도가 암초에 부딪치는 소리였기 때문이었다. 그는 황금빛 모래사장에 누워 있었다. 주위는 종려나무 사이로 부는 바람이 만들어 내는 한숨 소리가 가득했고, 따스한 바람이 그를 부드럽게 스쳐 지나가고 있었다.

잠시 동안 페이튼은 자기가 여전히 꿈을 꾸고 있다고 생각했다. 그러나 이번에는 확실히 의심의 여지가 없었다. 사람이 제정신이라면, 현실은 꿈이라고 생각되지 않는다. 세상의 다른 것이 실제인 것처럼 이 모든 것도 실제였다.

천천히 의심이 사라지기 시작했다. 자리에서 일어나자 황금빛 모래가 황금빛 비처럼 쏟아져 내렸다. 태양 빛으로부터 눈을 가리면서 그는 해안을 둘러보았다.

왜 이 장소가 친숙하게 느껴지는지 그는 계속 생각했다. 마을이 해안에서 멀지 않은 곳에 있다는 것을 자연스럽게 알 수 있었다. 조만간 기억에서 지워질 세상에서는 잠시 동안 떨어져 있어야 했던 친구들과 조만간 재회하게 될 것이다.

한때 지혜와 명망을 간절히 바랐던 한 젊은 공학도에 대한 기억이 희미하게 사라지고 있었다. 이제는 그의 이름도 가물가물했다. 다른 세상에서 그는 이 바보 같은 남자를 잘 알고 있었지만, 이제는 그 남자에게 그의 야망이 헛된 것임을 설명할 수 없게 되었다.

그는 해변을 따라 정처 없이 걷기 시작했다. 마치 빛나는 태양 빛 아래서 사라지는 꿈처럼, 자신이 만든 발자국을 따라 어렴풋한 과거의 기억들이 그를 진구렁 속으로 몰아넣고 있었다.

세상 반대쪽에서는 근심에 가득한 과학자 세 명이 황폐한 연구실에서 대기 중이었다. 그들의 시선은 예사롭지 않은 모습의 다중 채널 통신기에 고정되어 있었다. 기계는 9시간 동안 아무런 신호도 보내지 않고 있었다. 처음 8시간은 소식이 없는 게 당연했지만, 이제는 한 시간 이상 소식이 늦고 있었다.

알란 헨슨은 참을 수 없다는 듯이 펄쩍 뛰어올랐다.

"뭔가 해야 해. 전화를 걸어 봐야겠어."

다른 두 과학자는 불안하게 서로를 바라보았다.

"전화하면 위치를 추적당할걸."

"실제로 우리들을 감시하고 있지 않다면 그렇지도 않을 거야. 그렇다고 할지라도 뭐 특별한 이야기를 하려는 게 아니야. 페이튼도 알아챌 거야. 응답하기만 한다면……."

리처드 페이튼에게 시간관념이 있었다 해도, 지금의 그는 완전히 잊어버린 상태였다. 단지 현재만이 실제였고, 과거나 미래는 관통할 수 없는 막에 둘러싸여 비밀스럽게 놓여 있는 것이었다. 마치 멋진 풍경이 내리는 비에 의해서 모습을 감추고 있는 것처럼.

　페이튼은 현재라는 시간이 주는 즐거움에 빠져 아주 만족해하고 있었다. 불확실하지만 새로운 지식의 영역을 정복하겠다는 신념으로 쉬지 않고 움직이던 정신 속에는 이제 아무것도 남아 있지 않았다.

　훗날 그는 섬에서 보낸 나날에 대해서 아무것도 회상해 내지 못할 터였다. 그에게는 많은 동료가 있었지만, 그들의 이름과 얼굴은 기억 저편으로 사라져 버렸다. 사랑, 마음의 평온, 행복, 이런 모든 것들이 이 짧은 순간에 온전히 그의 것이 되었다. 이제 그는 단지 이 천국에서의 마지막 몇 순간들만을 기억할 것이다.

　끝이 시작과 같다는 것은 이상한 일이다. 다시 한 번 그는 석호 가장자리에 있었다. 하지만 갑작스럽게 어둠이 왔고 이제 혼자가 아니었다. 항상 보름달인 것 같은 달이 대양 위로 낮게 떠올랐고, 기다란 은빛 줄기 여럿이 세상 끝까지 퍼져 나갔다. 결코 위치가 변하지 않는 별들이 지구의 잊힌 별보다도 더욱 휘황찬란하게, 하늘의 보석처럼 빛을 뿜고 있었다.

　그러나 페이튼은 또 다른 아름다움에 흠뻑 빠져 있었다. 다시금 그는 모래에 누워 있는 어떤 형상을 향해서 몸을 구부렸다. 황금빛으로 빛났던 모래는 그 위에 흩어져 있는 머리카락에 비해 빛이 바래 보였다.

　갑자기 낙원 전체가 흔들리더니 순간적으로 사라졌다. 마치 사랑하는 모든 것들이 뒤틀려 버린 것처럼 그는 고통스럽게 울부짖었다. 순간적으로 일어난 변화로 인해 그는 정신을 차렸다. 모든 것이 사라졌을 때, 그는 에덴의 문이 영원히 닫혀 버렸을 때 아담이 어떤 심정이었는지 이해할 수 있었다.

그를 현실에 돌아오게 만든 것은 어디서나 흔하게 들을 수 있는 소리였다. 다른 어떤 것도 그의 마음속에 숨어 있는 깊은 곳까지 울림을 주지는 못했을 것이다. 그것은 이 코다르라는 도시의 어두운 방 안, 침상 옆 문 위에 놓아두었던 연락기가 내는 소리였다.

무의식적으로 수신 버튼을 누르자 소리가 사라졌다. 그가 이름 모를 상대방(알란 헨슨이 도대체 누구란 말인가?)에게 만족스러운 답을 주었음에 틀림없었다. 곧바로 회로가 끊어졌다. 여전히 몽롱한 상태로 페이튼은 머리를 감싸 쥐고서 삶을 재조정하기 위하여 침상에 앉았다.

그는 분명 꿈을 꾸지 않았다. 그건 확실히 알 수 있었다. 오히려 두 번째 인생을 산 느낌이었고, 이제 건망증에서 탈출한 사람처럼 첫 번째 인생으로 복귀하고 있었다. 여전히 궁롱했지만, 한 가지 분명한 확신이 들었다. 그는 다시는 코마르에서 잠에 빠져 들지 않을 것이다.

천천히 리처드 페이튼 3세의 의지력과 성품이 되살아났다. 불안한 동작으로 그는 자리에서 일어나 방을 나갔다. 다시 한 번 그는 수백 개의 똑같은 문이 있는 복도에 들어섰다. 이제 새롭게 이해한 내용을 바탕으로 그는 문 앞에 새겨진 문양들을 살펴보았다.

그는 자기가 어디로 가고 있는지 알지 못했다. 의식은 앞에 놓인 문제에 완전히 고정되어 있었다. 걷기 시작하자 머리가 맑아졌고, 천천히 이해력이 회복됐다. 잠시 이론적인 면을 생각하다가 그는 곧 시험을 해 보기 시작했다.

인간의 정교한 의식은 외부 세계와 직접적인 접촉 없이도 신체 감각을 통해 지식과 경험을 축적한다. 조상들이 기다란 전선에 소리를 녹음했던 것처럼, 사상과 감정을 저장하는 게 어려운 일은 아니었다.

만약 생각이 다른 사람의 의식에 주입되고, 몸은 아무런 의식도 없고 모든 감각이 마비된 상태라면, 뇌는 현실을 경험하고 있다고 생각할 것이다. 속임수를 감지할 가능성도 없다. 마치 녹음된 심포니 연주를 원래 연주와 완벽하게 구별하는 것이 불가능한 것처럼.

이것은 수 세기 동안 잘 알려진 사실이지만, 코마르를 건설한 이는 세상 그 누구도 시도한 적이 없는 일을 직접 실천에 옮긴 것이다. 도시 어딘가에는 이곳에 들어오는 모든 사람의 생각과 욕망을 분석하는 기계가 있음에 틀림없었다. 도시를 건설한 사람들은 인간의 감각과 경험에 대한 모든 것을 어딘가에 저장해 놓았을 터였다. 이러한 기본 자료를 바탕으로 하면 미래에 대한 가능성을 모두 조합할 수 있었다.

마침내 페이튼은 코마르를 건설한 천재의 방식을 이해할 수 있었다. 기계가 마음속 깊은 곳의 생각을 분석하고 무의식적 욕망을 바탕으로 세계를 창조해 내는 것. 그리고 마침내 기회가 왔을 때, 마음을 조정해서 모든 경험을 그 세계 속에 투사하는 것이었다.

이미 반쯤 잊힌 낙원에서 그가 바랐던 것은 모두 자기 자신에게서 나온 게 너무도 당연했다. 그리고 수 세기에 걸쳐 그렇게도 많은 사람들이 바랐던 평온을 오직 코마르만이 가져다 줄 수 있었던 것도 이상한 일이 아니었다.

5장 공학자

다시 바퀴 소리가 나서 어깨 너머로 돌아봤을 때 페이튼은 이미 완전히 의식을 되찾은 상태였다. 자신을 안내했던 작은 로봇이 돌아와 있었다. 로봇을 조종하는 위대한 기계가 무슨 일이 일어났는지를 궁금해 하고 있다는 것은 의심의 여지가 없었다. 기다리는 동안 페이튼에게 한 가지 생각이 떠올랐다.

A5호가 말하기 시작했다. 자동화 설비가 완벽하게 되어 있는 이 궁극의 도시에 이런 단순한 기계가 있다는 것이 왠지 부자연스러워 보였다. 이윽고 페이튼은 이 로봇이 그다지 복잡한 기계가 아니라는 사실을 깨달았다. 단순한 기계로도 충분한데 굳이 복잡한 기계를 쓸 필요는 없었다.

페이튼은 이미 익숙해진 설명을 무시해 버렸다. 다른 인간이 이미 반대되는 명령을 내려놓은 상태가 아닌 한, 모든 로봇은 일단 인간의 명령을 따를 수밖에 없다는 사실을 그는 잘 알고 있었다. 심지어 도시 안에 존재하는 투사기조차 그의 무의식이 내리는 명령대로 움직였던 것이다.

"의식 투사기로 안내할 것."

그가 명령을 내렸다.

예상대로 로봇은 움직이지 않았다. 단지 다음과 같은 대답만 나왔다.

"이해할 수 없음."

다시금 상황을 장악하고자 하는 욕구가 생기면서 페이튼의 의식이 다시 활기를 되찾았다.

"여기 와서 명령을 내리기 전까지 움직이지 말 것."

로봇을 조종하는 선택 회로와 계전기가 지시 사항을 확인했다. 하지만 아무런 대응 명령을 찾을 수 없었다. 천천히 그 조그마한 기계의 바퀴가 돌기 시작했다. 로봇이 스스로를 구속한 셈이 되었다. 이제 로봇은 되돌아 갈 수 없었다. 페이튼이 다시 명령을 내리거나 다른 더 큰 힘이 명령을 바꾸기 전에는 움직일 수 없게 된 것이다. 로봇을 최면 상태에 빠뜨리는 것은 장난꾸러기 소년들이 자주 쓰는 낡은 속임수의 일종이었다.

재빨리 페이튼은 공학도라면 반드시 가지고 다니는 공구 가방에서 연장을 꺼내기 시작했다. 그 안에는 스크루 드라이버, 렌치, 전자동 드릴, 그리고 무엇보다도 순식간에 두꺼운 금속도 녹여 버리는 원자 절단기가 있었다. 그는 숙련된 솜씨로 작업을 시작했다.

다행스럽게도 로봇은 아주 간단했고, 어렵지 않게 뚜껑을 열 수 있었다. 제어판은 익숙한 종류였고, 동력 장치를 찾는 것도 어렵지 않았다. 이제 무슨 일이 있어도 로봇이 도망가는 일은 없을 것이다. 로봇은 불구가 되었다.

이후 그는 로봇의 시야를 가리고 천천히 다른 센서를 찾아내 작동하지 않게 만들었다. 곧 그 조그마한 기계는 쓸모없는 장치로 가득한 깡통으로 전락하고 말았다. 아무런 방어도 할 수 없는 대형 괘종시계에 야비한 공격을 가한 소년이 된 기분으로 페이튼은 주저앉아 예상한 일이 일어나길 기다렸다.

주 제어 장치에서 그렇게 멀리 떨어진 곳에서 로봇을 망가뜨린 것은 그다지 사려 깊은 행동은 아니었다. 지하에서 로봇 운송기가 모습을 드러내기까지는 15분이 걸렸다. 페이튼은 저 멀리서 바퀴가 굴러오는 소리를 들었고 계산이 맞아떨어졌다는 사실을 알 수 있었다. 고장 수리반이 가동된 것이다.

로봇 운송기는 단순한 운송기로 고장난 로봇을 쥘 수 있는 두 팔이 있었다. 시각 장치는 없어 보였지만, 임무에 적합한 센서가 있음은 분명했다.

페이튼은 불운한 A5호가 수거되기를 기다렸다. 이윽고 그는 기계 팔과 적절한 거리를 유지한 상태로 기계에 올라탔다. 다른 고장난 로봇으로 취급받지 않도록 주의했다. 다행히 그 거대한 기계는 아무런 관심도 보이지 않았다.

그래서 페이튼은 거대한 타워의 지하로 한 층 한 층 내려갈 수 있었고, 숙소를 지나 처음 자신이 들어왔던 곳도 지나쳤다. 이윽고 한 번도 가 본 적이 없는 지역으로 들어갔다. 내려가면 내려갈수록 도시의 모습도 바뀌기 시작했다.

상층부의 화려하고 현란한 모습은 사라지고 복도는 인간에게 적합해 보이지 않은, 거대한 전선으로 가득한 통로로 바뀌었다. 곧 이것들도 모습을 감췄다. 운송기는 거대한 문을 지나서 마침내 바라던 곳으로 그를 데려갔다.

계전기와 선택 회로가 끝도 없이 줄지어 있었다. 페이튼은 자신이 타고 온 말에서 뛰어내리고 싶었지만, 중앙 통제 회로가 시야에 들어오기 전까지 기다려야 했다. 이윽고 그는 기계에서 뛰어내렸고, 도시의 외곽으로 사라지는 기계를 지켜보았다.

그는 A5호기를 수리하는 데 얼마나 시간이 걸릴지 궁금했다. 너무

엉망으로 망쳐 놨으니 그 작은 기계는 결국 쓰레기 더미에 던져질 것이다. 갑자기 만찬장에 던져진 굶주린 사람처럼 그는 경이로운 도시를 조사하기 시작했다.

그 후 5시간 동안 그는 친구들에게 일상적인 신호를 보내기 위해 단 한 번 멈춰 섰을 뿐이었다. 임무 완수에 대해서 이야기하고 싶었지만 너무 위험이 컸다. 회로를 정밀하게 분석한 끝에 그는 주회로의 기능을 파악해 냈고, 이윽고 2차 장비에 대해서 조사하기 시작했다.

그의 예상은 적중했다. 의식 분석기와 투사기가 바닥 바로 위에 있었고 중앙 설비를 손보면 통제할 수 있을 것 같았다. 작동하는 방식을 알 수는 없었다. 아마도 비밀을 밝혀내려면 몇 달이 걸릴 것 같았다. 그러나 기계를 찾아내 필요하다면 전원을 끌 수는 있었다.

잠시 후에 그는 의식을 보여 주는 모니터를 발견했다. 그것은 고대의 수동 전화 교환대처럼 보이는 작은 기계였지만 훨씬 더 복잡했다. 조종석은 절연되어 있었고 전선과 크리스털 막대로 이루어진 전선망으로 덮인 신기한 모양이었다. 인간이 직접 작동하는 기계를 보기는 처음이었다. 아마도 공학자들이 이 도시를 건설하던 초기에 장비를 설치하기 위해서 만든 것 같았다.

제어판에 상세한 작동법이 적혀 있지 않았다면 페이튼은 의식 모니터를 사용하는 위험을 감수하지 않았을 터였다. 실험을 조금 해 본 뒤 회로에 전원을 넣고 천천히 전력을 올렸다. 강도를 제어하는 계전기가 위험을 알리는 빨간 표시에 도달하지 않도록 조절했다.

당연히 조심해야 했다. 왜냐하면 감각이 너무도 강렬하게 반응했기 때문이다. 그는 아직 정체성을 유지할 수 있었지만, 사고에 침투하는 생각과 이미지가 너무도 낯설게 느껴졌다. 마치 생판 모르는 남의 의식이라는 창을 통해 새로운 세계를 보는 것 같았다.

비록 두 번째 정체성에 대한 감각이 실제 리처드 페이튼 3세의 감각보다 덜 생생하기는 했지만, 몸은 마치 동시에 서로 다른 장소에 있는 것처럼 느꼈다. 이제 그는 빨간 표시의 의미를 이해했다. 만약 의식 강도 제어 상태가 너무 높이 올라가면 틀림없이 미쳐 버릴 것이다.

전원을 끄고 난 후 페이튼은 아무런 간섭 없이 자유롭게 생각할 수 있었다. 다른 거주자들이 모두 잠자고 있다고 했던 로봇의 말을 이제 이해할 수 있었다. 코마르의 다른 사람들은 모두 의식 투사기에 사로잡힌 채 누워 있는 것이다.

그는 다시 그 기다란 복도와 수백 개의 금속 방을 생각했다. 건물을 내려오면서 비슷한 방들을 많이 지나쳤는데, 도시의 대부분이 마치 거대한 벌집 같은 걸로 보아 수천 명이 꿈속에서 살고 있는 게 분명했다.

그는 차례대로 회로판을 검사했다. 대부분은 작동하고 있지 않았지만, 50개 정도는 여전히 작동하고 있는 것 같았다. 각각의 회로들은 인간의 생각, 욕망, 그리고 감정을 전달하는 역할을 하고 있었다.

이제 완벽하게 이해를 하게 되자 페이튼은 자신이 어떻게 속임수에 넘어갔는지 파악할 수 있었다. 그렇지만 다 파악했다고 해서 그다지 위로가 되는 것은 아니었다. 인간의 의식 속에 단순하지만 생생한 감정이 계속해서 주입될 때 의식의 주요 기능이 어떻게 마비되는지를 알게 되자 이제 이 인공 세상의 단점이 보였다.

그랬다. 이제 모든 것이 너무도 단순해 보였다. 그렇다고 하더라도

이 인공적인 세상이 당사자에게는 완전한 실재로 인식된다는 사실을
바꿀 수는 없었다. 너무도 사실적이어서 그 세계에서 빠져나오는 고
통이 그의 마음을 아프게 했다.

거의 한 시간 동안, 페이튼은 50명의 잠자는 의식을 탐사할 수 있
었다. 불쾌한 임무였지만 매력적인 면도 있었다. 그동안 그는 인간의
뇌와 그것의 숨은 기능에 대해서 상상했던 것보다 많은 것을 배울 수
있었다. 작업을 마치고 난 후, 한참을 조용히 앉아 새롭게 배운 지식
에 대해서 분석을 시도했다. 그의 지혜가 상당히 진보한 대신 젊음은
순식간에 사라져 버린 것 같았다.

처음으로 그는 자신의 의식 표면에 어지럽게 일어났던 비뚤어지고
사악한 욕망을 모든 인류가 공유한다는 사실을 직접 배웠다. 코마르
건설자는 선과 악의 구분에 관심이 없었다. 그리고 기계는 충실히 그
들의 요구를 따랐다.

자신의 이론이 옳았다는 것을 발견하고 그는 만족스러웠다. 페이튼
은 이제 탈출이 그다지 수월치 않다는 사실을 깨달았다. 만약 이 조
그마한 벽 안에 갇혀서 다시 잠에 빠져 든다면 다시는 깨어나지 못할
것이다. 우연히 한번은 잠에서 깨어났지만, 다시 그런 일이 발생하지
는 않을 것이다.

의식 투사기의 작동을 완전히 정지시켜 다시는 로봇이 복구하지 못
하도록 해야 했다. 일상적인 파손은 수리할 수 있을지 몰라도 페이튼
이 구상하고 있는 정도의 정교한 손상은 복구하지 못할 터였다. 작업
을 성공적으로 마치면 코마르는 더 이상 위험한 존재가 아니었다. 다
시는 그의 의식을 함정에 빠뜨리지 못할 것이며 미래에 방문할 사람

들의 의식도 안전할 것이다.

먼저 잠들어 있는 사람들의 위치를 파악해 의식을 되찾도록 해야 했다. 오랜 시간이 걸릴 수도 있었지만, 운 좋게도 기계에는 기본적인 탐사 장치가 부착되어 있었다. 이 장치를 이용해 원하는 장소에 광선을 쏘아 주면 도시 내부의 어떤 곳도 보거나 들을 수 있었다. 영상을 투사할 수는 없었지만, 원한다면 목소리는 가능했다. 이런 종류의 장치는 코마르가 생긴 뒤에야 일반적으로 쓰이기 시작했다.

통제기를 익숙하게 사용하기까지는 시간이 조금 걸렸고, 처음에는 광선이 도시 전역을 멋대로 휘젓고 다녔다. 페이튼은 놀라운 장소가 얼마나 있는지 찾아내려 했고, 한번은 숲으로 관심을 돌려 보기도 했다. 여전히 레오가 주위에 있는지 궁금했던 그는 어렵사리 입구를 관측해 보기도 했다.

그랬다. 사자는 어제 헤어진 바로 그곳에 여전히 남아 있었다. 충실한 레오는 입구에서 몇 미터 떨어져 걱정스러운 표정으로 도시를 바라보며 누워 있었다. 페이튼은 깊은 감명을 받았다. 레오를 코마르 안으로 들여보낼 수 있을지 궁금했다. 정신적인 동지가 있다면 무척 도움이 될 듯했다. 지난 밤 겪었던 일을 통해서 동료가 필요하다는 사실을 깨달은 것이다.

그는 체계적으로 도시 벽을 탐사하기 시작했고 다행스럽게도 지상과 연결되어 있는 몇 개의 폐쇄된 출구를 발견할 수 있었다. 어떻게 탈출할지 걱정이 되었다. 물질 전송기의 회로를 바꾼다고 해서 긍정적인 결과가 나올 거라고는 장담할 수는 없었다. 그는 낡은 방식이기는 했지만 물리적으로 공간을 통과하는 방식을 선호했다.

모든 출구가 폐쇄되어 있는 것을 확인했을 때는 잠시 좌절감이 밀려들기도 했다. 이윽고 그는 로봇을 찾기 시작했다. 몇 번의 시도 끝에 이미 폐기 처분된 A5호기처럼 알 수 없는 임무를 수행할 목적으로 복도를 오가는 로봇을 발견할 수 있었다. 다행히도 로봇은 그의 명령을 의심 없이 받아들이고 문을 열었다.

페이튼은 다시 벽을 통해 광선을 발사하여 레오 앞에 초점을 맞췄다. 그리고 부드럽게 말했다.

"레오!"

사자가 깜짝 놀라서 고개를 쳐들었다.

"안녕, 레오. 나야, 페이튼!"

당황한 레오는 천천히 원을 그리며 걸었다. 그러고는 포기했다는 듯이 주저앉았다.

참을성 있게 설득한 끝에 마침내 페이튼은 레오를 입구로 데려올 수 있었다. 사자는 그의 목소리를 인식하고 기꺼이 따라오는 것 같았지만, 몹시 당황스러워했고, 다소 겁이 많은 동물이었다. 마치 코마르나 말없이 서 있는 로봇 그 어느 것에도 호감이 가지 않는다는 듯 레오는 잠시 입구에서 주저하였다.

페이튼은 참을성 있게 레오가 로봇을 따라오도록 유도했다. 사자가 이해했다는 확신이 들 때까지 그는 반복해서 여러 말을 사용하여 유도를 했다. 이윽고 로봇에게 직접 명령을 내려서 사자를 통제실로 데려오도록 하였다. 그는 잠시 레오가 따라오는지 살펴보고는 격려의 말과 함께 이 기묘한 한 쌍에게서 시선을 뗐다.

양귀비 문양이 있는 밀폐된 방 안은 들여다볼 수 없어서 실망스러웠다. 이 방은 광선으로부터 보호받고 있거나, 아니면 초점을 맞추는 방식이 일정하게 정해져 있어서 공간의 크기를 살펴보기에 적당하지 않은 것처럼 보였다.

페이튼은 낙담하지 않았다. 잠에 취해 있는 사람들은 자신이 그랬던 것처럼 곧 어려움을 딛고 깨어날 것이다. 그들의 사적인 세계를 들여다봐서 그런지 그들에게 연민의 감정이 들었고 그들을 깨워야 한다는 의무감도 들었다. 이는 재고의 여지가 없는 문제였다.

갑자기 끔찍한 생각이 그를 사로잡았다. 그토록 깨어나기 싫었던 망각의 전원시 속에서, 의식 투사기는 그의 욕망에 반응해 의식에 도대체 무엇을 주입한 것일까? 그의 숨겨진 생각도 다른 사람들처럼 추했을까?

다소 불편한 생각이었기 때문에, 그는 생각을 잠시 미뤄 두고서는 다시금 앉아서 중앙 배전반을 살펴보았다. 먼저 회로를 차단하고 투사기의 기능을 정지시켜 다시는 사용할 수 없도록 만들었다. 그 많은 사람들에게 코마르가 건 주문은 영원히 사라지게 될 것이다.

페이튼은 다중 송신 교환 차단기를 파괴하기 위해 몸을 앞으로 기울였지만, 임무를 완수할 수 없었다. 부드럽지만 아주 단호한 네 개의 금속 팔이 뒤에서 그를 붙잡았다. 발토 차고 몸을 비틀어 보기도 하였지만, 그는 통제실에서 끌려 나와 방 한가운데로 이동했다. 기계팔은 그를 다시 자리에 앉힌 다음 자유롭게 풀어 주었다.

놀랐다기보다는 화가 나서 페이튼은 자신을 체포한 기계를 보기 위해 몸을 돌렸다. 몇 발자국 떨어져서 자신을 주시하고 있는 로봇은 지금까지 보아 온 기계 중에서 가장 정교했다. 몸체는 2미터에 가까웠고 수십 개의 두툼한 풍선 타이어가 밑 부분을 지탱하고 있었다.

다양한 형태의 금속 차대, 촉수, 팔, 연접봉, 그리고 설명하기 어려운 기계 장치가 사방으로 뻗어 나와 있었다. 두 곳에서는 일련의 팔다리가 분주하게 분해 작업과 수리 작업을 병행하고 있었고, 페이튼은 얼마간 미안해하면서 그것을 바라보았다.

조용히 페이튼은 적을 가늠해 보기 시작했다. 분명히 고급 로봇이었다. 그러나 이 로봇은 그에게 물리적 폭력을 사용했다. 어떤 로봇도 인간에게 폭력을 사용할 수 없었으며, 그의 명령을 거부하는 순간에도 폭력의 사용은 불가능했다. 단지 다른 인간의 직접적인 명령에 의해서만 로봇은 그런 행동을 할 수 있었다. 그렇다면 분명 의식이 있고 적대적인 성향을 보이는 생명체가 도시 어딘가에 있다는 결론이 나왔다.

"너는 누구냐?"

마침내 페이튼이 소리쳤다. 로봇이 아니라 뒤에서 로봇을 조종하고 있는 존재를 향해 말한 것이었다.

지체 없이 분명하면서도 기계적인 목소리로 로봇이 대답했다. 단순히 인간의 목소리가 증폭된 것 같지는 않았다.

"내가 바로 그 공학자다."

"그렇다면 여기 나와서 모습을 보여라."

"지금 나를 보고 있지 않은가."

단어 선택만큼이나 목소리도 비인간적인 톤을 띠고 있었다. 페이튼의 분노는 순식간에 사그라들었고, 대신 의심에 찬 경탄이 그 자리를 차지했다.

기계를 조종하는 인간은 존재하지 않았다. 이 도시의 다른 로봇처럼 이것 역시 자동으로 움직이고 있었다. 그러나 그들과는 다르게, 그리고 세상에 알려진 다른 로봇과도 다르게 이것은 고유한 의식과 의지가 있었다.

6장 악몽

놀라서 휘둥그레진 눈으로 앞에 서 있는 로봇을 바라보고 있는 동안, 페이튼은 두려움이 아닌 흥분 그 자체에서 기인한 감정이 머리 가죽 위로 스멀스멀 기어가는 것 같은 느낌을 받았다. 모험이 드디어 보상을 받고 있는 것이다. 1000년에 걸친 꿈이 바로 눈앞에서 실현되고 있는 것이다.

오래 전 기계들은 제한된 지능을 부여받았다. 이제 마침내 그들은 스스로 의식을 획득했던 것이다. 이것이 바로 소다센이 세상에 알려 주고자 했던 비밀이었다. 그리고 평의희는 이것이 가져올 파장이 두려워 해결 방법을 강구하고 있었다.

아무런 감정을 싣지 않은 목소리가 다시 말을 하기 시작했다.

"네가 진실을 깨달아서 기쁘다. 일이 더 쉽게 진행될 것 같다."

"내 의식을 읽을 수 있는가?"

페이튼은 숨이 막히는 것 같았다.

"당연하다. 네가 들어오는 순간부터 읽고 있었다."

"그래, 나도 안다. 이제 나를 어떻게 할 것인가?"

페이튼이 단호하게 물었다.

"나는 네가 코마르를 파괴하는 것을 막을 것이다."

충분히 합리적인 판단이라고 페이튼은 생각했다.

"내가 지금 떠날 것이라 생각하는가? 그것이 더 좋을 것 같은가?"

"그렇다. 그랬으면 좋겠다."

페이튼은 웃지 않을 수 없었다. 거의 인간에 근접했다 할지라도 이 공학자는 여전히 로봇에 불과하였다. 로봇이 속임수를 모른다는 점은 페이튼에게 유리했다. 여하튼 그는 로봇을 속여 비밀을 캐낼 수 있을 것 같았다. 그러나 로봇은 그의 마음을 읽었다.

"허락하지 않는다. 이미 너무 많은 것을 알아 버렸다. 너는 즉시 떠나야 한다. 필요하다면 나는 물리력을 쓸 것이다."

페이튼은 싸우기로 결심했다. 그는 적어도 이 놀라운 기계가 가진 지능의 한계는 파악할 수 있었다.

"내가 떠나기 전에 이것만은 말해 주기 바란다. 왜 너는 공학자라고 불리는가?"

로봇은 즉시 대답했다.

"만약 로봇이 복구할 수 없는 심각한 결함이 발생하면 내가 처리해야 한다. 필요하다면 나는 코마르를 재건할 수도 있다. 일반적으로 모든 것이 제대로 작동하면 나는 '정지 상태'로 대기한다."

페이튼은 '정지 상태'라는 개념이 인간 정신에는 너무도 낯선 개념이라고 생각했다. 공학자가 스스로를 다른 로봇과 구별해서 생각하는 것을 보고 그는 즐거움을 느끼지 않을 수 없었다. 그는 빤한 질문을 던졌다.

"만약 너에게 문제가 발생하면 어떻게 되는가?"

"나와 같은 로봇이 하나 더 있다. 지금 그 하나는 '정지 상태'에 있다. 서로가 서로를 수리할 수 있다. 지금부터 300년 전에 서로를 필요로 했던 적이 단 한 번 있었다."

아무런 결점도 없는 시스템이었다. 코마르는 수백만 년의 세월 속에서도 안전할 것이다. 도시를 건설한 사람들은 꿈을 쫓아가는 동안 영원히 스스로를 보호할 수호 천사들을 만들어 놓은 것이다. 건설자들이 죽고 오랜 시간이 지났는데도 코마르가 그 기이한 임무를 계속 수행할 수 있었던 것은 너무도 당연한 일이었다.

이 놀라운 천재들이 모두 사라졌다는 것이 얼마나 큰 비극인가 하고 페이튼은 잠시 생각했다. 공학자가 가진 비밀들은 로봇 공학에 새로운 혁명을 일으키고 새로운 존재를 세상의 탄생시킬 수도 있었다. 이제 최초의 의식을 가진 기계들이 만들어진 마당에 어떤 한계를 그을 수 있을 것인가?

"아니다." 공학자가 갑자기 말했다. "언젠가 로봇이 인류보다 더 지적인 생명체가 될 것이라고 소다센은 나에게 말했다."

기계가 창조주의 이름을 말하는 것을 듣는 것은 다소 생소한 경험이었다. 소다센의 꿈이란 바로 이것이었다! 소다센의 거대한 꿈은 페이튼으로서는 그 윤곽조차 짐작할 수 없는 것이었다. 비록 절반 정도 준비가 되어 있었지만, 그 결론을 쉽게 받아들일 수는 없었다. 무엇보다도 인간과 로봇의 의식 사이에는 커다란 간극이 존재했다.

"인간의 기원이 된 동물과 인간 사이에 존재하는 간극보다 크지는 않다고 소다센이 말했다. 너, 인간은 복잡한 로봇에 불과하다. 나는 단순하지만 더 효율적이다. 그것이 전부다.”

페이튼은 진지하게 이 말을 받아들였다. 만약 인간이 복잡한 로봇에 불과하다면, 그리고 전선이나 진공관 대신에 살아 있는 세포로 구성된 기계라고 한다면, 언젠가 더욱 복잡한 기계가 만들어질 수도 있는 것이다. 그날이 온다면, 인류의 위대함은 파국을 맞으리라. 기계는 여전히 인류의 하인으로 남겠지만, 그 주인보다 더욱 지적인 존재가 될 것이다.

분석기와 계전기가 늘어서 있는 그 거대한 방은 매우 조용했다. 팔과 촉수들이 계속 분주하게 복구 작업을 하는 가운데 공학자는 페이튼을 주의 깊게 바라보고 있었다.

페이튼은 절박한 심정이 되었다. 천성인 반항심으로 인해 더욱 결심이 확고해지는 것 같았다. 어떻게든 공학자가 만들어진 방식을 알아내야만 했다. 그렇지 않으면 그는 평생 소다센의 천재성에 맞서다가 세월을 다 보낼 터였다.

소용없는 짓이었다. 로봇은 그보다 한 단계 앞서 가고 있었다.

“나와 관련해서 어떤 계획도 세울 수 없을 것이다. 저 문을 통해 탈출하려고 하면, 다리에 이 전기총을 발사할 것이다. 내가 만들어 내는 오차 범위는 몇 센티미터에 불과하다.”

인류는 이 의식 분석기로부터 결코 도망칠 수 없을 것이다. 아직 계획을 제대로 세우지 못했는데도 이미 공학자는 그것을 알고 있었다.

페이튼과 공학자는 둘 다 갑작스러운 방해꾼의 등장에 놀라지 않을 수 없었다. 시속 60킬로미터로 이동하는 0.5톤짜리 뼈와 근육 뭉치가 갑작스레 황금빛 섬광과 함께 나타나자 로봇은 제대로 충격을 입은 것 같았다.

잠시 동안 촉수가 분주히 움직였다. 그러고는 종말의 신호와 함께 공학자는 바닥에 드러누워 버렸다. 레오는 신중하게 앞발을 핥으며 무너져 내린 기계 위에 웅크리고 앉았다.

사자는 자신의 주인을 위협하고 있던 이 빛나는 동물의 존재를 이해할 수 없었다. 오래전에 만난 코뿔소 이래로 사자가 만난 동물 중에서 가장 거친 피부를 가진 존재였다.

"잘했어. 계속 누르고 있어."

페이튼이 기쁘게 소리쳤다.

공학자의 거대한 사지가 일부 손상됐고, 촉수는 무언가를 하기에는 너무 연약해 보였다. 다시 한 번 페이튼은 자신의 소중한 공구를 사용했다. 작업이 끝나자, 신경 회로를 전혀 건드리지도 않았음에도 공학자는 더 이상 움직일 수 없게 되었다. 그것은 어떤 점에서 보자면 살인과도 같았다.

"레오, 이제 내려와도 돼."

일이 끝나자 페이튼이 말했다. 사자는 명령에 복종했다.

"이렇게 해서 미안하군." 페이튼이 위선적으로 말했다. "그렇지만 내 결정을 존중해 주면 좋겠어. 말은 할 수 있지?"

"그렇다. 이제 나를 어떻게 할 것인가?"

페이튼은 미소를 지었다. 5분 전에 그도 같은 질문을 했다. 쌍둥이 공학자가 도착하기까지 얼마나 시간이 걸릴까? 힘을 써야 하는 순간이 오면 레오가 해결할 수 있었지만, 다른 로봇은 상황을 더욱 안 좋게 만들지도 모르는 일이었다. 가령 전등을 끌 수도 있는 일이었다.

순간 빛나던 진공관이 빛을 잃고 어둠이 내렸다. 레오는 절망적으로 울부짖었다. 다소 귀찮기는 하였지만, 페이튼은 손전등을 가져와 불을 켰다.

"나한테는 크게 문제가 되지 않아. 다시 불을 켜는 편이 나을 거야."

공학자는 아무런 말이 없었다. 그러나 다시 불이 들어왔다.

상대의 생각을 읽고 수비하는 방식까지 파악하는 적과 도대체 어떻게 싸울 수 있단 말인가. 페이튼은 자신에게 불리하게 작용할 수 있는 생각들은 회피해야만 했다. 그렇게 적절한 시기에 그는 생각을 멈출 수가 있었다. 잠시 동안 그는 머릿속에서 암스트롱 오메가 함수를 적분하는 방식으로 생각을 차단했다. 그리고 다시 정신을 통제하기 시작했다.

마침내 그가 말했다.

"이거 봐. 거래를 하나 하자고."

"그게 무슨 말인가? 단어의 의미를 모르겠다."

"아무것도 아니야." 서둘러 페이튼이 말했다. "내 제안은 이거야. 여기 갇혀 있는 사람들을 깨울 수 있게 해 주고, 너의 기본 회로를 나에게 알려 줘. 그러면 아무것도 건드리지 않고 여기를 떠날게. 너를 만든 건설자의 명령을 지키면서도 아무런 피해도 입지 않게 될 거야."

인간이라면 이 문제로 옥신각신했겠지만, 로봇은 그렇지 않았다. 로봇은 문제가 아무리 복잡해도 1000분의 1초의 속도로 상황을 판단하게 되어 있었다.

"좋다. 네 의식 속을 읽어 보니 정말 합의를 원하는 것처럼 보인다. 그런데 '협박'이라는 단어의 뜻이 무엇인가?"

페이튼은 얼굴이 붉어졌다. 그가 성급히 말했다.

"그건 중요하지 않아. 인간들이 흔히 쓰는 표현이야. 곧 동료가 도착하지 않나?"

"밖에서 잠시 대기하고 있는 중이다. 네 애완견을 조종할 수 있는가?" 페이튼이 웃었다. 로봇이 동물학까지 알고 있기를 기대하기는 어려웠다. "사자."

페이튼의 생각을 읽고 로봇이 말을 정정했다.

페이튼이 레오에게 몇 마디 말하고 확인하는 뜻으로 갈기를 쓰다듬어 주었다. 들어오라는 신호를 주기도 전에 다른 로봇이 방 안으로 조용히 굴러 들어왔다. 레오가 으르렁거리면서 앞으로 나아가려고 하자 페이튼이 진정시켰다.

두 번째 공학자는 모든 면에서 자신의 동료를 그대로 복사해 놓은 것처럼 보였다. 페이튼은 익숙하지 않은 방식으로 그의 의식 속으로 침투해 들어오는 그 로봇이 불안했다.

기계가 말했다.

"꿈꾸고 있는 사람들에게 가고 싶다는 것을 알았다. 나를 따라올 것." 페이튼은 명령을 받는 것이 싫었다. 도대체 로봇들은 왜 부탁한다고 말하지 못하는 거야? "부탁인데 나를 따라올 것."

다소 억양이 들어간 톤으로 기계가 반복해서 말했다.

페이튼이 따라가기 시작했다.

다시 한 번 그는 수백 개의 양귀비 문양이 새겨진 문들이 있는 그 복도, 혹은 그 비슷한 복도에 들어섰다. 로봇은 다른 문과 별반 달라 보이지 않는 문으로 그를 이끌고는 앞에서 멈춰 섰다.

조용히 금속판이 열리자 페이튼은 약간 주저하면서 어두운 방으로 들어섰다.

침상에는 아주 늙은 사람이 한 명 누워 있었다. 처음에는 죽은 것처럼 보였다. 확실히 그는 숨이 끊어지기 직전처럼 아주 느리게 숨을 쉬고 있었다. 페이튼은 잠시 그를 살펴보았다. 그리고 로봇에게 말했다. "그를 깨워."

도시 저 깊은 곳 어디에선가 의식 투사기를 통해서 전달되던 자극이 중지되었다. 한 번도 존재한 적이 없던 하나의 세상이 완전히 파괴된 것이다.

침상에서 광기로 불타는 두 눈이 페이튼을 노려보았다. 눈은 페이튼을 보고 다시 그 너머를 살폈다. 얇은 입술에서는 페이튼이 거의 알아들을 수 없는 일련의 단어들이 뒤죽박죽 새어나왔다. 끊임없이 꿈속 세상에서 만난 사람들의 이름과 지명을 되뇌는 것처럼 보였다. 끔찍하면서도 애처로운 광경이었다.

"그만두세요. 지금 이게 현실이란 말이에요."

페이튼이 소리쳤다.

그 빛나는 눈이 처음으로 그를 인식하는 것 같았다. 노인은 힘들게 몸을 일으켰다.

"넌 누구냐?" 그가 떨면서 물었다. 페이튼이 대답도 하기 전에 그는 갈라진 목소리로 말했다. "이건 분명 악몽이야. 저리 가, 저리 가. 제발 꿈에서 깨어나게 해 줘."

혐오감을 억누르면서 페이튼은 그의 연약한 어깨에 손을 올려놓았다.

"걱정하지 마세요. 이제 깨어났어요. 기억나세요?"

그는 페이튼의 말을 듣고 있는 것 같지 않았다.

"그래, 틀림없이 이건 악몽이야. 악몽임에 틀림없어. 왜 깨어나지 못하는 거지? 이런, 크레시도르, 모두 어디 있어? 찾을 수가 없잖아."

페이튼은 참을 수 있는 한 참으려고 하였지만, 무슨 짓을 해도 그 늙은 남자의 의식을 붙잡을 수 없었다. 가슴이 아팠지만 그는 로봇에게 말했다.

"다시 꿈속으로 보내 줘."

7장 세 번째 르네상스

천천히 울부짖는 목소리가 잦아들었다. 그 연약한 몸은 침상에 누웠고, 주름진 얼굴은 다시 열정이 없는 얼굴토 돌아갔다.

"다들 이 사람처럼 미쳐 있나?"

마침내 페이튼이 물었다.

"그렇지만 그는 미친 것이 아니다."

"무슨 소리야? 그는 미쳤어!"

"그는 오랜 시간 도취되어 있었다. 만약 네가 저 먼 곳으로 가서 이전 삶에서 배웠던 것을 모두 잊어버리고, 생활 방식을 완전히 바꿨다고 생각해 봐라. 아마 그렇다면 아주 어린 시절에 가졌던 지식 말고는 아무것도 남지 않게 될 것이다.

만약 기적이 일어나서 갑자기 원래 상태로 돌아간다면, 아마 너도 저렇게 행동할 것이다. 기억해라. 꿈은 그에게는 현실이며 그 속에서 그는 오랜 세월을 살아온 것이다.

코마르를 건설하던 중에 언젠가 소다센이 나에게 말해 준 것이다. 그 후로 어떤 사람은 20년 동안이나 도취 상태로 살기도 했다."

"언젠가라고?"

"약 500년 전이라고 말할 수 있을 것이다."

이 말을 듣고 페이튼은 이상한 광경이 머리에 떠올랐다. 자신이 만든 로봇들과 함께 일하면서 주위에 아무런 인간 동료도 남지 않게 된 그 외로운 천재를 그려 보았다. 다른 사람들은 모두 자신의 꿈을 찾아서 떠나 버렸을 것이다.

그러나 소다센만은 자신의 일을 끝마칠 때까지, 자신을 세상과 연결시킬 고리를 만들겠다는 일념으로 이곳에 머물렀을 것이다. 그의 가장 위대한 업적이자 세상에 존재하는 그 어떤 전자공학도 다다를 수 없는 기술의 결정체인 두 로봇은 궁극의 대작이었다.

오랜 세월의 무상함과 이에 대한 연민의 감정이 페이튼을 사로잡았다. 그 비참한 천재가 자신의 삶을 송두리째 바쳤다는 사실만으로도 그의 공로는 사라져서는 안 된다고, 이 세상에 알려져야 한다고 페이튼은 마음을 굳게 다졌다.

"꿈이란 다 이런 종류인가?"

그가 로봇에게 물었다.

"최근에 온 사람들을 제외하고는 다들 똑같다. 그들은 아마도 자신들의 처음 삶이 어떠했는지 기억할 수 있을 것이다."

"그 사람들 중 한 명에게 나를 인도해 줘."

그들이 들어간 옆방도 아까와 모든 것이 똑같았지만, 침상에 누워 있는 사람은 이제 겨우 40대로 보였다.

"이 사람은 여기에 얼마나 오래 있었지?"

"몇 주 전에 왔다. 네가 오기 전까지는 수년 만에 우리를 찾아 준 유일한 사람이었다."

"그를 깨워 줘."

그는 천천히 눈을 떴다. 눈에는 슬픔과 의아함의 빛만 어려 있을 뿐, 광기의 흔적은 찾아볼 수 없었다. 이윽고 어렴풋이 정신을 차리기 시작하더니 반쯤 몸을 일으켜 자리를 잡고 앉았다. 그가 한 첫 번째 말은 무척 이성적인 것이었다.

"왜 나를 깨웠지? 당신은 누구야?"

"난 지금 막 의식 투사기에서 도망친 사람이에요." 페이튼이 소리 쳤다. "구할 수 있는 사람은 모두 구하려고 하는 중이죠."

상대방은 쓴웃음을 지어 보였다.

"구한다고! 도대체 무엇으로부터 나를 구한단 말이야? 세상에서 도 망쳐 이곳에 오기까지 40년이 걸렸어. 그런데 나를 다시 그 구렁텅이 로 밀쳐 버리겠다고? 꺼져. 그리고 나를 평화롭게 내버려 둬."

페이튼은 쉽게 물러설 수 없었다.

"당신은 이 가상현실이 현실보다 덧지다고 생각하나요? 이곳에서 도망치고 싶은 마음은 하나도 없나요?"

다시 상대방은 쓴웃음을 지었다. 그 웃음에는 즐거움이 하나도 묻어 있지 않았다.

"코마르는 그 자체로 나에겐 현실이야. 세상은 나에게 아무것도 주지 않았지. 그런데 내가 왜 그곳에 돌아가야 하지? 난 여기서 평화를 발견했어. 그게 내가 원하는 전부야."

페이튼은 재빨리 몸을 돌려 그 자리를 피했다. 등 뒤에서는 만족하며 다시 잠 속에 빠져 드는 몽상가의 안도의 한숨 소리가 들려왔다. 그는 한 번 패배하고 난 다음에야 무엇인가를 알 수 있었다. 그리고 왜 자신이 다른 사람을 살리려고 했는지 깨달았다.

그건 의무감과는 거리가 멀었다. 물론 이기적인 목적도 전혀 개입되어 있지 않았다. 그는 코마르가 사악한 곳임을 증명하고 싶을 뿐이었다. 이제 그는 사실은 그렇지 않다는 것을 알 수 있었다. 낙원에서조차도 세상으로부터 슬픔과 환멸 외에는 아무것도 받을 수 없는 사람들이 존재하는 법이다.

시간이 지나면 그런 사람들의 숫자는 계속해서 줄어들 것이다. 1000년 전 대부분의 인류는 어떤 의미에서 부적응자에 해당하는 사람들이었다. 세상의 미래가 아무리 화려하다고 할지라도 어떤 종류건 비극은 존재하는 법이다. 그런데 왜 그들에게 평온을 선사하는 코마르가 비난받아야 하는가?

더 이상 실험을 하는 헛수고는 하지 않기로 결정했다. 그의 굳건했던 신념과 자신감은 이미 크게 흔들리고 있었다. 코마르의 몽상가들은 그의 노력에 아무런 찬사도 보내지 않을 것이다.

그는 다시 공학자에게 다가갔다. 이 도시를 떠나고 싶은 마음이 간절했지만 가장 중요한 할 일이 아직 남아 있었다. 언제나 그랬던 것처럼 로봇이 앞질러 말했다.

"네가 원하는 것이 뭔지 알고 있다. 부탁인데 나를 따라올 것."

페이튼의 예상대로 로봇은 기계들이 있는 미로로 그를 이끌지 않았다. 목적지에 도달해 보니 지금껏 페이튼이 올라가 본 중에서 가장 높이 올라가 있었다. 아마도 이 작고 둥근 방은 도시의 최상층에 있는 듯했다. 창문은 없었지만, 벽에 원리를 알 수 없는 기이한 판이 설치돼 있어 투명했다.

조사해 볼 만하다는 생각이 들었다. 페이튼은 수 세기 전 이곳에서 작업했던 사람에 대한 경외감으로 그것들을 살펴보았다. 벽에는 500년이라는 시간 동안 누구도 손대지 않은 고서가 진열되어 있었다.

"그 분이 방해받았다는 느낌이 드는군."

그가 혼잣말을 했다.

"맞았다."

"무슨 말이야? 그분은 너를 완성하고 다른 사람들이 있는 곳으로 돌아가지 않았나?"

대답을 하는 로봇의 목소리에 아무런 감정도 섞여 있지 않다는 사실을 받아들이기가 쉽지 않았다. 그렇지만 로봇은 다른 말을 할 때처럼 냉정한 투로 말을 이었다.

"우리를 완성하고 나서도 소다센은 만족하지 못했다. 그는 다른 사람들과 달랐다. 그는 종종 우리에게 자신은 코마르의 건물 속에서 행복을 발견한다고 말하곤 했다. 끊임없이 다른 사람들에게 간다고 말은 했지만 항상 좀 더 해야 할 일이 생기곤 했다. 어느 날 결국 우리는 이 방에 누워 있는 그를 발견했다. 그는 멈췄다. 너는 지금 '죽음'

이라는 단어를 생각하고 있지만, 난 그게 무엇인지 모른다.”

페이튼은 말이 없었다. 그 위대한 과학자의 종국을 무시할 수는 없었다. 최후의 순간 그의 삶을 암울하게 했던 고통이 사라진 것이다. 그는 창조의 기쁨을 깨달았던 것이다. 코마르를 방문한 그 어떤 예술가보다도 그는 위대한 예술가였다. 이제 그의 작품이 버려지는 일은 없을 것이다.

로봇이 천천히 강철 책상으로 다가가 촉수 하나를 서랍 안으로 집어넣었다. 촉수를 빼내자 금속판으로 양장을 한 두꺼운 책 한 권이 보였다. 페이튼은 책을 넘겨받아 떨리는 손으로 펼쳐 보았다. 매우 얇지만 거친 물질로 만들어진 수천 쪽짜리 책이었다.

여백에는 굵고 딱딱한 필체로 씌어 있었다.

롤프 소다센
부전자공학에 대한 주석들
2598년 13개월 2일에 시작

아래에는 글이 더 씌어 있었지만 해석이 어려웠고, 광적인 상태에서 쓴 것이 분명했다. 책을 읽어 나가자 적도에 새벽이 오는 것처럼 순간적인 깨달음이 밀려왔다.

이 책을 읽는 이에게
나 롤프 소다센은 살아생전 지기를 만나지 못해 미래에 이 메시지를 전한다. 만약 그때까지도 이 코마르가 존재한다면 이 책을 읽고 있는 당신은 분명 머리 나쁜 사람들을 위해 준비해 놓은 함정들을 모두 피해 왔을 것이다. 따라서 당신은 이 지식을 세상에 전파하기에 적당한 사람이다. 이 책을 과학자들에게 전달해 현명하게 쓸 수 있도록 해 주길 바란다.

난 인간과 기계 사이에 놓여 있던 장벽을 허물 수 있었다. 이제 그들도 인간과 마찬가지로 공평하게 미래를 공유해야만 한다.

페이튼은 메시지를 여러 번 읽으면서 오러전에 고인이 된 그분에 대한 따스한 감정이 밀려오는 것을 느낄 수 있었다. 놀라운 계획이었다. 이런 방식으로 소다센은 수 세기를 뛰어넘어 안전하게 메시지를 전달할 수 있었고, 반드시 받아야만 하는 사람이 그 지식을 받게 된 것이다. 페이튼은 처음 소다센이 데카당트에 들어왔을 때부터 이 계획을 세워 놓고 있었는지, 아니면 후에 고안해 냈는지 궁금해졌다. 그렇지만 그는 결코 알 수 없을 것이다.

그는 다시 공학자를 보았고, 로봇이 모두 의식을 가지게 되는 세상을 상상해 보았다. 그 너머로 희미하게 보이는 더 머나먼 미래도 느낄 수 있었다.

로봇은 인간이 가진 한계, 즉 가엾은 인간의 약점은 단 하나도 가질 필요가 없었다. 로봇은 열정이 이성을 막는 우를 범하지 않을 것이며, 야망이나 탐욕에 휘둘리지 않을 것이다. 로봇은 인간의 부족한 점을 보완해 줄 것이다.

페이튼은 소다센의 말이 생각났다.

'이제 그들도 공평하게 미래를 공유해야만 한다.'

페이튼은 몽상을 멈췄다. 만약 그의 말대로 된다고 하더라도 그것은 몇 세기가 더 지난 미래의 일일 것이다. 그는 로봇을 바라보았다.

"난 지금 떠날 것이다. 그렇지만 언젠가 다시 돌아올 것이다."

로봇이 천천히 그에게서 뒷걸음질을 쳤다.

"움직이지 말고 그 자리에 있을 것."

로봇이 명령했다.

페이튼이 약간 당황한 표정으로 로봇을 바라보았다. 이윽고 그는 서둘러 천장을 바라보았다. 그곳엔 처음 이 도시에 들어왔을 때 보았던 신비하게 부풀어 오른 기이한 것이 있었다.

"이봐! 난 이러고 싶지……."

페이튼이 외쳤지만 이미 너무도 늦었다. 뒤에 밤보다 더 어두운 화면이 나타났다. 앞에는 숲으로 둘러싸인 넓은 공터가 있었다. 시간은 저녁이었고, 태양은 거의 나무 꼭대기에 걸려 있었다.

뒤에서 갑자기 서글프게 낑낑대는 소리가 들렸다. 겁에 질린 사자가 믿을 수 없다는 눈으로 숲을 바라보고 있었다. 레오는 순간 이동을 즐겁게 받아들이지 않는 것 같았다.

"이봐, 늙은 친구. 이제 다 끝났어." 페이튼이 그를 다독였다. "우리를 이렇게 빨리 밖으로 내보냈다고 해서 비난할 필요는 없는 것 같아. 무엇보다도 우리끼리 합심해서 조금 난장판을 만들기는 했잖아. 이리 와. 숲에서 밤을 새고 싶진 않아."

지구 반대편에서는 한 무리의 과학자들이 뿔뿔이 흩어지고 있었다. 그들은 극도의 참을성을 보였지만 결국 자신들의 일이 성공적으로 끝났다는 사실을 모르고 흩어졌다. 증앙 타의에 있던 리처드 페이튼 2세는 아들이 지난 이틀 동안 남아메리카에 있는 사촌과 같이 있었던 것이 아님을 알아내고, 돌아온 탕아를 맞이하는 연설문을 준비하고 있었다.

지구 상공에 떠 있는 세계 평의회어서는 전 세계를 휩쓸고 지나갈 제3차 르네상스를 대비해 계획을 세우느라 정신이 없었다. 그렇지만 정작 이 모든 분란의 원인이 된 사람은 아무것도 모르고 있기에 전혀 신경을 쓰지 않고 있었다.

여전히 비밀에 잠긴 건물을 뒤로 한 채 페이튼은 대리석 계단을 내려왔다. 레오는 가끔 고개를 돌려 어깨너머를 보며 들릴 듯 말 듯 으르렁거리면서 페이튼 뒤에서 따라왔다.

발육이 느린 가로수가 길을 따라 서 있는 금속 도로를 그들은 함께 걸었다. 페이튼은 아직 태양이 지지 않아 마음이 놓였다. 저녁이 되면 이 길은 자체적으로 내뿜는 방사성 물질로 인해 이글거릴 것이며, 별빛을 받고 제멋대로 자란 가로수들이 기분 나쁜 그림자를 드리울 것이다.

길이 굽어져 있는 곳에서 페이튼은 잠시 발걸음을 멈췄다. 그러고는 선명하게 보이는 검은 구멍이 하나 있는 금속 벽을 돌아보았다. 그가 지금껏 만끽하고 있던 승리의 기쁨은 모두 사라지고 없는 것처럼 보였다. 페이튼은 평생 타워 안에 존재하는 그 어떤 것도 결코 잊어버릴 수 없을 것임을 잘 알고 있었다. 그 진절머리 나는 평온함과 궁극의 만족감을 어떻게 잊겠는가.

바깥세상에서 주는 만족감과 성취감도 코마르가 주는 그 한없는 축복에 비하면 헛된 것이 되고 말 것이라는 공포감이 마음 깊은 곳에서 올라왔다. 잠시 동안 그는 늙고 상처 입은 몸을 이끌고 망각을 찾아 다시 이곳으로 돌아오는 자신의 모습을 상상해 보았다. 어깨를 으쓱하고는 그 악몽을 떨쳐 버렸다.

일단 평원에 들어서자 기분이 좋아졌다. 그는 그 소중한 책을 다시 펼쳐 보았고, 책이 보여 주는 희망에 도취되어 글씨가 깨알 같이 박힌 페이지들을 넘겨보았다. 오래 전 한 무리의 대상(隊商)이 솔로몬 왕에게 바칠 상아와 황금을 가지고 이 길을 여행한 적이 있었다. 그렇지만 그들이 가진 보석을 다 모으더라도 이 한 권의 책에 비하면 그 가치는 하잘 것 없었다. 솔로몬 왕의 지혜조차 이 책이 씨앗이 되어 새롭게 번성할 문명에 대한 밑그림도 그릴 수 없을 것이다.

이윽고 페이튼은 좀처럼 부르지 않던 노래를 엉망으로 부르기 시작했다. 무척 오래된 노래였는데, 그 노래는 행성 간 여행이 시작하기 전, 원자폭탄이 발명되기 전, 그리고 심지어 비행기도 없었던 시절에 부르던 노래였다. 세비야의 이발사라는 사람에 대한 노래라지만, 지금 세비야가 어디든 무슨 상관이 있겠는가.

레오는 꼼짝 않고 자리에 앉아 있었다. 곧 레오도 그 노래에 동참하였다. 그렇지만 이중창은 그다지 성공적이지 않았다.

어둠이 내려앉자 숲과 관련된 모든 비밀은 지평선 아래로 숨어 버렸다. 고개를 들어 별을 바라보던 페이튼은 레오를 옆에 둔 채 단잠을 잤다.

이번만큼은 그는 꿈을 꾸지 않았다.

잊힌 적 |Forgotten Enemy|

1949년 《뉴월즈》 5호에 최초 수록
『내일을 향해』에 수록

밀워드 교수가 좁은 침대에서 갑자기 몸을 일으키자 두터운 털이불이 부드럽게 털썩 바닥에 떨어졌다. 이번만은 꿈이 아니란 것을 그는 잘 알고 있었다. 여전히 허파를 쓸어내리는 차가운 공기가 어둠 속을 퍼져 나갔다.

밀워드 교수는 어깨로 이불을 끌어올리고 주의 깊게 귀를 기울였다. 사위는 다시 조용해졌다. 서쪽 벽에 있는 좁은 창문 틈으로 들어온 한줄기 달빛이 죽은 도시 위를 비추는 것처럼 끝없이 늘어선 책장 위를 비추고 있었다. 세상은 너무도 조용했다. 아주 먼 옛날에도 이런 밤에 도시는 조용했으리라. 그렇지만 지금 세상은 그때보다 두 배는 더 조용한 것 같았다.

힘들게 마음을 다잡고 밀워드 교수는 침대 밖으로 나가 이글대는 화로 속에 코크스 몇 덩이를 던져 넣었다. 그런 다음 가장 가까이에 있는 창가로 천천히 발걸음을 옮겼다. 그는 지금껏 조심스럽게 보관해 온 책을 부드럽게 문지르기 위해 이따금 걸음을 멈추곤 했다.

손을 들어 눈부신 달빛을 막은 후 어둠이 내린 창밖을 바라보았다. 하늘엔 구름 한 점 없었다. 그가 들은 것이 뭐든 간에 천둥소리는 아니었다. 북쪽에서 나는 소리가 틀림없었다. 기다리는 순간 다시 소리가 들렸다.

런던 저편에 존재하는 수많은 언덕들과 먼 거리로 인해 그 소리는 부드럽게 들렸다. 그 소리는 하늘을 가로질러 예측할 수 없이 내리치는 천둥소리가 아니라, 오히려 북쪽 어느 한 지점에서 나는 소리 같았다. 자연 현상이라고 생각하기에는 한 번도 들어 본 적이 없는 소리였다. 순간 다시 듣고 싶다는 마음이 생겼다.

인류만이 이런 소리를 낼 수 있다고 그는 확신했다. 이곳에서 20년 넘게 문명과 동떨어져 살면서 가꿔 온 꿈이 이제 현실로 다가오려 하고 있었다. 인류가 어둠의 재앙이 내리기 전 과학의 발전으로 얻은 무기를 사용하여 눈과 얼음으로 뒤덮인 길을 뚫고 다시 영국으로 돌아오고 있는 것이다. 북쪽에서, 그것도 육지를 따라 온다는 것이 이상한 일이긴 했다. 그렇지만 새롭게 얻은 희망의 불씨를 꺼뜨리는 생각은 잠시 접어 두기로 하였다.

100미터 아래엔 차가운 달빛을 받는 눈 덮인 지붕들 사이로 갈라진 바다가 보였다. 몇 킬로미터 떨어진 곳에서는 어두운 밤하늘을 배경으로 하얀 유령처럼 빛나는 배터시 발전소의 기다란 굴뚝이 늘어서 있었다. 베드로 성당의 둥근 천장은 이미 눈의 무게를 견디지 못하고 무너져 있었기에 굴뚝만이 하늘과 대적하고 있는 것처럼 보였다.

밀워드 교수는 천천히 책장으로 걸어가면서, 구체적인 양상을 띠기 시작한 계획에 대해 생각했다. 20년 전 리젠트 공원에서 힘겹게 하늘로 오르는 마지막 헬리콥터를 보았던 것이 생각났다. 헬리콥터의 회전 날개는 끊임없이 내리는 눈을 헤치며 돌았다. 주위가 온통 침묵 속에 잠겨 있던 때조차 그는 북쪽이 완전히 버려진 땅이라는 사실을 믿을 수 없었다. 이미 그는 자신의 평생을 바친 책 속에서 기다리며 수십 년을 살아왔다.

초기에는 남쪽과 유일하게 접촉할 수 있는 무전기를 통해서 간헐적으로 지금은 온대 지역이 되어 버린 적도 지역을 정복하려는 투쟁이 이루어지고 있음을 들을 수 있었다. 그는 저 멀리서 이루어지는 싸움의 결과에 대해서는 알지 못했다. 이미 눈이 내리기 시작한 사막과 사라져 가는 정글 속에서 처절하게 고군분투하고 있는 싸움이 어떻게 되어 가고 있는지 알 수 없었던 것이다. 아마도 실패했을 것이다. 이미 무전기는 15년 이상 아무런 신호도 받지 못하고 있었다. 만약 인류와 기계가 북쪽, 아니 어느 방향에서건 귀환하기 시작했다면 그는 사람들이 서로 이야기하거나 자신들이 떠나온 땅에 대해 이야기하는 것을 들을 수 있었을 터였다.

밀워드 교수는 절박한 상황에서만 1년에 10여 차례 대학 건물 밖으로 나오곤 했다. 지난 20년 동안 그는 블룸스베리 지구에 있는 가게에서 필요한 물건들을 가져오곤 했다. 왜냐하면 최후 탈출기에 운송 수단이 부족해 광대한 양의 물품들이 고스란히 방치됐기 때문이다. 사실 여러 면에서 삶은 사치스러웠다. 어떤 영문학 교수도 그와 같은 옷을 입어 본 적이 없을 것이다. 그는 옥스퍼드 가에 있는 모피상에서 옷을 구해 입고 있었다.

가방을 짊어지고 거대한 문을 열자 구름 한 점 없는 하늘에 태양이 이글거리고 있었다. 10년 전만 해도 굶주린 개 떼가 사냥감을 노리곤 했다. 비록 지난 몇 년 동안 개 떼를 볼 수 없었지만, 항상 경계를 늦출 수 없어 밖으로 나갈 때면 언제나 권총을 소지해야 했다.

태양빛이 너무도 강렬해 반사광만으로도 충분히 눈을 다칠 것 같았다. 그렇지만 사실 열기는 하나도 없었다. 태양계가 지나가고 있는 우주 먼지대로 인해 태양의 밝기에는 커다란 차이가 없었지만, 그 열기는 완전히 사그라든 상태였다. 10년, 아니 1000년 안에 다시 지구에 온기가 돌아올지 아무도 확신할 수 없었다. 당연히 문명은 '여름'이라는 말이 아직 중요한 의미를 담고 있는 남쪽 지역을 향해 물밀듯 내려가 버렸다.

최근에 떠내려 온 것이 두껍게 쌓여 있었지만 토튼햄 법원 거리에 가는 일은 어렵지 않았다. 때때로 눈을 헤치고 나아가기 위해 몇 시간을 허비해야만 했다. 한때는 이곳에 있는 거대한 콘크리트 감시탑 안에서 9개월을 보낸 적도 있었다.

그는 눈이 두껍게 쌓여 언제 무너질지 모르는 위험을 안고 있는 집들을 피해 자신이 찾고 있는 상점에 도달할 때까지 북쪽으로 계속 걸었다. 깨진 창문틀 위로 간판이 밝게 빛나고 있었다. '젠킨스 부자(父子) 상점. 라디오와 전기제품 취급. 텔레비전 전문점.'

부서진 지붕 틈새로 눈이 들이치고 있었지만 10년 전 이곳을 마지막으로 방문했을 때와 비교해 2층에선 아무런 변화도 찾아볼 수 없었다. 무전기가 여전히 탁자 위에 놓여 있었고, 바닥에 널려 있는 빈 깡통들은 모든 희망이 사라지기 전 이곳에서 보냈던 그 외로웠던 시간들을 조용히 그에게 일깨워 주고 있는 것 같았다. 그는 그 호된 시련을 다시 겪어야 하는 것인지 궁금해졌다.

밀워드 교수는 『아마추어 무선가를 위한 교본, 1965년판』에 쌓인 눈을 털어 냈다. 그는 이 책을 통해 조금이나가 무선 통신에 대해 배울 수 있었다. 기억이 어렴풋하긴 했지만 배터리와 테스트미터는 여전히 제자리에 놓여 있는 것 같았고, 다행히 배터리에는 전력이 충분히 남아 있는 것 같았다. 물건 더미를 뒤져 필요한 전원 공급 장치들을 만들고 무선기의 성능을 확인했다. 이윽고 준비가 됐다.

무전기 제작자에게 감사장을 보낼 수 없다는 것이 아쉽기는 했다. 미세하기 들리는 치직대는 소리에 BBC 방송국, 9시 뉴스, 연주회와 같이 한때는 너무도 당연했지만 이제는 꿈같이 사라져 버린 것들이 떠올랐다. 그는 미친 사람처럼 주파수를 돌렸지만 어느 곳에서나 치직거리는 소리를 제외하고는 아무 소리도 들을 수 없었다. 실망스러웠지만 그 이상도 이하도 아니었다. 그는 저녁이 되어야 진짜 테스트를 할 수 있다는 사실을 떠올렸다. 저녁이 되기 전까지는 필요한 물품을 찾아 상점을 기웃거려야 할 것이다.

그 조그만 방에 돌아왔을 때는 이미 어스름이 내린 후였다. 희박해서 눈에 보이지는 않지만, 상공 100킬로미터 떨어진 헤비사이드 층은 태양이 지는 것과 발맞추어 지구 밖으로 확장될 것이다. 수백만 년 동안 매일 저녁 같은 일이 일어났고, 오직 인류만이 50년 동안 자신들의 목적에 맞게 이를 사용해 왔다. 미움이나 평화, 혹은 영원히 지속될 것 같았던 음악이라든가 하찮은 일상사가 전 세계로 퍼져 나갔던 것이다.

천천히, 극도의 집중력을 가지고 밀워드 교수는 단파대를 구석구석 훑기 시작했다. 한때 단파대는 여기저기 고함치는 소리들, 모스 부호들로 가득 찬 바벨탑과도 같았다. 주의 깊게 들었지만 그가 품었던 희망들은 천천히 사라져 가는 듯했다. 지구 반대편에서 들리는 천둥번개 소리만이 쥐 죽은 듯한 정적을 깨뜨렸다. 인류는 그의 마지막 기대마저 저버리고 만 것이다.

자정이 지나 배터리가 수명을 다했다. 밀워드 교수는 다른 배터리를 찾을 마음이 나지 않았다. 모피를 몸에 칭칭 감고는 잠에 빠져 들고 말았다. 그가 받을 수 있는 위안은 비록 그의 이론이 맞지는 않았지만 그렇다고 또 틀렸다는 증거도 없다는 것이었다.

집으로 돌아오는 외로운 길은 아무런 열기도 없는 태양 빛으로 가득 차 있었다. 충분히 자지 못했을 뿐더러 계속해서 구조되는 환상에 시달리다 잠을 설쳐 몸이 무척 피곤했다.

하얀 지붕 너머 멀리서 들려오는 천둥소리에 갑작스럽게 정적이 깨졌다. 한때 런던 사람들의 놀이터 역할을 했던 북쪽 언덕 너머에서 들려오는 소리가 틀림없었다. 길 양쪽에 늘어선 건물 사이로 눈사태가 넓은 도로로 쏟아져 들어왔다. 이윽고 다시 정적이 흘렀다.

밀워드 교수는 분석과 짐작을 하느라 미동도 하지 않고 서 있었다. 일반적인 천둥소리라고 보기에는 너무도 오래 소리가 지속되었다. 그는 다시 꿈꾸기 시작했다. 저 소리는 한 번에 수백만 톤의 눈을 날려버리는 원자폭탄 소리에 불과하다는 꿈. 희망이 다시 살아나는 것 같았고, 어젯밤에 느꼈던 실망감이 눈처럼 녹는 것 같았다.

잠시 멈춰 선 사이 그는 생명의 위협에 직면했다. 길 한쪽에서 하얀

고 거대한 무엇인가가 시야에 들어오는 것을 감지한 것이다. 순간 그는 눈에 들어온 광경을 거부하고 싶은 충동에 빠졌다. 곧 정신을 차린 그는 아무 쓸모도 없는 권총을 다급하게 찾았다. 커다란 북극곰이 머리를 좌우로 흔들며 무엇인가에 홀린 것처럼 음흉하게 어슬렁거리면서 눈을 헤치고 그에게 다가오고 있었다.

그는 소지품을 팽개치고 눈 속에서 허우적거리며 근처에 있는 가장 가까운 건물을 향해 도망을 쳤다. 운 좋게도 15미터 전방에 지하로 들어가는 입구가 보였다. 쇠창살이 잠겨 있었지만 이미 수년 전부터 자물쇠를 따는 방법을 고안해 놓고 있었다. 곰이 얼마나 가까이 쫓아왔는지 확인할 방법이 없어 뒤를 돌아보고 싶은 마음이 굴뚝같았다. 순간적으로 공포가 온몸을 사로잡는 바람에 손이 얼어 쇠창살을 쉽게 열 수 없었다. 갑자기 문이 열려 그는 좁은 틈으로 몸을 밀어 넣었다.

순간 어린 시절 철창에 갇혀 끊임없이 몸을 흔들던 흰족제비를 보았던 기억이 뜬금없이 떠올랐다. 분노에 가득 차 쇠창살을 밀치는 괴물 같은 형체의 곰은 인간보다 두 배는 더 커 보였지만 그 족제비가 보여 줬던 비열하면서도 우아한 무엇인가를 지니고 있었다. 창살이 휘기는 했지만 그렇다고 부러지지는 않았다. 이윽고 곰은 땅바닥에 내려와 어슬렁거리며 물러났다. 양식 자루를 한두 번 내리쳐 눈길에 곡식을 조금 흩뿌려 놓고는 처음 나타났을 때처럼 조용히 사라졌다.

3시간 후, 지칠 대로 지친 밀워드 교수는 이 대피소에서 저 대피소로 조금씩 이동해 결국 대학에 돌아올 수 있었다. 여하튼 최근 이 도시에 그 말고 다른 생명체도 살기 시작한 것이다. 다른 방문객이 있을

지도 모른다고 생각했는데, 밤이 되자 바로 그 답을 얻을 수 있었다. 동이 트기 전 하이드파크 쪽에서 늑대의 울음소리가 들려왔다.

한 주가 끝나 갈 때쯤 북쪽에 있던 동물들이 이동을 시작했다는 것을 알 수 있었다. 한번은 소리 없이 움직이는 늑대에 쫓겨 순록이 남쪽으로 도망치는 것을 보았다. 때로는 한밤에 격렬히 싸우는 짐승들의 소리가 들리기도 하였다. 런던과 북극 사이에 존재하는 하얀 황야에 아직도 많은 동물들이 살고 있다니 놀라지 않을 수 없었다. 지금 무엇인가가 그들을 남쪽으로 내몰고 있었으며, 이로 인해 그는 흥분하지 않을 수 없었다. 그는 이 포악한 생존자들이 인간이 아닌 다른 존재로부터 도망치고 있다고는 믿지 않았다.

밀워드 교수도 기다림에 지쳐 정신이 흐려지기 시작했다. 그는 모피로 몸을 감싸고는 인류가 영국에 다시 돌아와 그를 구조해 주는 상상을 하면서 차가운 태양 빛을 쬐며 몇 시간이고 앉아 있곤 하였다. 대서양의 얼음을 건너 북아메리카에서 탐사대가 왔을지도 모른다. 얼음길을 건너기 위해 몇 년이 걸렸을 것이다. 그렇지만 왜 그 먼 북쪽에서 왔을까? 그가 가장 타당하다고 생각하는 이론은 대서양 유빙이 남쪽으로 먼 여행을 하기엔 안전하지 않기 때문이라는 것이었다.

그렇지만 한 가지는 만족스럽게 설명할 수 없었다. 대기에는 변화가 없었다. 그런데 왜 그렇게 일찍 하늘을 나는 것을 포기했단 말인가?

때때로 그는 가장 사랑하는 책에 뭐라고 속삭이면서 책장을 따라 걷곤 했다. 몇 년 동안 감히 꺼내 보지 못한 책들도 있었다. 그 책들을 보며 가슴 아프게 지난날을 회상했다. 그렇지만 이제 점점 날이 밝아지고 해가 길어지고 있으니 시집을 꺼내 애송시들을 다시 읽을 날이 올 것이다. 그때가 오면 커다란 창문에 달려가 옥상에 대고 마법의 말을 마구 쏟아 낼 것이다. 마치 세상을 삼키고 있던 저주를 푸는 것처럼.

마치 잃어버린 여름의 정령이 지상에 다시 모습을 드러낸 것처럼, 날이 따뜻해지고 있었다. 하루 종일 온도가 빙점까지 올라갔고, 이곳 저곳에서 꽃들이 눈을 떨치고 피어났다. 북쪽에서 다가오는 것이 무엇이든지 간에, 그것은 거의 다 다다랐다. 이제 며칠만 지나면 지붕 위에 수북이 쌓인 눈들도 사라지고 신비한 포효를 도시 전체에서 들을 수 있게 될 것이다. 다소 혼란스러우면서도 불길한 저음이 기이하게 울려 퍼졌다. 때때로 밀워드 교수는 강대한 군대가 싸우는 것 같은 소리를 들었고, 때로는 바보 같지만 무시무시한 생각들이 머릿속에 떠올라 도저히 떨쳐 버릴 수 없었다. 종종 그는 밤에 산책을 했고, 산이 바다로 밀려가고 있다는 상상을 하기도 했다.

그렇게 여름이 지나갔고, 멀리서 들리던 전쟁 소리가 점점 가까워지자 밀워드 교수는 번갈아 가며 희망과 공포에 휘둘리게 되었다. 늑대나 곰은 남쪽으로 도망친 것 같았다. 더 이상 늑대나 곰을 볼 수 없었지만, 자신의 안전한 성을 벗어나는 위험을 감수하지는 않았다. 매일 아침 탑에서 가장 높은 곳에 있는 창문으로 올라가 쌍안경을 통해 북쪽 지평선을 살펴보았다. 그렇지만 보이는 거라곤 쌓인 눈들이 태양에 패해 햄스테드 너머로 처절한 퇴각 작전을 수행하는 모습뿐이었다.

짧은 여름이 막바지에 다다른 어느 날 그의 감시도 끝이 났다. 밤에 지속적으로 들리던 천둥소리가 이전보다 더 가깝게 들렸지만, 도시에서 얼마나 가까운 곳에서 들리는 것인지 알 수는 없었다. 밀워드 교수는 좁은 창문으로 올라가 북쪽 하늘을 쌍안경으로 관찰할 때까지 불길한 징조를 발견할 수 없었다.

위험에 처해 있는 요새의 감시병으로서 그는 진군하는 군대의 창 끝에서 번쩍이고 있는 태양 빛을 충분히 인지하고 있었다. 바로 그 순간 밀워드 교수는 모든 것을 깨달았다. 공기는 유리처럼 맑았고, 언덕은 차가운 파란 하늘을 배경으로 밝고 뚜렷하게 빛나고 있었다. 이제 눈은 거의 사라지고 없었다. 옛날이라면 그것을 즐겼겠지만, 이제는 아무런 의미가 없었다.

지금껏 잊고 지내 왔던 적이 밤새도록 그의 마지막 방어선을 무너뜨려 이제 최후의 일격만이 남아 있었다. 마지막 운명을 맞고 있는 언덕 꼭대기를 따라 무섭게 빛나고 있는 그것을 보면서 밀워드 교수는 마침내 지난 몇 개월 동안 들었던 소리가 그 정체를 드러냈다는 것을 알 수 있었다. 그가 산이 진군하는 꿈을 꿔 온 것은 그다지 이상한 일이 아니었다.

북쪽에서 자신들의 오랜 고향인 육지를 향해 개선 중인 빙하가 마침내 모습을 드러냈다.

숨바꼭질 |Hide-and-Seek|

1949년 9월 《놀라운 과학 소설》에 최초 수록
『지구 탐사』에 수록

킹맨이 회색 다람쥐를 보았을 때, 우리는 숲을 통과해 돌아가는 중이었다. 우리가 가진 사냥 가방은 작지만 다채로운 동물로 가득 차 있었는데, 뇌조 세 마리, 토끼 네 마리(이런 말을 해서 유감이지만, 한 마리는 우리 팔에 들린 어린 새끼였다.), 그리고 비둘기 한 쌍이 있었다. 그리고 검은 숲과는 대조적으로 두 마리의 개는 여전히 활기가 넘쳤다.

우리가 다람쥐를 보는 순간 다람쥐도 우리를 보았다. 다람쥐는 그 지역 나무에 심한 해를 끼치고 있어 '보는 즉시 사살'이라는 딱지가 붙어 있었다. 아마도 그 녀석의 사촌 몇몇은 킹맨의 총에 목숨을 잃었을 것이다. 세 걸음 만에 녀석은 가장 가까운 나무 밑동에 도달하더니 순간적으로 회색빛을 발하고는 나무 뒤로 사라졌다. 그러고는 지상 몇 십 센티미터 높이의 보호막 가장자리로 잠시 얼굴을 드러냈다가 냉큼 숨어 버렸다. 우리가 이 가지 저 가지 총을 겨누며 기다렸지만 다람쥐는 다시는 나타나지 않았다.

낡았지만 웅장한 저택의 잔디밭을 가로질러 걸어오는 동안에도 킹맨은 생각에 사로잡혀 있었다. 요리사(그는 우리가 건네주는 것에 아무런 관심도 보이지 않았다.)에게 사냥감을 건네 주는 순간에도 말이 없었다. 이윽고 흡연실에 앉자 그는 몽상에서 깨어나 주인으로서 본분을 생각해 낸 것 같았다.

그가 갑자기 말하기 시작했다.

"그 나무쥐 말이야."

킹맨은 사람들이 작고 귀여운 다람쥐를 총으로 쏜다는 사실에 감상적이 된다는 이유로 언제나 나무쥐라고 불렀다.

"그 녀석은 내가 퇴직하기 직전 일어났던 아주 특별한 경험을 상기시킨단 말이지. 아주 잠깐 동안의 일이지만."

"그랬던 것 같군."

카슨이 심드렁하게 대답했다. 나는 잠시 그를 노려보았다.

"내가 이야기하지 말았으면 하고 생각한다면……."

"아냐, 계속해. 궁금하잖아. 회색 다람쥐하고 제2차 목성 전쟁하고 무슨 관계가 있는지 상상할 수도 없는걸."

킹맨은 마음이 가라앉는 것 같았다. 그가 생각에 잠겨서 말했다.

"이름은 조금 바꾸는 편이 나을 것 같군. 그러나 장소를 바꾸고 싶지는 않아. 이야기는 화성에서 수백만 킬로미터 태양 쪽으로 떨어진 곳에서부터 시작하지."

K15는 군사 기밀을 모으는 첩보원이었다. 상상력이 없는 사람들이 스파이라고 부를 때, 그는 무척 고통스러웠다. 그렇지만 요즘 들어 불

평의 근거가 더욱 많아졌다. 비록 조만간 좀 더 빠른 순양함들이 배치될 예정이었고, 그 훌륭한 함선과 고도로 훈련받은 대원들의 관심을 한 몸에 받는 건 기분 좋은 일이었지만, K15은 일선에서 자진해서 물러나는 게 더욱 명예로운 일이라고 생각했다.

상황이 더 더욱 나빠지게 된 것은 화성 근처에서 친구들이 그를 마중하기 위해 순양함이 딸린 함선을 타고 12시간 안에 집결하기로 되어 있었기 때문이었다. 이런 것만 봐도 K15가 얼마나 중요한 사람인지 짐작할 수 있을 것이다. 불행하게도 가장 낙관적인 상황을 추측한다고 하더라도 6시간 안에 추격자들이 사정거리에 들어오게 되어 있었다. 그러므로 6시간 5분이 지나면 K15는 광활하며 아직도 팽창하고 있는 우주공간의 일부가 될 공산이 컸다. 물론 화성에 착륙할 시간은 충분했지만, 그건 가장 나쁜 수를 두는 것을 의미했다. 그의 착륙이 중립적이지만 공격성을 강하게 띠고 있는 화성인들을 자극할 것은 빤한 일이었고, 그로 인해 정치적 사안들이 복잡하게 얽히는 일은 상상만 해도 끔찍했다. 게다가 만약 그의 친구들이 그를 구한다는 명목으로 화성 대기권에 진입하기라도 한다면, 초속 10킬로미터 이상으로 비행하는 데 엄청난 연료를 소모할 뿐단 아니라 작전상 필요한 예비 연료까지 소모해야 할 형편이었다.

한 가지 장점이 있기는 했지만, 그것도 모호했다. 순양함의 함장은 K15가 집결지를 향해 비행하고 있다그 생각하겠지만, 그를 마중하러 나온 함선이 어느 정도 크기인지, 어느 정도 가까이 다가왔는지는 파악할 수 없었다. 12시간 동안 살아남기만 하면 그는 안전했다. 그 가능성에 대해서 생각할 필요가 있을 것 같았다

K15는 우울하게 차트를 바라보며 생각에 잠겼다. 마지막 한 번의 비행을 위해 남은 연료를 다 소비할 가치가 있는 것일까? 그렇지만 어디로 가야 한단 말인가? 추격자의 연료 탱크에는 충분한 연료가 있어, 만약 그가 구조의 손길을 뒤로하고 우주 공간으로 비행한다 해도 넉넉히 그를 사로잡을 수 있었다. 그렇다면 그는 더욱 절망적인 상황에 놓이게 되는 셈이었다. 친구들은 엄청난 속도로 이동하고 있을 것이기에 만약 그들을 지나치게 되면 그들이 할 수 있는 일은 아무것도 없었다.

어떤 사람들은 인생에 바라는 것이 적으면 적을수록 정신적인 활동이 느려지기도 한다. 그들은 다가오는 죽음에 마취된 것처럼 보이기도 한다. 그들은 쉽게 포기하기 때문에 죽음을 피하려는 어떤 노력도 하지 않는다. 반면 K15는 자신이 그런 응급 상황에서 머리가 더 빨리 돌아가는 부류라는 것을 깨달았다. 머리가 전과 달리 기민하게 작동하기 시작했다.

다른 사람들처럼 함장 스미스도 가명을 썼다. 여하튼 순양함 도라두스 호의 함장인 스미스는 K15가 속력을 줄이기 시작했는데도 그다지 놀라는 것 같지 않았다. 그는 스파이가 제거당하기보다는 억류당하는 편을 선택할 것이라는 전제 아래 K15의 화성 착륙에 반쯤은 기대를 걸고 있었다. 그렇지만 상황실에서 조그마한 함정이 포보스를 향해 비행하기 시작했다는 소식을 전해 오자 당황하지 않을 수 없었다. 화성의 제1위성인 포보스는 직경이 20킬로미터도 되지 않는 바위 덩어리에 불과했다. 따라서 경제 관념이 투철한 화성인들조차 그 위

성의 유용성을 한 가지도 발견할 수 없었다. 그런 위성이 중요한 가치
가 있을 것이라 생각한 걸로 봐서 K15는 필사적이었던 것 같다.

레이더가 포보스로 인해 작동 불능 상태가 되자 그 조그마한 함정
은 숨을 돌릴 수 있었다. 제동 비행을 하면서 K15는 적함과의 거리를
좁혔고, 결국 도라두스 호는 이제 몇 븐이면 닿을 거리에 들어오게 되
었다. 그렇지만 순양함도 K15를 지나쳐 버리는 우를 범하지 않기 위
해 속도를 줄이면서 다가오고 있었다 포보스에서 3000킬로미터 떨
어진 곳에서 갑자기 순양함이 멈춰 섰다. K15의 모습이 완전히 시야
에서 사라진 것이다. 망원경으로 쉽게 찾을 수 있는 거리에 있을지도
몰랐지만, 작은 위성 뒤에 있어 보이지 않는 것 같았다.

몇 분이 지나 K15의 함정이 모습을 드러냈고, 순간 전속력으로 태
양을 등지고 비행하기 시작했다. 거의 5G의 힘으로 가속하는 듯했고,
통신시스템이 작동하지 않았다. 자동 기록기는 다음과 같은 흥미로운
메시지를 계속 발송하고 있었다.

"지금 포보스에 착륙. 제트급 순양함으로부터 공격당함. 도착할 때
까지 버틸 수 있겠지만 서둘러 주기 바람."

메시지가 암호로 전송되지 않아 스미스 함장은 당황하지 않을 수
없었다. K15는 여전히 함정에 탑승한 상태이며 이 모든 것이 책략이
라고 가정하는 것은 너무 순진한 생각처럼 보였다. 그렇지만 이중 책
략을 생각하지 않을 수 없었다. 메시지가 아주 평범한 언어로 전송되
었기 때문에 받아 볼 수 있었고, 이로 인해 혼란에 빠진 것이다. 만약
K15가 정말 착륙했다면 그 함정을 쫓기 위해 연료나 시간을 낭비할
필요가 없었다. 분명한 건 지원병이 파병되었다는 것과 가능한 빨리

이 근처를 벗어나는 것이 신상에 이롭다는 점이었다. '도착할 때까지 버틸 수 있겠지만'이라는 문구는 타당하지 않아 보였지만, 반대로 지원병이 근처에 있다는 의미로 해석할 수도 있었다.

이윽고 K15의 함정이 추진력 분사를 멈췄다. 분명 연료가 바닥났고, 태양으로부터 초속 6킬로미터의 속력으로 멀어지고 있었다. K15는 우주선에서 내린 게 분명했다. 함정이 태양계 밖으로 하염없이 멀어지고 있기 때문이었다. 스미스 함장은 함정에서 발신되는 메시지가 마음에 들지 않았다. 게다가 함정은 알 수 없는 거리에서 다가오고 있는 전함과 마주치는 경로에 있었다. 거기에 대해 할 수 있는 일이 뭐가 있겠는가. 도라두스 호는 더 이상 시간을 낭비하지 않기로 판단하고 듯 포보스를 향해 이동하기 시작했다.

상황만 놓고 본다면 스미스 함장은 전세를 완전히 장악한 것처럼 보였다. 그의 순양함은 중거리 미사일을 보유하고 있었고 전자기 포가 2문이나 배치되어 있었다. 이에 반해 상대편은 우주복만 착용한 상태로 직경이 20킬로미터도 되지 않는 위성에 억류되어 있었다. 스미스 함장은 처음으로 100킬로미터도 떨어지지 않은 곳에서 포보스를 바라보았다. 그렇지만 이내 K15가 더 많은 꼼수를 숨기고 있다는 것을 깨달을 수 있었다.

포보스의 직경이 20킬로미터도 되지 않는다고 천문학 책들은 기록해 놓았지만, 그것은 잘못된 정보였다. 직경이라는 단어는 포보스에 적용될 수 없는 것이기 때문이었다. 우주 화산재 덩어리인 다른 소행성들과 마찬가지로 포보스는 중력이 거의 없어 대기라고 부를 만한 것이 존재하지 않았고, 다만 볼품없는 바위 덩어리만이 우주 공간에 떠도는 위성이었던 것이다. 포보스는 7시간 39분에 한 번 자전하기 때문에 언제나 화성의 같은 면만을 보고 있다. 너무 화성과 가까이 붙어 있어 위성의 절반은 언제나 보이지 않는다. 이것을 제외하고는 포보스에 대해 말할 수 있는 것이 거의 없다.

K15는 하늘 위에 떠 있는 초승달 모양의 천체가 주는 아름다움을 즐길 시간적 여유가 없었다. 그는 기갑문 밖에 장비를 모두 던져 놓고 통제기를 작동시킨 후 함정 밖으로 몸을 날렸다. 작은 함정이 하늘에 떠 있는 별들을 향해 불을 뿜으며 나아가는 것을 보고 있으려니 생각지도 못했던 감정들이 솟구쳐 오르는 것을 느낄 수 있었다. 말 그대로 그는 자신의 함정에 불을 지르고 만 것이다. 물론 아무도 타지 않은 함정이 우주 공간을 질주하다 전송한 메시지를 순양함이 받기를 희망하면서 한 일이었다. 물론 적의 순양함이 자신의 빈 함정을 쫓아가는 가능성도 배제할 수는 없었지만, 그런 일이 일어나기를 바란다는 것 자체가 터무니없다는 것을 잘 알고 있었다.

그는 새롭게 머물 곳을 자세히 살펴보기 시작했다. 태양이 지평선 너머로 사라지고 없었기 때문에 빛이라고는 화성에서 뿜어져 나오는 황토 빛이 전부였다. 그렇지만 그 정도 빛만 있어도 자신이 하려는 일을 충분히 끝낼 수 있었고 충분히 시야도 확보된 상태였다. 약 2킬로미터에 걸쳐 울퉁불퉁하게 펼쳐진 평원을 낮은 언덕이 감싸고 있었는데, 원한다면 점프 한 번으로 거뜬히 뛰어넘을 정도의 높이였다. 전에 점프 한 번으로 포보스를 벗어났다는 이야기를 읽었던 기억이 떠올랐다. 물론 데이모스에서도 그건 불가능한 일이었다. 왜냐하면 탈출 속도가 초속 10미터에 달했기 때문이었다. 그렇지만 주의를 기울이지 않으면 너무 쉽게 높은 곳으로 올라가 버려 지표면으로 되돌아오는 데 몇 시간이 걸릴지 모르는 일이었다. 그러면 상황은 최악의 상태로 치닫게 된다. K15의 계획은 단순했다. 가능한 한 포보스 표면에 찰싹 달라붙어 언제까지나 순양함의 반대편에 몸을 숨기고 있으면 되는 것이다. 도라두스 호는 모든 무기를 동원해 직경이 20킬로미터도 되지 않는 위성에 폭격을 가할 테지만 반대편에만 있으면 폭격으로부터 안전했다. 심각한 위험 요소가 두 가지 있었는데, K15는 그중 하나에는 전혀 신경 쓰지 않았다.

우주항공학에 문외한인 일반 사람들은 그의 계획을 자폭이나 다름없게 여길 수도 있었다. 도라두스 호는 가장 최근에 발명된 첨단 과학 무기로 무장하고 있었다. 게다가 순양함이 노리고 있는 먹잇감은 최대 속도로 비행하면 1초도 걸리지 않는 곳에 위치하고 있었다. 그렇지만 스미스 함장은 우주항공학에 대해 충분한 지식을 소유한 사람이었기 때문에 상황이 좋지 않다는 것을 잘 알고 있었다. 순양함은 인류가 발명한 운송 수단 중에서 조종하기 가장 까다로운 함선이었다. K15가 위성 둘레를 반 바퀴씩만 계속해서 돌면 도라두스 호는 그를 따라다니는 것 말고는 다른 방법이 없었다.

기술적인 세부 사항을 설명할 필요도 없다. 그렇지만 아직도 정확히 모르는 사람들은 다음과 같은 초보적인 부분을 살펴볼 필요가 있다. 로켓 추진력으로 작동되는 우주선은 주축을 따라 움직일 수 있다. 즉 '전방'으로만 움직일 수 있는 것이다. 직선 항로에서 벗어나려면 함선은 물리적인 회전을 해야 하기 때문에 모터가 다른 방향으로 추진력을 뿜어내야만 한다. 이런 작업이 내부 자이로나 접선 선회 추진 장치에 의해서 이루어진다는 사실을 다들 알고 있을 것이다. 일반적으로 순양함은 연료가 가득 차면 2000~3000톤 정도의 무게가 나가기 때문에 빠른 행보를 할 수 없다. 그렇지만 이 무게보다 더욱 문제가 되는 것은 관성모멘트다. 왜냐하면 순양함은 길고 가는 동체를 가지고 있기 때문에 관성모멘트가 크기 때문이다. 우주항공학도들이 좀처럼 언급을 하지는 않지만, 서글프게도 순양함은 어떤 합리적인 크기의 자이로를 장착하고 있다고 해도, 180도 회전을 하는 데 적어도 10분은 걸린다. 분사 장치는 재빨리 작동하지 않을뿐더러 어떤 경우에건 사용이 제한되어 있다. 왜냐하면 일단 분사 장치가 돌기 시작하면 천천히 도는 바퀴처럼 함선이 끊임없이 빙글빙글 돌기 때문에 내부에 있는 선원들이 고통을 겪기 때문이다.

일반적인 상황에서 이런 단점들은 그다지 크게 작용하지 않는다. 함선의 방향을 바꾸는 일은 보통 수백 시간, 수천 킬로미터의 여유를 두고 이루어진다. 10킬로미터 반경 내에서 선회하는 일은 규정 위반이다. 도라두스 호의 함장은 절망할 수밖에 없었다. K15는 공정하지 않은 게임을 하고 있었다.

바로 그 순간 약삭빠른 K15는 이미 충분히 나빠진 상황을 아주 잘 이용하고 있었다. 그는 세 번의 점프를 통해 언덕 지대로 들어갔다. 탁 트인 평원이 아닌 언덕 지대에 있으니 안도감이 들었다. 함정에서 가지고 나온 음식과 장비들은 후일을 기약해 숨겨 놓았다. 우주복을 입고 있으니 하루 정도는 아무 걱정 없이 버틸 수 있었다. 이 모든 분란의 원인이 된 그 조그마한 상자는 수납공간이 많은 우주복 안에 안전하게 숨겨 놓았다.

생각했던 것보다 외롭지는 않았지만 산속에 있는 자신만의 둥지에 숨어 있으니 고독감이 상쾌하게 밀려들었다. 온전히 하늘에 박혀 있는 화성은 이제 거의 다 이지러져 포보스가 화성의 어두운 부분을 지나고 있다는 것을 명확히 보여 주고 있었다. 보이지 않는 운하들이 연결되어 있는 지점을 가르쳐 주기라도 하듯 선명하게 빛나고 있는 화성 도시의 불빛이 눈에 아른거렸다. 불빛을 제외하고는 별과 침묵, 그리고 너무도 가까워 손에 잡힐 것만 같은 산등성이의 모습만이 주위에 가득했다. 도라두스 호는 아무런 움직임도 보이지 않았다. 순양함은 포보스 위성의 밝은 부분을 망원경으로 조심스럽게 관찰하고 있을 터였다.

화성은 시계 역할을 아주 유용하게 해냈다. 화성이 반쯤 모습을 드러내면 태양이 떠오를 것이고, 그러면 도라두스 호도 모습을 드러낼 것이다. 그렇지만 사방 어느 쪽에서 모습을 드러낼지는 알 수 없었다. 가장 위험한 것은 도라두스 호가 탐사대를 보내 포보스 위성 어느 곳에라도 착륙을 하는 것이었다.

스미스 함장이 가장 먼저 생각한 것이 바로 탐사대를 보내는 것이었다. 그러나 이내 포보스의 표면은 1000평방킬로미터에 달하기 때문에 10명 이상의 선원을 파견해야 한다는 문제에 봉착했다. 또한 K15는 무장을 하고 있을 것이 틀림없었다.

도라두스 호에 장착되어 있는 무기를 생각해 본다면 무장과 관련해서 걱정할 필요가 하나도 없어 보였다. 그러나 현실은 정반대였다. 대개는 단도나 석궁 같은 보통 휴대용 무기들이 순양함에도 많이 비치되어 있었다. 그렇지만 공교롭게도 도라두스 호는 규정을 어기고 자동 권총 한 정과 탄환 수백 발만 가지고 있었다. 따라서 탐사대 중 일부는 무장을 하지 않은 상태로 조를 이뤄 탐사를 해야만 했다. 절망적인 상황에 놓인 K15는 꼭꼭 숨어 자신이 원하는 대상을 마음껏 골라 가며 제거해 나갈 수 있었다. 이번에도 K15는 규칙을 깨뜨리고 있었다.

화성의 명암 경계선이 아주 뚜렷하게 보이기 시작했다. 그와 동시에 원자폭탄이 일제히 폭발하듯 태양이 모습을 드러냈다. K15는 마스크의 필터를 조정하고 움직이기로 결정했다. 태양에서 벗어나는 것이 더 안전했다. 물론 어둠 속에 있어야 감지될 확률이 더 적고 시야 확보에도 더욱 유리하기 때문이었다. 그는 쌍안경 하나뿐이었지만 도라두스 호에는 적어도 구경 20센티미터 전자 망원경이 있었다.

K15는 가능하면 먼저 순양함의 위치를 파악하는 편이 더 유리하다고 생각했다. 다소 성급하게 움직이는 것인지 몰라도, 만약 순양함의 위치와 움직임을 파악할 수 있다면 그만큼 더욱 안전해질 수 있었다. 그는 지평선 아래에 자리를 잡고 순양함에서 추진력이 분사되는지만 살펴보면 다가오는 위험을 쉽게 감지할 수 있을 것이라 생각했다. 주의 깊게 지평선을 살펴 가면서 서서히 정찰을 시작했다.

초승달 모양의 화성이 지평선 아래로 이지러지기 시작하더니 마침내 수많은 별을 뒤로하고 거대한 뿔 모양의 것이 모습을 드러냈다. K15는 두려움을 느끼기 시작했다. 아직 도라두스 호에서는 아무런 징후도 찾아볼 수 없었다. 그렇지만 이건 그다지 놀랄 만한 일이 아니었다. 검은색일 뿐만 아니라 우주 공간에서 수백 킬로미터는 떨어져 있으니 보이지 않는 게 당연했다. 갑자기 자기가 일을 제대로 하고 있는지 궁금해진 K15는 걸음을 멈췄다. 순간 거대한 어떤 것이 머리 위에 수직으로 올라오며 하늘에 떠 있는 별들을 가리기 시작했다. 그것의 움직임은 아주 부드러웠다. 그는 잠시 심장이 멈추는 것 같았다. 이윽고 정신을 차리고 다시 상황을 파악하기 시작했다. 도대체 자신이 무슨 실수를 했는지 알아내는 것이 급선무였다.

하늘을 가로질러 모습을 드러낸 그 검은 그림자가 순양함은 아니지만 그에 못지않게 위험한 것임을 파악하는 데는 시간이 얼마 걸리지 않았다. 그 물체는 생각했던 것보다 훨씬 더 작을 뿐만 아니라 훨씬 더 가까이 다가와 있었다. 그건 도라두스 호에서 그를 찾기 위해 보낸 영상유도미사일이었다.

그가 생각했던 두 번째 위험 요소가 바로 이것이었다. 가능한 한 모습을 숨기는 것을 제외하고는 손을 쓸 수 있는 방법이 아무것도 없었다. 도라두스 호로서는 탐색할 수 있는 시야가 넓어진 셈이었지만, 이 보조 장치 역시 심각한 한계가 있었다. 그 미사일은 바위 뒤에 몸을 숨긴 인간을 찾기 위한 게 아니라 별 사이에 숨어 있는 우주 전함을 찾기 위해 만들어졌다. 따라서 전송할 수 있는 화면의 상태가 그리 선명하지 않았고 오로지 전방만 살필 수 있었다.

장기판에는 아직도 많은 말들이 있었고 게임은 무척 치열했지만, 여전히 K15가 우세를 점하고 있었다.

어두운 밤하늘 속으로 미사일이 사라졌다. 지금처럼 중력이 낮은 지역에서 거의 직선 항로로만 이동하면 쉽게 행성을 벗어나게 된다. K15는 자신이 생각했던 일이 일어날 것이라 확신했다. 몇 분이 지나자 짧게 추진체가 분사되는 것이 보였고, 비행체가 원래 항로로 귀환하는 듯했다. 동시에 하늘 반대편에서 섬광이 번쩍이는 것이 보였다. 도대체 얼마나 많은 미사일이 작전을 수행하고 있는지 의문이 들기 시작했다. 그가 알기로 (그는 상당히 전문적인 지식을 가진 편이었다.) 제트급 순양함은 4기의 비행체를 조종할 능력을 보유하고 있는데, 그 4기가 모조리 동원된 것 같았다.

갑자기 기발한 생각이 머리를 스치고 지나갔다. 틀림없이 효과가 있을 것이라 믿어 의심치 않았다. 우주복에 장착된 무전기는 주파수를 조정할 수 있을 뿐만 아니라 넓은 지역을 감지할 수 있었다. 그리 멀리 않은 어딘가에서 도라두스 호가 1000머가헤르츠로 주변을 검색하고 있었다. 그는 수신기에 전원을 넣고 탐사를 시작했다.

순간 그리 멀지 않은 곳에서 귀에 거슬리는 파장을 찾아낼 수 있었다. 단지 저조파만을 찾아냈지만, 그래도 상당히 선명했다. K15는 처음으로 미래를 대비해 장기 계획을 세우기로 결심했다. 도라두스 호는 자멸하고 있었다. 비행체를 운행하면 할수록 K15는 더욱 정확히 순양함의 위치를 파악할 수 있게 된 것이다.

그는 천천히 송신기를 향해 앞으로 나아갔다. 놀랍게도 순간적으로 신호가 사라지더니 다시 증폭되기 시작했다. 혼란스러웠지만 이내 자신이 회절 지역을 통과하고 있다는 사실을 깨달을 수 있었다. 뛰어난 물리학자였다면 아마 진폭을 통해서 많은 것을 알아낼 수 있었겠지만, 실제 생각해 낼 수 있는 것은 거의 없었다.

도라두스 호는 태양이 밝게 빛나고 있는 지상 5킬로미터 하늘 위에 떠 있었다. 반사를 차단하기 위해 칠한 페인트칠이 바래 새로 칠해야 했다. 덕분에 K15는 뚜렷하게 순양함의 모습을 볼 수 있었다. 여전히 어둠 속에 숨어 있었고, 명암이 점점 그에게서 멀어져 가고 있었기 때문에 자신이 있는 장소가 안전하다고 판단할 수 있었다. 그는 자리를 잡고 순양함을 관찰하기 시작했다. 비행체 중 어느 것도 순양함에 가까이 다가오지 않을 거란 확신이 들었다. 도라두스 호의 함장이 지금쯤은 거의 미칠 지경이겠다는 생각이 들었다. 그의 추측은 정확했다.

한 시간이 지나자 순양함은 늪에 빠진 하마처럼 육중한 동체를 움직이기 시작했다. K15는 순양함 안에서 무슨 일이 벌어지고 있는지 충분히 짐작할 수 있었다. 스미스 함장은 반대편을 바라보며 위험하지만 50킬로미터 비행을 단행하기로 마음먹었다. K15는 조심스럽게 순양함이 향하고 있는 방향을 확인했고, 다행스럽게도 자신과는 반대쪽으로 뱃머리를 돌렸음을 발견하고 마음을 놓았다. 이윽고 순양함이 두세 번 요동을 친 후 지평선 밑으로 가라앉기 시작했다. K15는 편안한 마음으로 천천히 걸어서 순양함을 쫓아갈 수 있었다. 그의 걸음은 그 누구도 따라할 수 없는 놀라운 면을 가지고 있었다. 단 한 번의 활공으로 거의 1킬로미터를 갈 수 있으므로 그는 순양함을 지나치는 실수를 하지 않도록 주의를 기울였다. 또한 갑작스럽게 모습을 드러낼지도 모르는 비행체에도 주의를 기울였다.

50킬로미터를 비행하기 위해 도라두스 호는 근 한 시간을 허비해야 했다. 이 속도는 평소 속도의 1000분의 1도 안 된다고 K15는 생각했다. 일단 우주 밖으로 나가는 게 목적이 아니었으므로 순양함은 방향을 바꾸기 위해 엄청난 시간을 소비하느니 공포탄을 쏘아 속력을 줄였다. 마침내 순양함은 제자리를 찾았고, K15도 경계를 강화하고자 한 곳에 자리를 잡았다. 그는 자신은 순양함을 바라볼 수 있지만 순양함에서는 자신을 볼 수 없는 안전한 바위 사이에 몸을 밀어 넣었다. K15는 지금쯤 스미스 함장이 포보스 위성에 자신이 있기나 한지 의아해할 것이라는 생각이 들었다. 함장에게 자신의 존재를 알리기 위해 신호탄이라도 발사하고 싶어졌다. 그렇지만 그는 유혹을 떨쳐냈다.

이후 10시간 동안 있었던 일에 대해 기술하는 것은 아무런 의미가 없어 보인다. 왜냐하면 그 동안 그들이 한 일은 이전에 한 일과 아무런 차이가 없기 때문이다. 도라두스 호는 세 번 동체의 위치를 바꿨고, K15는 거대한 야수의 자취를 쫓는 위대한 사냥꾼처럼 조심스럽게 순양함을 뒤쫓았다. 순양함이 밝은 태양빛 아래로 그를 유인하려 하면 그는 지평선 너머 순양함에서 나오는 신호 정도만 파악할 수 있는 곳을 찾아 숨어들었다. 대부분 그는 언덕 저편으로 몸을 숨기면서도 순양함을 명확히 볼 수 있는 곳을 선택했다.

불과 몇 킬로미터 떨어지지 않은 곳에서 어뢰가 폭발했다. 자포자기한 대원이 그림자를 보고 어뢰를 폭발시켰을 수도 있고, 아니면 기계공이 근접 전파 신관의 스위치를 꺼 놓는 것을 잊어버렸을지도 모른다고 K15는 생각했다. 탐색에 활기를 불어넣어 줄 만한 일이 없으니 당연한 일이라고 생각했다. 사실 이 숨바꼭질은 무척 지루했다. 그는 머리 위로 날아가는 미사일을 보는 것도 꽤 즐거운 일이라 생각하며 나름 즐기고 있었다. 왜냐하면 K15가 적당한 은신처를 찾아 움직이지만 않으면 그들이 자신을 찾을 가능성이 전혀 없다고 확신했기 때문이다. 순양함의 정반대 쪽에 몸을 숨길 수만 있다면 지금처럼 어뢰가 터져도 안전하겠다는 확신이 든 이유는 순양함이 위성의 전파 방해 지역에 들어가 있어 어뢰를 정확히 제어할 수 없기 때문이었다.

그렇지만 만약 순양함이 다시 움직인다면 그때도 안전지대에 몸을 숨길 수 있을지 장담할 수 없었다.

그렇지만 갑작스럽게 모든 일이 끝나고 말았다. 선회 추진 장치가 돌연 폭발하더니 순양함의 주동력 장치가 엄청난 섬광과 함께 폭발해 버렸던 것이다. 이윽고 도라두스 호는 지금까지 자신의 사냥감을 감춰 뒀던 바위 덩어리를 뒤로하고 하염없이 태양 쪽으로 가라앉기 시작했다. K15는 사태를 정확히 파악할 수 있었다. 안도감과 평온함이 그를 휩쓸고 지나갔다. 순양함의 레이더실에서는 아주 빠른 속도로 다가오는 증폭된 반사파를 볼 수 있었다. K15는 우주복에 장착된 구명 신호에 스위치를 켜고 기다리기만 하면 됐다. 그는 시가 한 대를 맛있게 피워 물었다.

"정말 흥미로운 이야기군. 이제 다람쥐와 자네 이야기가 어떤 연관이 있는지 알겠어. 그렇지만 한두 가지 의심스러운 부분이 있어."

내가 말했다.

"그래?"

루퍼트 킹맨이 정중히 말했다.

나는 언제나 끝장을 봐야만 하는 사람이다. 킹맨은 좀처럼 이야기하지 않지만 난 그가 목성 전쟁에서 중요한 역할을 담당했다는 것을 알고 있었다. 난 그를 한번 찔러 보기로 결정했다.

"이 비밀스러운 전쟁에 대해 어떻게 그렇게 잘 알게 되었는지 궁금하군. 자네, 혹시 K15였나?"

카슨이 숨이 넘어갈 것처럼 기이한 소리를 냈다. 킹맨이 조용히 말을 이었다.

"아니."

그는 자리에서 일어나더니 무기고를 향해 걸음을 옮겼다.

"잠시 자리를 비워도 되겠나? 저 나무쥐에게 한 방 먹여야겠어. 이번에는 잡을 수 있을 것 같군."

그는 자리를 떠났다.

카슨의 표정은 나에게 이렇게 말하고 있는 듯했다.

'자네 다시는 이곳에 초대받지 못하겠군.'

킹맨이 우리 목소리가 안 들리는 곳으로 가 버리자 카슨이 차가운 목소리로 따졌다.

"자네가 다 망쳐 놨어. 도대체 왜 그걸 물어보는데?"

"너무 빤한 일 아니야? 아니면 어떻게 그렇게 잘 알 수 있지?"

"사실 난 그가 전쟁이 끝나고 K15를 만났다고 생각해. 아마 흥미로운 대화가 오갔겠지. 그렇지만 루퍼트가 퇴역할 때 소령이었다는 것을 기억해 줬으면 좋겠어. 군사 법원은 그의 말을 믿지 않았지. 어떻게 전 함대에서 가장 빠른 순양함의 함장이 우주복을 입은 사람 하나 잡지 못했다는 말을 받아들일 수 있었겠나!"

긴장 탈출 |Breaking Strain|

1949년 「30초 30일(Thirty Seconds Thirty Days)」이라는 제목으로 《흥미진진하고 경이로운 이야기들》 12월호에 최초 수록
『지구 탐사』에 수록

「30초 30일」이라는 제목으로 《흥미진진하고 경이로운 이야기들》에 최초로 수록된 「긴장 탈출」은 2001년에 영화와 소설로 만들어진 이야기 중의 하나다.

등 뒤에서 선실 문이 열리는 소리를 들었을 때, 그랜트는 스타퀸 호에 탑재된 물품의 목록을 작성하고 있었다. 그는 뒤를 돌아보는 수고를 하지 않았다. 거의 불필요한 일이었다. 왜냐하면 우주선에는 한 사람만이 더 타고 있었기 때문이었다. 그러나 아무 일도 일어나지 않았다. 맥닐이 말도 없고 방으로 들어오지도 않자 그랜트는 무슨 일인지 궁금해 수평 유지 장치 속에서 의자를 돌렸다.

맥닐은 마치 유령을 본 사람처럼 문 앞에 서 있었다. 순간 그랜트의 머릿속에 너무도 진부한 모습이 하나 스치고 지나갔다. 그는 잠시 그게 얼마나 진실에 가까운지 알지 못했다. 어떤 점에서 맥닐은 유령을 본 것인지도 몰랐다. 모든 유령 중에서 가장 끔찍한 유령.

"뭐가 문제야?" 그랜트가 화가나 말했다. "어디 아파? 아님 무슨 일 있어?"

기계공은 머리를 저었다. 그랜트는 그의 이마의 작은 땀방울들이

완벽한 직선 궤도를 그리면서 방 안 이곳저곳에 흩어져 반짝이는 것을 보았다. 기계공의 목에 있는 근육이 움직였지만, 한동안 아무 소리도 나지 않았다. 거의 울 듯한 표정이었다.

"최후의 순간이 온 것 같아." 그가 마침내 속삭이기 시작했다. "비축돼 있던 산소가 바닥났어."

그러고는 울음을 터트렸다. 그는 마치 스스로 천천히 부서지는, 축 늘어진 인형처럼 보였다. 그렇지만 중력이 없었기 때에 쓰러지지 않고 허공에서 몸을 웅크렸다.

그랜트는 아무런 말도 하지 않았다. 무의식적으로 그는 연기가 나고 있는 담배를 재떨이에 쑤셔 넣었다. 마지막 조그만 불씨가 다 사라질 때까지. 이미 주위의 공기가 짙어지기 시작해서 우주 항해에서 가장 오래된 공포가 목을 조르는 것처럼 느껴졌다.

그랜트는 앉아 있는 동안 마치 무게가 있다는 느낌을 받게 해 주던 탄력 벨트를 천천히 풀고, 익숙한 솜씨로 문을 향해 날아갔다. 맥닐은 따라오지 않았다. 그랜트는 그가 겪은 충격에 대해 최대한 이해해 보려 해도, 저 정도는 너무 심하다고 느꼈다. 그랜트는 맥닐 곁을 지나며 손바닥으로 찰싹 한대 때리고는 정신 차리라고 말했다.

선창은 반구 모양이었고, 중앙에는 두꺼운 기둥이 서 있었다. 그 기둥은 100미터 떨어져 있는 아령 모양의 우주선과 연락을 취할 수 있는 연결 장치 기능을 하면서 동시에 여러 명령을 수행할 수 있는 기능도 있었다. 중력의 영향을 최소한으로 받게끔 3차원으로 배열된 선창의 짐과 상자는 초현실주의적으로 보였다.

그렇지만 갑작스럽게 선창이 사라졌다고 해도 그랜트는 거의 알아채지 못했을 것이다. 그는 기갑 내벽에 나사로 고정되어 있는 커다란 산소 탱크에만 정신이 팔려 있었다. 산소 탱크는 마지막으로 봤을 때와 다르지 않았다. 알루미늄 페인트로 인해 반짝거렸고, 탱크 몸체를 이루고 있는 금속판에 끼어 있는 성에를 통해 내용물을 짐작할 수 있었다. 파이프는 모두 정상 같았다. 아주 미세한 부분을 제외하고는 모든 게 완벽하게 작동하고 있었다. 문제는 계량기의 눈금이 0에 멈추어 있었다는 것이다.

흑사병이 창궐하던 어느 날 저녁 런던에 있는 자신의 집으로 돌아온 사람이 문 앞에 거칠게 그어진 엑스자를 바라보는 것처럼 그랜트는 조용히 계기판을 들여다보았다. 이윽고 그는 0에 멈춰 있는 바늘이 움직이기를 헛되이 바라며 몇 번이고 계기판을 두드렸다. 물론 그는 상황을 잘 알고 있었다. 나쁜 일은 설명할 필요가 없다. 오직 좋은 일만 확인하는 절차가 필요할 뿐이다.

그랜트가 통제실로 돌아왔을 때, 맥닐은 다소 정신을 차린 듯했다. 약상자가 열려 있는 것을 보니 빨리 정신을 차린 이유를 알 수 있었다. 농담을 할 수 있을 정도가 된 것 같았다.

"운석이 문제였어." 그가 말했다. "이런 크기의 우주선은 한 세기에 한번 정도 운석과 충돌한다고들 말하잖아. 우리가 너무 서둘렀나 봐. 한 세기가 되려면 아직 95년이나 더 남았는데."

"경보 장치는 어때? 기압은 정상이야. 그런데 어떻게 동체에 구멍이 났다고 할 수 있지?"

"구멍이 나지는 않았어." 맥닐이 대답했다. "산소가 액체 상태를 유지하기 위해 어두운 쪽에 있는 냉동관을 어떻게 통과하는지 알고 있지? 운석이 냉동관을 파괴해서 내용물이 증발해 버린 것 같아."

그랜트는 생각을 정리하느라 잠시 갈이 없었다. 너무 심각한 상황이었지만 치명적인 상태로 만들 필요는 없었다. 무엇보다도 4분의 3 이상 비행을 마쳤으니까.

"비록 농도가 진해지기는 해도 재생기만 작동하면 숨을 쉴 수는 있지?"

그랜트가 다소 희망적으로 물었다.

맥닐이 머리를 저었다.

"자세히 계산은 안 홰 봤지만 답은 알고 있어. 이산화탄소가 분해되어 산소가 순환하기 시작하면 10퍼센트 가량 손실이 발생해. 그래서 산소를 비축해 놓아야 하는 거지."

"우주복." 그랜트가 갑자기 소리쳤다. "으주복에 있는 산소 탱크는?"

아무런 생각도 없이 말을 쏟아 놓고는 순간적으로 자신이 실수를 했다는 것을 깨닫자 이내 전보다 더 비참한 기분이 들었다.

"산소를 우주복에 있는 탱크에 비축할 수 없어. 며칠이 지나면 아마 다 증발해 버릴 거야. 대략 30분 정도 버틸 수 있는 압축가스가 있어. 단지 비상사태가 발생하면 메인탱크까지 갈 만한 양이지."

"비록 화물을 버리거나 긴급 대피해야 하는 상황이 벌어진다고 하더라도 살아날 길은 반드시 있을 거야. 이제 추측은 이제 그만두고 정확히 우리가 어디에 있는지부터 알아야겠군."

그랜트는 화가 난 만큼 무섭기도 했다. 이 사태를 불러온 맥닐에게 화가 났다. 백만분의 일의 확률로 일어날까 말까 하는 이런 일에 대비하지 않고 함선을 설계한 사람들에 대해서도 화가 났다. 아직 목적지까지 도달하는 데에는 몇 주가 더 걸릴 텐데, 그때까지 수많은 난관을 헤쳐 나아가야 터였다. 생각이 여기에 미치자 그는 공포를 잠시 멀리할 수 있었다.

의심할 여지없이 지금은 비상사태다. 그렇지만 우주에서나 발생할 수 있는 특별한 종류의 비상사태인 것이다. 아직 생각할 시간은 많이 있다. 그것도 너무도 많이.

그랜트는 조종석에 앉아 벨트를 매고 입력판을 꺼냈다.

"사태를 바로 보자고." 그는 침착함을 가장하며 말을 이었다. "아직 함선에는 충분한 산소가 공급되고 있고, 재생기가 한번 작동할 때마다 10퍼센트의 산소가 손실되고 있지. 매뉴얼 좀 건네주겠어? 하루에 얼마나 산소를 소비하는지 기억나지 않는군."

스타퀸 호가 100년에 한 번씩은 운석과 충돌할 수 있다고 말을 해놓고 보니 맥닐은 사태가 심각하지 않다고 여기기 시작했다. 사실 그의 말은 다양한 요소들을 기반으로 3세대에 걸쳐 통계학자들이 가정을 한 것이기 때문에 모호하기 그지없었지만, 보험회사들은 내행성계에 운석 무리가 지나가기만 하면 불안에 떨곤 했다.

물론 이 모든 건 운석 때문에 발생한 일이다. 우주를 떠도는 슬래그는 지구 표면에 도달하는 과정에서 수백만 개로 분열해 결국 모두 소멸되고 만다. 흔히 오로라가 한밤에 활보하는 유령 같은 지역이라 불리는 대기도 희미하고 우주와의 경계도 모호한 곳에서 사라져 가는 것이다.

이들이 우리에게 친숙한 유성이다. 대부분은 못 대가리 정도의 크기도 되지 않는다. 하늘에서 떨어져 니리면서도 눈에 보이는 흔적조차 남기지 않을 정도로 작은 입자는 이보다 수백만 배는 더 많다. 이 같은 셀 수 없는 먼지부터 바윗덩어리, 심지어는 백만 년에 한 번 정도 지구와 충돌할 확률이 높다는 산만 한 것들까지 모두 운석이다.

우주비행에 있어 운석은 우주선 동체에 구멍을 남길 수 있을 정도의 크기가 되어야만 문제가 된다. 물론 크기뿐만이 아니라 속도도 문제가 된다. 태양계의 다양한 지역에서 다양한 크기의 운석과 충돌할 대략적인 가능성을 보여주는 목록은 이미 있었다. 운석은 질량이 몇 밀리그램인 것까지 표시되어 있었다.

스타퀸 호와 충돌한 운석은 크기가 1센티미터에 무게가 10그램 정도 나가는 거대한 녀석이었다. 분석표에 따르자면 이런 무시무시한 운석과 충돌하려면 10^9일이 걸린다. 쉽게 말해서 300만 년에 한번 일어날까 말까 싶은 사건인 것이다. 이런 사건이 인류 역사에서 다시는 발생하지 않을 것이라는 말도 그런트와 댁닐에게 위로가 되지는 않았다.

그렇지만 상황이 더 나빠졌을 수도 있었다. 스타퀸 호는 115일째 항해하는 도중이었는데, 임무 완료까지 30일만이 남아 있었다. 모든 화물선이 그렇듯 이 함선은 태양을 등에 지고 지구와 금성의 궤도와 만날 수 있는 긴 타원형으로 움직였다. 가장 빠른 방법은 10배의 연료를 써서 3배의 속도로 행성간 직선 비행을 하는 것이었다. 그러나 함선은 거리를 질주하는 차들이 일정한 차선을 따라 이동하듯이 145일

정도 걸리는 항로를 이용해야만 했다.

20세기 초반에 사람들이 생각했던 우주선에 대한 관념에 비해 스타퀸 호는 별반 다른 점이 없었다. 이 우주선은 두 개의 원으로 이루어져 있었는데, 하나는 직경이 50미터고 다른 하나는 대략 20미터 정도였다. 그 둘은 약 100미터에 달하는 실린더로 연결돼 있었다. 전체 모양은 성냥개비와 점토를 연결해 놓은 수소 원자 모델 같았다. 선원, 화물, 그리고 통제 장치들은 모두 앞쪽에 있었고, 원자력 전동기와 같은 것들은 생명체와 멀리 떨어진 뒷부분에 장착되어 있었다.

스타퀸 호는 우주공간에서 제작돼, 달 표면에서조차 이륙해 본 적이 없었다. 최대출력 하에서 이온 추진기는 중력의 20분의 1의 가속을 낼 수 있는 능력이 있었다. 이 속도라면 지구에서 쏘아 올린 위성에서 금성에 쏘아 올린 위성까지 도달하기 위해 필요한 가속을 한 시간 안에 획득할 수 있게 된다.

행성에 있는 화물을 우주선으로 끌어올리는 작업은 주로 작지만 강력한 화력을 자랑하는 화학 로켓에 의해 이루어진다. 한 달 안에 스타퀸 호를 마중하기 위해 금성에서 예인선이 출항할 예정이었지만, 우주선을 조종할 사람이 없어진 스타퀸 호는 멈추지 않을 터였다. 스타퀸 호는 초당 수 킬로미터의 속력으로 금성을 지나 5개월 후에는 다시 지구 궤도에 들어가게 될 것이다. 비록 지구와는 멀리 떨어지겠지만.

목숨이 달려 있는 문제라면 단순한 덧셈을 하는 것에도 오랜 시간이 걸리기 마련이다. 그랜트는 일렬로 배열되어 있는 숫자를 수차례 읽어보았지만 결국 덧셈의 합이 달라질 수 없다는 사실을 받아들이고는 체념을 했다. 이윽고 그는 조종석에 있는 하얀 플라스틱 판 위에 신경질적으로 낙서를 하기 시작했다.

"최대한 아낀다고 하더라도 20일 이상 버틸 수 없어. 즉 금성에 도달하기 열흘 전에 우리는……."

그의 목소리가 천천히 낮아졌다.

10일이라는 시간은 그리 길게 들리지 않지만, 10일 동안 그들은 10년을 사는 것처럼 느낄 것이다. 그랜트는 자신들이 처한 상황을 라디오 시리즈나 작품의 소재로 쓰곤 했던 통속적인 작가들에게 냉소를 보냈다. 달을 지나 그 이상 비행해 본 적도 없는, 흉내 내기나 잘하는 그런 부류의 사람들 말에 따르자면 이런 상황에서는 세 가지 사건이 발생할 수 있다.

이미 상투적인 해결책이 되었지만, 가장 훌륭한 대처법은 우주선을 온실이나 수경 농장으로 바꿔 광합성을 통해 나머지 문제를 모두 해결하는 것이다. 다른 방법으로는, (장황한 기술의 설명이 붙는) 화학이나 원자공학의 경이로움을 이용하여, 당신의 목숨뿐만 아니라 여주인공의 목숨도 구하고 엄청난 가치를 가지는 특허를 낼 수도 있게 만드는, 산소발생 장치를 만드는 게 있다. 최후의 해결책은 우연히 주인공이 타고 있는 우주선과 같은 궤도, 같은 속력으로 비행하는 우주선이 등장하는 것이다.

그렇지만 이런 해결책이란 소설 속에서나 있는 것이고 현실과는 엄청난 차이가 있었다. 비록 이론적으로 첫 번째 해결책이 가장 근사해 보이지만 스타퀸 호에는 씨앗이 하나도 없었다. 발명을 하는 문제와 관련하여 두 사람이 아무리 명석하고 절박한 상황에 처해 있다고 하더라도 수많은 연구 단체들이 한 세기 이상 심혈을 기울여야 이룩할 수 있는 업적을 며칠 안에 이룩한다는 것은 불가능해 보였다.

우연히 우주선이 지나갈 수 있는 가능성은 말 그대로 제로였다. 만약 다른 화물선이 그들과 같은 궤도로 접근한다고 해도 정부가 정한 법률상 그들은 일정한 간격을 유지하면서 비행해야 하기 때문에 가능성은 희박했다. 물론 그런 일조차 없을 것이라고 그랜트는 확신했다. 수십만 킬로미터 떨어진 곳에서 쌍곡선 궤도를 그리며 비행하는 우주선이 있을 수도 있었지만, 그 속도가 너무도 빨라 도저히 접근 불가능할 게 분명했다.

맥닐이 말했다.

"만약 화물을 버린다면 궤도를 수정할 수 있을까?"

그랜트가 머리를 저었다.

"나도 그럴지 모른다고 잠깐 생각했지." 그가 대답했다. "그렇지만 그건 불가능해. 일주일 안에 금성에 도달하는 것은 가능하지만 제어 장치를 작동할 연료가 없어 행성에서 우리를 구조하러 올 수 없어."

"정기선도 불가능할까?"

"로이즈 선급협회에 따르면 지금 금성에는 화물선이 두 척 정도 있어. 어떤 경우에건 그 화물선들은 동원될 수 없어. 아무리 우리 함선의 속도를 따라잡을 수 있는 능력이 있다고 할지라도 그 구조선으로 갈아탈 수 있는 방법이 없거든. 초당 50킬로미터의 속도로 비행하는데 어떻게 그 구조선으로 옮겨 탈 수 있겠어."

맥닐이 말했다.

"우리가 방법을 찾을 수 없다면, 금성에 있는 사람들은 혹 찾을 수 있을지도 모르잖아. 그들과 이야기 해 보자고."

"정확히 할 말을 정하고 난 후 그들과 이야기해 볼 예정이야." 그랜트가 대답했다. "가서 송신기를 가져다주겠나?"

그는 공중에 떠올라 방을 빠져나가는 맥닐을 바라보았다. 맥닐은 앞으로 닥칠 난관에 어려움을 가중시킬지 모른다는 생각이 들었다. 지금까지 그들은 일을 잘 해 왔다. 통통한 남자들이 그렇듯 맥닐은 성격도 좋고 고분고분한 사람이었다. 그렇지만 그랜트는 새삼 맥닐이 근성이 부족한 사람이라는 것을 깨달을 수 있었다. 그는 정신적으로도 육체적으로도 너무 허약해서 우주공간에서 오래 살 수 있는 사람이 되지 못했다.

송신기에서 신호음이 들려왔다. 우주선 동체 밖에 장착되어 있는 포물면거울이 금성의 아크등을 향해 초점을 맞췄다. 금성의 아크등은 단지 천만 킬로미터 밖에서 그들과 평행선을 달리며 빛을 발하고 있었다. 우주선 송신기에서 발사된 3밀리미터 파장이 금성에 도달하기까지는 30초 정도의 시간이 걸렸다. 30초 거리 저 밖에 안전지대가 있다는 사실에 그들은 마음이 착잡해지는 것을 느꼈다.

금성의 자동 탐사 장치에서 전송을 허가한다는 인간미 없는 신호가 들어왔다. 그랜트는 천천히 이야기하기 시작했지만 침착 하려고 애썼다. 그는 주의 깊게 상황을 전달하고 조언을 구했다. 맥닐과 관련된 불안한 생각은 전송하지 않았다. 맥닐이 그의 전령을 모니터하고 있음을 잘 알고 있었기 때문이었다.

비록 전송 지체 시간을 감안한다고 할지라도 금성에 있는 사람들

중 아무도 그들의 신호를 받은 것 같지 않았다. 아직 응답기에 자동으로 저장된 메시지를 아무도 확인하지 않았을지라도 조만간 담당자가 확인해 볼 것이다.

그는 그 메시지가 티브이와 뉴스에 반복적으로 보도돼 동정의 물결을 전 우주의 모든 인류에게 퍼트리는, 터지기 직전의 포탄 같은 것이란 생각은 전혀 하지 못했다. 우주에서의 사고란 방송이나 신문의 헤드라인을 장식하고도 남을 만큼 극적이었다.

지금까지 그랜트는 자신의 안전에 대해 생각하느라 화물에 대해 아무런 신경도 쓸 수 없었다. 오직 배가 자신의 전부라 생각했던 고대의 바다 함장들에게 그랜트의 이런 자세는 이해할 수 없는 것이었다. 그렇지만 그랜트 나름대로 충분한 이유가 있었다.

스타퀸 호는 절대 침몰하지 않을 것이며, 미지의 암초와 충돌하는 일도 없을 것이고, 다른 많은 함선들이 그래 왔던 것처럼 소리 없이 사라지는 일도 없을 것이기 때문이었다. 선원들에게 어떤 일이 일어난다고 할지라도 함선 자체는 아무 이상이 없을 것이다. 방해만 받지 않는다면 스타퀸 호는 인류가 정해 놓은 궤도를 따라 수세기 동안 한 치의 오차도 없이 비행할 것이다.

갑자기 그랜트는 화물이 200억 원에 달하는 보험에 들어 있다는 사실을 떠올렸다. 한 행성에서 다른 행성으로 옮길 정도로 귀중한 물품은 그다지 많지 않았지만 선창에 있는 대부분의 짐짝들은 천금의 무게 아니, 질량에 달할 만큼 가치 있는 것이 될 수 있었다. 아마도 어떤 물품들은 이런 비상사태에 유용하게 사용될 수 있는 것들일지도 모를 테니까. 그랜트는 선적 목록을 확인하기 위해 금고를 열었다.

맥닐이 선실로 돌아왔을 때, 그랜트는 얇고 딱딱한 목록표들을 분류하고 있었다.

"공기압을 줄였어." 그가 말했다. "선체에 약간의 누출이 있긴 한데, 평상시라면 아무 문제도 없는 정도야."

그랜트는 조용히 머리를 끄덕이고는 맥닐에게 목록표 한 다발을 건네주었다.

"여기 선적 목록이 있어. 도움이 될 만한 것이 있는지 우리 모두 확인을 해야 할 것 같아."

그는 비록 아무런 것도 얻을 수 없을지라도 잠시나마 우리의 정신을 다른 곳에 집중하는 효과라도 볼 수 있을 것이라고 덧붙여 말하진 않았다.

숫자가 적힌 제품들(행성 간 무역이 어떻게 이루어지고 있는지 보여주는 단면도라고 할 수 있는 것들)이 길게 늘어져 있는 선반을 조사하면서 그랜트는 이상한 기호들이 적힌 제품이 무엇인지 궁금해지기 시작했다. 제품 번호 347-1번 장부-총 4킬로그램. 100억 원에 달하는 보험에 든 특별한 물품임을 알아내고 그랜트는 휘파람을 불었다. 순간 그랜트는 헤스페리언 박물관에서 『지혜의 일곱 기둥』 첫 번째 판을 사들였다는 소식을 라디오를 통해서 들었던 기억이 떠올랐다.

조금 더 목록표를 넘기다 보니 방금 전 것과는 사뭇 대조되는 물품이 보였다. 잡다한 책들-25킬로그램-중요한 가치 없음.

'중요한 가치가 없는 것'들을 보내기 위해 누군가는 분명히 일정량의 돈을 들였을 것이다. 그렇지만 그랜트는 그 문제에 신경 쓰고 싶지 않았다. 아마도 누군가가 영원히 지구를 떠나면서 자신이 소중하게 모아 놓은 것들을 새로운 세계로 가지고 가는 것인지도 몰랐다. 그에게는 이 잡다한 책이 다른 무엇보다도 중요한 것이리라.

제품 번호 564 — 필름 12권.

이건 틀림없이 네로 시대를 그린 대 서사시 『불타는 로마』라는 작품으로 검열당하기 전에 지구를 떠난 작품이었다. 금성 사람들은 지금 이 작품이 운송되기를 학수고대하고 있을 것이다.

의약품 50킬로그램. 권련 상자 1킬로그램. 정밀 공구 75킬로그램. 목록에는 이런 물품들이 들어 있었다. 각각의 품목들은 진귀한 것도 있었고 신생 문명국인 금성에서 아직 생산하지 못하는 산업 제품과 과학 용품들도 있었다.

화물은 크게 두 종류였다. 너무 사치스러운 물품이거나 아니면 생활에 꼭 필요한 물품이거나. 중간에 해당하는 물품은 거의 없었다. 물론 그랜트가 희망을 가질 만한 물품도 없었다. 상황이 반대였다면 어떠했을 것인가에 대해 생각해 보지는 않았지만, 알 수 없는 실망감이 밀려오는 것을 어찌 할 수는 없었다.

마침내 금성에서 응답이 오기까지는 거의 한 시간이 걸렸다. 너무 자세히 질문을 하는 바람에 그랜트는 대답을 다 할 때까지 자신이 살아 있을 수 있을까 하는 의구심이 생겼다. 대부분의 질문은 함선과 관련된 기계적인 요소들이었다. 두 행성의 전문가들이 지금 스타퀸 호와 그 안에 실려 있는 화물을 구하기 위해 머리를 맞대고 있었다.

"자네, 어떻게 생각해?"

메시지 전송이 다 끝나자 그랜트가 맥닐에게 물었다. 그랜트는 주의 깊게 맥닐을 살펴보았는데, 여전히 신경을 쓰게 하는 무엇인가를 발견할 수 있었다.

맥닐은 대답을 하기 전 오래 침묵을 지켰다. 이윽고 어깨를 으쓱해 보이더니 그랜트의 생각대로 말을 하기 시작했다.

"무척 바쁘겠는데. 하루 만에 그들이 말한 것을 전부 다 테스트해 볼 수 없을 것 같아. 대부분은 그들이 뭘 생각하는지 알겠는데, 질문 중 몇 개는 말도 안 되는 것 같군." 그랜트도 동의하는 부분이었지만 맥닐이 계속 말을 하게끔 내버려두었다. "선체의 누수는 눈에 보일 정도로 명확하긴 하지만, 왜 방사능 탐지를 더느 정도 하고 있는지 알려고 하는지 이해할 수 없어. 내 생각엔 우리들에게 심리적 안정을 주기 위해 좋은 생각이 있는 것처럼 보이려 하는 것 같아. 아니면 바쁘게 만들어 걱정할 시간이 없도록 하려는 것인지도 모르지."

그랜트는 맥닐의 침착함에 안심이 되는 한편, 신경이 쓰였다. 맥닐을 이제 걱정하지 않아도 되기에 안심했고, 그가 생각한 정신상태의 범주에 맥닐이 전혀 들어맞지 않았기에 신경이 쓰인 것이다. 처음 보였던 순간의 실수는 전형적인 사람들 누구에게라도 일어날 수 있는 것일까?

세상은 흑과 백이 분명한 곳이라고 생각하는 그랜트였기에, 맥닐이 겁쟁이인지 아니면 용기 있는 사람인지 정확히 판단할 수 없는 상황에 화가 나기 시작했다. 그랜트는 맥닐이 둘 다 될 수 있다는 생각을 결코 할 수 없었다.

우주비행을 하다 보면 인류가 지금껏 겪은 그 어떤 것과도 비교할 수 없는 영원함을 경험할 수 있다. 달에서조차 우리는 그것을 경험할 수 있다. 태양이 달의 하늘을 가로질러 천천히 행진하면 툭 튀어나온 바위 사이로 검은 그림자들이 기어 다니기 시작한다. 지구 쪽을 향하면 언제나 거대한 행성 시계가 째깍째깍 돌고 있다. 지구의 대륙은 거대한 시침과 분침 역할을 한다. 그렇지만 자이로스태빌라이저(우주선의 요동을 막기 위한 장치 ─ 옮긴이)가 장착되어 있는 함선에서 오랜 기간 여행을 하다 보면 일정하게 비치는 태양빛이 마치 벽이나 바닥에 붙어 움직이지 않는 것처럼 보인다. 크로노미터가 아무런 의미도 없이 계속해서 째깍거리는 것처럼.

그랜트와 맥닐은 오랜 경험을 통해 어떤 상황에서도 생존하는 법을 배웠다. 항해가 거의 끝나 가고 비행을 그만두어야 할 때가 오면 순식간에 사라질 감정이긴 하지만, 그들은 깊고 깊은 우주 공간에 감동을 받고 여유롭게 생각했다. 비록 지금 그들은 사형선고를 받은 상태지만 오랜 세월 몸에 밴 습관에 따라 행동하고 있는 것이다.

매일 그랜트는 주의 깊게 일지를 작성하고, 함선의 상태를 확인하고, 그리고 일상적인 업무들을 수행했다. 비록 정비를 대충하고 있다는 의심을 받기는 했지만, 맥닐 또한 정상적으로 생활했다.

운석과 충돌한 후 3일이 지났다. 지난 24시간 동안 지구와 금성 사이에 회담이 열렸다. 그랜트는 언제쯤 결과를 통보받을 수 있을지 궁금했다. 태양계에 있는 가장 뛰어난 두뇌라고 할지라도 지금 당장 그들을 구할 수 있을 것이라고는 생각하지 않았다. 그렇지만 모든 것이 정상이고 공기 또한 깨끗하고 신선한 이 상황에서 희망을 버리고 싶지는 않았다.

4일째 되는 날 금성에서 연락이 왔다. 특별한 해결책이 없었기에 금성에서 온 소식은 거의 장례식 추모사에 가까웠다. 그랜트와 맥닐을 살리는 것을 포기한 그들은 대신 화물을 안전하게 지킬 수 있는 상세한 지침을 하달했다.

지구에 있는 천문학자들은 수년 안에 스타퀸 호를 구조할 수 있는 궤도를 찾기 위해 모든 가능성을 타진하고 있었다. 함선이 원일점에 도달하면 지구와 6개월, 혹은 7개월 후 접측할 수 있는 가능성이 있었다. 그렇지만 이 작전은 가장 빠른 쾌속선을 동원하여 어떤 짐도 선적하지 않고 엄청난 양의 연료를 소모해야만 가능한 것이었다.

맥닐은 이 메시지를 받자마자 모습을 감췄다. 처음에 그랜트는 약간 안도감이 들었다. 만약 맥닐이 혼자 힘으로 이 상황을 이겨내기로 결정했다면 잘된 일이었다. 아직 작성해야 할 문서가 많이 남아 있는 상황이었다. 비록 유언장을 작성하려면 아직 시간이 필요하지만 말이다.

맥닐이 저녁 식사를 준비하기로 되어 있었다. 그는 건강, 특히 위와 관련된 일에 신경을 많이 썼기 때문에 무척 즐겁게 식사를 준비하곤 했다. 전망대에서 일상적으로 들려왔던 소리가 들리지 않자 그랜트는 맥닐을 찾아 나서기로 했다.

그는 아주 평온하게 침대에 누워 있는 맥닐을 발견할 수 있었다. 거칠게 잡아 당겨 연 흔적이 있는 거대한 금속 상자가 맥닐 옆에 나란히 놓여 있었다. 그는 내용물을 살펴볼 필요가 없다는 것을 금방 깨달았다. 맥닐을 한번 바라보는 것으로 충분했다.

"정말 부끄러워." 당황하는 기색도 없이 엔지니어가 말을 했다. "튜

브로 이런 거나 빨아마시다니 말이야. 한잔 하면 안 될까? 같이 격식 차리고 마실 수 있게."

화가 난 그랜트가 경멸 어린 눈초리로 그를 바라보았다. 그렇지만 맥닐은 창피함도 모르고 그랜트를 마주보았다.

"언짢아하지 말고 함께 먹자고! 이거 마신다고 뭐 달라질 것이라도 있나?"

그가 병을 앞으로 쑥 내밀었다. 그랜트는 둥둥 떠오르는 병을 멋지게 낚아챘다. 무척 유명한 와인이었다. 창고에 있던 물품이 생각났다. 저 조그만 상자에 있는 내용물은 가격이 상당했다.

"지금 같은 상황에서 돼지같이 행동한다고 나아질 것은 없다고 보는데."

그랜트가 단호하게 말했다.

맥닐은 아직 술에 취한 것 같지는 않았다. 그는 만취로 가기 전의 밝은 대합실쯤에 도달했을 뿐이고 우중충한 현실과 완전히 단절된 것은 아니었다.

"하고 싶은 말 있으면 하라고." 맥닐이 엄숙하게 말했다. "나는 내 행동이 명백하게 합당하다고 생각하지만, 자네가 내 행동에 대해 왈가왈부해도 들을 준비가 됐어. 하지만 내가 더 취해서 이해할 수 없기 전에 날 납득시켜야 할 거야."

다시 플라스틱 관을 누르자 그의 입 안으로 자주색 와인이 쏟아져 들어갔다.

"자네가 훔친 회사 재산은 조만간 꼭 보상해야 할 거란 사실은 차치하고라도, 지금처럼 계속 취해 있다간 몇 주 버티지 못하게 될 거야."

"그건 있어봐야 알지." 맥닐이 생각해 보고는 대답했다.

"그렇지 않아." 그랜트가 말했다.

그는 벽을 등지고 금속 상자를 힘껏 밀어제쳐 열려 있던 문 밖으로 날려 보냈다.

그는 금속 상자를 따라 몸을 날려 문을 쾅하고 닫아 버렸다. 문 뒤에서 맥닐이 소리치는 것을 들을 수 있었다.

"제기랄, 뭐하는 짓이야."

맥닐에게 현 상황에서 가장 필요한 것은 얽혀 있는 것을 풀고 여유를 찾을 수 있는 시간이었다. 그랜트는 선창에 금속 상자를 가져다 놓고는 자물쇠를 채웠다. 함선이 우주에 있는 동안에는 선창을 잠글 필요가 없었기 때문에 맥닐은 열쇠를 가지고 있지 않았다. 물론 통제실에 있는 복사된 열쇠도 충분히 숨길 수 있었다.

얼마 후, 그랜트가 맥닐의 방을 지나쳐 자신의 방으로 돌아갈 때, 맥닐은 노래를 부르고 있었다. 와인 병이 아직도 남아 있는 것 같았다. 그는 소리치며 노래를 불렀다.

"산소야 어디로 사라지든
와인만 괜찮다면 상관없다네……."

과학 교육만 받은 그랜트는 맥닐의 노래를 적절하게 평가할 수 없었다. 노래를 듣기 위해 방문 앞에 멈춰 선 그는 순간 알 수 없는 어떤 감정이 솟구치는 것을 발견하고는 소스라치게 놀라지 않을 수 없었다.

갑자기 생겨난 감정은 갑자기 사라졌지만 그는 몸이 아프고 떨리는 것을 느낄 수 있었다. 처음으로 그는 맥닐에 대한 미움의 감정이 증오의 감정으로 바뀌는 것을 인식했다.

심리적인 면을 고려해서 우주 비행에 필요한 최소한의 인원은 세 명 이상이어야 한다는 것이 일반적인 규칙이라고 할 수 있다.

그렇지만 규칙이라는 것은 깨지기 위해 만들어진 것이 아니던가. 스타퀸 호의 선주는 우주비행 위원회와 보험회사로부터 함장도 없이 금성으로 항해할 수 있는 허가를 받을 수 있었다.

항해를 떠나기 직전 함장이 병에 걸려 아무도 그를 대신할 수 없었던 것이다. 금성에 있는 사람들은 새로운 함장이 도착하고 업무를 새롭게 익히는 것에 시간을 허비할 수 없다고 결정했다. 만약 그때 떠나지 못했다면 영원히 항해를 할 수 없었을 것이다.

수십억 원이 걸린 문제였다. 당연히 항해를 할 수밖에 없었다. 그랜트와 맥닐 둘 다 능력이 있는 승무원들이었고, 그들 역시 조금만 수고하면 임금을 평소의 두 배나 받을 수 있는데 이를 거절할 리 만무했다. 성격에 커다란 차이가 있는 그들이었지만 일상적인 임무는 잘 해 나가고 있었다. 상황이 이렇게 이상하게 바뀐 것은 결코 그들의 잘못이 아니었다.

야만인과 문명인 사이에 존재하는 근본적인 차이를 없애는 방법은 3일간 굶기는 것이라고들 한다. 아직 그랜트와 맥닐은 육체적으로 힘든 상황에 처한 것은 아니었다. 그렇지만 둘은 상상력이 너무도 풍부했다. 그들은 상황을 받아들이기보다는 자신들의 처지가 카누를 타고 가다 조난을 당한 굶주린 태평양 섬 주민들과 비슷하다고 생각하기 시작했다.

그들은 이제 지금까지 언급되지는 않았지만 다른 무엇보다 중요한 국면을 맞이하기 시작했다. 장부를 확인하고 다시 또 확인하던 그랜트는 계산이 완벽하지 않다는 것을 알 수 있었다. 그 둘은 즉시 다음 단계를 계산하기 시작했고, 동시에 같은 결론에 도달했다.

이유는 너무도 간단했다. "만약 6명이 5대의 헬리콥터를 조립하는데 이틀이 걸린다면, 얼마나 오래……."라고 시작되는 초등학교 1학년 산수 문제를 푸는 것과 같다.

2명이 20일 동안 쓸 산소가 남아 있고, 금성까지 도달하는 데는 30일이 걸린다. 그렇다면 오직 한 사람만이 살아서 헤스페루스 항을 밟을 수 있다는 답을 구하는 데 천재적인 수학 능력이 요구되는 것도 아니다.

이미 20일 후로 데드라인은 정해진 상태였다. 그러나 누군가는 10일 안에 죽어야 한다. 그때까지는 두 사람이 살기에 충분한 산소가 공급될 것이다. 그 후에는 오직 한 사람만이 항해를 계속하고 있을 것이다. 거리를 두고 상황을 관전하는 사람들에게는 무척 흥미로운 일일 것이다.

침묵을 가장하는 것도 그다지 오래 가지 않을 것이다. 그렇지만 가장 급박한 상황에서라도, 박애 정신을 가지고 자살할 사람이 누구인가를 결정하는 것은 쉬운 일이 아니다. 더 이상 두 사람이 말을 건네지도 않게 되면 상황은 더욱 어려워진다.

그랜트는 공정하려고 애를 썼다. 따라서 그가 할 수 있는 일이란 맥닐이 정신을 차려 솔직하게 대화를 시작하기를 기다리는 것뿐이었다.

그는 책상 앞에 앉아 생각하는 버릇이 있어 통제실로 돌아가 조종석 벨트에 몸을 채웠다.

잠시 그는 허공을 바라보았다. 그는 편지를 써 대화를 시작해야겠다고 생각했다. 지금처럼 외교적인 문제가 걸려 있을 때는 특히 편지가 유용한 법이다. 그는 종이 한 장을 받침 위에 올려놓았다. '친애하는 맥닐'이라고 쓰다가 찢고 다시 쓰기 시작한다. '맥닐에게'

3시간이 걸려 편지를 썼지만 여전히 만족스럽지는 않았다. 종이에 옮겨 적기에는 너무 어려운 부분이 존재했다. 그렇지만 그럭저럭 편지를 끝마칠 수 있었다.

그는 편지를 봉하고는 사물함에 넣어 두었다. 하루나 이틀 정도 지나야 쓸모가 있을 것 같았다.

스타퀸 호를 기다리고 있는 지구와 금성에 있는 수백만의 사람들은 함선에 타고 있는 승무원들 사이에 서서히 쌓여 가고 있는 긴장감의 강도를 도저히 이해할 수 없었다. 며칠 동안 언론에서는 그들을 구할 놀라운 방법들을 떠들어 대느라 정신이 없었다. 모든 세상 사람들이 그들 이야기를 제외하고는 아무런 화제를 찾을 수 없는 것처럼 보였다. 그렇지만 전 행성에 퍼져 있는 이번 소동의 원인이 된 사람들은 정작 자신들과 관련된 아무런 소식도 들을 수 없었다.

금성에 있는 연구소는 원한다면 언제라도 연락을 취할 수 있었지만, 할 말이 없는 게 문제였다. 실제 사형 집행 날짜가 아직 정해지지 않은 상황에서도 사형수 감방에 있는 죄수에게 격려의 말을 해주는 것은 삼가야 하는 것이다.

그래서 금성에서는 일상적인 메시지만 짧게 전달할 뿐이었고, 지구에서 쏟아져 나오는 무수한 기사와 각종 제안들은 전달하지 않고 있었다. 그 결과 개인이 운영하는 여러 라디오 회사가 스타퀸 호와 직접적인 연락을 취하기 위해 온갖 수단과 방법을 동원하고 있었다. 그들은 실패할 수밖에 없었다. 왜냐하면 손에 잡힐 정도로 가까이서 눈에 아른거리고 있는 금성에서 오는 통신을 제외하고 맥닐과 그랜트의 관심을 끄는 것은 아무것도 없었기 때문이었다.

맥닐이 선실에서 나오자 잠시 난처한 상황이 발생했다. 그렇지만 비록 둘 사이의 관계가 그다지 돈독하지 않다고 할지라도 스타퀸 호에서의 일상은 이전과 별반 차이 없이 진행되었다.

그랜트는 깨어 있는 대부분의 시간을 조종석에서 보냈다. 결코 끝나지 않을 편지를 부인에게 쓰기도 하고 남은 항로를 계산하기도 했다. 원하기만 한다면 부인과 연락을 취할 수 있었지만, 옆에서 듣고 있을 수백만 명을 생각하니 하고 싶은 마음이 사라졌다. 항성 간의 통신은 사적인 영역으로 침범을 받지 않지만 너무도 많은 사람들이 한 사람의 일에 관심을 가지고 있는 것이 못마땅했다.

그랜트는 조만간 맥닐에게 편지를 건네줘야겠다고 마음을 먹었다. 그래야만 이후 어떻게 행동할지 결정할 수 있었다. 시간을 조금 더 주면 맥닐도 스스로 깊이 생각해 볼 게 분명했다. 그렇지만 주저할 수밖에 없는 다른 이유가 있다는 것을 그랜트는 인정하고 싶지 않았다.

그랜트는 종종 맥닐이 어떻게 시간을 보내는지 궁금했다. 맥닐은 마이크로필름으로 된 책을 많이 가지고 있었다. 책을 많이 읽을 뿐만이 아니라 다방면에 관심도 많았다. 그랜트가 알기로 그가 가장 좋아하는 책은 『위르겐(Jurgen; James Branch Cabell, 1919년에 출간한 유명한 판타지 소설 — 옮긴이)』이었다. 아마 지금 이 순간에도 그 신비로운 책에 빠져 자신의 처지를 잊어버리려 하고 있을 터였다. 맥닐의 다른 책들은 다소 경박한 작품이었고, 꽤 많은 책들이 단순히 호기심을 충족하기 위한 것이었다.

사실은 이랬다. 맥닐은 너무도 연약하고 복잡한 성품의 소유자라 그랜트가 이해하기에 무척 어려웠다. 그는 쾌락주의자였기에 쾌락과 동떨어져 수개월을 우주에서 지내는 것보다 삶이 주는 즐거움을 만끽하며 사는 것을 우선으로 생각하는 사람이었다. 그러나 다소 상상력이 부족하고 청교도적인 면이 있는 그랜트가 생각하는 것처럼 의지박약은 결코 아니었다.

처음에 받은 충격으로 정신을 차리지 못해 그랜트가 걱정했던 것처럼 와인에 몸을 맡긴 것은 사실이다. 그러나 맥닐은 정신을 차리고 마음을 다잡았다. 바로 이런 부분이 맥닐과 완고하지만 타산적인 그랜트 사이에 존재하는 차이라고 할 수 있었다.

비록 일상적인 임무들은 암묵적 동의에 의해 잘 진행되고 있었지만, 둘 사이에 존재하는 긴장감은 줄어들지 않았다. 그랜트와 맥닐은 식사를 해야 하는 때를 제외하고는 가능한 서로를 피하려고 애를 썼다. 서로 마주치는 상황이 발생하면, 정상처럼 보이기 위해 애쓰는 사람들처럼 과장되게 친절하려고 노력하곤 하였다. 물론 그들의 노력은 실패로 끝나곤 했다.

그랜트는 맥닐이 자살 문제를 꺼내 자신의 수고를 덜어 주기를 바랐다. 맥닐이 고집스럽게 자신의 일만 하자 그랜트는 점점 분노하기 시작했고 마침내 그를 경멸하기에 이르렀다. 설상가상으로 그랜트는 악몽에 시달릴 뿐만 아니라 잠을 제대로 잘 수 없게 되었다.

언제나 같은 악몽에 시달렸다. 그가 어린 아이였을 때, 잠자리에 들었지만 책이 너무 재미있어 아침까지 기다릴 수 없는 경우가 종종 있곤 했다. 부모님께 들키지 않으려고 그는 손전등을 들고 이불 속에서 책을 읽곤 하였다. 마치 하얀 고치처럼 몸을 잔뜩 웅크리고. 10분 정도가 지나면 이불 속이 숨을 쉴 수 없을 정도로 답답해졌기 때문에 신선한 공기를 마시고자 하는 욕구가 발동하는 것을 경험하는 것이 커다란 재미 중 하나였다.

30년이 지난 지금 순수했던 어린 시절의 기억이 그를 따라다니며 괴롭히고 있다. 주위에 있는 공기는 점점 짙어져 가는데 호흡을 방해하는 이불을 떨쳐 버릴 수 없는 꿈을 계속 꾸게 된 것이다.

그랜트는 이틀 후에 맥닐에게 편지를 줘야겠다고 결심했지만 그는 다시 결정을 번복했다. 그랜트는 꾸물거리는 사람은 아니었지만 그렇게 하는 것이 지금 할 수 있는 가장 합리적인 일이라고 스스로를 설득해야만 했다.

그는 맥닐에게 정신을 차릴 시간을 주는 것이지, 문제를 꺼낼 용기가 없어서 그런 것이 아니라고 마음을 다잡았다. 그랜트는 맥닐도 자신과 같은 생각을 하고 있을 것이란 생각을 하지 못했다.

그랜트가 처음으로 살인을 생각했을 때는 말 그대로 데드라인이 5일 앞으로 다가왔을 때였다. 맥닐은 조리실에서 정말 필요 없어 보이는 소음을 내고 있었고, 그는 저녁 식사를 마친 후 긴장을 풀기 위해 자리에 앉아 있던 중이었다.

도대체 맥닐이 살아 있어야 하는 이유가 무엇이란 말인가? 그는 책임감도 없고, 가족도 없다. 아무도 그의 죽음을 애도하지 않을 것 같았다. 반면 그랜트는 비록 형식적인 애정 이상을 보이지 않기는 하지만 그래도 가끔 연락은 하는 부인과 세 자식이 있지 않은가.

둘 중 누가 살아남아야 하는가를 결정함에 있어 편견이 작용하면 답은 다 나온 것이나 다름없다. 만약 맥닐이 체면을 아는 사람이라면, 그도 이미 같은 결론에 도달했을 것이다. 그렇지만 맥닐은 체면을 아는 사람같이 보이지 않기에 더 이상 고려해 볼 가치도 없는 것이다.

이런 생각들이 그랜트의 무의식을 지배하기 시작했지만, 의식의 표면으로 떠올라 그 생각에 집중해 자신이 원하는 답을 구하기까지는 며칠이 걸렸다. 그렇지만 그랜트는 그 즉시 공포에 몸을 떨며 자신이 구한 답을 버려 버리고 말았다.

그는 규정을 중시하는 고결하고 명예로운 사람이었다. 비록 사람들이 잘못 생각해 보편적인 감정 중의 하나가 살인의 충동이라고 말하긴 하지만 그런 생각조차 그의 양심을 뒤흔들지 못했다. 그렇지만 시간이 얼마 남지 않은 이 시점에 그런 충동은 좀 더 빈번하게 그를 괴롭히게 될 것이다.

공기는 이제 눈에 띄게 더러워졌다. 비록 아직까지는 호흡에 아무 문제도 없었지만, 이로 인해 그들은 자신들에게 닥친 문제를 계속 생각하지 않을 수 없었다. 그랜트는 결국 잠을 잘 수 없게 되었다. 악몽을 꾸지 않아도 되었기 때문에 완전히 손해만 보는 것은 아니었지만, 그는 육체적으로 피폐해져 가고 있었다.

맥닐이 점점 차분함을 잃고 예기치 않은 행동을 하듯이 보이자 그랜트의 신경은 아주 빠른 속도로 약해져 가기 시작했다. 그는 이제 최후 결단을 내리지 않으면 더욱 위험한 상태가 될 수도 있다는 것을 깨달았다. 맥닐이 여느 때처럼 자신의 방에 있을 때 그랜트는 개인 사물함에 넣어두었던 편지—마치 한 생애 이전에 썼던 것만 같은—를 꺼내기 위해 통제실로 들어갔다. 편지에 다른 말을 덧붙여야 할 것인지 잠시 망설였다. 그렇지만 또다시 일을 미루기 위해 핑계를 찾고 있다는 생각이 들었다. 단호히 그는 맥닐의 선실을 향해 발걸음을 옮겼다.

하나의 중성자가 연쇄반응을 일으키기 시작하면, 순식간에 수백만 명의 생명과 오랜 세월의 노고가 사라지는 것은 쉬운 일이다. 마찬가지로 중요하지도 않은 사소한 문제가 한 사람의 행동 양태를 바꿔 그의 미래 전체가 바뀌는 일도 발생하곤 한다.

맥닐의 방 밖에서 아주 사소한 일로 그랜트는 발걸음을 멈추고 말았다. 평상시였다면 그런 일에는 신경도 쓰지 않았을 것이다. 연기, 정확히 담배 연기에서 나는 냄새가 났다.

나약한 맥닐이 자제심을 잃어 소중한 산소를 낭비하고 있다는 생각이 들자 그랜트는 분노로 눈이 머는 것 같았다. 그는 자신의 감정이 너무도 강렬해 얼어붙은 것처럼 자리에 멈춰 섰다.

이윽고 천천히 그는 손에 있는 편지를 구겼다. 처음에는 갑작스럽게 솟아난 감정이었지만 마침내 오랜 숙고 끝에 그는 그 감정을 받아들이기로 했다. 맥닐은 충분히 기회가 있었지만 그 이기심에 굴복해 자신이 가치가 없는 사람임을 입증한 것이다.

그렇다면 그는 죽어야만 해.

이 결론에 도달하기 까지 걸린 시간은 초보 심리학자라도 단박에 알아낼 수 있을 것이다. 맥닐의 방문 앞에서 발걸음을 돌린 그는 증오심과 함께 안도감을 느낄 수 있었다. 그는 생존 가능성이 두 명 모두에게 동등하게 주어지는 경기를 펼쳐야 할, 즉 명예롭게 둘 다 죽어야 할 필요는 없다는 것을 스스로 납득하고 싶어 했다.

지금 그는 충분한 근거를 찾았다. 이제 양심을 달랠 수 있는 근거를 찾은 이상 그것에 무섭게 집착할 것이다. 비록 살인을 계획하고 이를 실행에 옮긴다고 할지라도 그랜트는 특정한 도덕률에 따라 행동하는 부류의 사람이었다.

전에도 그랬던 것처럼 그랜트는 이번에도 맥닐의 행동을 오해했다. 맥닐은 골초였는데 평상시에도 정신적인 안정감을 찾기 위해 담배가 꼭 필요한 사람이었다. 가끔 그것도 아무런 흥취 없이 담배를 피우는 그랜트와 같은 사람이 담배가 얼마나 절박한 것인가를 이해한다는 건 불가능한 일이었다.

맥닐은 혼자 만족해하고 있었다. 하루에 네 개비의 담배를 피운다고 함선 내부의 공기가 눈에 띄게 나빠지거나 부족해질 리 만무했다. 그러나 마음의 안정을 찾기 위해서는 무엇보다도 소중한 것이 담배였다. 더군다나 그랜트에게는 직접적인 피해도 주지 않아 자신의 치밀한 계산 능력에 만족하였던 것이다.

그렇지만 그랜트에게 굳이 이유를 설명할 필요는 없다는 생각이 들었다. 그래서 사적인 영역에서만 담배를 피웠고, 본인의 자제심이 대단하다는 것을 발견하고는 놀라움과 유쾌함까지 즐길 수 있었다. 그렇지만 하루에 피는 네 개비의 담배 중 첫 번째 것을 막 피우기 시작했는데 그랜트가 이를 알게 된 것은 운이 나빠도 한참 나쁜 것이었다.

바로 그 순간 스스로 살인을 정당화한 사람답게 그랜트는 치밀하게 살인 계획을 짜기 시작했다. 주저하는 모습도 없이 그는 통제실로 들어가 우주비행 시 발생할 수 있는 비상사태를 대비해 질서정연하게 진열해 놓았던 약상자를 뒤지기 시작했다.

최악의 비상사태까지 고려를 해 놓았기 대문에 보호용 고무 밴드 뒤쪽으로 그가 찾고 있던 작은 약병이 있었다. 언제나 그 약병의 존재는 의식 저 깊은 보이지 않는 곳에 자리 잡고 있었다. 해적들이 주로 사용하는 하얀 해골 문양 라벨이 병에 붙어 있었고 그 밑에는 이렇게 쓰여 있었다. '고통 없이 즉시 죽을 수 있는 양, 대략 1.5그램.'

고통도 없고 즉시 죽을 수 있다니, 이보다 더 좋을 순 없을 것이다. 그렇지만 라벨에는 아주 중요한 사안이 적혀 있지 않았다. 아무런 맛도 느낄 수 없음.

솜씨를 부려 만든 맥닐의 요리와 그랜트의 요리를 비교해 보면 둘 사이에는 너무도 큰 차이가 났다. 요리를 좋아하면서 우주에서 오랜 시간을 보낸 사람이라면 자기 방어 차원에서라도 훌륭한 요리 솜씨를 익히게 된다. 맥닐은 오래 전에 요리를 터득한 상태였다.

반면 그랜트는 요리란 꼭 필요하지만 성가신 것으로 가능한 빨리 먹고 치워 버려야 하는 것이었다. 당연히 그는 이런 마음가짐으로 요리를 했다. 더 이상 맥닐은 이 문제에 신경을 쓰지 않았지만, 그랜트가 어떤 특별한 요리를 준비하기 위해 신경을 쓰고 있다는 것을 알았더라면 많은 관심을 표명했을 것이다.

식사를 거듭할수록 그랜트가 어떤 면에서 더욱 신경을 쓰고 있다는 것을 알았지만 맥닐은 아무 말도 하지 않았다. 그들은 아무 말도 하지 않고 식사를 했으며 가벼운 화제마저 다 고갈되어 버린 이후로는 의례 조용히 식사를 해 왔던 것이다. 음식물이 흘러내리는 것을 방지하기 위해 가장자리에 둥근 홈을 새겨 넣은 접시를 다 씻고 난 후 그랜트는 커피를 타기 위해 취사실로 갔다.

마지막 순간 광적이면서도 우스꽝스러운 일이 발생해 커피를 타는데 다소 시간이 걸렸다. 찰리 채플린이 아무 쓸모없는 아내를 독살하기 위해 노력하다 우연히 잔을 바꿔 버리는 한 세기 이전의 고전적인 영화 한편이 갑자기 그랜트의 뇌리를 스치고 지나갔다.

생각만 해도 몸서리가 쳐지는 아주 나쁜 기억이었다. 포의 작품 「심술궂은 꼬마 악마」에 나오는 악마처럼, 자기보존을 위한 그 신중한 법규에 도전하는 것에서 기쁨을 찾는 악마적 심성이 작용했지만, 그 짧은 시간에도 그랜트는 침착함을 잃지 않았다.

그랜트는 두 개의 플라스틱 잔과 빨대를 가지고 가면서 자신이 침착함을 잃지 않았다는 확신이 들었다. 맥닐은 자신의 잔에 맥이라는 글씨를 진하게 새겨 넣었기 때문에 잔을 혼동할 리가 없었다.

그런 생각이 들자 그랜트는 미치광이처럼 다시 한 번 킥킥댔지만, 암울하게 자신을 돌아보며 침착함을 되찾을 수 있었다. 그는 이미 자신이 생각했던 것보다 훨씬 더 신경이 쇠약해진 상태였던 것이다.

겉으로 드러내지는 않았지만 그랜트는 황홀하게 맥닐이 컵을 가지고 노닥거리는 것을 바라보았다. 맥닐은 서두르는 기색도 없이 천천히 우주공간을 응시했다. 이윽고 빨대를 입에 물고 커피를 한 모금 마셨다.

잠시 후 맥닐이 조금 침을 튀겼다. 그랜트는 얼음장 같은 손이 심장을 움켜쥐는 것 같은 느낌이 들었다. 이윽고 맥닐이 그랜트를 보며 무감각하게 말했다.

"다른 때는 커피를 잘 탔는데 오늘은 조금 뜨겁네."

천천히 그랜트는 원래의 상태로 돌아왔다. 말을 하지는 않았지만 모호하게 고개를 끄덕이기는 했다. 맥닐은 자신의 얼굴 바로 앞 허공에 커피 잔을 내려놓았다.

그는 중요한 연설을 하기 위해 말을 신중하게 고르는 사람처럼 생각에 잠겨 있는 것 같았다. 그랜트는 커피를 너무 뜨겁게 탄 자신을 저주하고 있었다. 흔히 이런 사소한 일로 살인자들은 우물쭈물하게 되는 법이다. 만약 맥닐이 시간을 더 오래 끌면 자신은 신경쇠약으로 미쳐버릴 것만 같았다.

대화를 하려는 자세로 맥닐이 조용히 말을 했다.

"내가 보니 우리 둘 중에 한명은 살아서 금성까지 갈 수 있는 양의 산소가 이 함선에 남아 있다고 생각하시는 것 같군."

신경을 겨우 안정시키고 나서야 그랜트는 그 매혹적인 커피 잔에서 시선을 떼어낼 수 있었다. 대답을 하는데 독구멍이 무척 건조해지는 것을 느낄 수 있었다.

"사, 사실 그런 생각에 혼돈스럽기도 해."

커피 잔을 만져 보고는 여전히 뜨겁다고 생각한 맥닐은 생각에 몰두한 채 말을 이었다.

"그렇다면 우리들 중 한명이 저 에어록 밖으로 걸어 나가는 것이 더 타당하지 않나? 아니면 저쪽에 있는 독약이라도 마시는 것이?"

그는 자신들이 앉아 있는 곳에서 볼 수 있는 약상자를 향해 엄지손가락을 치켜들었다.

그랜트가 고개를 끄덕이자 맥닐이 덧붙였다.

"문제는 그렇다면 누가 그 불행한 사람이 될 것이냐는 거지. 카드 뽑기를 하거나 아니면 어떤 방식으로든 결정해야 하는 것 아닌가?"

그랜트는 그의 고양된 긴장감이 완전히 압도될 정도로, 홀린 듯이 맥닐을 바라보았다. 그는 맥닐이 그렇게 차분히 이 문제를 꺼낼 것이라고는 생각해 보지 않았다. 그랜트는 맥닐이 자신을 의심하고 있지는 않다는 확신이 들었다. 분명히 맥닐도 자신과 비슷한 생각을 하고 있었을지도 모르지만, 바로 지금 이 시점에서 이 문제를 꺼냈다는 것은 우연이 아닐 거란 생각이 들었다.

맥닐은 그랜트의 반응을 통해 무엇인가를 판단하려고 하는 사람처럼 주의 깊게 그를 살펴보았다.

"맞아." 그랜트는 자신도 모르게 말이 흘러 나가는 것을 들었다. "결론을 내야지."

"그래." 맥닐이 무감각하게 말했다. "그래야겠지."

이윽고 맥닐은 커피 잔을 움켜쥐더니 빨대를 입술에 물고 천천히 커피를 마셨다.

그랜트는 맥닐이 커피를 다 마실 때까지 참을 수 없었다. 놀랍게도 그가 기대했던 평온함은 찾아오지 않았다. 양심의 가책은 아니지만 후회하는 마음이 올라왔다. 지금 와서 그것을 생각한다는 것은 이미 늦어 버린 일이었다. 그런데 갑자기 구조대가 오기까지 그 후회하는 감정에 얽매여 약 3주란 시간을 이 함선에서 혼자 보내야만 한다는 생각이 머리를 스치고 지나갔다.

그는 맥닐이 죽는 것을 보고 싶지는 않았을 뿐더러 약간 메스꺼운 기분이 들었다. 자신의 제물이 된 먹닐을 돌아보지도 않고 그는 문을 향해 걸어 나갔다.

영원히 한 곳에 못 박힌 강렬한 태양과 다른 별들은 스타퀸 호를 내려다보고 있었다. 스타퀸 호도 태양이나 별처럼 움직이지 않는 듯이 보였다. 그 작은 아령 모양의 함선이 최고 속도로 항해하고 있었고 수백만 마력의 힘이 걸려 있다고 설명할 방법은 없었다. 그리고 그 함선에 생명체가 타고 있는지 아닌지 말할 수 있는 방법도 없었다.

어두운 쪽에 있는 함선의 에어록이 열리더니 내부에서 얇은 빛이 쏟아져 나왔다. 어둠 속에서 빛나는 휘황찬란한 원 모양의 빛은 기이해 보였다. 그러더니 그 빛은 두 개의 사람 형체가 밖으로 나오면서 가려졌다.

한 명은 우주복을 입고 있었기에 다른 한 사람보다 몸집이 컸다. 몇몇 종류의 의상은 사회적 위신을 손상시키는 나쁜 효과만 있기도 한다. 호사가들이나 좋아할 이런 옷들은 옷장 속에 처박혀 헤지거나 버려질 것이다. 그렇지만 우주복은 그런 종류의 의상이 아니다.

어둠 속에서 무엇인가 이상한 일이 발생하고 있었다. 이윽고 작은 체구의 사람이 처음에는 천천히 움직이기 시작하더니 이내 속도를 내기 시작했다. 그는 함선의 그림자에서 벗어나더니 이내 태양빛 속으로 들어갔다. 그의 등에는 작은 가스통이 하나 매달려 있었고 그 속에서 분사된 미세한 작은 안개들은 그 즉시 우주공간으로 사라져 버렸다.

그것은 조잡하지만 효과적인 추진체였다. 함선의 인력으로 인해 다시 함선으로 끌려 들어가는 위험은 없어 보였다.

천천히 회전을 하더니 시체는 일분도 되지 않아 별들 속으로 사라져 버렸다. 아무런 미동도 없이 에어록에 서 있던 사람은 시체가 사라지는 것을 바라보았다. 이윽고 문이 다시 닫히더니 빛이 사라졌다. 오직 창백한 지구의 반사광만이 함선의 그늘진 선체 위에서 반짝이고 있었다.

23일 동안 아무런 일도 발생하지 않았다.

안도의 한숨을 쉬며 헤라클레스 호의 함장은 동료에게 몸을 돌렸다.

"해낼 수 없을 거란 생각에 걱정이 되더군. 단독으로 궤도를 이탈하는 일은 무척 어려운 일이었을 거야. 특히나 그렇게 두터운 공기층을 뚫고서 말이야. 얼마나 빨리 그를 구조할 수 있지?"

"한 시간 정도 걸릴 것 같아. 매우 특이한 행동을 보이고는 있지만 고칠 수 있을 것 같다고 하더군."

"좋아. 리바이어던과 타이탄에 신호를 보내 우리가 연락을 취한 후 이륙 신호를 보내겠다고 해. 그렇지만 안전장치를 완전히 하기 전까지는 신문사에서 논평을 하는 친구에게 아무런 연락도 하지 않는 것이 좋을 것 같아."

그의 동료는 얼굴을 붉혔다.

"그럴 생각은 추호도 하지 않았네."

계산기의 키를 조심스럽게 두드리며 다소 마음이 상했다는 투로 그가 말했다. 계산 결과도 그의 마음에 들지 않았다.

"다른 예인선을 부르기 전에 스타퀸 호에 승선해 우리 함선과 같은 원심력으로 돌게끔 속도를 조절해야만 할 것 같아. 그렇지 않으면 연료를 너무 많이 소비해야 할 거야. 스타퀸호는 아직도 거의 초당 1킬로미터의 속도를 유지하고 있어."

"좋아. 새 궤도를 주기 전까지 리바이어던 호나 타이탄 호에게 엔진을 점화하지 말고 대기하고 있으라고 전해 줘."

저 아래 하늘을 반쯤 가리고 있던 제방처럼 길게 연결된 구름 제방을 뚫고서 메시지가 전달되는 동안 그의 동료가 생각에 잠겨 말했다.

"지금 그는 어떤 기분일까?"

"내가 말해 줄까? 그는 지금 살았다는 것이 너무도 기뻐 다른 어떤 것에도 신경을 쓰지 못하고 있을 거야."

"지금도 나는 내 동료를 우주공간에 홀로 버려두고 혼자 귀환할 수는 없을 것 같아."

"그런 일은 다른 사람도 하고 싶어 하는 일이 아닐 거야. 그렇지만 자네도 수신기를 통해서 그들이 조용히 이야기하는 것을 들었잖아. 진 사람이 에어록 밖으로 걸어 나가기로 한 것 말이야. 그게 가장 현명한 방법이었어."

"어쩌면 현명할 수도 있지. 그렇지만 자네가 살기 위해서 그런 냉혹한 방법으로 다른 사람을 희생한다는 것은 너무도 끔찍한 일 아닌가?"

"감상주의자 같은 그런 지긋지긋한 소리는 그만 둬. 만약 우리에게 그런 일이 일어난다면 아마 자네는 내가 기도도 하기 전에 나를 문밖으로 밀어 버릴걸."

"자네가 먼저 그런 일을 하지만 않는다면 말이지. 그렇지만 우리 헤라클레스 호에 그런 일이 생길 거라고는 생각하지 않아. 고작 5일이 우리가 요새 밖에서 보낸 가장 긴 시간이었잖아. 우주여행의 낭만에 대해서나 이야기하는 것이 어때."

선장은 아무런 대답을 하지 않았다. 이제 스타 퀸 호가 시야에 들어올 시간이 되었기 때문에 그는 탐사용 망원경을 뚫어지게 응시했다. 보조 엔진을 조정하는 동안 오랜 침묵이 흘렀다. 이윽고 그가 만족스러운 숨을 내쉬었다.

"저기 950킬로미터 전방에 스타퀸 호. 선원들에게 대기하라고 일러 둬. 그의 기분도 좀 돋워 주라고 말도 해 주고. 정말 그럴지는 모르지만 30분 정도면 그곳에 우리도 도착한다고 알려주고."

두 함선의 추진력을 흡수하자 수천 미터에 달하는 나일론 줄에 힘이 가해지기 시작했다. 이윽고 스타퀸 호와 헤라클레스 호가 서로를 향해 나아가자 줄은 다시 느슨해졌다. 마치 거미가 거미줄을 감아올리듯 전기 권양기가 작동하기 시작하자 헤라클레스 호도 화물선을 끌기 시작했다.

우주복을 입은 사람들은 에어록의 상태를 파악하고 둘을 연결하기 위한 작업을 하면서 땀으로 범벅이 됐다. 외부 문이 열리자 에어록 안에 있던 공기들이 섞이기 시작했다. 가스통을 손에 들고 내부 문이 열리길 기다리면서 헤라클레스 호의 선장 동료는 선실 내부가 어떤 상태일지 궁금했다. 이윽고 스타퀸 호의 내부 문이 열렸다.

잠시 동안 그 둘은 두 개의 에어록이 연결돼 있는 짧은 통로를 보면서 그 자리에 멈춰 섰다. 선장의 동료는 놀랍기도 하였지만 상상했던 것 같은 극적인 장면이 연출되지 않아 실망감이 들었다.

이런 일이 있기 위해 이전에 너무도 많은 사건이 벌어져, 이제는 성공적으로 끝나 버린 그 일이 과거가 되어 버린 바로 그 순간마저도 그는 실망감을 느끼지 않을 수 없었다. 그는 너무도 낭만적인 사람이어서 "혹시 리빙스턴 박사님이십니까?"라는 유명한 구절처럼 인구에 회자될 수 있는 말을 할 수 있는 상황이 오기를 바랐던 것이다.

그가 한 말이라고는 고작 "맥닐, 당신을 뵙게 되어 기쁘군요."였다.

비록 맥닐이 무척 야위고 수척해졌다고는 하지만 그는 호된 시련을 잘 버텨낸 것이다. 그는 만족스럽게 산소를 마시며 쓰러져 자고 싶다는 생각이 올라오는 것을 참아 냈다. 그의 설명에 따르자면 그는 공기를 아끼기 위하여 한 주간 잠을 거의 자지 않았던 것이다. 선장은 다소 안심하는 기색이었다. 그는 맥닐의 이야기를 들어줘야만 하는 것은 아닌가 하는 걱정을 하고 있었다.

그들은 화물을 옮겼다. 맥닐이 지난 몇 주간의 사건에 대해서 되짚어 보고 선장의 동료가 비밀스러운 노트를 하나 만드는 동안, 다른 두 대의 인양선은 어둠이 내린 금성의 한 부분 위로 비행을 하기 시작했다.

그는 매우 차분하면서도 무감각한 톤을 유지하며 마치 다른 사람에게 일어난 일처럼, 혹은 전혀 아무런 일도 일어나지 않은 것처럼 이야기를 시작했다. 물론 맥닐이 거짓말을 하고 있다는 뜻으로 말하는 것은 공정하지 않지만, 사실 어느 정도 그의 이야기에는 그런 면이 있었다.

비록 이야기를 꾸며서 하지는 않았지만 그는 많은 부분을 빼고 이야기를 했다. 그는 3주라는 시간 동안 이야기할 거리를 준비해 놓았으며 자신의 이야기에 어떤 허점도 존재하지 않는다고 판단했다.

맥닐이 그랜트를 조용히 불렀을 때, 그랜트는 이미 문에 도달한 상태였다.

"왜 이렇게 서두르지? 토론을 더 해야 할 것 같은데."

그랜트는 성급히 달려가던 자신의 발걸음을 멈췄다. 그는 천천히 믿기지 않는 눈으로 맥닐을 바라보았다. 맥닐은 이미 죽어 있어야만 했다. 그런데 그는 이상한 표정을 하고서 아주 편안히 자신을 바라보며 앉아 있는 것이었다.

"앉으라고."

그가 날카롭게 말했다. 바로 그 순간 그랜트가 가지고 있던 권위는 모두 맥닐에게 넘어간 것 같았다. 아무런 저항도 없이 순순히 그랜트는 그의 말을 따랐다. 추측할 수는 없었지만 무엇인가 일이 잘못 돌아가고 있음을 느낄 수 있었다.

통제실에는 오랜 침묵이 흘렀다. 이윽고 맥닐이 다소 슬픈 어조로 말을 이었다.

"그랜트, 난 당신이 좀더 나은 사람이길 바랐어."

마침내 그랜트는 목소리가 돌아왔지만, 거의 인식하지 못했다.

"무슨 말이야?" 그가 조그맣게 말했다.

"무슨 말인 것 같아?" 약간 분개한 투로 맥닐이 대답했다. "당연히 나를 독살하려 했던 것 말이지."

그랜트는 세상이 비틀거리는 것만 같았다. 그렇지만 더 이상 그런 것에 신경 쓸 여력이 없었다. 맥닐은 공을 들어 아름답게 깍은 손톱을 바라보았다.

"궁금해서 물어보는데, 언제 나를 죽이려고 생각했어?"

마치 시간을 물어보는 사람처럼 맥닐이 말했다.

그랜트는 도저히 믿을 수가 없었다. 자신이 산산조각이 나 버려, 현실 세계에 있는 것 같지 않았다.

"오늘 아침에."

그랜트는 자신이 한 말을 사실이라고 여겼다.

"그렇군."

아무런 확신도 없다는 듯이 맥닐이 말했다. 그는 자리에서 일어나 약상자로 걸음을 옮겼다. 그랜트는 맥닐이 약상자를 뒤지더니 작은 독약이 든 병을 하나 가지고 오는 것을 바라브았다. 여전히 꽉 차 있는 것 같아 보였다. 그랜트는 그 점에 대해 매우 주의를 기울였다.

"나는 내가 이 일에 무척 분개해야만 한다고 생각해." 엄지와 검지로 약병을 쥐고서 맥닐이 이야기를 계속했다. "그렇지만 난 괜찮아. 내가 인간 본성에 대해 환상을 가지고 있지 않기 때문에 가능한 일이겠지. 물론 나는 오래 전에 그것을 알았어."

마지막 말이 그랜트의 양심을 할퀴고 지나갔다.

"그걸 알았단 말이야?"

"당연하지. 유감스럽게도 당신은 범죄자가 되기엔 너무도 속이 빤히 들여다보이는 사람이야. 이제 당신의 이 작은 범행이 실패로 끝나고 나니 우리 둘 다 난처한 상황에 처하게 되었잖아."

그의 심문에 그랜트는 아무런 대꾸도 할 수 없었다.

"당연히 나는 지금 이성을 잃고 금성 본부에 전화를 걸어 당신을 고발해야겠지. 그렇지만 그건 아무런 의미도 없는 일일뿐더러 나 또한 그렇게 쉽게 이성을 잃는 사람이 아니거든. 물론 내가 게으르기 때문이라고 할지도 모르겠군. 그렇지만 난 그렇게 생각하지는 않아."

그는 그랜트에게 비웃음을 던졌다.

"나에 대해서 어떻게 생각하고 있는지 잘 알아. 당신의 그 정리 정돈이 잘 된 머리로 나를 아주 잘 평가해 놓았겠지. 그렇지 않나? 나는 부드러우면서도 내 방식을 고집하는 경향이 있지만 선과 관련된 용기는 부족한 사람이야. 다른 사람은 비난하지 않지만 나 자신은 비난하는 편이고. 난 이런 것을 부정하지 않아. 당신의 평가는 거의 90퍼센트 사실이라고 할 수 있어. 그렇지만 그랜트! 나머지 10퍼센트가 더 중요한 거라고."

그랜트는 심리 분석 같은 종류의 일에 흥미가 없었을 뿐더러 지금은 더욱 그럴 만한 상황이 아니라고 생각했다. 게다가 그는 여전히 계획이 실패한 것과 맥닐이 죽지 않고 살아 있는 이유에 대해 깊은 생각에 사로잡혀 있었다. 그 문제에 대해 정확히 알고 있는 맥닐은 그랜트가 가진 궁금증을 풀어 주려고 하지 않았다.

"이제 어떻게 할 계획이야?"

생각을 떨쳐 버리기라도 하듯 그랜트가 묻자 조용히 맥닐이 말했다.

"커피 때문에 망쳐 버린 토론을 계속하고 싶어."

"설마……."

"그래. 마치 아무런 일도 일어나지 않은 것처럼 그렇게."

"말도 안 돼. 미리 계획해 놓은 것이 있었지?"

그랜트가 소리쳤다.

맥닐이 한숨을 쉬었다. 그는 독약이 든 병을 내려놓고는 단호히 그랜트를 바라보았다.

"나더러 뭘 계획했다고 말할 수 있는 처지가 아닌 것 같은데. 다시 한 번 말하지만 우리 둘 중 누가 이 독약을 마실지 결정을 해야 한다고 말하는 거야. 단독으로 일을 결정하는 것은 서로 원하지 않는 것일 테니 말이야." 그는 다시 약병을 집어 들더니 말을 이었다. "이번에는 진짜야. 여기 있는 이 액체는 고약한 맛이 나지."

순간 그랜트의 머릿속에 불빛이 번개처럼 스치고 지나갔다.

"독약을 바꿔치기 해 놨군."

"당연하지. 당신은 자신이 훌륭한 연기자라고 생각하고 있겠지, 그랜트. 그렇지만 솔직히 객석에 앉아서 바라보니 당신의 연기는 정말 볼품없어. 당신이 범행을 계획도 하기 전에 난 이미 당신의 계획을 눈치 채고 있었어. 지난 며칠 동안 나는 함선을 이 잡듯 뒤졌어. 당신이 어떤 짓을 할지 생각하면 무척 흥분이 돼 시간이 너무도 잘 흐르더군. 너무도 빤하게 독약을 쓸 것이란 생각이 처음부터 들었어. 그렇지만 위험 표시를 너무 과하게 해 놓는 바람에 커피를 한 모금 마시는 순간 알아 버렸지. 역시 소금은 커피하고는 안 어울려."

그는 다시 히죽거렸다.

"사실 저는 좀 더 교묘한 방식을 쓸 거라 생각했어. 지금까지 나는 우주선에 탑승한 사람을 죽이는 확실한 방법을 15가지나 발견했거든. 그렇지만 지금 그걸 열거하고 싶지는 않아."

그랜트는 기상천외하다는 생각을 했다. 맥닐은 그를 범죄자가 아닌

숙제를 제대로 하지 못한 학생처럼 다루고 있었다.

"그런데도 다시 처음부터 이야기를 하자고?" 믿을 수 없다는 듯이 그랜트가 말했다. "그래서 만약 지면 그 독약을 마시겠다고?"

맥닐은 오래 말이 없었다. 이윽고 천천히 말을 시작했다.

"여전히 나를 믿지 못하고 있군. 그 좁은 소견으로는 도저히 이해할 수 없겠지? 그렇지만 이해할 수 있을 거야. 아주 간단한 문제거든. 그랜트, 나는 별다른 양심의 가책도 후회도 없이 인생을 즐겨 왔어. 그렇지만 지금 좋았던 시절은 거의 끝이 났고 당신이 상상하는 것처럼 필사적으로 남아 있는 것에 매달리고 싶지도 않아. 그렇지만 살아 있는 동안에는 어떤 특별한 것에 집착하는 편이야.

내가 어떤 특별한 이상을 가지고 있다는 것을 아신다면 놀라겠지. 하지만, 그랜트, 나는 언제나 문명인으로서 합리적인 존재로 행동하려고 애를 써왔어. 그렇지만 항상 성공한 것은 아니지. 실패를 하면 스스로를 구하기 위해 애를 썼어."

그는 잠시 말을 멈췄고 그랜트가 아닌 자기 자신을 변호하기라도 하는 것처럼 말을 이었다.

"그랜트, 나는 한 번도 당신을 좋아한 적이 없어. 그렇지만 종종 당신을 존경하던 때도 있었어. 그래서 일이 이렇게 되어 더 유감스럽기는 해. 함선에 구멍이 생기던 날, 당신이 가장 존경스러웠지."

처음으로 맥닐은 적당한 말을 찾지 못해 어려움을 겪고 있는 것 같았다. 다시 말을 시작했을 때, 그는 그랜트의 눈을 피했다.

"나는 그때 제정신이 아니었어. 불가능할 것이라 생각한 일이 일어났으니까. 이성을 잃는 일 따위는 결코 없다고 장담했는데 너무도 갑작스럽게 완전히 케이오를 당하고 말았지."

그는 유머 감각을 동원해 당황한 자신의 심정을 감추려 하는 것 같았다.

"처음 우주비행을 시작했던 날, 같은 일이 발생한 적이 있어. 결코 우주 멀미를 하지 않을 거라 장담했었지. 결과적으로 자신만만하지 않았으면 별 문제가 없었을 게 오히려 더 비참해졌어. 그때는 그걸 극복했어. 그리고 다시 이번 일이 있었던 거지. 그랜트, 다른 누구보다도 당신이 서서히 망가지는 것을 보는 게 내 인생에서 가장 놀라운 일이었어.

아! 맞아. 와인 문제. 그것에 대해 생각하고 있지? 그렇지만 나는 그 일을 후회하지 않아. 말했잖아. 난 언제나 문명인처럼 행동하려고 애쓴다고. 문명인은 언제가 술 취할 때인지 정확히 알아야 해. 아마 이건 이해 못하겠지."

이상하게도 그랜트는 이해가 되기 시작했다. 그는 처음으로 맥닐의 복잡하면서도 뒤틀린 성격을 알게 됐고 그를 너무도 잘못 판단했다고 생각했다. 아니 잘못 판단했다는 말은 옳지 않다. 여러 면에서 그의 판단을 옳았다. 그렇지만 그는 표면적인 부분만을 보고 그 아래 깊이 숨어 있는 부분에 대해서는 의심해 보지 못했던 것이다.

전에는 알 수 없던 것을 깨닫고 나자 다시는 이해할 수 없는 사물의 본성을 알게 된 그랜트는 맥닐이 한 행동의 이면을 이해할 수 있게 되었다. 이번 일은 세간의 시선이 두려워 자신의 위치를 되찾으려고 겁쟁이들이 노력하는 것과는 차원이 다른 문제였다. 왜냐하면 그 누구도 스타퀸 호에서 무슨 일이 벌어졌는지 알 수 없기 때문이었다.

맥닐의 자만심, 오랜 시간 그랜트를 성가시게 했던 그것 때문에, 대게의 경우 맥닐은 세상의 시선 따위를 신경 쓰지 않았다. 그렇지만 바로 그 자만심으로 인해 어떤 희생을 치르더라도 그는 스스로 소신을 지켜야만 했던 것이다. 그것을 잃어버린다면 그는 삶의 가치를 잃어버리는 것이다. 맥닐은 자신만의 방식이 아니면 결코 삶을 받아들이지 않았다.

맥닐은 주의 깊게 그랜트를 바라보며 그가 진실을 깨닫고 있다고 생각한 모양이었다. 맥닐은 너무도 많은 자신의 특징을 드러내 유감스럽다는 듯이 갑자기 목소리 톤을 바꿨다.

"부당한 처우를 달게 받는 이상한 취미를 가지고 있다고 생각하지는 마. 그냥 논리만 가지고 사태를 보란 말이야. 무엇보다도 우리가 어떤 공통된 의견을 가지게는 된 것 같군. 만약 한 명만 살아남았는데 죽은 사람이 남긴 말이 전혀 없다면, 세상 사람들한테 무슨 일이 벌어졌는지 설명하기가 번거롭지 않겠어?"

맹목적으로 분노해 있던 그랜트는 완전히 그에 대해서는 잊어버리고 있었다. 그렇지만 그는 그게 맥닐의 생각 중 가장 중요한 부분이라고 믿지 않았다.

"그래, 자네 말이 맞는 것 같아."

조금 기분이 나아지는 것 같았다. 남아 있던 모든 미움이 빠져나가자 평온이 찾아왔다. 진실은 밝혀졌고 그도 그것을 받아들였다. 그가 상상했던 것과는 너무도 다르다는 사실은 이제는 중요치 않았다.

"그럼 이야기를 끝내도록 하지." 맥닐이 무심한 투로 말했다. "여기 어딘가에 카드가 있어. 먼저 금성에 연락을 하는 편이 나을 것 같군,

우리 둘 모두."

마지막을 특히 강조하면서 맥닐이 말했다.

"다른 사람들이 말도 안 되는 질문을 할 수도 있으니 우리가 서로 동의했다는 것을 기록으로 남길 필요가 있어."

그랜트는 무의식적으로 고개를 끄덕였다. 그는 어떤 것에도 별 관심이 없어 보였다. 10분이 지난 후 맥닐의 카드 옆에 자신의 카드를 펼쳐 놓은 그랜트는 심지어 미소를 짓기까지 했다.

"그래서 그게 전부입니까?"

얼마나 빨리 송신소에 도착할 수 있을까 하는 생각을 하며 선장의 동료가 말했다.

"네." 맥닐이 차분히 대답했다. "그렇습니다."

다음 질문을 생각하며 그는 연필을 깨물었다.

"그랜트도 차분히 그 결정을 받아들였죠?"

선장이 이글거리는 눈빛으로 그의 동료를 바라보았지만 맥닐은 무시했다. 맥닐은 마치 파란을 몰고 올 신문의 헤드라인이 눈이 보이기라도 하는 것처럼 차갑게 선장의 동료를 바라보았다. 그는 자리에서 일어나 관측대 쪽으로 걸음을 옮겼다.

"그가 송신한 걸 들으셨죠? 차분히 말하지 않던가요?"

선장의 동료가 한숨을 쉬었다. 그런 상황에서 그 두 사람이 그렇게 합리적이면서도 충동적이지 않은 행동을 할 수 있다는 것을 도저히 믿을 수 없었다. 그는 자신이 생각할 수 있는 모든 가능성에 대해 생각해 봤다. 갑작스럽게 발작을 일으킬 수도 있고, 살인을 하려고 했을

지도 모른다. 그러나 맥닐의 이야기에 따르면 아무런 일도 일어나지 않았다. 정말 이상한 일이었다.

마치 스스로에게 말을 하는 것처럼 맥닐이 말을 이었다.

"그래요. 사실 그랜트는 너무도 얌전히 행동했어요. 너무 안타까운 일이죠."

이윽고 그는 자신을 향해 다가오는 행성의 형언할 수 없는 광채에 완전히 정신을 빼앗겨 버린 듯했다. 매 초마다 수 킬로미터씩 다가오는 금성의 하늘 절반 이상을 눈처럼 하얀 초승달 모양의 문양이 가득 채우고 있었다. 그 바로 그 밑에 삶과 온기, 문명, 그리고 공기가 있었다.

바로 얼마 전까지만 하더라도 죽음이라는 한 점으로 수축하는 것만 같았던 미래가 이제는 놀라운 경이로움과 알 수 없는 가능성으로 가득 찬 채 눈앞에 활짝 펼쳐져 있었다. 그렇지만 맥닐은 등 뒤에서 자신을 감사하고 의심하는, 그리고 비난하고 있는 구조대원의 시선을 느낄 수 있었다.

살아있는 동안 그는 끊임없는 속삭임을 듣게 될 것이다. 등 뒤에서 그들은 이렇게 말할 것이다.

"저 사람이 바로 그……."

그는 신경 쓰지 않았다. 적어도 자신의 인생에서 이번만큼은 부끄러움을 느끼지 않았다. 아마도 어느 날 그는 스스로 자신이 한 행동의 동기에 대해서 낱낱이 파헤친 후 자신의 귀에 대고 이렇게 속삭일 것이다.

"이타심? 바보 같은 소리 그만해. 너는 스스로 만든 소신을 유지하기 위해 그랬던 거야. 그건 다른 어떤 사람의 의견보다도 더 중요하거든!"

그렇지만 삶의 가치를 찾기 못하기 하던 광기 어린 목소리는 한동안 조용했고, 맥닐은 그 안에서 만족스러워했다. 폭풍의 눈 속에서 안정을 찾았던 것이다. 맥닐은 그 동안만큼은 즐길 작정이었다.

복수의 여신 |Nemesis|

1950년 《위대한 이야기들(Super Science Stories)》 3월호에 「시대의 탈주자(Exile of the Eons)」라는 제목으로 첫 출판
『지구 탐사』에 수록

산들은 이미 인간들만이 만들어낼 수 있는 굉음 아래 떨고 있었다. 그러나 이곳에는 전쟁이 아주 먼 아주 먼 곳의 일 같기만 했다. 보름달은 영원히 늙지 않는 히말라야 산맥 위에 걸려 있었고, 전투의 분노는 세상 가장자리 너머 저 아래에 머물러 모습을 드러내지 않고 있다. 그러나 그렇게 머물러 있는 상태는 그리 오래 갈 것 같지 않았다. '지배자'는 마지막 남은 자기 비행 대대가 하늘에서 격추되어 지상으로 곤두박질치고 있으며 죽음의 원이 자신의 요새를 옥죄어 들고 있음을 알았다.

고작 몇 시간 후면 지배자와 그가 꿈꾸던 제국은 과거라는 이름의 소용돌이 속으로 사라질 운명이었다. 여러 나라들이 계속해서 그의 이름을 저주하겠지만, 결코 그것을 두려워하지는 않을 것이다. 시간이 좀 더 흐르면 증오조차 사라지고 그는 세계사에 히틀러나 나폴레옹, 칭기즈칸에 비해 하나도 대단할 게 없는 존재로 전락할 것이

다. 이들과 마찬가지로 그도 역시 무한한 시간의 회랑을 통과하는 동안 형체조차 희미해져서, 종국에는 오므라들어 망각 속에 사라질 것이다. 한동안은 그의 이름은 역사와 우화의 불분명한 중간 지대에 존재하겠지만 그 후에는 세상이 그를 더 이상 기억해 주지 않으리라. 그는 자신의 뜻을 펴려다 죽어 사라진 이름 없는 군대들 중 하나가 되고 말 것이다.

먼 남쪽의 산 하나가 갑작스럽게 솟아오른 거대한 화염을 뒤에 이고 날카롭게 부각되어 보였다. 기나긴 시간이 흐른 후, 지배자가 서 있는 전망대가 그 밑 암반을 관통하는 지진파의 영향을 받아 부르르 떨었다. 공기는 시간이 조금 더 지난 뒤에야 거대한 진동의 메아리를 싣고 왔다. 저들이 벌써 이렇게나 가까이 왔을 리가 없건만! 지배자는 대치 중인 전선을 뚫고 퍼부어진 것이 그저 오발탄들이기를 바랐다. 만약 그렇지 않다면, 그가 두려워하는 것보다도 더 시간이 촉박할 것이다.

참모총장이 어둠 속에서 걸어 나와 난간 가의 지배자 곁에 섰다. 세계에서 두 번째로 미움 받는 사나이인 참모총장의 얼굴은 주름이 지고 땀방울이 맺혔다. 그는 여러 날 잠을 자지 못했고, 한때는 번쩍거리던 제복이 이제는 축 늘어져 있었다. 그러나 비록 시달릴 대로 시달린 눈빛일지언정 그의 눈은 패배의 순간에도 여전히 단호해 보였다. 마지막 명령을 기다리면서 그는 침묵 속에 서 있었다. 이를 제외하고 할 수 있는 것이라고는 아무것도 없었다.

50킬로미터쯤 떨어진 곳에서 에베레스트 산의 만년설 덮인 봉우리가 지평선 너머 어디쯤엔가 치솟았을 거대한 불꽃이 만들어 낸 광채를 반사하여 선홍빛으로 타올랐다. 지배자는 여전히 미동도 하지 않고 아무런 신호도 보내지 않았다. 비처럼 쏟아지는 집중 포화가 악마와 같은 절규를 토하며 머리 위 높은 상공에 지나갈 때까지는……. 그제야 마침내 그는 몸을 돌렸다. 두 번 다시 보지 못할 세상을 한번 돌아본 다음, 지하로 물러났다.

승강기는 수백 미터 아래로 곤두박질쳤고, 전장의 소음은 저 멀리 사라졌다. 승강기에서 내리면서 지배자는 잠시 멈춰 서서 비밀 스위치를 눌렀다. 참모총장은 저 먼 위쪽에서 바위들이 무너지는 소리를 듣고 미소를 짓기까지 했다. 추격당하는 것과 빠져나가는 것 둘 다가 똑같이 불가능하다는 것을 안 것이다.

예전에 그러했듯이, 지배자가 방에 들어서자 몇 명 안 되는 장군들이 벌떡 일어나 섰다. 지배자는 탁자 주위를 죽 둘러보았다. 모두들 그곳에 있었다. 마지막 순간까지 한 명의 배신자도 발생하지 않은 것이다. 그는 지금까지 자신이 해야만 했던 연설 중 마지막이자 가장 어려운 연설을 하기 위해 마음을 단단히 하면서 조용히 익숙한 자신의 자리로 걸어갔다. 자신이 파멸로 이끌어 온 부하들의 시선이 그의 영혼을 지지는 듯했다. 그들 뒤에는 자신의 수중에 목숨을 맡겼던 대대, 사단, 그리고 전 군의 모습이 보였다. 더 더욱 그를 비참하게 만든 것은 이제는 결코 태어나지 못할 소리 없는 국가의 망령들이었다.

마침내 연설을 시작했다. 최면을 거는 듯한 목소리는 그 어느 때 못지않게 강력했으며, 채 몇 마디 하지도 않아서 그는 다시금 완벽한, 티끌만큼의 하자도 없이 타고난 임무를 수행하는 파괴 기계로 화했다.

"제군들, 이것이 우리의 마지막 회합이다. 세울 계획도, 들여다 볼

지도도 이제는 없다. 우리 머리 위 어디쯤에서 우리가 그토록 자부심을 가지고 정성을 쏟아 이룩한 함대가 최후의 전투를 벌이고 있다. 몇 분이면 저 하늘의 수천 기 기계들 중 하나라도 남아 있지 않게 될 것이다.

설사 그것이 가능하다 할지라도, 여기 있는 우리 모두에게 항복은 도저히 생각할 수도 없는 것이므로, 모두는 곧 이 방 안에서 죽을 수밖에 없다. 제군들은 우리의 목표를 위하여 충실히 봉사해 주었고 이보다 더 나은 보상을 받아 마땅하다. 그러나 그럴 수는 없게 되었다. 그렇지만 우리가 완전히 실패했다고는 생각지 말길 바란다. 과거에 제군들이 여러 차례 목도했듯이 나에게는 언제나 준비된 계획이 있다. 그 어떤 일이 일어나든지, 아무리 일어날 것 같지 않은 일일지라도 일어날 수 있는 모든 상황에 대하여 준비된 계획이 있다. 그러니 내가 패배에 대한 준비까지도 갖추고 있다고 하여 놀랄 필요는 없을 것이다."

피로에 지친 청중들의 얼굴에 나타난 갑작스러운 긴장감과 미세하게 일어나는 관심을 만족스럽게 바라보면서, 그는 웅장한 연설을 잠시 멈췄다.

그리고는 말을 이었다.

"적들이 이곳을 결코 찾아내지 못할 것이므로, 제군들에게 비밀을 말해도 안전하다고 할 수 있다. 입구는 이미 수 백 미터의 바위 무더기로 봉쇄되었다."

어떠한 움직임도 없었다. 유일하게 선전국장의 얼굴이 순식간에 하얗게 질렸다가 곧 원상태로 회복되었다. 비록 지배자의 시선을 피할 정도로 빨리 회복되지는 않았어도 말이다. 지배자는 진작부터 미심쩍었던 것을 뒤늦게 확인시켜 준 데 대하여 속으로 빙그레 웃음 지었다. 이제는 하나도 중요한 문제가 아니다. 여하튼 그들은 모두 다 죽을 테니까. 한 명만 빼고 모두.

지배자는 말을 이었다.

"2년 전 남극 대륙 전투에서 패배했을 때, 나는 더 이상 승리를 확신할 수 없다는 것을 알았다. 그래서 오늘을 위한 준비를 해 왔던 것이다. 적들은 벌써부터 나를 죽이려고 별러 왔다. 지구상에 내가 숨어 지낼 만한 곳은 아무데도 없으니, 더 더욱 우리의 사업을 재건할 가망은 요원하다. 그러나 또 다른 방법이 있다. 비록 절체절명의 수단이긴 해도, 방법이 있다.

5년 전에 우리 과학자들 중 한 명이 가사(假死) 상태를 유지하는 기술을 완성했다. 그는 비교적 단순한 방법으로 모든 생명 활동을 무한정 중단시킬 수 있다는 사실을 발견하였다. 나는 이 기술을 이용하여 내 존재를 완벽히 잊고 있을 미래로 도피하고자 한다. 그곳에서 우리에게 조금만 더 시간이 주어졌다면 이 전쟁을 승리로 이끌었을 기계 장치의 도움을 받아서 싸움을 다시 전개하고자 한다.

제군들, 잘 가라. 다시 한번 제군들의 봉사에 고마움을 표하는 바이다. 제군들이 불행한 최후를 맞게 되어 애석하다."

지배자는 경례를 하고, 뻣뻣한 동작으로 빙글 몸을 돌려, 눈앞에서 사라졌다. 그의 등 뒤로 금속 문이 쿵하고 닫혔다. 잠시 극도의 침묵이 흘렀다. 이내 선전국장이 출구로 달려갔지만, 갑작스럽게 울음을 터트리면서 뒤로 물러났다. 강철 문은 너무도 뜨거워 만질 수조차 없었다. 문은 이미 벽 속으로 용접되어 움직이지 않았다.

국무장관이 처음으로 총을 뽑아 들었다.

이제 지배자는 급할 것이 없었다. 회의실을 나오면서 그는 비밀 스위치를 용접 회로 속에 던져 버렸다. 순간 복도 벽의 벽판 한 장이 열리면서 위쪽으로 완만하게 경사가 진 원형 통로가 모습을 드러냈다. 그는 천천히 그것을 따라 올라가기 시작했다.

통로는 몇 백 미터 갈 때마다 예각을 이루며 꺾어졌다. 그러나 위로 올라가는 것만은 변함이 없었다. 꺾인 곳에 다다를 때마다 지배자는 발걸음을 멈추고 스위치를 버렸고, 그럴 때마다 회랑의 일정 부분들이 붕괴하여 거대한 바위 덩이들이 천둥 같은 소리를 내곤 하였다.

통로는 다섯 번이나 방향을 바꾼 끝에 금속으로 된 구형의 방에 이르렀다. 여러 개의 문들이 고무 문틀에 부드럽게 닫혀 들어가고, 통로의 마지막 부분이 붕괴되었다. 적이든 아군이든 이제 지배자를 귀찮게 굴 수 없었다.

지배자는 재빠르게 방 안을 둘러보아 모든 준비가 갖추어진 것을 보고 스스로 만족했다. 곧 그는 간단한 제어판으로 걸어가 거대한 스위치들을 차례차례 켜기 시작했다. 전류를 조금 흘려보내야 했지만, 영원히 존속할 수 있도록 설계된 것들이었다. 이 기이한 방 안에 모든 것이 갖춰진 것이다. 벽조차도 강철보다 훨씬 오래 견디는 금속으로 만들어졌다.

방 안의 공기를 뽑아내고 살균 질소토 가득 채우기 위한 펌프가 작동을 시작하였다. 지배자는 이제 좀 더 동작을 민첩하게 하여 푹신한 침상에 가 몸을 눕혔다. 머리 위에 있는 전등으로부터 살균 작용을 하는 광선이 온몸을 휩싸는 것을 느낄 수 있다고 생각하였지만, 물론 그것은 환각이었다. 침상 아래 은밀한 곳에서 피하 주사기를 꺼내 우윳빛 액체를 자기 팔에 주사했다. 그런 후 몸을 편히 하고 기다렸다.

주위는 벌써 몹시 추웠다. 냉각 장치들이 곧 빙점 한참 밑으로 온도를 끌어내릴 것이고, 수 시간 동안 그 상태를 유지해 줄 것이다. 그런 뒤에 온도는 도로 상온으로 회복되겠지만 그때쯤엔 진행 과정이 모두 완료되어, 모든 박테리아가 죽었을 것이고, 지배자는 영원히 변하지 않는 상태로 잠을 잘 수 있을 것이다.

그는 100년 정도 기다릴 계획이었다. 잠에서 깨어났을 때, 한 세기 동안 이루어진 과학과 사회의 변화에 적응해야 할 터이기에 그보다 더 오랜 시간을 보낼 수는 없었다. 어쩌면 한 세기만 지나도 문명이 그의 이해 범위를 넘어 크나큰 변모를 보일지 모르나, 그 정도 위험은 감수해야 했다. 한 세기보다 조금 잔다는 것은, 세상이 여전히 간직하고 있을지 모를 쓰디쓴 기억들을 생각할 때, 안전하지 못하다.

침상 아래 진공관 속에는 수 백 미터 위, 눈이 달라붙을 수 없는 산의 동쪽 사면에 장치된 열 감지기로 작동하는 세 개의 전자 계수기가 설치되어 있었다. 매일 떠오르는 태양이 감지기를 작동시킬 것이고 계수기에는 숫자가 하나 더해질 것이다. 지배자가 잠들어 있는 이 어둠 속에 새벽이 오는 것이 이런 식으로 기록될 것이다.

이 계수기들 중 어느 하나라도 3만 6000에 도달하면, 스위치가 꺼지고 다시금 산소가 방을 가득 채울 것이다. 기온이 상승하고 자동 피하 주사기가 지배자의 팔에 일정량의 액체를 투여할 것이다. 잠에서 깨어난 그에게 한 세기가 지나갔음을 알려 주는 것은 오직 계수기뿐이리라. 그러면 그는 단지 버튼 하나를 누르기만 하면 된다. 그것으로 산의 측면이 폭발하여 바깥 세계로 나갈 수 있는 자유로운 통로가 열릴 것이다.

모든 면을 고려하였다. 실패란 있을 수 없다 모든 기계 장치는 3중으로 되어 있으며, 과학이 달할 수 있는 최대한의 완벽성을 구현하였다.

의식이 흐릿해지면서 지배자가 마지막으로 생각한 것은 지나 온 삶도 아니고, 자기가 뜻을 저버린 어머니도 아니었다. 생각지도 못하게, 그리고 반갑지 않게도 한 고대 시인의 시구가 머릿속에 떠올랐다.

잠든다면, 아마도 꿈꾸게 되리……

아니, 꿈은 꾸지 않을 것이다. 꿈꿀 수는 없다. 그저 잠들기만 하리라. 잠들어, 잠이 들어서…….

30킬로미터 남짓 떨어진 곳에서 전투는 막바지를 향해 치달았다. 압도적인 화력에 대항하여 아무런 희망도 없이 싸우는 지배자 측 함선은 십여 기에 불과했다. 공격하는 측에 불필요한 모험으로 함선을 한 기라도 잃지 말도록 하라는 명령이 내리지 않았더라면 교전은 벌써 한참 전에 끝이 났을 것이다. 결정권은 원거리 포격대가 쥐고 있었다. 이 시대의 공중 전투함이라 할 그 거대한 파괴자들은 전장 화면을 보면서 산맥 사이에 숨어서 파국을 맞은 적 함대에 순차적인 집중 포격을 가했다.

기함에 탑승한 한 젊은 인도 포병 장교는 아주 정확히 유표(遊標)판을 맞추고 조심스럽게 발로 페달을 밟았다. 유도탄이 거치대를 떠나 적을 향해 발사되는 극히 미미한 충격이 있었다. 젊은 인도인은 정밀 시계가 초를 세고 있는 동안 긴장한 채 잠시 대기하였다. 이것이 마지막 포격이 될 것이라고 그는 생각했다. 왜인지 그가 예상했던 의기양양한 기분은 들지 않았다. 사실 그는 파국을 당한 적들을 향하여 개인적인 것이 아닌 동정심이 인다는 사실을 깨닫고 놀라움을 느꼈다.

저 멀리 산들 위로 보랏빛 화염의 구체가 피어올랐다. 그 주의에 기민하게 움직이는 작은 얼룩점들이 바로 적함들이다. 포병 장교는 긴장한 채 몸을 앞으로 기울이고 수를 세었다. 하나, 둘, 셋, 넷, 다섯 번 독립된 폭발이 일었다. 그러자 하늘은 텅 비었다. 필사적으로 움직이던 얼룩점들은 사라지고 없었다.

전투일지에 포병 장교는 간단히 다음과 같이 기록했다. '01시 24분. 제12차 포격 실시. 5개 포탄 적함 가운데서 폭발, 적함을 섬멸함. 한 개 포탄은 불발.'

그는 장식 서체로 일지에 서명을 한 후 펜을 내려놓았다. 잠시 동안 그는 가장자리에는 담뱃불에 그을린 자국이 남아 있고, 부주의하게 찻잔이며 유리잔을 올려놓는 바람에 어쩔 수 없이 나 버린 둥그런 자국들로 얼룩진 그 전투일지의 낯익은 갈색 표지를 바라보았다. 그는 설렁설렁 책장을 넘겨 가면서 다시 한번 여러 전임자들의 필적들을 눈으로 좇았다. 그러다 전에도 그토록 자주 그랬던 것처럼, 친구였던 그가 서명을 하는 도중 채 끝마치지도 못하고 삶을 마친 눈에 익은 바로 그 쪽을 폈다.

한숨을 쉬며 그는 책을 덮고 자물쇠를 채워 넣었다. 전쟁은 끝이 났다.

멀리 떨어진 산맥 어느 곳에서 폭발하지 않았던 그 유도탄은 로켓의 추진력으로 인해 계속해서 속도를 높여 갔다. 외딴 골짜기를 질주하는 포탄은 이제 눈에 거의 보이지 않는 빛의 선이었다. 포탄의 궤적에 따른 찢어지는 음향에 뒤흔들린 눈이 이미 산비탈을 무너져 내렸다.

포탄이 골짜기를 벗어날 길은 없다. 이미 1000척이나 되는 깎아지른 절벽이 가로막고 있었다. 목표를 맞히지 못한 유탄은 여기서 더 대단한 목표물을 찾았다. 지배자의 무덤은 이 폭발에도 흔들리지 않을 만큼이나 산 덩어리 속 깊숙이에 묻혀 있었다. 그렇지만 수백 톤의 바위들이 세 개의 작은 장치와 그 연결고리를 휩쓸어 갔고, 지배자가 맞이할 수도 있었을 미래 역시 그것들과 함께 불투명해졌다. 떠오르는 태양의 첫 빛이 황폐화된 산의 표면 위에 쏟아져 내렸다. 그렇지만 3만 6000번째 새벽을 기다리던 계산기는 더 이상 새벽도 해넘이도 오지 않는 때까지 기다려야만 할 것이다.

정확히 무덤이라고 말할 수는 없지만 여하튼 지배자는 그 고요한 무덤 속에서 이런 사실을 전혀 모르고 있었으며, 그의 얼굴엔 가당찮게 평온함마저 감돌았다. 그렇게 그가 계획했던 한 세기가 흘렀다. 비록 사악한 천재성을 지녔으며 무덤 속으로 함께 가지고 들어간 비밀들이 있다 해도, 세계의 지붕 위에서 치러진 마지막 전투 이래로 꽃을 피운 새로운 문명을 그가 다시 지배할 수 있을 것 같지는 않았다. 시간이 진정 여러 갈래 길들을 가지고 있고 상상 가능한 모든 세계들이 나란히 줄지어 놓여 있어 하나가 다른 하나에 겹쳐 들어갈 수 있지 않은 한 아무도 장담할 수 없는 일이다. 승리를 거두었을지 모른다.

그러나 우리가 아는 이 세상에서는 지배자는 계속 자고 있었다. 문제의 세기가 먼 과거가 되도록……, 정말 까마득한 과거가 되도록 자고 있었다.

어떤 기준에서는 잠시 후라고 말할 수도 있는 시간이 흐른 후, 지표면은 히말라야 산맥의 무게를 떠받들어 온 세월도 이만하면 됐다는 판단을 내렸다. 산맥은 서서히 가라앉아 갔고, 인도 남부 평야 지대가 기울며 하늘을 향해 솟아올랐다. 이윽고 실론 고원이 지구상에서 가장 높은 지점이 되고, 에베레스트 산 위를 덮은 바다의 깊이는 9000미터에 달했다. 그렇지만 꿈도 없는 지도자의 수면은 아무런 방해도 받지 않았다.

히말라야 산맥의 잔해 위에 높은 탑처럼 얹힌 깊은 물에 서서히, 끊임없이, 침전물들이 쌓여 갔다. 언젠가는 하얀 석회로 변하게 될 충적층이 한 세기에 3센티미터에서 5센티미터씩 두꺼워졌다. 누군가가 간격을 두고 다시 와 본다면 바다 밑바닥이 이전처럼 9000미터 깊이에 있지 않다는 것을, 아니 6000미터도 안 된다는 것을, 그리고 4000미터에 채 미치지 못하게 된 것을 알게 될 것이다. 그런 후 대륙은 다시 기울어지고 한때 티베트 해(海)였던 곳에는 거대한 석회암의 산들이 솟았다. 그렇지만 지배자는 이런 사실을 전혀 알지 못했고, 이런 일들이 반복되고 또 반복되고 또 반복되어도 그의 잠은 방해를 받지 않았다.

빗물과 강물이 석회층을 쓸어내려 새로운 바다로 흘러갔다. 그리하여 땅 표면이 숨겨진 무덤을 향하여 점점 내려갔다. 몇 킬로미터 두께나 되는 바위 층이 닳아 없어지고 쓸려 마침내 지도자의 육체를 담은 구체가 다시금 태양빛에 드러났다. 그렇지만 지도자가 눈을 감던 그 때보다 더욱 해가 길어졌고 날은 침침해졌다.

그가 오랜 잠을 자기 시작한 이 세상의 초창기 이래로 번성했다 사라져 간 그 무수한 종족들에 대하여 지배자는 꿈도 꾸지 못했다. 아침과도 같은 그 시절은 이젠 정말이지 몹시도 오래전이고, 그림자는 이미 동쪽을 향해 길이를 더해 갔다. 태양은 죽어 가고 있었으며 세상은 이미 늙어 버렸다. 그러나 아담의 후손들은 여전히 바다와 하늘을 지배했으며 끊임없이 모습이 변하는 언덕보다 더 오래 된 숲과 계곡과 평원을 눈물과 웃음으로 가득 채웠다.

97왕조의 몰락 이후 제5 은하 제국의 흥기 이전에 현자 트레빈도르가 탄생하였고, 지배자의 꿈 없는 잠은 반 이상 끝난 것이나 다름없었다. 트레빈도르는 지구에서 매우 멀리 떨어져 있는 행성에서 태어났는데, 이는 이제 맥동하는 우주의 중심으로부터 너무도 멀리 떨어져 버린 자기 종족의 옛 고향 땅에 발이라도 올려 본 인간이 거의 없다시피 했기 때문이다.

제국에 맞선 트레빈도르의 짧은 충돌이 빤한 결말을 맺은 후, 그는 지구로 호송되었다. 그는 그곳에서 그가 도전했던 이상의 수호자들에게 재판을 받았고, 그곳에서 그들은 그의 운명을 어떻게 판결하지 오랜 시간 고심했다. 무척 특이한 사안이었다. 현재 은하를 지배하고 있는 온화하고 철학적인 문화가 반대 의견에 갖부딪힌 것은 초유의 일이었다. 순수하게 지적인 차원에서조차 문제가 제기된 적이 없었다. 그런데 정중하지만 타협의 여지가 없는 반대 의지를 만나 이제 그 이상은 크게 흔들리고 말았다. 논쟁으로 쑥대밭이 되었다. 결정을 내릴 수 없음이 입증되자 평의회가 트레빈도르 본인에게 도움을 요청한 것은 전형적인 그들의 방식이었다.

백만 년이라는 시간 동안 출입이 없었던 새하얗게 빛나는 정의의 전당에서, 트레빈도르는 자신보다 더 강했음이 입증된 사람들 앞에 당당히 섰다. 그는 조용히 그들의 요청에 귀 기울였다. 그러고는 잠시 생각에 잠겼다. 그의 판관들은 트레빈도르가 발언할 때까지 참을성 있게 기다렸다.

"여러분은 저에게 두번 다시 반대자로 나서지 않겠다고 약속할 것을 제안했습니다. 그러나 저는 제가 지키지 못할 가능성이 있는 약속은 하지 않겠습니다. 우리 양자의 의견은 너무도 상이하여 조만간에 또다시 충돌하고야 말 것입니다.

여러분의 선택이 쉬웠을 시절도 있었지요. 여러분은 나를 추방하거나 혹은 사형시킬 수 있었을 것입니다. 그러나 오늘에 이르러서는……, 만약 내가 가만히 머물러 있으려 하지 않을 경우 나를 숨겨둘 만한 행성이 이 우주에 과연 한 곳이라도 있을까요? 상기하십시오, 온 은하에 걸쳐 나의 사도들이 퍼져 있다는 것을.

그러면 하나의 대안이 남는군요. 여러분이 제 사안을 처리하기 위해 고대의 형 집행 관습을 부활시킨다 해도 저는 여러분에게 원한을 품지는 않겠습니다."

평의회 여기저기에서 불편한 소란이 일어나고, 의장이 날카롭게 반응했다. 그의 몸 색깔이 더 선명해졌다.

"그 발언은 취향이 다소 의심스럽소. 심각하게 제안을 해 주기를

바란 것이지 농담으로라도 야만적이었던 우리 조상들의 관습을 상기
시켜 주기를 바란 것은 아니오."

공손히 절을 하며 트레빈도르가 말을 이었다.

"저는 모든 가능성에 대해 이야기했을 뿐입니다. 다른 두 가지가
더 있습니다. 제 사고의 틀을 바꾸어 여러분과 같이 생각하게 함으로
써 장차 더 이상 불일치가 일어날 수 없게끔 하는 것은 간단한 일이
겠지요."

"우리도 그것을 고려해 보았소. 비록 매력적인 발상이기는 하지만
우리는 거부하지 않을 수 없었소. 왜냐하면 당신의 개성을 파괴하는
것은 살인과 매한가지라고 생각했기 때문이오. 이 우주에 당신보다
높은 지성의 소유자는 단 15명뿐이오. 거기에 우리가 손을 댈 권리는
없소. 그러니 당신의 마지막 제안은?"

"여러분이 저를 공간적으로 추방할 수는 없다지만, 그래도 한 가지
대안이 남게 되지요. 우리 앞에 펼쳐 있는 시간의 강은 우리의 사고가
도달할 수 있는 한계까지 아득히 뻗어 나갑니다. 저를 그 흐름에 띄워
여러분 생각에 이 문명이 지나가 버린 후일 것이라고 확신할 수 있는
시대로 보내십시오. 로스톤 시간 파장을 이용해 충분히 할 수 있는 일
인 줄 압니다."

긴 침묵이 흘렀다. 침묵 속에서 평의회의 구성원들은 각자의 결정
을 복잡한 분석 기계로 전송했다. 기계는 그 하나하나를 견주고 무게
를 재어 최종 평결을 도출해 냈다. 마침내 의장이 말했다.

"동의가 이루어졌소. 지구에 생명체가 살 수 있을 정도의 태양열이
아직 남아 있는 시대로 당신을 보낼 것이오. 그렇지만 너무나도 먼 미

래이기에 우리 문명의 흔적이 남아 있을 가능성은 거의 없을 것이오. 당신의 안전과 기본적인 편의를 위해 가능한 모든 것을 제공하도록 하겠소. 이제 퇴정하시오. 모든 준비가 끝나면 다시 호출하겠소.”

트레빈도르는 절을 한 후 대리석 전당을 빠져 나왔다. 간수는 따라붙지 않았다. 설사 그에게 도망치려는 마음이 있다고 해도 이 우주에 도망칠 곳은 한군데도 없었다. 은하 제국의 거대한 비행망은 하루 안에 어디든 다다를 수 있다.

처음이자 마지막으로, 트레빈도르는 한때 태평양이라 불리던 바다의 해변에 서서 과거 야자수라고 불리던 식물의 잎사귀를 스치는 바람 소리를 들었다. 텅 비다시피 한 하늘에는 몇 개 안 되는 별들이 반짝이고, 태양은 노쇠한 세상의 건조한 대기를 통하여 변함없는 빛을 던지며 하늘을 지나갔다. 트레빈도르는 막막한 심정으로 자신이 유배될 세상, 즉 태양마저 죽어 가고 있을 먼 미래에도 하늘을 올려다보았을 때 저 별들이 여전히 빛을 발하고 있을지 궁금해했다.

손목에 차고 있던 작은 통신기에서 빛이 반짝거렸다. 이제 때가 된 것이다. 그는 바다에 등을 돌리고 자신의 운명을 맞이하기 위해 단호히 걸어 나갔다. 열 걸음도 떼지 않았는데 시간 파장이 그를 덮쳤다. 그의 생각은 즉시 얼어붙어 변하지 않고 남아 있게 되었다. 태양이 줄어들어 사라져 버리고 은하 제국이 스러져 가고 거대한 별무리가 붕괴하여 무로 화할 동안에도…….

그러나 트레빈도르에게는 시간의 경과가 발생하지 않았다. 그가 알 수 있었던 것은 오직 발을 디뎠을 때 느껴진 촉촉한 모래가 한 걸음 더 나아가자 열과 가뭄으로 금이 간 단단한 바위 조각이 되어 버렸다는 사실뿐이다. 야자수는 사라져 버렸고, 나지막이 철썩이던 바다 소리도 꺼졌다. 이 바싹 마르고 죽어 가는 세계에서는 바다에 대한 기억조차 사라진 지 오래임을 한눈에 알 수 있었다. 저 멀리 지평선을 보자 빨간 사암으로 이루어진 거대한 사막이 어떤 굴곡도 생명체가 자라나는 요철도 없이 편편하게 뻗어 나갔다. 머리 위에는 주황색 원반 모양으로 이상하게 변한 태양이 너무나도 새카매 많은 별들이 또렷하게 보이는 하늘에 걸려 빛을 발했다.

그렇지만, 몹시도 나이가 든 이 세상에도 여전히 생명이 있기는 한 듯했다. 북쪽—만약 그쪽이 여전히 북쪽이라면—으로 음울한 광선이 무엇인가 금속 구조물에 반사되어 빛났다. 불과 몇 백 미터밖에 떨어져 있지 않았고, 그 가까이 다가감에 따라 트레빈도르는 중력이 약해지기라도 하듯 이상하게 가벼운 느낌이 들었다.

얼마 가지 않아서 그는 자기가 다가가는 대상물이 나지막한 금속제 건축물임을 알 수 있었는데, 지평선과 평행이 아닌 걸로 보아 평지에 축조된 건물이라기보다 만든 후 그 자리에 내려앉힌 듯했다. 트레빈도르는 이처럼 쉽게 문명을 찾을 수 있었다는 믿기 힘든 행운에 크게 놀랐다. 열 발쯤 더 다가가니 이 건물이 이 자리에 있게 된 것은 운이 아니라 계획적으로 이루어진 일임을, 그리고 자기 자신이 이 시대에 낯선 인물인 것만큼이나 이 건물도 이 시대와는 맞지 않는 생소한 것임을 알게 되었다. 트레빈도르는 건물로 다가갔지만 거기서 누군가가 맞으러 나와 줄 가망은 아예 없었다.

출입구 위에 붙은 금속판은 그가 이미 추측했던 것에 별다를 게 없었다. 금속판은 마치 방금 새겨진 것처럼 변색도 되지 않은 새것이었다. 사실 어떤 의미에서는 금방 새긴 것이 맞다. 그 내용은 희망과 통한을 동시에 던져 주었다.

평의회가 트레빈도르에게 전하는 인사.

이 건물은 당신을 따라가도록 시간 파장을 통해 보낸 것이오. 평생 살아가는 데 필요한 것들을 제공해 줄 것이오.

당신이 있게 될 시대에 여전히 문명이 있을 것인지는 정확히 알지 못하겠소. 염색체 K×K가 우성이 되어 인류는 더 이상 인간이 아닌 다른 어떤 것으로 변종되었을 테니 아마도 인류는 멸종했다 할 테지요. 그건 당신이 확인해 보시오.

당신은 이제 지구가 황혼을 맞은 시대에 있을 것이오. 부디 혼자가 아니길 바라오. 그러나 한때 아름다웠던 이 지구에 남은 유일한 생명체로서 살아가는 것이 당신의 운명이라면, 그 선택이 당신의 것이었음을 기억하길 비오. 안녕히.

트레빈도르는 메시지를 두 번 읽으며 끝맺는 말들이 필경 자신의 친구였던 시인 신틸란에 의해서 쓰였으리라는 것을 깨달아 마음이 아팠다. 주체할 수 없는 외로움과 단절감이 그의 영혼을 채우고 넘쳤다. 그는 바위 끝에 걸터앉아 손에 얼굴을 파묻었다.

오랜 시간이 흐른 후, 그는 일어나 건물 속으로 들어갔다. 그는 이토록 신사적으로 자신을 대해 준, 이미 오래전에 죽고 없는 평의회 사람들에게 감사함 그 이상을 느꼈다. 시간을 관통해 건물 전체를 보낼 수 있는 기술은 자신이 살고 있던 시대의 지식 수준으로는 절대 성취 불가능한 것이었다고 그는 생각했다. 한 가지 생각이 갑자기 뇌리를 스치고 지나가, 그는 새겨진 글자들을 살펴보고는 처음으로 그 안에 포함된 날짜를 주목했다. 그가 정의의 전당에서 동료들과 마주하고 서 있던 때보다 무려 5000년이나 더 지난 날짜였다. 이미 죽은 것이나 마찬가지인 사람에게 재판관들이 약속을 이행하기까지 50세기가 흘러간 것이다. 평의회의 오류가 무엇이었든 간데, 그들의 성실성은 더 이전 시대의 이해 범위를 초월한 어떤 도리에 기반한 것이었다.

트레빈도르가 다시 건물을 떠날 때까지 여러 날이 흘렀다. 무엇 하나 간과한 것이 없었다. 심지어 그가 아꼈던 사고의 기록들도 갖추어져 있었다. 트레빈도르는 우주가 끝날 때까지 실재의 본성질을 탐구하고 철학을 구축하는 작업을 계속해 갈 수도 있었다. 만약 그가 지구상에 남은 유일한 지성이라면 그런 작업이 아무런 쓸모도 없는 것이겠지만 말이다. 인간 존재의 목적과 관련된 자신의 사색이 또다시 사회에 파장을 몰고 올 위험성은 거의 없다고 그는 씁쓸하게 생각했다.

건물을 속속들이 조사하고 난 후에야 비로소 트레빈도르는 외부 세계로 관심을 돌렸다. 최우선 사항은 문명과 접촉하는 것이었다. 만약 아직도 문명이 남아 있다면 말이지만. 그는 강력한 수신기를 가지고 있었기에 기지국을 발견할 수도 있다는 희망 하에 몇 시간이고 주파수를 이리저리 변환시켜 보았다. 멀리 떨어진 곳에서 딱딱거리는 소리가 수신기를 통해서 들려왔고 한 번은 말일지도 모르는 어떤 소리를 포착하기도 했는데, 결코 인간의 언어는 아니었다. 그렇지만 그 외에는 아무런 소득도 없었다. 오랜 세월 인류의 충실한 종이었던 전파대가 마침내 조용해졌다.

작은 자동 비행선이 트레빈도르가 가진 마지막 희망이었다. 그는
자신 이전의 아득한 세월이 남겨 준 것을 가지고 있었고, 지구는 작은
행성이었다. 기껏해야 몇 년 후면 그는 지구 전체를 탐사할 수 있을
것이다.

그리하여 그 유배자가 붉은 사암으로 이루어진 사막 위 자신의 집
에 이따금씩 돌아가며 조직적으로 행성을 탐사하기 시작한 지 몇 달
이 흘러갔다. 어느 곳에서나 그는 똑같은 폐허와 황량함만을 발견할
수 있었다. 바다가 얼마나 오래전에 사라져 버렸는지 짐작도 가지 않
았지만, 바다가 목숨을 다하면서 남겨 놓은 무한한 소금 잔해가 겹으
로 쌓여 평원과 산맥을 더러운 회색 모포로 덮어 버렸다. 트레빈도르
는 지구에서 태어나지 않아 지구의 젊은 시절 아름다움을 알지 못하
는 것이 무척 다행스럽게 생각되었다. 비록 이방인이기는 하였지만,
외로움과 황량함은 그의 마음을 얼어붙게 만들었다. 만약 이곳에서
전에 살았더라면, 그는 도저히 이 슬픔을 참을 수 없을 것 같았다.

트레빈도르가 극점에서 극점까지 지구 전체를 탐사하는 동안, 그의
비행선 아래로는 수만 평방미터의 사막이 스쳐 지나갔다. 지구에 문
명이 있었다는 표시를 찾을 수 있었던 것은 단 한 번뿐이었다. 적도
근처의 깊은 계곡에서 그는 이상한 흰 석재로 더욱 더 기묘하게 건축
된 작은 도시의 폐허를 발견할 수 있었다. 흩날리는 모래에 반쯤 파묻
힌 채였지만 건물들은 완벽한 상태로 보존이 되어 있었으므로, 잠시
트레빈도르는 인류가 그 첫 고향이었던 세상에 아무튼 무엇인가 스
스로 만든 것의 흔적을 남겨 놓았다는 사실에 소박한 기쁨의 물결이
치밀어오르는 것을 느꼈다.

그 감정은 오래가지 못했다. 건물들은 트레빈도르가 생각했던 것보다 훨씬 더 이상한 것이었다. 왜냐하면 인간은 결코 그 안에 들어갈 수 없었을 것이기 때문이다. 뚫려 있는 입구라고는 지면 가까이 난 수평의 좁은 틈새들뿐이었다. 창문은 아예 존재하지 않았다. 그 건물을 차지하고 살았을 생명체를 상상해 보려고 하니 트레빈도르는 현기증이 나는 것 같았다. 외로움이 점점 커져 가고 있었음에도 그는 인간의 것이라고는 할 수 없는 이 도시에 살았을 생명체가 자신이 오기 전에 사라져 주었다는 것이 기뻤다. 가혹한 밤이 곧 닥칠 것이고 계곡 안에 있다가는 전적으로 이성적이지는 못할 압박감이 덮쳐 올 것이기에, 그는 이곳에 오래 머물지는 않았다.

그리고 한번은 실제로 살아 있는 생명체를 찾기도 했다. 사라져 버린 대양의 바닥 위로 항행하던 그의 눈을 섬광처럼 잡아끈 색채가 있었다. 흩날리는 모래가 아직 덮어 버리지 않은 구릉 위에 가늘고 뻣뻣한 풀들이 나 있었다. 그뿐이었지만, 그 광경을 보고 있으니 눈물이 났다. 그는 기계를 멈추고 살기 위해 애쓰는 풀잎을 한 장이라도 파괴하지 않기 위해 조심스럽게 발을 내디뎠다. 이제 지구상에 남은 유일한 생명체가 만들어 낸 초라한 카펫 위로 그는 쓰다듬듯 부드럽게 손을 움직였다. 떠나기 전 그는 나누어줄 수 있는 최대한도로 물을 뿌려 주었다. 그것은 그저 상징적인 몸짓에 불과했지만, 그런 행동을 한 것만으로 행복감을 느낄 수 있었다.

탐색은 이제 끝이 가까웠다. 트레빈도르는 이미 오래 전에 모든 희망을 포기했지만, 그의 불굴의 정신이 여전히 그로 하여금 지표면을 헤집고 가도록 했다. 지금까지 자신이 두려워해 온 사실을 증명하기까지는 그는 쉴 수 없었다. 그리하여 그토록 오랜 세월 모습을 감추었던 지배자의 무덤이 햇빛 아래 흐린 반사광을 발하여 놓여 있는 그곳으로 트레빈도르는 마침내 다다르게 되었다.

지배자의 정신이 육체보다 먼저 깨어났다. 눈조차 뜰 수 없을 정도로 힘없이 누워 있는 그에게 기억은 홍수처럼 밀려들었다. 백 년이라는 시간이 안전하게 지나갔다. 지금껏 그 어떤 인간이 했던 것보다 더욱 더, 최고로 절박한 상황에서 감행한 도박이 성공한 것이다. 피로가 강하게 밀려왔고 한동안 다시 의식이 흐려졌다.

마침내 다시금 안개가 걷히고 지배자는 조금 더 기운을 차렸다. 아직 움직일 정도는 아니었지만. 기운을 모으며 어둠 속에 누워 있었다. 그는 이 산 속에서 밝은 태양빛 아래로 걸어 나가면 어떤 세상을 보게 될 것인지 궁금했다. 계획을 실행할 수 있을까, 그…… 방금 뭐였지? 말할 수 없는 공포감이 한 차례 그의 의식을 근본부터 흔들고 지나갔다. 자신을 제외하고는 그 어떤 움직이는 것도 없어야 할 이 무덤 안에 무엇인가가 그의 옆을 움직이고 있었다.

이윽고, 차분하고 분명한 한 가지 생각이 그의 마음속에 잔잔히 울려 퍼졌고, 그 생각을 없애려는 공포심을 즉시 진정시켰다.

'놀라지 마세요. 전 당신을 도우려고 왔습니다. 당신은 안전하며, 다 괜찮을 겁니다.'

지배자는 너무도 놀라 아무 대답을 할 수 없었지만, 그의 무의식은 모종의 응답을 빚어내었음에 틀림없다. 그 생각이 다시 파고 왔기 때문이다.

‘좋습니다. 전 트레빈도르이고 이 세계에는 당신과 마찬가지로 유배되어 온 처지입니다. 움직이지 마시고, 어떻게 여기에 왔는지, 그리고 어떤 종족 사람인지 말씀해 보세요. 당신 같은 종족은 한 번도 본 적이 없으니까.’

이제 지배자의 의식 속에는 또다시 공포심과 경계심이 기어들었다. 자신의 생각을 읽을 수 있는 이 생명체는 도대체 어떤 것이며, 이 비밀스러운 자신만의 구체 안에서 무엇을 하고 있단 말인가? 다시 그 명확하고도 서늘한 생각이 종을 치듯 그의 늬리에 울렸다.

‘다시 한번 말씀드리지만 두려워할 필요가 없어요. 당신의 마음속을 들여다볼 수 있다는 것에 왜 놀라지요? 이상할 것도 없는 일인데.’

“이상할 게 없다고!” 지배자가 소리쳤다. “제기랄, 도대체 너 뭐야?”

‘당신과 같은 사람입니다. 생각을 읽는 것이 이상한 걸로 봐서 당신의 종족은 원시적이었나 보군요.’

지배자의 머릿속에 끔찍한 의심이 어렴풋이 형태를 잡아 가기 시작했다. 그가 질문을 의식적으로 틀 잡기도 전에 답이 돌아왔다.

‘당신은 100년보다 훨씬 더 기나긴 세월 동안을 잤습니다. 당신이 알던 세상은 당신이 상상할 수도 없을 만큼 오래전에 이미 끝나 버렸어요.’

지배자는 그 이상을 들을 수 없었다. 다시 한번 암흑이 그를 덮쳐 왔고 그는 더없이 행복한 무의식의 세계로 빠져들었다.

침묵 속에서 트레빈도르는 지배자가 누운 침상 옆에 서 있었다. 잠시 느꼈던 실망감을 능가하는 뿌듯한 심정이 가슴을 가득 채웠다. 적어도 혼자서 미래를 마주하는 일은 없게 된 것이다. 그의 마음을 무겁게 짓누르던, 지구의 외로움이 가져온 공포심이 순식간에 깨끗이 사라져 버렸다. 더 이상 혼자가 아니다……. 더 이상 혼자가 아니다! 다른 모든 생각을 제치고 그 생각이 그의 머릿속을 쾅쾅 두드려 대었다.

지배자가 다시 몸을 꿈틀거렸고, 트레빈도르의 마음속에 생각의 파편들이 스며들었다. 지배자가 알고 있던 세상의 모습들이 응시자의 머릿속에 투사되기 시작했다. 처음에 트레빈도르는 아무것도 이해할 수 없었는데, 갑자기 뒤죽박죽이던 파편들이 앞뒤가 들어맞기 시작하더니 명확해졌다. 한 국가와 다른 국가 사이에 발생한 끔찍한 전쟁 장면들, 불타 파괴되는 도시들, 그리고 비참하게 죽어 가는 사람들을 보고 있노라니 끔찍한 공포감이 휩쓸고 지나갔다. 도대체 이 세상은 어떤 세상이란 말인가? 트레빈도르가 알고 있던 그 평화롭던 시대로부터 인간이 이렇게까지 바닥으로 내려갈 수 있단 말인가? 지구의 역사가 시작되던 그 아득한 오래전 이런 일들과 관련된 전설이 있었지만, 인류는 유년기를 벗어나며 그런 것들을 떨쳐 버렸다. 설마 그런 것들이 다시 돌아왔을 리는 없다!

그 파편화된 생각들은 이제 더욱 생생하고, 심지어 더욱 끔찍해졌다. 이 또 한 명의 피난민이 떠나온 시대는 틀림없이 악몽 같은 시기였을 것이다. 그가 도망 온 것은 이상한 일이 아니었다.

아픈 마음으로 지배자의 뇌리 속을 스치고 지나가는 끔찍한 형상들을 바라보고 있던 트레빈도르의 마음에 문득 진실의 서광이 비치기 시작했다. 이 사람은 공포의 시대를 피해 피난처를 찾아 도망 온 피난민이 아니었다. 이자가 바로 그 시대를 만들어 낸 장본인이었던 것이다. 단 하나의 목적, 즉 후세에 전염병을 퍼뜨리려는 목적만으로 시간의 강을 타고 온 자.

트레빈도르가 상상도 해 보지 못한 격한 감정들이 줄지어 그의 눈앞에 펼쳐져 나갔다. 야망, 권력욕, 잔인성, 불관용, 증오. 그는 의식을 닫으려고 노력했지만, 이미 그럴 힘이 남아 있지 않았다. 사악한 기운이 의식의 모든 부분을 오염시키며 막힘없이 흘러들어 왔다. 고통으로 절규하며, 트레빈도르는 사막으로 달려가 그 사악한 마음과 자신을 묶고 있던 끈을 잘라 버렸다.

지구가 바람조차 불게 하지 못할 정도로 지쳐 버렸기에 너무도 고요한 밤이었다. 어둠이 모든 것을 숨기고 있었지만, 이제 함께 이 세상에서 살아야 할 그 사람의 마음속에 떠오르던 생각들은 숨길 수 없다는 것을 트레빈도르는 알았다. 전에 혼자였을 때에는 그보다 더 끔찍한 것을 상상할 수 없었다. 그렇지만 이제 그는 고독함보다 더 공포스러운 것이 존재한다는 것을 알게 되었다.

밤의 고요함, 그리고 한때 그의 친구였던 별들의 광채가 트레빈도르의 마음을 진정시켜 주었다. 천천히 그는 몸을 돌려 자신의 발자국을 되짚어갔다. 그의 걸음걸이는 무거웠다. 왜냐하면 그는 자신의 종족 사람들이 한 번도 한 적이 없는 행위를 할 참이었기 때문이었다.

트레빈도르가 다시 구체 안으로 들어섰을 때, 지배자는 일어나 서 있었다. 아마도 지배자의 의식 속에 상대방의 의도가 어렴풋이 전달되었던 듯하다. 왜냐하면 그는 몹시 창백해지며 단순히 육체적인 것만은 아닌 나약함으로 인해 몸을 떨었기 때문이다. 트레빈도르는 억지로 힘을 내어 지배자의 머릿속을 다시 한 번 살펴보려고 하였다. 그의 의식은 혼란스러운 감정의 혼돈 속에 주춤했고, 이제 구역질나게 하는 공포가 번득였다. 커다란 혼돈 속에서 그나마 분간이 가능한 한 가지 생각이 떨려 나왔다.

"뭘 하려는 거야? 왜 그렇게 쳐다보지?"

트레빈도르는 아무런 대답도 하지 않고 결단력과 힘을 끌어 모으며, 의식이 감염되지 않도록 초연함을 유지하려 했다.

지배자의 혼란은 이제 최고조에 다다르고 있었다. 잠시 그의 극에 달한 공포심이 트레빈도르의 온화한 정신에 연민 비슷한 것을 불러 일으켰고, 의지가 조각났다. 그러나 이내 불타고 폐허가 된 도시의 모습이 다시금 떠오르자 우유부단하던 마음이 사라졌다. 수천 세기 동안 진화해 온 초인적인 지성의 힘을 모두 모아 그는 눈앞에 있는 사람을 강하게 내리쳤다. 지배자의 의식 속에는 다른 모든 생각이 사라지고 오직 죽음이라는 단 하나의 생각만이 넘쳐났다.

잠시 지배자는 미동도 하지 않고 서 있었다. 두 눈은 크게 뜨고 멍하니 앞을 응시하고 있었다. 폐가 더 이상 작용을 하지 않자 숨이 얼어붙었다. 오랜 시간 고요히 있었으나 다시 고동을 치던 혈관 속의 피가 이제 영원히 응고되어 버렸다. 아무런 소리도 없이 지배자는 휘청 쓰러져서는 그대로 꼼짝 않고 누워 있었다.

트레빈도르는 아주 천천히 몸을 돌려 밖을 향해 걸어 나갔다. 이 세상의 침묵과 고독이 수의처럼 그를 감쌌다. 오랜 시간 들이차지 못하고 있던 모래들이 지배자의 무덤의 열린 입구를 통해 날아들기 시작했다.

수호천사 | Guardian Angel |

1950년 4월 《유명한 환상 이야기(Famous Fantastic Mysteries)》에 수록
『파수병』에 수록

「수호천사」는 원래 1946년에 쓴 작품으로, 《어스타운딩》의 편집자였던 존 W 캠벨은 이 작품을 돌려보냈다. 몇 번 더 거절을 당한 뒤 내 에이전트였던 스콧 메레디스는 제임스 블리시에게 새로운 엔딩을 추가해 다시 써 달라고 했다. 블리시는 그렇게 했고, 그 결과 《유명한 환상 이야기》에 팔렸다. 난 차라리 잘 됐다고 생각했다. 하지만 당시에 난 한동안 그 사실을 모르고 있었다. 스콧이 그랬다니 고약한 일이다. 1952년 「수호천사」는 개작을 거쳐 『유년기의 끝(Childhood's End)』의 1장인 「지구와 오버로드」가 됐다.

피터 반 라이버그는 스톰그렌의 방에 들어가기만 하면 언제나 그렇듯이 몸이 살짝 떨렸다. 그는 자동 온도 조절기를 보고는 체념한 듯 잠시 어깨를 으쓱해 보였다.

"총장님, 비록 총장님이 돌아가시면 저희는 슬프겠지만, 폐렴 치사율이 조만간 떨어질 테니 다행이겠군요."

스톰그렌이 웃으며 말했다.

"어떻게 알겠나? 다음 사무총장이 에스키모가 될지도 모르는데. 누가 소란을 피워 기온이 몇 도는 올라가겠지만 말이지."

반 라이버그는 웃으며 굴곡진 이중 창문 쪽으로 걸어갔다. 아직 채 완성되지 않은 거대한 하얀 건물이 서 있는 거리를 응시하며 잠시 동안 침묵 속에 서 있었다.

갑자기 어조를 바꾸면서 그가 말했다.

"저 사람들을 만나실 건가요?"

"그래. 만날 거야. 만나 두는 게 결국에는 더 많은 수고를 덜어 주는 역할을 하리라고 생각하네."

반 라이버그는 갑자기 몸이 굳어지더니 창문에 얼굴을 세게 밀착시켰다.

"저기 그들이 오고 있습니다! 윌슨 가에 있어요. 2000명 정도 되기는 하지만 생각한 것보다는 많지가 않습니다."

스톰그렌은 부총장 쪽으로 걸어갔다. 800미터 전방에 모인 군중은 수는 적었지만 단호한 표정으로 현수막을 들고 본부를 향해 걸어오고 있었다. 이윽고 방음창을 통해서이긴 하지만 험악한 구호를 외치는 소리를 들을 수 있었다. 혐오감이 갑작스럽게 몸을 훑고 지나갔다. 세상은 이미 행진하는 군중과 성난 슬로건으로 가득했던 것이다!

군중들은 이제 건물과 나란히 서 있었다. 여기저기서 허공에 대고 주먹을 휘두르고 있었지만 그들은 그가 보고 있다는 사실을 알지 못했다. 비록 제스처를 통해서 그에게 말을 하고 있었지만, 감히 대항하겠다는 의미는 아니었다. 소인국 사람이 거인을 위협하는 것처럼 그들의 성난 주먹은 80킬로미터 상공의 하늘을 향해 있었다.

스톰그렌은 생각했다. 그럴 리는 없겠지만 카렐렌도 이 모든 것을 내려다보면서 재밌어하고 있을지도 몰라.

스톰그렌이 자유 연맹의 총수를 만나는 것은 이번이 처음이었다. 현명한 행동이었는지 의심스럽기는 했다. 하지만 종합적으로 분석한 끝에 받아들이기로 했다. 연맹에서 자신에 대한 공격 수단으로 무조건 거부 정책을 펴려 했기 때문이다. 둘 사이에 존재하는 골이 너무 깊어 이번 모임에서 합의 사항을 끌어내기는 불가능했다.

알렉산더 웨인라이트는 50대의 키가 크지만 약간 몸이 구부정한 남자였다. 그는 떠들썩한 추종자들에 대해 사과하려 했다. 스톰그렌은 그의 진실된 태도와 개인적 매력에 약간 당황해하고 있었다.

스톰그렌이 이야기를 시작했다.

"추측컨대 여기 오신 목적이 연방 정부의 계획에 대한 공식 항의서를 접수하기 위한 것이죠, 맞나요?"

"사무총장님, 그게 제가 여기 온 주요 목적입니다. 아시다시피 지난 5년간 저희는 인류가 직면한 위험을 알리기 위해 노력해 왔습니다. 저희들이 보기에 연방 정부의 대응은 실망스러운 수준이었습니다. 대다수의 사람들은 오버로드가 자기들 마음더로 세상을 지배하는 데 만족하고 있는 것 같습니다. 그러나 저희 유럽 연합은 도저히 이 사태를 받아들일 수 없다고 생각하고 있습니다. 카렐렌조차 펜 한 번 움직여서 2000년의 역사를 완전히 소멸시킬 수는 없습니다."

스톰그렌이 끼어들었다.

"그렇다면 당신들은 유럽과 전 세계가 자치국으로 나뉘어 각각의 화폐를 사용하고, 군대를 가지고, 관습이나 국경 같은 중세 제도를 사용해야 한다는 겁니까?"

"지지자들 중 몇몇은 동의하지 않겠지만 궁극적으로 연방 정부와 싸우려는 건 아닙니다. 제가 지적하고 싶은 것은 내부가 아니라 위에서 부과하는 식의 운영은 무의미하다는 점입니다. 우리는 각자의 운명을 스스로 개척해야만 합니다. 독립할 권리가 충분히 있습니다. 인간이 하는 일에 더 이상의 간섭은 없어야 합니다."

스톰그렌은 한숨을 쉬었다. 이 이야기는 백 번도 넘게 들어왔다. 그러나 그가 줄 수 있는 거라곤 자유 연맹에서 그동안 거부해 온 구태의연한 답변뿐이었다. 스톰그렌은 카렐렌을 믿었지만 그들은 그렇지 않았다. 이런 근본적인 차이가 있는 한 그가 할 수 있는 일은 전혀 없었다. 다행히, 자유 연맹도 할 수 있는 일이 없었다.

스톰그렌이 말했다.

"몇 가지 질문을 드리겠습니다. 오버로드가 안전, 평화, 그리고 번영을 이 세상에 가져왔다는 사실을 부인할 수 있습니까?"

"그건 사실이죠. 그러나 우리의 자유도 동시에 앗아 갔습니다. 인류는 그것 없이는……."

"빵만으로는 살 수가 없죠. 저도 압니다. 그러나 모든 사람이 평등하게 대우받는 것은 지금이 최초라는 것도 아셔야 합니다. 오버로드가 우리에게 인류 역사상 처음으로 제공해 준 이 가치와 비교해 인류가 잃어버린 자유란 어떤 것인가요?"

"신의 보호 아래서 우리 자신의 삶을 통제할 자유죠."

스톰그렌은 고개를 저었다.

"지난달에 500명의 주교, 추기경, 랍비가 오버로드의 정책을 지지하는 연합 선언문에 서명했어요. 세계의 종교가 당신들과 반대편에 서 있다는 것이죠."

"그거야 소수의 사람만이 위험을 깨닫고 있기 때문이죠. 그 위험이 닥쳤을 때는 이미 늦은 것입니다. 인류는·주도권을 잃고 종속적인 존재로 하락할 것입니다."

스톰그렌은 듣고 있지 않는 것 같았다. 그는 지도자를 보내고 정처 없이 이리저리 헤매고 있는 저 아래 군중들을 보고 있었다. 인류가 조금만 머릿수만 많아졌다 싶으면 이성과 주체성을 포기하는 버릇을 버리려면 얼마나 시간이 걸릴지 궁금했다. 웨인라이트는 진실하고 정직한 사람이지만 그 추종자들도 그렇다고 말할 수는 없었다.

스톰그렌은 다시 손님을 향해 몸을 돌렸다.

"3일 뒤에 오버로드를 다시 만납니다. 당신의 반대 이유를 설명할 예정입니다. 왜냐하면 세상의 모습을 보고하는 게 제 임무이기 때문이죠. 그러나 아무것도 바뀌지 않을 것입니다."

다소 천천히 웨인라이트가 이야기를 시작했다.

"그게 또 다른 문제입니다. 아시다시피 오버로드에 반대하는 주요 요인은 바로 그 비밀주의에 있습니다. 당신은 카렐렌과 이야기를 할 수 있는 유일한 사람이지만 결코 그를 본 적이 없지 않습니까. 우리 중 많은 사람이 그의 동기를 의심하는 게 이상한 일인가요?"

"그가 하는 연설을 들었잖아요. 그 정도면 충분하지 않나요?"

"솔직히 말만으로는 충분하지 않아요. 우리가 분개하는 대상이 카렐렌의 전지전능함인지 아니면 그의 비밀스러움인지, 아직도 정확히 알 수 없을 정도니까요."

스톰그렌은 조용히 있었다. 이에 관해서 그가 말할 수 있는 것은 아무것도 없었다. 다른 사람을 확신시킬 근거가 전혀 없었다. 때때로 자기 자신조차 확신을 가지고 있는지 궁금했다.

물론 그들의 관점에서 보자면 매우 작은 일에 불과했지만, 지구의 입장에서 보면 지금까지 발생한 그 어떤 일보다도 더 커다란 사건이었다. 세계의 거대 도시 위로 아무런 경고도 없이 갑작스럽게 암흑이

찾아들었다. 일터에서 그들을 쳐다보던 지구인들은 인류가 이 우주에
혼자 있는 존재가 아니라는 사실을 깨달은 순간 심장이 얼어붙는 느
낌을 받았다.

수 세기 동안 인류가 접하고 싶지 않았던 순간이 최첨단 과학의 상
징인 스무 대의 거대한 우주선을 동반하고서 지구에 접근해 왔다. 그
들은 인류의 존재를 알고 있다는 어떤 기미도 보이지 않고 7일 동안
하늘 위에 아무런 움직임도 없이 떠 있었다. 그 광대한 우주선들은 뉴
욕, 런던, 모스크바, 캔버라, 로마, 케이프타운, 도쿄 등의 도시 상공에
정확히 내려앉았다.

이 잊을 수 없는 날이 끝나기도 전에 어떤 사람들은 진실에 대해 막
연한 추측을 하기 시작했다. 인류에 대해 아무것도 모르는 종족이 임
시로 지구와 접촉을 시도하려는 그런 상황이 아니었다. 고요하고 아
무런 움직임도 없는 우주선 속에서 심리학자들은 인간의 반응을 연
구하고 있었다. 긴장감이 최고조에 달할 때 그들은 스스로 모습을 드
러낼 것이다.

8일째 되는 날, 지구 감독관인 카렐렌이 세상에 모습을 드러냈다.
아주 유창한 영어를 구사하기도 했지만, 그가 말하는 내용은 더욱 위
대했다. 어떤 기준으로 보더라도 그것은 인간에 대한 완벽하고 절대
적인 지식을 가진 최고의 천재가 만들어 낸 작품이었다.

그가 보여 준 학문적 깊이, 예술적 조예, 아직도 모든 것을 다 보여
주지 않은 감칠맛 나는 방대한 지식, 이 모든 게 인류를 압도하는 지
적인 힘을 가진 존재를 과시하기 위해 세심하게 고안되었음을 누구
도 의심하지 않았다. 카렐렌이 이야기를 끝냈을 때, 지구의 국가들은

자신들의 불안정한 지배가 파국에 달했음을 알게 되었다. 지방 정부나 중앙 정부는 정치 권력을 유지할 수 있었지만 국제적인 일과 관련한 영역에는 인간의 손이 미치지 않게 되었다. 논쟁이나 저항은 아무 소용이 없었다. 어떤 무기도 그 거인을 상대할 수 없었고, 설사 그렇다고 하더라도 그들이 쏟아 내는 무기는 지상의 모든 도시를 완벽하게 파괴해 버릴 능력이 있었다. 하룻밤 사이 지구는 인간의 지식을 넘어서는 유령 같은 제국의 보호령이 되어 버렸다.

조금 시간이 지나자 혼란이 잦아들었고, 지구는 다시 일상으로 돌아갔다. 갑자기 잠에서 깨어난 립 밴 윙클(W. 어빙의 단편에 나오는 인물. 20년간 잠들어 있다 깨어난다―옮긴이)이라면 깨달을 수 있을 정도의 변화 수준은 다음과 같았다. 이제 사람들은 숨을 죽이며 오버로드가 그 빛나는 우주선에서 내려와 모습을 드러내기를 조용히 기다렸다.

5년이 지났고 그들은 여전히 기다리고 있었다.

방은 작았고, 스크린 하나와 의자 하나를 빼고는 가구가 전혀 없었다. 의도적이겠지만, 이 방을 만든 존재에 대한 실마리는 전혀 없었다. 입구가 하나 있었고, 이를 통해서 그 훌륭한 우주선의 구부러진 측면 쪽으로 들어갈 수 있는 기밀식 출입구의 연결 통로가 보였다. 살아 있는 인류 중에서 유일하게 스톰그렌만이 지구 감독관인 카렐렌을 보기 위해 여기에 올 수 있었다.

언제나 그렇듯이 화면에는 아무것도 없었다. 검은 사각형의 화면 뒤에는 미지의 신비가 숨어 있는 것 같았다. 물론 인간에 대한 광대하고 놀라운 이해와 애정도 함께 말이다. 그 이해가 수 세기에 걸친 연구 덕택이라는 것을 스톰그렌은 알고 있었다.

보이지 않는 쇠창살 뒤에서 침착하고 인내심이 느껴지는 목소리가 무감각하게 울려 나왔다. 비록 역사상 인류가 단 세 번만 들은 목소리였지만, 스톰그렌은 그 목소리를 너무도 잘 알고 있었다.

"그래, 리키. 잘 듣고 있다. 웨인라이트는 어떤가?"

"그의 추종자들이 어떤 부류건 간에 그는 정직한 사람입니다. 어떤 조치를 취할까요? 연맹은 그 자체로 위험하지 않지만, 아주 극단적인 추종자들은 폭력을 공개적으로 옹호하고 있어요. 집에 경비를 세워야 하는지 의심스럽기도 합니다. 필요 없기를 바라지만요."

카렐렌은 가끔 그랬던 것처럼 귀찮다는 투로 요점에서 벗어난 이야기를 했다.

"유럽 연방에 관한 세부 사항은 한 달째 답보 상태야. 나를 인정하지 않는 사람이 7퍼센트 정도 증가했는가? 아니면 모르겠다고 하는 사람이 9퍼센트 정도를 유지하고 있는가?"

"신문 매체의 반응에도 불구하고 아직은 아닌 것 같습니다. 제가 걱정하는 것은 일반적인 감정입니다. 당신을 추종하는 젊은이들조차 이 비밀이 끝나야 할 때라고 생각하고 있다는 사실이죠."

카렐렌의 한숨은 거의 계산된 것처럼 정확했지만 확신은 부족한 모습이었다.

"자네 생각도 같고 말이지."

질문이 너무 수사적으로 이루어져 스톰그렌은 대답할 필요를 못 느꼈다. 그는 계속해서 성실히 말했다.

"이 상황이 지금 저의 일을 얼마나 어렵게 만들고 있는지 정말 이 해하십니까?"

카렐렌이 친절하게 대답했다.

"그게 내가 하는 일에 도움이 되지는 않네. 사람들이 나를 이 세계의 독재자라고 생각하지 않기를 바랄 뿐이네. 내가 이상적인 식민 정책을 펴고자 하는, 시민들의 충실한 종임을 기억하기 바라네."

"그렇다면 이렇게 감추고 있는 이유가 무엇인지 좀 알려 주실 순 없나요? 이해할 수가 없거든요. 이것이 사람들을 괴롭히고 온갖 유언비어가 퍼지는 이유가 됩니다."

카렐렌은 인간이라기엔 너무도 깊고 감미로운 음악 같은 웃음소리를 냈다.

"내가 무엇이길 바라는가? 로봇이라는 이론이 여전히 우세한가? 타블로이드판 신문들이 생각하는 바닥을 기어 다니는 지네보다는 톱니바퀴 뭉치가 됐으면 한다네."

스톰그렌은 카렐렌이 알아듣지 못할 것이라는 확신을 하면서 핀란드 식 저주의 말을 되뇌었다. (비록 이런 일은 확신으로 할 수 있는 일이 아니긴 하지만 말이다.)

"좀 더 진지할 수는 없나요?"

"이보게, 리키. 내가 그나마 나의 이 정신적 힘을 상당히 유지하고 있는 이유가 인간들을 심각하게 여기고 있지 않기 때문이라는 사실을 모르겠는가?"

스톰그렌은 자신도 모르게 웃음이 나왔다.

"그게 도움이 되진 않는군요. 저는 이제 저 밑으로 내려가 비록 당신이 모습을 보여 주지는 않지만 아무것도 숨기는 게 없다는 사실을 확신시켜야만 해요. 쉬운 일이라고 할 수 없죠. 호기심은 인간이 지닌 가장 지배적인 특성 중 하나예요. 결코 영원히 숨길 수는 없을 겁니다."

"지구에 와서 우리가 겪은 가장 커다란 문제점이 바로 그거였지."

카렐렌도 인정했다.

"자네는 우리가 가진 지혜를 신용하고 있고 이 점을 바탕으로 우리를 믿어도 좋다고 말할 수 있네."

"저는 당신을 신용합니다. 웨인라이트나 그의 동료들은 그렇지 않습니다만. 만약 당신이 모습을 보여 주기를 꺼려하는 이유에 대하여 나쁜 해석을 하면 그들을 책망하실 건가요?"

마침내 카렐렌이 대답했다.

"잘 듣게, 리키. 이 문제는 나의 소관이 아니네. 나를 믿게. 나도 이렇게 숨길 필요에 대해서 회의적이네. 그렇지만, 이유는……, 충분하네. 그러나 자네를 만족시키고 자유 연맹을 누그러뜨릴 만한 명령을 상관에게서 얻어내도록 노력하겠네. 이제 의제로 돌아가 녹음을 시작해도 되겠나? 이제 겨우 조항23을 하고 있는데, 지난 수천 년간 나의 선조들이 했던 것보다는 더 많은 문제들을 해결하고 싶다네……."

"운이 좀 따랐나요?"

반 라이버그가 애타게 물었다.

"잘 모르겠네."

스톰그렌은 서류 뭉치를 책상에 던지고는 의자에 앉아서 지친 기색으로 대답했다.

"카렐렌은 지금 상관과 면담 중이네. 그 상관이 무엇인지, 누구인지는 모르겠지만. 그는 어떤 약속도 하지 않으려 했네."

피터가 불쑥 말을 꺼냈다.

"들어 보세요. 좋은 생각이 있어요. 무슨 근거로 카렐렌 상부에 누군가가 있다고 믿는 거죠? 오버로드는 하나의 통념일 수도 있죠. 그가 얼마나 명령을 싫어하는지 아시죠?"

피곤했지만 스톰그렌은 자세를 고쳐 바로 앉으면서 이야기를 시작했다.

"그다지 그럴싸한 이론은 아닌 것 같은데. 그 이야기는 내가 알고 있는 얼마 안 되는 지식과는 상충되는 부분이 많아."

"어느 정도 알고 계시는지요?"

"그는 스키론테이라고 불리는 곳에서 우주 정치학을 가르치는 교수였지. 이 일을 맡기 전에 그들과 심하게 싸웠다는군. 이 일을 싫어하는 척하지만 즐기고 있는 것 같아."

스톰그렌은 잠시 말을 멈췄다. 그 사실이 재미있어 웃음이 나오자 험상궂은 용모가 다소 부드러워졌다.

"이런 말도 하더군. 개인 동물원을 경영하는 것도 무척 즐거운 일이라고."

"음. 약간 모호하지만 칭찬의 말이군요. 그는 불멸이죠? 그렇죠?"

"어느 정도는 그렇지. 그래도 수천 년 이후의 무엇인가를 두려워하고 있는 것 같은데, 그게 무엇인지는 모르겠어. 이게 내가 아는 전부야."

"그 정도는 쉽게 꾸며낼 수 있죠. 제 생각에 그의 조그만 우주선은 우주에서 길을 잃어 새로운 정착지를 찾고 있는 중이에요. 그는 자기 동료의 수가 얼마나 적은지 우리에게 발각되고 싶지 않은 거죠. 아마 다른 모든 우주선들은 자동으로 작동되고 있고, 우주선에는 그 혼자 있을 수도 있어요. 그것들은 전부 겉치레에 불과한 거죠."

"근무 시간에 과학소설을 읽고 있구먼."

스톰그렌이 점잖게 말했다.

반 라이버그가 살짝 웃었다.

"『우주인의 침공』은 예상과 다른 결말이 나오죠. 그렇죠? 제 이론은 카렐렌이 모습을 보여 주지 않는 이유를 잘 설명하고 있어요. 어떤 오버로드도 존재하지 않는다는 사실을 우리에게 들키고 싶지 않은 겁니다."

스톰그렌은 세차게 고개를 저었다.

"자네 설명은 늘 사실이 되기엔 너무 특이해. 우리가 비록 그 존재를 추론할 뿐이지만, 그 감독관 뒤에 거대한 문명이 있음은 확실하고, 오랜 시간 동안 인간을 연구해 온 것도 확실하네. 카렐렌은 적어도 수 세기 동안 인류를 연구해 왔네. 예를 들어 그의 영어 구사력을 보게. 그는 가끔 나에게 관용구들을 가르쳐 주기도 한다네."

반 라이버그가 동의했다.

"그건 저도 인정합니다. 우리는 카렐렌에 대해서 영원히 토론할 수 있을지도 몰라요. 그렇지만 항상 같은 질문으로 끝나고 말죠. 도대체 왜 그는 모습을 보여 주려고 하지 않는 걸까요? 모습을 보여 주기 전까지 저는 계속 제 이론을 펼칠 거고 자유 연맹은 계속 시끄러울 겁니다.”

그는 반항심 가득한 눈으로 천장을 올려다보았다.

“어느 어두운 밤에 당신이 사는 우주선에 로켓을 타고 올라가 사진기를 들고 뒷문으로 몰래 들어가 보이겠어요. 감독관 아저씨, 엄청난 특종이 되겠죠.”

카렐렌이 듣고 있는지 알 수 없었지만 그는 아무런 반응도 보이지 않았다. 물론 아무런 답도 주지 않았다.

스톰그렌이 잠에서 깨어났을 때, 주위는 칠흑같이 어두웠다. 그가 그토록 졸음에 시달렸다는 사실이 이상하게 느껴졌다. 의식이 완전히 돌아오자 우선 침대에서 일어나 전등 스위치를 찾아보았다.

어둠 속에서 그의 손은 차가운 벽만을 느낄 수 있었다. 그는 순간적으로 얼어붙었고, 몸도 정신도 예기치 않은 일에 마비되었다. 거의 감각 기관을 믿을 수 없는 상태가 되었기 때문에, 침대 위에 무릎을 꿇고 낯선 벽을 손끝으로 탐험하기 시작했다.

갑작스럽게 딸깍 소리가 들리고 어둠이 한쪽으로 사라질 때까지 얼마 동안 그는 계속 벽을 더듬고 있었다. 희미하게 빛이 드는 벽을 배경으로 한 남자의 영상을 감지할 수 있었다. 그러고는 문이 닫혔고 다시 어둠이 몰려들었다. 너무 재빠르게 지나가서 자신이 누워 있는 방조차 볼 수 없었다.

잠시 후에 강력한 전등 불빛으로 인해서 정신이 혼미해졌다. 그의 얼굴에서 깜빡이던 불빛은 이내 침대 전체를 비추기 시작했다. 침대는 거친 널빤지 위에 매트리스만 올려놓은 것이었다.

어둠 밖에서 누군가가 유창한 영어로 부드럽게 이야기하기 시작했다. 처음 들어서는 어느 나라 출신인지 구분이 되지 않았다.

"사무총장님, 깨어나서 반갑군요. 기분은 좋으신가요?"

화가 났지만 하려던 질문을 잠시 억눌렀다. 어둠 속을 응시하고서 침착하게 물었다.

"얼마나 오래 의식이 없었던 거요?"

"며칠 됐죠. 장담컨대 후유증은 없을 거예요. 사실을 말하게 되어 기쁘군요."

시간도 벌고 반사 신경도 테스트할 겸 스톰그렌은 침대 반대편으로 다리를 흔들어 봤다. 아직 자기 잠옷을 입고 있었지만, 주름투성이에 먼지가 많이 묻어 있었다. 문제가 되는 정도는 아니었지만 움직일 때마다 약간의 현기증을 느꼈고, 확실히 약물에 취해 있다는 사실을 알 수 있었다.

타원형의 빛이 방 안에 들어왔고, 처음으로 스톰그렌은 자신이 있는 공간에 대해 이해할 수 있었다. 아마도 지하에, 그것도 아주 깊숙이 있는 것 같았다. 며칠 동안 의식이 없었다면 지구 어디에 와 있대도 이상할 게 없었다.

전등 빛이 여행 가방에 걸쳐 있는 옷더미를 비췄다.

"이 정도면 충분할 거예요." 어둠 속에서 목소리가 들려왔다. "세탁 문제가 있어서 정장 몇 벌하고 셔츠 몇 벌을 가져왔어요."

"참 사려 깊기도 하군요."

스톰그렌이 담담하게 말했다.

"가구도 전등도 없어 죄송합니다. 어떤 점에서는 편리하기도 하지만 쾌적하지는 않죠."

셔츠를 입으면서 스톰그렌이 물었다.

"뭐가 편리하다는 거요?"

손끝에 느껴지는 친숙한 옷감의 느낌이 안도감을 주었다.

"그냥 편하다는 거예요. 그런데 같이 시간을 보내야 하니 저를 조라고 불러 주시죠."

스톰그렌이 항변했다.

"국적이 어디든 간에 당신 이름은 정확히 발음할 수 있소. 내 핀란드 이름보다야 낫겠지."

잠시 침묵이 흘렀고, 전등이 다시 깜빡거렸다.

조가 체념하듯 말했다.

"이 정도는 예상하고 있었어야 했는데. 이런 종류의 일에는 충분히 훈련을 받았겠죠?"

"나 같은 위치에 있는 사람에게는 우용한 취미지. 아마 폴란드에서 태어난 것 같군. 그리고 전쟁 중에 영국에서 영어를 배웠소? R 발음을 보니 스코틀랜드에서 오래 주둔한 것 같군."

"그 정도면 충분합니다. 옷을 다 입으신 것 같군요. 고맙습니다."

다른 사람이 단호하게 말했다.

그들을 둘러싸고 있던 벽은 일부는 콘크리트였지만 주로 바위였다. 스톰그렌은 자신이 폐광 속에 있음을 알 수 있었고, 이보다 더 효과적인 감옥은 생각할 수 없었다. 지금까지는 납치됐다고 해도 왠지 별로 걱정스럽지 않았다. 무슨 일이 일어나도 감득관이 막대한 자원을 투입해 위치를 파악하고 그를 구해 내리라는 느낌이 있었기 때문이었다. 그런데 이제는 그다지 확신할 수 없었다. 카렐렌의 힘에도 한계가 있을 것이고, 만약 외딴 지역에 파묻힌다면 오버로드의 과학 기술을 동원해도 그의 흔적을 찾을 수 없을 터였다.

삭막하지만 빛이 잘 든 방 안에는 둥근 테이블 주위로 세 명이 더 있었다. 스톰그렌이 들어오자, 그들은 약간은 경이로움과 관심을 가지고서 그를 바라보았다. 조는 육체적인 면만이 아니라 모든 점에서 훨씬 눈에 띄는 인물이었다. 나머지 사람들은 유럽 사람들로 별 특징이 없어 보였다. 그들이 이야기하는 것을 들으면 서열을 구별할 수 있었다.

그는 단조롭게 말했다.

"이게 무슨 일인지, 그리고 내게서 얻어내고 싶은 것이 무엇인지 말해 줄 수 있겠소?"

조가 목청을 가다듬었다.

"한 가지는 명확히 하고 싶습니다. 이 일은 웨인라이트와 아무런 연관이 없습니다. 다른 사람들처럼 아마 그도 깜짝 놀랄 겁니다."

스톰그렌은 이런 상황을 바라고 있었다. 자유 연맹 내부의 극단주의자들의 존재가 명확해진 순간, 그는 상대적으로 조금 만족감을 느꼈다.

"궁금해서 그러는데, 어떻게 나를 납치했소?"

스톰그렌은 대답을 기대하지 않았는데, 상대방이 대답할 준비가 된 정도가 아니라 말해 주고 싶어 안달이 난 것을 보고는 다소 당황스러웠다. 천천히 그 이유를 추측하기 시작했다.

"프리츠 랭의 오래된 영화 같다고나 할까요." 조가 활기차게 대답했다. "카렐렌이 당신을 감시하고 있는지 확신할 수 없었어요. 그래서 조금 더 조심해야만 했죠. 에어컨 가스로 당신을 실신시켰는데, 뭐 어렵지 않은 일이었어요. 그러고는 차에 태우고 아무 문제없이 데리고 나왔죠. 우리 쪽 사람들은 아무도 이 일을 하지 않았어요. 음, 그쪽 방면 전문가를 고용했다고 할까요. 아마 카렐렌이 그들을 붙잡겠지만, 그들은 그다지 똑똑하지 못해서 알아낼 게 없을 거예요. 차가 당신 집을 벗어났을 때, 뉴욕에서 1000킬로미터 정도 떨어진 긴 터널 속을 달렸죠. 정해진 시간에 터널 반대쪽으로 나왔을 때, 그 차는 사무총장과 똑 닮은 약물에 취한 남자를 태우고 있었어요. 대략 같은 시간에 금속 상자를 실은 트럭이 반대 방향에서 나타나 해외 화물을 적재하고는 어딘가로 차를 몰고 갔죠. 반면 임무를 수행한 그 자동차는 눈속임의 일환으로 캐나다를 향해서 계속 갔고요. 아마도 카렐렌은 지금쯤 그 차를 붙잡았겠지요. 잘은 모르겠지만.

내가 이렇게 솔직하게 말해줘서 고맙게 여기면 좋겠군요. 우리 계획은 한 가지 일에 달려 있거든요. 우리는 카렐렌이 지구 표면에서 일어나는 모든 일을 보고 듣고 있다고 확신해요. 하지만 만약 그가 과학이 아니라 마술을 사용하지만 않는다면, 지구 내부를 볼 수는 없겠지요. 아마 터널 내부에서 당신을 교체한 것을 보지 못했을 거예요. 당연히 우리는 위험을 감수하고 있지만, 지금은 다 말해 줄 수 없는 다른 단계를 한두 가지 더 밟았어요. 아마 언젠가는 같은 방식을 다시 사용해야 하겠지만, 쓰고 버려야 한다니 안타깝기는 하네요."

조가 활기에 차서 전모를 이야기하고 있었기 때문에 스톰그렌은 화를 내기가 어려웠다. 그는 매우 낙담했다. 계획은 천재적이었고, 아무리 카렐렌이 그에 관한 모든 것을 본다고 하더라도, 이번 책략에 속아 넘어갈 것만 같았다.

그 폴란드 인은 스톰그렌의 반응을 자세히 살펴보고 있었다. 지금 기분이 어떻든 좀 더 자신감 있는 모습을 보여야 했다.

스톰그렌이 경멸조로 말했다.

"정말 바보로군. 이런 식으로 오버로드를 속일 수 있을 거라고 생각하다니. 하여튼 이것이 무슨 이익을 가져다준다고 생각하오?"

조는 그에게 담배를 한 대 권했지만, 스톰그렌이 거절했으므로, 혼자 담배를 피웠다.

"우리의 동기는 아주 명백해요. 우리는 논쟁이란 쓸모없는 것이라 생각하거든요. 그래서 다른 방법을 택하기로 했어요. 어떤 힘을 가지고 있건 카렐렌은 우리를 다룬다는 것이 쉽지 않은 일임을 알 거예요. 우리는 우리의 독립을 위하여 싸우고 있어요. 우리를 오해하지 말아 주세요. 여하튼 폭력은 없을 테니까. 그러나 오버로드가 인간 요원을 보내면, 우리는 그 자들을 아주 불편하게 해 주겠죠."

'나부터 시작한 것 같은데.' 스톰그렌은 생각했다.

"나를 어떻게 할 생각인가? 나는 인질인가? 아니면?"

"걱정 마시죠. 우리가 당신을 돌볼 거니까요. 하루 이틀 지나면 손님이 오실 테니 그때까지는 우리가 당신을 즐겁게 해 드리죠."

조가 몇 마디 더 했고, 다른 동료 한 명이 새 카드를 꺼냈다.

"당신을 위해서 특별히 준비했어요."

조가 설명했다. 갑자기 목소리가 근엄해졌다.

"현금을 좀 많이 가지고 있어야 할 거예요."

걱정스럽다는 듯이 그가 말했다.

"무엇보다도 우리는 수표는 받지 않거든요."

압도하는 태도로 스톰그렌은 자신을 납치한 사람들을 응시했다. 갑자기 사무실에서 해야 할 모든 업무의 부담에서 벗어난 것 같은 느낌이 들었다. 무슨 일이 있어도 자신이 할 수 있는 일은 아무것도 없었다. 그리고 지금 이 멋진 범인들은 자신과 포커를 치고 싶어 하지 않는가.

갑자기 그는 머리를 뒤로 젖히고 호탕하게 웃었다. 몇 년 동안 이렇게 웃어 본 적이 없었다.

이후 3일 동안 스톰그렌은 철저하게 그들을 분석했다. 조가 유일하게 신경 쓸 만한 인물이었고, 나머지는 모두 하찮았다. 불법적인 일만 있다 하면 모이는 그런 인간쓰레기들.

때로 너무 커버린 어린아이 같은 도습을 보이기도 했지만, 조는 복잡한 성격의 소유자였다. 지루하게 계속된 포커 게임은 폭력적인 정치 논쟁으로 중단되기도 했지만, 스톰그렌이 보기에 그 폴란드 인은 그들이 싸우는 이유에 대해 그다지 진지하게 생각하고 있지 않았다. 감정과 극단적 보수주의가 그의 모든 판단력을 흐리고 있었다. 조국의 독립을 향한 오랜 투쟁은 너무도 그를 규정하는 요소로 작용했고 지금도 그는 과거에 살고 있었다. 그는 위대한 생존자이자, 질서정연한 삶에서는 쓸모가 없게 되어 버린 사람들 중 하나였다. 만약 그런 유형의 사람들이 사라진다면, 세상은 아마도 안전해지겠지만 그다지 재미는 없을 것이다.

카렐렌이 그의 위치를 파악하는 데 실패했다는 사실은 스톰그렌에게는 의심할 수 없는 사실이 되어 버렸다. 사로잡힌 지 대엿세가 지나서는 방문객이 왔다는 말을 들어도 놀라지 않았다. 얼마 동안 그들은 점점 신경이 날카로워졌다. 마침내 상황이 호전돼 그들의 지도자가 데리러 오려고 하는 것은 아닌가 하고 스톰그렌은 추측했다.

조가 방문객을 데리고 거실로 왔을 때, 그들은 삐거덕거리는 책상에 둥글게 모여 기다리고 있었다. 세 명의 청부업자는 모습을 감췄고, 조 역시 조금은 긴장하는 것 같았다. 스톰그렌은 즉시 상당한 인물과 마주하고 있음을 알 수 있었다. 지적인 힘, 강철 같은 결단력, 그리고 무자비함을 보여 주는 사람이었던 것이다. 조와 그의 동료는 무해한 사람이었다. 지금 여기 조직의 핵심 두뇌가 와 있는 것이다.

스톰그렌은 고개만 까딱거리고 의자에 가서 앉은 다음, 조금은 냉정하게 보이려고 애썼다. 그가 다가오자, 탁자 반대편에서 나이 많고 살찐 남자가 앞으로 몸을 숙이고 뚫어질 것 같은 회색 눈으로 그를 쳐다보았다. 스톰그렌은 너무 불안해서 의도하지 않은 말을 먼저 하고 말았다.

"뭔가 협상하고자 여기에 온 것이라 생각하오. 몸값이 뭐요?"

뒤에서 어떤 사람이 자신의 말을 속기록에 적고 있다는 것을 알아챘다. 무척 사무적인 느낌이 들었다.

음악적인 웨일스 악센트로 지도자가 대답했다.

"사무총장, 그런 식으로 말해도 상관없소. 그렇지만 우리는 현금이 아니라 정보에 관심이 있을 뿐이오. 우리 목적이 무엇인지 알고 있잖소. 우리를 레지스탕스라고 불러도 좋소. 조만간 지구는 독립을 위한 전쟁을 해야 한다고 믿소. 카렐렌에게 우리가 무엇인가를 하고 있으며 훌륭하게 조직되어 있다는 것을 보여 주기 위해서 일단 당신을 납치했지만, 가장 중요한 이유는 당신이 오버로드에 대해 우리에게 말해 줄 수 있는 유일한 사람이기 때문이오. 스톰그렌 씨, 당신은 합리적인 사람이지 않소? 협력해 주시오. 그러면 자유를 얻을 수 있을 것이오."

"정확히 뭘 알고 싶소?"

조심스럽게 스톰그렌이 물었다.

"오버로드가 누군지, 아니면 무엇인지 정말 알고 있소?"

스톰그렌은 웃음이 나올 지경이었다.

"제발 나도 당신 못지않게 그걸 알고 싶어 미치겠다는 사실을 믿어 주기 바라오."

"그럼 우리 질문에 대답할 거요?"

"장담은 못하오. 할 수 있는 한 할 것이오."

안도의 한숨 소리가 들리고 기대감으로 방 안이 술렁거렸다.

"당신이 카렐렌을 만나는 상황에 대한 일반적인 것은 알고 있소. 상세하게 얘기해 줄 수 있소? 중요하지 않은 것들은 말고."

스톰그렌은 그다지 해가 될 것 같지 않다고 생각하였다. 전에 수도 없이 해 본 일인 데다, 그들에게 협력하는 모습으로 비칠 터였다.

그는 주머니에서 연필과 오래된 봉투를 하나 꺼내 이야기를 하면서 재빠르게 스케치를 하였다.

"물론 아시다시피, 추진 방법을 도무지 알 수는 없지만 그 작은 비행선은 주기적으로 나를 호출해 카렐렌의 우주선으로 데려가곤 하오.
그 우주선에는 조그만 방이 하나 있고, 의자와 탁상을 제외하고는 아
무것도 없소. 대강 이렇게 생겼소."

스톰그렌은 이야기를 하면서 자신의 정신이 동시에 두 단계로 작동
하고 있다고 느꼈다. 한편에서는 그를 구금하고 있는 이들에 대한 반
항심이 솟아올랐고, 다른 한편에서는 그들이 카렐렌의 수수께끼를 풀
수 있도록 도움을 주려는 마음이었다. 전에 여러 번 말한 적이 있는
내용들이었기 때문에 감독관을 배반하고 있다는 생각은 들지 않았다.
게다가 이 사람들이 카렐렌을 해치리라는 생각은 허무맹랑했다.

대부분의 심문은 웨일스 인이 했다. 스톰그렌 자신이 이미 오래전
에 폐기한 이론을 전부 시험하고 거부하면서 하나하나 새로운 길을
열어 가려고 노력하는 영민한 사람을 보는 것도 매력적인 일이었다.
이윽고 그가 한숨을 쉬면서 뒤로 몸을 기댔고, 속기사도 펜을 내려놓
았다. 체념한 듯 그가 말했다.

"아무것도 얻은 것이 없군. 우리는 더 많은 사실을 원하고, 이는 곧
행동을 의미하지 논쟁을 의미하는 것은 아니오."

꿰뚫어 보는 듯한 눈이 스톰그렌을 응시했다. 잠시 동안 그는 탁자
를 두드렸다. 이것은 이제껏 그가 보여 준 최초의 불확실한 상황에 대
한 표현이었다. 심문은 계속 이어졌다.

"사무총장, 당신이 오버로드에 대해 알아내려고 더 노력하지 않았
다는 사실이 약간 놀랍소."

"무슨 의미요?"

스톰그렌이 냉정하게 물었다.

"카렐렌과 대화하는 방으로 들어가고 나가는 길은 단 하나라고 당신에게 말하지 않았소. 그것은 곧바로 기밀식 출입구와 연결되어 있소. 아마 우리에게 정보를 전해 줄 만한 장치를 만들 수 있을 것 같소." 그가 생각에 잠겨 말했다. "나는 과학자는 아니지만, 사물을 꿰뚫어 볼 수 있소. 자유를 준다면, 이 계획에 동참할 생각이 있소?"

스톰그렌이 화가 나 말했다.

"처음이자 마지막으로 내 위치에 대해서 명확히 해 두겠소. 카렐렌은 통합된 세계를 위해 일하고 있고, 나는 그의 적을 돕는 일은 하지 않을 것이오. 그의 궁극적 목적이 뭔지는 모르지만, 그게 유익하다는 사실은 알고 있소. 당신들은 그를 괴롭히고 그의 일을 지연시키지만, 종국에는 아무런 차이가 없을 것이오. 당신이 하는 일에 순수한 믿음이 있겠지만, 내가 보기엔 당신은 통합 국가가 출현하면 작은 국가의 전통과 문화가 사라질 것에 대해서 크게 두려워하고 있소. 그렇지만 당신은 틀렸소. 과거에 집착하는 것은 쓸모없는 짓이오. 오버로드가 지구에 오기 전에도 자치국은 사라지고 있는 상황이었소. 아무도 구할 수 없고, 아무도 그걸 시도해선 안 되는 것이오."

아무 대꾸가 없었다. 반대쪽에 앉은 그들은 아무런 말도 움직임도 없었다. 그는 입은 반쯤 다물고 눈은 생기 없이 침침한 상태였다. 그 주위로 다른 사람들도 미동도 없이 긴장한 채로 얼어붙어서 부자연스러운 자세로 있었다. 스톰그렌은 완전히 공포에 질려 작게 숨을 헐떡거리며 자리에서 일어나 문으로 갔다. 그러자 순간적으로 침묵이 깨졌다.

"훌륭한 연설이었네, 리키. 이제 갈 때가 된 것 같군."

"카렐렌! 신이여, 고맙습니다. 도대체 여기서 뭐하시는 건가요?"

"걱정 말게. 모두 괜찮아. 마비되었다고 할 수도 있지만, 그보다는 좀 더 난해하다네. 보통보다 몇 천 배는 더 천천히 살아가고 있는 걸세. 우리가 가고 나면 무슨 일이 있었는지 결코 알지 못할 걸세."

"경찰이 올 때까지 그냥 여기 둘 건가요?"

"아니. 더 나은 계획이 있네. 그냥 보내 줄 생각이야."

스톰그렌은 비논리적인 안도감을 느꼈다. 왜 그런지 분석하고 싶지는 않았다. 작은 방과 얼어붙은 사람들에게 마지막으로 고별의 눈인사를 했다. 조는 멍청하게 허공을 응시하면서 한쪽 발로 서 있었다. 스톰그렌이 갑자기 웃더니 주머니를 뒤적거렸다.

"조의 호의에 감사하며 기념품을 줘야겠네요."

그는 아주 깨끗한 종이에 신중하게 썼다.

맨해튼 은행

조에게 15달러 35센트($15.35)를 지불할 것.

R. 스톰그렌

폴란드 인 옆에 종잇조각을 내려놓자 카렐렌의 목소리가 들려왔다.

"뭐 때문에 그러나?"

"노름빚입니다. 다른 두 녀석은 속임수를 썼는데, 조는 정당하게 했거든요."

문으로 걸어가는 스톰그렌은 매우 활기차고 가벼운 기분이었다. 문

밖에 걸려 있던 커다랗고 특색 없는 금속구가 그가 지나가도록 옆으로 비켰다. 로봇의 일종으로 보였는데, 어떻게 카렐렌이 미지의 바위층을 뚫고 그에게 올 수 있었는지 충분한 설명이 되었다. 카렐렌의 목소리로 금속구가 말했다.

"100미터 앞으로 직진할 것. 그러고 난 다음, 다음 지시가 있을 때까지 좌회전해서 쭉 갈 것."

서두를 필요가 없다는 것을 알았지만 그는 열심히 달렸다. 금속 구는 여전히 복도에 떠 있었는데, 스톰그렌은 그것이 사람을 마비시킨 역장을 발생시킨 장치일 거라고 추측했다.

얼마 더 가자 복도가 갈라지는 곳에 두 번째 금속구가 있었다.

"앞으로 800미터 정도 더 갈 것. 다시 만날 때까지 쭉 왼쪽으로 갈 것."

입구까지 가는 동안 6개의 금속구를 더 만났다. 처음에 그는 첫 번째로 봤던 로봇이 머리 위로 날아와 지나쳐 앞으로 왔다고 생각했다. 그다음에는 아마도 입구에서 광산 깊은 곳까지 로봇이 일정 간격으로 배치되어 있을 거라고 추측했다. 입구에 한 무리의 경비병들이 정지한 채로 믿을 수 없는 광경을 연출하고 있었고, 마치 어디에나 있는 듯한 금속구가 그들을 감시했다. 언덕 위 몇 미터 지점에 카렐렌에게 날아갈 수 있는 작은 비행선이 놓여 있었다.

그는 강렬한 태양 아래 잠시 눈을 깜빡이며 서 있었다. 작은 우주선에 들어가, 마지막으로 광산 입구와 얼어붙은 경비병들을 흘긋 보았다. 갑자기 일련의 금속구가 은포탄처럼 입구 밖으로 쏟아져 나왔다. 그러고는 문이 닫혔고 그는 안도의 한숨과 함께 익숙한 의자에 몸을 맡겼다.

잠시 스톰그렌은 숨을 고른 다음 진심 어린 한마디를 던졌다.

"이제는요?"

"일찍 구하지 못해서 미안하네. 그렇지만 놈들의 지도자가 거기 올 때까지 기다리는 게 얼마나 중요했는지 알게 될 걸세."

스톰그렌이 재빨리 말했다.

"그렇다면 제가 어디 있었는지 줄곧 알고 있었다는 말입니까? 만약 그렇다면……."

"그렇게 서두르지 말게. 아니면 내가 설명을 마치도록 해 주든가."

"그게 낫겠군요."

스톰그렌이 우울하게 대답했다. 그는 자신이 정교한 함정의 미끼에 불과했다고 의심하기 시작했다.

"난 한동안 자네에게 추적장치를 붙여 놨지." 카렐렌이 이야기를 시작했다. "그리고 비록 내가 지하까지 자네를 따라갈 수 없을 거라는 생각은 옳았지만, 광산까지 자네를 데리고 가는 것은 계속 추적할 수 있었네. 터널에서의 환승은 독창적이긴 했지만, 첫 번째 자동차에 반응이 없는 것을 보고 연극은 끝이 났다네. 나는 곧 자네를 다시 찾을 수 있었네. 그 다음부터는 기다림의 문제였네. 일단 내가 자네를 추적하지 못한다는 게 분명해지면, 지도자가 올 것이고, 그러면 나는 그들 모두를 사로잡을 수 있다는 걸 알고 있었네."

"그렇지만 당신은 그들을 놓아줄 거잖아요."

카렐렌이 말했다.

"지금까지는 20억 인류 중에 누가 그 조직의 지도자인지 몰랐네.

이제 그들의 위치를 알았으니, 지구상에서 그들의 움직임을 추적할 수 있다네. 그들을 가두는 것보다는 그 편이 훨씬 나을 것이야. 그 자들은 효과적으로 무력화됐지. 그들도 그것을 안다네." 작은 방에 커다란 웃음이 메아리쳤다. "어떤 면에서 보자면 이 모든 일은 하나의 희극이라네. 그러나 아주 중요한 목적이 숨어 있지. 다른 이야기꾼들에게 아주 중요한 교훈이 될 걸세."

스톰그렌은 한동안 말이 없었다. 그는 아주 만족스럽지는 않았지만, 카렐렌의 관점을 알 수 있었고 어느 정도 화가 풀렸다.

"업무가 끝나는 마지막 주에 이런 일이 있어서 유감이군요. 지금부터 집에 경비를 세워야 하겠습니다. 다음번에는 피터가 납치될 겁니다. 그런데 그는 어떻게 지내고 있나요? 내가 기대한 것처럼 사태가 엉망인가요?"

"자네의 부재가 거의 문제가 되지 않았다는 것을 알면 실망스러울 거야. 지난주 동안 계속 피터를 지켜보고 그를 돕는 것은 신중하게 피해 왔네. 전체적으로 그는 아주 잘했지만, 자네를 대체할 만한 인물은 아니야."

여전히 감정이 상해서 스톰그렌이 말했다.

"그에게는 잘된 일이군요. 상관에게서 당신의 모습을 보여 주는 것에 대한 언질은 받았습니까? 그게 당신의 적이 가진 가장 강력한 반대 이유라고 확신합니다만. 그들은 계속해서 저에게 말했어요. '오버로드를 볼 때까지 우리는 그를 신뢰하지 않을 것이오'라고."

카렐렌은 한숨을 쉬었다.

"아니, 아직 들은 바 없네. 그러나 답이 무엇인지는 알고 있다네."

스톰그렌은 그 문제를 더 이야기하지 않았다. 예전 같았으면 계속 이야기를 했을지도 모르지만, 이제는 처음으로 머릿속에 희미하게나마 계획을 세우기 시작했다. 구금 생활에서 거부했던 것을 이제 자신의 자유의지로 하기로 한 것이다.

아무런 연락도 없이 스톰그렌이 사무실에 걸어 들어왔을 때, 피에르 뒤발은 전혀 놀라지 않았다. 그들은 오랜 친구였고, 사무총장이 과학부 장관을 개인적인 용건으로 방문하는 것은 일상적인 일이었다. 카렐렌이 우연한 기회에 지구의 이 조그만 공간을 주의 깊게 살펴본다고 해도, 이상하게 생각하지 않을 것이 확실했다.

잠시 동안 그 둘은 사무적인 이야기를 했고, 정치 뒷담화를 주고받았다. 이후 다소 성급하게 스톰그렌이 의자에 몸을 기대더니 눈썹이 앞머리에 닿을 때까지 조금씩 치켜 올리기 시작했다. 한 번 혹은 두 번, 그는 무엇인가를 이야기하려고 하다가 다시 생각에 잠겼다.

스톰그렌이 생각을 마치자, 과학자가 방 주위를 불안하게 둘러봤다. 과학자가 울었다.

"그가 듣고 있을 거라고 생각하나?"

"그가 듣고 있을 거라고는 믿지 않네. 이곳은 모든 것이 차단되어 있지 않나, 맞지? 그는 마술사가 아닐세. 그는 내가 어디 있는지 알지만, 그것뿐일세."

"맞길 바라네. 그건 그렇다고 치고, 지금 자네가 하려는 걸 알아내면 문제가 있지 않겠나? 알다시피 그러고도 남을 텐데."

물리학자는 연필을 가지고 놀다가 잠시 허공을 응시했다.

"아주 근사한 문제지. 나는 그게 좋다네."

그가 간단히 말했다. 이후 서랍을 뒤지더니 스톰그렌이 본 중에서 가장 커다란 편지지를 꺼냈다.

그가 편지지에 사납게 휘갈겨 쓰면서 말했다.

"맞아. 내가 제대로 알고 있는지 보세. 인터뷰를 하는 방에 대해 설명할 수 있는 모든 것을 말해 보게. 아무리 사소한 것일저라도 빠뜨려서는 안 돼."

마침내 프랑스 인이 이마에 주름을 잡고 노트를 살펴보기 시작했다.

"그게 말할 수 있는 전부인가?"

"그래."

뒤발이 메스껍게 킁킁거렸다.

"조명은? 어둠 속에 앉아 있나? 난방이나 통풍은?"

스톰그렌은 폭소를 터뜨렸다.

"천장이 모두 발광체고, 내가 아는 한 공기는 스피커에서 나오네. 어떻게 나가는지는 모르지. 아마도 주기적으로 흐름이 바뀌겠지만, 그걸 느끼지는 못했네. 히터가 있다는 증거는 없지만, 항상 일정한 온도를 유지했네. 카렐렌의 우주선으로 나를 데려가는 기계에 대해서 말하자면, 내가 탑승하는 방은 엘리베이터처럼 형태가 없다네."

물리학자가 편지지에 세세하게 낙서를 하는 동안 침묵이 흘렀다. 주름을 펴지 않은 그 이마 뒤에서 세상에서 기술에 가장 뛰어난 두뇌가 얼음처럼 냉정하게—뒤발은 이걸로 유명했다—돌아가고 있다는 사실은 아무도 추측하지 못할 것이다.

뒤발은 만족스럽게 고개를 끄덕거리고는 몸을 앞으로 기울인 다음

연필로 스톰그렌을 가리켰다.

"리키, 자네는 도대체 무슨 이유로 카렐렌의 화면이라는 게 보이는 그대로일 거라고 생각했지? 그 화면이 한쪽 방향에서만 보이는 유리라고 생각하는 것이 훨씬 더 그럴듯하지 않겠나?"

과거를 돌이키면서, 스톰그렌은 기분이 상해서 조용히 앉아 있었다. 처음부터 그는 카렐렌의 이야기에 의심을 품지 않았다. 이제 와 돌이켜보니, 언제 감독관이 텔레비전 시스템을 사용하고 있다고 말한 적이 있었던가? 그냥 당연하게 받아들였던 것이다. 이 모든 것이 심리적 책략이었고, 그는 완전히 놀아난 것이었다. 그는 그런 상황이라면 뒤발도 똑같이 함정에 빠질 거라고 스스로를 위로하려고 애썼다.

"만약 자네가 옳다면, 유리만 깨면 되지 않겠나?"

뒤발이 한숨을 쉬었다.

"이런 문외한 같으니라고! 그게 폭탄 같은 것 없이 쳐서 깰 수 있는 것으로 만들어졌다고 생각하는가? 만약 성공한다고 해도, 그가 우리랑 같은 공기로 숨 쉴 거라고 생각하나? 그가 염소로 된 대기에서 더 잘 산다면 그게 더 도움이 될 것 같나?"

스톰그렌은 약간 창백해졌다. 그가 약간 격분해서 말했다.

"그래서 어쩌자는 건가?"

"잘 생각해 봐야겠네. 일단 내 이론이 맞는지, 그리고 화면이 무엇으로 이루어져 있는지 알아내야 하네. 내가 데리고 있는 최고의 재주꾼을 투입하겠네. 그런데 자네 감독관을 만나러 갈 때, 서류 가방을 가져가지 않나? 혹 그쪽에서 얻은 것인가?"

"그렇다네."

"조금 작군. 적어도 10센티미터 두께는 되는 걸로 얻을 수 있겠나? 그리고 지금부터 그걸 가지고 다녀서 그것에 익숙해지도록 할 수 있겠나?"

"그럼, 자네는 내가 엑스레이 탐사기를 들고 가길 원하나?"

스톰그렌의 의심에 찬 질문에 물리학자가 씽긋 웃었다.

"아직 모르겠지만, 무엇인가를 생각해 내야겠지. 한 달 안에 그 무엇인가에 대해서 알려 주지."

뒤발이 살짝 웃었다.

"무슨 생각이 떠오르는지 아나?"

스톰그렌이 즉시 대답했다.

"그럼. 독일군 점령 동안 불법으로 라디오 세트를 만들었던 때가 떠오르겠지."

뒤발이 실망스럽게 말했다.

"아마도 전에 한두 번 말했던 것 같군."

스톰그렌은 타이프 친 문서 더미를 내려놓으면서 안도의 한숨을 쉬었다.

"모든 일이 성사돼 다행이군. 이 수백 장의 종이가 유럽의 미래를 좌지우지하다니, 참 이상한 일이야."

스톰그렌은 서류 가방에 문서를 넣었다. 가방 뒤 불과 15센티미터 떨어진 곳에 그 검은 사각형 화면이 있었다. 때때로 긴장이 돼 안전 장치를 만지작거렸지만, 회의가 끝날 때까지는 스위치를 작동시키지 않을 생각이었다. 비록 뒤발은 카렐렌이 눈치 채지 못할 거라고 확신했지만, 아무도 확신할 수 없는 일이었다. 무언가 일이 잘못될 경우는 언제나 있는 법이다.

"이제 저에게 말해 줄 것이 있다고 했던 것 같은데요." 스톰그렌은 열의를 숨기지 못한 채로 말을 이었다. "그건 아마도……."

"그랬지. 몇 시간 전에 정책 위원회에서 내린 결정을 들었고, 중요한 성명서를 발표하도록 허가받았네. 비록 자유 연맹이 만족하지는 않겠지만, 긴장감을 덜어내는 데 도움이 될 것이네. 그렇지만 이를 녹음하지 않기로 하겠네.

리키, 자네는 항상 우리가 신체적으로 자네들과는 다를지라도, 인류라는 종족이 우리에게 점차 익숙해질 것이라고 말해 왔네. 그건 자네가 상상력이 부족해서라네. 자네는 진실일지 몰라도, 대부분의 사람들은 여전히 일정한 기준 이상으로 교육받지 못했으며, 제거하려면 수백 년이 걸릴 편견과 미신에 현혹되어 있네.

우리가 인류의 심리에 대해서 알고 있다는 것을 자네는 인정할 것이네. 지금 발전 단계에서 우리의 모습을 인류에게 보여 주었을 때, 무슨 일이 발생할지 우리는 잘 알고 있네. 자네에게도 자세한 건 알려 줄 수 없네. 그러니 자네는 나의 분석을 신뢰해야 할 것이네. 그러나 우리는 이 약속은 할 수 있네. 아마 조금은 만족할 것이네. 50년 안에, 지금부터 두 세대가 지난 후에, 우리는 우주선에서 내려올 것이고 인류는 마침내 우리의 모습을 있는 그대로 보게 될 것이네."

스톰그렌은 잠시 말이 없었다. 예전 같았으면 느꼈을 만족감을 거의 느낄 수 없었다. 사실 자신이 이룩한 부분적인 성공에 혼란스럽기도 했고, 잠시 결심이 흔들리기도 했다. 시간이 지나면 진실을 알게 될 것이고, 그가 세운 계획은 불필요하고 현명하지도 않을지 몰랐다. 만약 계속 진행한다면, 그것은 50년 후에 그가 살아 있지 않을 것이라는 이기적인 이유 때문일 것이다.

스톰그렌이 망설이는 것을 알아챘는지 카렐렌이 말을 계속했다.

"실망스럽게 했다면 미안하네만, 적어도 가까운 미래에 있을 정치적 문제는 자네 책임이 아닐세. 여전히 우리가 느끼는 불안감이 근거가 없다고 생각할지도 모르지만, 나를 믿어 보게. 우리는 다른 방침을 취할 경우 발생할 위험에 대한 확실한 증거를 가지고 있다네."

스톰그렌은 숨을 몰아쉬며 앞으로 몸을 숙였다.

"제가 항상 그렇게 말했지요. 당신들은 예전에 사람의 눈에 띈 적이 있다고요!"

"나는 그렇게 말하지는 않았네." 잠시 쉰 다음 카렐렌이 대답했다. "지구가 우리가 감독하는 유일한 행성이 아니네."

스톰그렌은 그렇게 쉽게 흔들릴 사람이 아니었다.

"지구에 다른 종족이 방문했다는 것을 암시하는 많은 전설들이 있죠."

"나도 아네. 나도 역사 연구 부문 보고서를 읽어 봤네. 마치 지구가 우주의 건널목인 것처럼 그려 놨더군."

"당신이 모르는 방문도 있을 수 있겠군요." 희망을 가지고 스톰그렌은 계속해서 낚싯대를 던졌다. "수천 년 동안 우리를 관찰했다 해도요. 그랬을 것 같진 않군요."

"그럴 거라 생각하네."

카렐렌이 어쩔 수 없다는 투로 말했다.

그때 스톰그렌이 결심을 했다. 그가 갑자기 말했다.

"카렐렌, 성명서의 초안을 작성해 승인받으러 보내겠습니다. 그러나 당신을 괴롭힐 권리는 포기 안 합니다. 나중에 기회가 된다면, 당신의 비밀을 알아내기 위해서 최선을 다해 보겠어요."

"그건 나도 잘 알지."

감독관이 의심스러운 미소를 지으면서 말했다.

"꺼려지지 않나요?"

"전혀 아니네. 원자폭탄이나, 독가스, 혹은 우리의 우정을 뒤틀리게 하는 다른 어떤 것에는 선을 긋지만 말일세."

카렐렌이 무엇인가를 짐작하고 있는지 궁금했다. 감독관의 가벼운 놀림 뒤에 무엇인가 알고 있다는 암시가 깔려 있는 듯했다. 누가 이야기했나? 아니면 용기를 주려고?

"알게 되어서 기쁩니다."

스톰그렌은 할 수 있는 한 가장 안정된 목소리로 대답했다. 그는 자리에서 일어나 전에 했던 것처럼 가방 덮개를 내렸다. 엄지를 슬쩍 스위치에 가져다댔다.

"즉시 성명서의 초안을 작성하죠." 그는 반복해서 말했다. "오늘 내로 텔레타이프로 송신하겠습니다."

스톰그렌은 말하면서 버튼을 눌렀고 그의 공포는 근거가 없음을 깨달았다. 카렐렌의 감각은 인류의 감각보다 섬세하지 않았다. 감독관은 아무것도 눈치 채지 못한 것 같았다. 왜냐하면 작별 인사를 하고 방문을 여는 익숙한 암호를 말하는 그의 목소리에 아무 변화가 없었기 때문이다.

　그러나 스톰그렌은 경비원의 감시 아래 백화점을 떠나는 소매치기의 심정이었고, 마침내 등 뒤에서 기밀식 입구가 닫혔을 때, 안도의 한숨을 쉬었다.

　"제 이론의 어떤 부분이 그다지 훌륭하지 않다는 건 인정합니다. 하지만 이 문제에 대해 어떻게 생각하는지 달해 주세요."

　반 라이버그가 말했다.

　"그래야만 하나?"

　무슨 말인지 피터는 알아채지 못한 것 같았다.

　"실제로는 제 생각이 아닙니다."

　그가 겸손하게 말했다.

　"체스터턴의 이야기에서 힌트를 얻었죠. 오버로드가 실제로는 아무것도 숨길만 한 것이 없다고 생각해 보시죠."

　"약간 복잡한 이야기처럼 들리는군."

　스톰그렌은 흥미를 가지고 말했다.

　반 라이버그는 진지하게 이야기를 계속했다.

　"제가 말하고자 하는 건 그들이 육체적으로 우리와 닮아 있다는 점입니다. 우주인이나 초인적 존재와 같은 생명체에 지배받는 건 우리가 받아들일 것임을 그들은 알고 있는 거죠. 그러나 인간은 인간이니까, 좋은 같은 종의 생명체에게 조지우지되는 것을 참지 못하는 거죠."

　"다른 이론처럼 독창적이군. 차라리 이론에 작품 번호를 붙여 주면 내가 파악하기 더 쉬울 것 같군. 이 이론의 문제는……."

그 순간 알렉산더 웨인라이트가 안내를 받아 들어왔다.

스톰그렌은 그가 무슨 생각을 하는지 궁금했다. 웨인라이트도 그를 납치한 사람들과 접촉했는지 궁금했다. 그러나 웨인라이트가 폭력으로 문제를 해결하는 방식을 반대한다는 것을 믿었다. 자유 연맹 내 극단주의자들의 평판은 완전히 땅에 떨어졌고, 그들이 다시 세상에 나오기까지는 오랜 시간이 걸릴 터였다.

자유 연맹의 지도자는 초안을 듣는 동안 침묵하고 있었다. 스톰그렌은 카렐렌의 생각이었던 이 제안을 그가 이해하길 희망했다. 12시간 안에 지구의 나머지 사람들은 자기 손자들을 향한 이 약속에 대해서 듣게 될 것이다.

웨인라이트가 심사숙고하며 말했다.

"50년이라. 기다리기에는 너무 긴 시간이군요."

"카렐렌에게도, 인간에게도 긴 시간은 아닙니다."

스톰그렌이 대답했다. 그는 이제야 오버로드가 내린 결정의 치밀함을 느끼기 시작했다. 그들은 필요한 시간 여유를 얻을 수 있었고, 동시에 자유 연맹의 발을 묶어 둘 수도 있었다. 그는 자유 연맹이 완전히 없어지리라고는 믿지 않았지만, 위상이 심각하게 약화되리라 건 알고 있었다.

분명히 웨인라이트도 아주 잘 이해하고 있었다. 마치 카렐렌이 그를 지켜보고 있다는 것을 깨달은 듯 최소한의 말만 하고 재빨리 떠났다. 스톰그렌은 자신의 재임 기간 동안 다시는 그를 보지 못할 것임을 알았다. 자유 연맹은 여전히 귀찮은 존재였지만, 이제는 후임자의 문제였다.

　시간만이 해결할 수 있는 것들이 있는 법이다. 사악한 사람은 패망하는 법이지만, 속임수에 넘어가는 선량한 사람을 위하여 할 수 있는 일은 아무것도 없다.

　"여기 가방이 있네. 새 것처럼 보이지."
　뒤발이 말했다.
　"고맙네."
　스톰그렌이 여전히 주의 깊게 살피면서 대답했다.
　"이제 이게 무엇이고 다음에 우리가 할 일은 무엇인지 말해 주게나."
　물리학자는 생각에 골몰해 있는 것 같았다.
　"내가 이해할 수 없는 것은 우리가 너무 쉽게 이것을 얻었다는 거야. 만약 내가 카렐렌이라면……."
　"자네는 카렐렌이 아니지. 요점만 말하게. 무언가 발견한 것이 있나?"
　뒤발은 사진 한 장을 내밀었다. 스톰그렌에게는 마치 약한 지진이 사인한 모양처럼 보였다.
　"거기 작은 뒤틀림이 보이나?"
　"응, 이게 뭔가?"
　"카렐렌이야."
　"이런! 확실한가?"
　"매우 가능성이 높은 추측이라고 할 수 있지. 그는 화면 반대편에서 약 2미터 정도 떨어져서 앉거나 서거나, 혹은 뭐든 하고 있는 것이네. 해상도가 조금만 더 높았다면, 그의 크기를 측정할 수도 있었을 거야."

스톰그렌은 흔적이 거의 보이지 않을 정도로 뒤틀린 형상을 보고 있자니 묘한 느낌이 들었다. 지금까지 카렐렌이 물질로 된 육체를 가지고 있다는 증거는 없었다. 증거가 직접적인 것은 아니었지만, 일단은 의심 없이 받아들였다.

뒤발의 목소리가 그의 몽상을 깨뜨렸다.

"진짜 한 방향 유리라는 것은 존재하지 않는다는 것을 알게 될 걸세. 결과를 놓고 분석해 본 결과, 카렐렌의 화면은 한 방향으로 빛을 100배 정도 더 잘 전달한다는 것을 알았네."

모자에서 무한정 토끼를 꺼내는 마술사처럼, 그는 책상에 가 입구가 유연하고 종처럼 생긴 권총 비슷한 물체를 꺼냈다. 스톰그렌은 고무총을 떠올렸고, 무엇을 해야 할지 알 수 없었다.

그가 당황하자 뒤발이 씩 웃었다.

"보이는 것처럼 위험하지는 않아. 자네는 입구를 화면에 대고 방아쇠를 당기기만 하면 돼. 한 5초 동안 강력한 빛이 발사될 테고, 그 시간이면 방 주위로 전부 휘두를 수 있을 걸세. 잘 볼 수 있도록 충분한 빛이 나올 거야."

"카렐렌을 다치게 하지 않을까?"

"아래를 향했다가 위쪽으로 쓸고 올라가면 괜찮네. 그 정도면 그도 충분히 적응할 수 있을 거야. 추측컨대 반사 신경이 우리와 비슷하다면 눈이 멀지 않을 거야."

스톰그렌은 의심스럽게 그 무기를 바라보았고, 손에 올려놓고 무게를 가늠해 보았다. 지난 몇 주 동안 그의 양심은 계속해서 그를 괴롭혔다. 가끔 솔직하게 굴지 않을 때도 카렐렌은 그를 언제나 애정을 가지고 대했고, 이제 그 둘 사이의 관계가 끝나 가는 시점에서 친분을 깨뜨리는 무엇인가를 하고 싶지는 않았다. 그러나 감독관은 합당한 경고를 받았다. 만약 그럴 수만 있었다면, 진작 자신의 모습을 보여 주었을 거라고 스톰그렌은 확신했다. 이게 그를 위한 결정의 시간이 올 것이며, 마지막 회합이 끝나면 스톰그렌은 카렐렌의 얼굴을 볼 것이다.

물론 카렐렌에게 얼굴이 있을 때의 얘기지만.

처음 스톰그렌이 느꼈던 긴장감은 일찌감치 사라지고 없었다. 카렐렌은 자신이 좋아하는 길고 섬세한 문장들을 쏟아 놓으며 거의 쉬지 않고 이야기하고 있었다. 한때 스톰그렌은 이것이 카렐렌의 재능 중에서 가장 훌륭하고 가장 예기치 않은 것이라 생각했다. 하지만 이제는 더 이상 근사해 보이지 않았다. 왜냐하면 감독관의 다른 능력처럼 이것도 그의 지적인 힘의 결과지 특별한 재능은 아님을 알았기 때문이다.

인간이 말하는 속도로 사고의 속도를 늦출 때면 카렐렌은 문학 작품을 쓰는 정도의 틈을 들이곤 했다.

"자유 연맹은 걱정하지 말게. 지난달은 아무 일도 없었고, 비록 그들이 다시 살아난다고 해도, 실제적인 위험은 되지 않을 것이네. 사실 연맹은 매우 유용한 단체지. 적이 무엇을 하는지 알 수 있다는 건 아주 쓸모 있는 일이거든. 재정난에 빠지면, 내가 보조금을 줄 수도 있네."

스톰그렌은 카렐렌이 진담을 하는 것인지 농담을 하는 것인지 가끔 구별하기 어려웠다. 그는 무심한 표정을 지었다.

"곧 자유 연맹은 가장 강력한 논거을 잃게 될 것이네. 지난 몇 년 동안 자네가 누렸던 특별한 지위에 대한 어린애 같은 비판이 상당했었네. 초기 통치기에는 매우 가치 있다고 생각했지만, 이제는 내가 계획한 것처럼 세상이 움직이고 있으니, 곧 없어질 것이네. 미래에는 지구에 대한 나의 통치가 간접적으로 바뀔 것이고, 사무총장의 사무실이 원래 목적대로 부활할 것이네.

다음 50년 동안 많은 저항이 있겠지만, 사라질 것이네. 지금부터 거의 한 세대가 지나면 인구가 최저점에 달할 테지만, 지금은 완전히 설명할 수는 없는 계획이 시작될 걸세. 나를 파괴하려는 시도가 있겠지. 그러나 미래는 분명하게 결정돼 있고, 어느 날 이런 모든 문제는 완전히 잊힐 것일세. 자네 시대의 사람들이 가진 기억도 마찬가지고."

마지막 말을 너무도 강조해서 스톰그렌은 즉시 그 자리에 얼어붙어 버렸다. 카렐렌은 결코 우연히 말을 흘리는 사람이 아니었으며, 그가 무심코 흘리는 말도 아주 사소한 부분까지 계산된 결과였다. 그러나 감독관이 주제를 돌리기 전에 질문을 할 시간은 없었다. 질문해 봤자 결코 답을 들을 수 없을 테지만.

그가 계속 말을 이었다.

"자네는 가끔 우리의 장기 계획에 대해서 나에게 물어보곤 했지. 지구 연합의 설립은 당연히 그 첫 단계에 불과하네. 그것이 완성되는 것은 볼 수 있을 것이네. 그러나 그 변화는 너무도 미세해 닥쳐서야 비로소 깨달을 수 있을 거야. 이후 30년 동안 다음 세대가 성장하기까지는 휴지기가 있을 거야. 그리고 우리가 약속한 날이 오는 것이지. 자네가 거기에 없어서 유감이야.”

스톰그렌이 눈을 떴지만, 그의 시선은 화면 뒤 어두운 장벽에 고정되어 있었다. 그는 자신이 결코 보지 못할 그날을 상상하면서 미래를 응시하고 있었다.

카렐렌이 말을 계속 이었다.

“그날 인류의 정신은 매우 드문 정신적 단절감을 느끼게 될 걸세. 그러나 영구적인 손상은 없을 것이네. 그 나이의 사람들은 조상보다 더욱 안정적일 것이기 때문이지. 우리는 언제나 그들 삶의 일부였고, 그들은 우리를 만나도 별로 낯설어하지 않을 걸세. 자네와 달리.”

카렐렌이 이처럼 관조적인 줄 스톰그렌은 결코 알지 못했지만, 놀라운 일은 아니었다. 그는 자신이 감독관의 성격의 일부 이상을 본 적이 있다고는 믿지 않았다. 카렐렌의 실체는 인류에게 알려지지 않았고, 알려질 수 없었다. 다시 한 번 스톰그렌은 감독관의 진짜 관심은 다른 데 있다는 느낌을 받았다.

“그러고는 또 다른 휴지기가 있지만, 아주 잠시뿐이네. 왜냐하면 세상은 점점 참을 수 없어질 것이고, 인류는 우주로 나가 다른 별들을 보고 우리 일에 동참하기를 바랄 것이기 때문이네. 이것은 단지 시작에 불과하네. 은하에 있는 1000번째 태양을 탐사한 종족은 우리가 아는 한 없네. 리키, 어느 날 자네 자손들은 우주선을 타고 나가 받아들일 준비가 되어 있는 세상에 문명을 가져다 줄 것이네. 우리가 지금하는 것처럼."

카렐렌은 침묵했고, 스톰그렌은 감독관이 자신을 주의 깊게 살펴보고 있다는 인상을 받았다. 그가 부드럽게 말했다.

"위대한 비전이군요. 그걸 모든 세상에 가져다줍니까?"

"그렇네. 이해할 수 있는 한 무엇이건."

난데없이 불온한 생각이 스톰그렌의 마음에 떠올랐다.

"만약 인간에 대한 실험이 실패한다면요? 우리도 이미 인류끼리 다른 종족에 대하여 그와 같은 작업을 한 적이 있습니다. 확실히 당신도 실패했지요?"

"그렇다네." 카렐렌이 너무 나지막하게 말해서 스톰그렌은 거의 들을 수가 없었다. "우리도 실패를 했었네."

"그때는 어떻게 할 건가요?"

"우리는 기다리고, 다시 시도할 것이네."

거의 10초 동안 침묵이 있었다. 다시 카렐렌이 말했을 때, 그의 목소리가 너무도 불분명했던 데다 예기치 않은 말이었기에 잠시 동안 스톰그렌은 아무 말도 못했다.

"잘 가게, 리키."

카렐렌이 그를 속였다. 아마도 너무나 늦었던 것 같다. 스톰그렌은 잠시 동안 마비되었다. 그러고는 광선총을 꺼내 화면에 대고 쏘았다.

거짓말이었던가? 그가 진짜 본 것은 무엇이었던가? 카렐렌이 의도한 것 외에는 더 이상 아무것도 몰랐다. 감독관이 처음부터 그의 계획을 알고 있었고 모든 것을 파악하고 있었다는 게 너무도 확실했다.

그렇지 않다면 광선이 그 커다란 의자를 비췄을 때, 왜 이미 빈 상태였을까? 동시에 그는 광선을 휘두르기 시작했지만 이미 늦은 다음이었다. 그가 알아차렸을 때는 사람 키의 두 배가 넘는 큰 금속 문이 재빠르게 닫히고 있었다. 그러나 아주 빠르지는 않았다.

카렐렌은 그를 믿었고, 그가 결코 풀 수 없는 비밀에 사로잡혀 삶의 영원한 어둠 속으로 빠지지 않기를 바랐다. 카렐렌은 결코 그보다 강대한 힘에 대항하지 않았지만(그도 역시 같은 종족이었나?), 자신이 할 수 있는 것은 다 했다. 만약 그가 신에게 불복종했더라도, 신은 결코 그것을 증명할 수 없을 것이다.

"우리도 실패를 했었네."

그래, 카렐렌, 그것은 사실이었어. 혹 당신은 인류가 태어나기 이전에 실패를 경험한 그 종족이었나? 50년 안에 이 세상의 모든 신화와 전설을 극복할 힘이 있다고 생각했나?

스톰그렌은 두 번째 실패는 없을 것임을 알았다. 다시 이 두 종족이 만날 때, 오버로드는 인류에게 우정과 신뢰를 얻을 것이며, 인류는 그들을 알아보고 충격을 받더라도 그들의 작업을 방해하지 않을 것이다.

그리고 스톰그렌은 생의 마지막 순간에 눈을 감으면서 무엇을 보게 될지 알고 있었다. 재빨리 닫히던 문과 그리고 그 뒤로 사라지던 기다란 검은 꼬리.

너무도 유명하고 예기치 않게도 아름다웠던 그 꼬리.

가시가 난 꼬리.

옮긴이 _ 심봉주

연세대학교 인문대학 영어학부 석사.『아서 클라크 단편 전집 1937~1950』,
『아서 클라크 단편 전집 1950~1953』을 번역하였다.

환상문학전집 ● **28**

아서 클라크 단편 전집 1937-1950

1판 1쇄 펴냄 2011년 5월 20일
1판 2쇄 펴냄 2018년 8월 16일

지은이 | 아서 C. 클라크
옮긴이 | 심봉주
발행인 | 박근섭
편집인 | 김준혁
펴낸곳 | **황금가지**

출판등록 | 1996. 5. 3 (제16-1305호)
주소 | 135-887 서울 강남구 신사동 506 강남출판문화센터 5층
전화 | 영업부 515-2000 편집부 3446-8773 팩시밀리 515-2007
홈페이지 | www.goldenbough.co.kr

값 13,000원

© ㈜ 민음인, 2011. Printed in Seoul, Korea

ISBN 978-89-94210-85-8 04840
ISBN 978-89-6017-200-5 04840 (세트)

＊(주)민음인은 민음 그룹의 자회사입니다
＊황금가지는 (주)민음인의 픽션 전문 출간 브랜드입니다.